JN429884

보이지 않는 인간 2

INVISIBLE MAN

Ralph Ellison

보이지 않는 인간 2

랠프 엘리슨 | 송무 옮김

문예출판사

아이더에게

"당신은 구조됐소" 하고 델라노 선장은 점점 더 의아스럽고 화가 나서 소리쳤다. "당신은 구조됐단 말이오. 그런데 왜 그렇게 얼굴에 수심이 가득하오?"

—허먼 멜빌, 《베니토 체레노》에서

해리 : 정말이다. 너희들이 보고 있는 것은 내가 아니다.
너희들이 싱글거리고 웃어대고 있는 것도 내가 아니고
너희들이 자신만만한 표정으로 단죄하고 있는 것도 내가 아니다.
그건 너희들이 나라고 생각한 다른 사람이다.
시체를 좋아하는 너희들이니 그 시체나 실컷 파먹어라…….

—T. S. 엘리엇, 《가족의 재회》에서

14

메리 아줌마가 끓이는 양배추 냄새가 마음을 돌려놓았다. 복도를 가득 채운 그 냄새에 휩싸여 서 있자니 현실적으로 그 일자리를 거절할 수 없겠다는 생각이 들었던 것이다. 양배추는 어린 시절의 흉년을 늘 우울하게 떠올려주던 것이었다. 그래서 나는 메리 아줌마가 양배추를 내놓을 때마다 말없이 괴로웠다. 그런데 이것이 바로 이번 주에 들어와서 세 번째였던 것이다. 메리 아줌마에게 필경 돈이 떨어졌다는 사실을 깨달을 수 있었다.

그런데 지금, 빚을 얼마나 졌는지도 모르는 주제에 일자리를 거절했다고 저 혼자 기뻐하다니 말이다. 속에서 울컥 매스꺼운 것이 치밀어오르는 것 같았다. 그녀를 어떻게 대면할 수 있단 말인가! 나는 조용히 내 방으로 들어가 침대에 드러누워 생각에 잠겼다. 일자리를 가진 다른 하숙생들도 있긴 했다. 그리고 그녀가 친척들한테 도움을 받는다는 사실도 나는 알았다. 그러나 틀림없었다. 메리 아줌마는 음식을 다양하게 장만하기를 좋아하는 사람이었다. 따라서 이처럼 유독 양배추만 상에 올리는 것은 우연이 아니다. 왜 그걸 진작 눈치채지 못했을까? 그녀는 너무 친절했고 독촉하는 법이 없었다. 드러누워 있자니 이렇게 말하는 그녀의 소리가 들려오는 것 같았다.

"이봐, 그런 하잘것없는 문제로 날 귀찮게 굴지 말아요. 뭣이든 곧 구할 수 있겠지."

—내가 방세와 밥값을 못 주었다고 사과하려 하면 그녀는 늘 그렇게 말했던 것이다. 하숙생 하나가 또 나갔거나 일자리를 잃었는지도 몰랐다. 메리 아줌마의 문제들은 아무튼 무엇일까? 그 빨간 머리의 사내 말마따나, 누가 그녀의 '불만을 분명히 토로해주는 것일까?' 몇 달 동안 나를 먹여 살려준 사람인데도 나는 그것들이 뭔지 도무지 생각이 안 났다. 도대체 난 어떤 인간이 되어가는 것일까? 그녀에 대해서는 당연히 괜찮으려니 생각했기 때문에 그 일자리를 거절했을 때도 빚진 돈은 생각지도 못했던 것이다. 그뿐인가, 그 선동적인 연설을 한 죄로 경찰이 나를 체포하려고 그녀의 집으로 찾아올 경우, 나 때문에 그녀가 겪을 난처함에 대해서도 전혀 생각이 미치지 못했다. 불쑥 나는 그녀를 만나보고 싶은 충동을 느꼈다. 어쩌면 나는, 실상 한 번도 그녀를 만나봤다고 할 수 없을는지 몰랐다. 나는 어른이 아닌 어린애같이 행동해왔던 것이다.

구겨진 종이 쪽지를 꺼내 나는 전화번호를 들여다보았다. 무슨 조직이라고 했다. 뭐라는 조직이었던가? 그걸 물어보지 못했다. 멍청이 같으니라고! 그 빨간 머리 사내는 못 믿는다손 치더라도 내가 거절하는 것이 최소한 무슨 일인가는 알았어야 할 일 아닌가? 내가 거절한 것은 분노 때문만이 아니라 두려움 때문이기도 하지 않았던가? 왜 그자는 사실 내용은 자세히 이야기해주지 않고 자기가 아는 지식으로 나를 감명시키려고만 했을까?

그때 복도 저 아래서 메리 아줌마의 노랫소리가 들려왔다. 고달픈 내용의 노래인데도 그녀의 목소리는 맑았고, 고달픔의 흔적이 깃들지 않았다. 그 노래는 〈괴인 물의 블루스〉였다. 누운 채로 귀를 기울이자니 노랫소리가 흘러와 나의 주위를 감돌았다. 내가 빚을 지고 있다는 느낌이 조용히 일깨워졌다. 노랫소리가 잦아들자 나는 자리에서 일어나 웃옷을 걸쳤다. 너무 늦지나 않았는지 몰랐다. 공중전화를 찾아가 그에게 전화를 걸 작정이었다. 그러면, 그자가 자기가 원하는 바를 정확히 말해줄 것이고 나는 분별 있는 결정을 내릴 것이다.

이번에는 메리 아줌마가 내 소리를 들었다.

"여보게, 집에 언제 왔어?"

그녀는 부엌에서 머리를 불쑥 내밀며 말했다.

"오는 소리도 안 들리던데."

"조금 전에 왔어요. 바쁘신 것 같길래 아무 말 안 했죠."

"그런데 오자마자 또 어딜 가. 저녁은 먹지 않을 작정인가?"

"먹어야죠, 아주머니. 하지만 지금 나가봐야 돼요. 볼일이 있는데 깜박 잊어버렸어요."

"쯧! 이렇게 추운 날 밤에 무슨 볼 일이 있담?"

"글쎄요. 아주머니께 놀랄 만한 소식을 들려드릴지도 몰라요."

"난 아무것에도 놀라지 않는 사람이우. 아무튼 빨리 갔다 와서 뱃속에 뭐 따끈한 것 좀 채워야지."

공중전화를 찾아 추운 밤 공기를 헤쳐 나가면서 나는 놀랄 일들을 갖다주겠노라고 약속해버린 사실을 깨달았다. 걸어가면서 나는 약간 들떴다. 그것은 결국 내 연설의 재능을 발휘해볼 수 있는 일자리가 아닌가. 게다가 벌이가 신통치 않더라도 지금보다는 낫지 않겠는가 말이다. 적어도 메리 아줌마에게 진 빚 중에서 얼마간은 갚을 수 있을지 몰라. 그러면 아줌마는 자기 예언이 맞았다고 흐뭇해할지도 모르지.

양배추 냄새는 날 끈질기게 따라다니는 것 같았다. 전화통을 찾아낸 조그만 간이 식당에서도 그 냄새가 났다.

브라더 잭은 내 전화를 받고도 전혀 놀라는 기색이 없었다.

"내용을 좀 알고 싶어서요……."

"되도록이면 빨리 이리로 오시오. 우리는 금방 나가요."

그는 내게 레녹스 가의 주소를 말해주고 묻고 싶은 말을 미처 끝내기도 전에 전화를 끊어버렸다.

나는 추운 바깥으로 나왔다. 놀라는 기색이 없는 그의 태도와 딱 잘라 말하는 말투에 약이 올랐지만, 나는 그곳으로 어슬렁어슬렁 걸음을 옮겼다. 그다지 멀지 않은 곳이었다. 레녹스 가의 모퉁이에 이르렀을 때 차 한 대가 멈춰 섰다. 차 안에는 몇몇 사람이 타고 있었는데 잭이 그들 가운데 웃으며 앉아 있었다.

"타시오. 가면서 이야기합시다. 파티가 있소. 마음에 들 거요."

그가 말했다.

"정장도 아닌데요. 내일 다시 전화하죠……."

내가 말했다.

"정장?"

그는 싱긋 웃었다.

"괜찮소. 타시오."

나는 앞자리의 그의 곁에 탔다. 뒷자리엔 세 사람이 타고 있었다. 이윽고 차가 떠났다.

입을 여는 사람이 아무도 없었다. 브라더 잭은 이내 깊은 생각에 잠겨버린 듯했다. 다른 사람들은 밤거리를 내다보고 있었다. 우리는 지하철 안에서 우연히 만난 승객들 같았다. 나는 행선지를 몰라 꺼림칙했지만 아무 말도 않기로 했다. 차는 진창길을 쏜살같이 내달렸다.

스쳐가는 밤거리를 내다보며 나는 이 사람들이 어떤 사람일까 생각했다. 분명 이 사람들은 무슨 사교 모임 같은데 가는 것처럼 행동하지는 않았다. 배가 고팠다. 그러나 저녁 먹을 수 있는 시간까지 돌아갈 가망은 없어 보였다. 그래, 그래도 그만한 가치가 있을지 몰라. 메리에게나 나에게나. 적어도 그 양배추만은 먹지 않아도 될 것이다.

차는 잠시 신호등 때문에 멈췄다. 그러고는 다시 날쌔게 돌아, 이곳저곳의 가로등 불빛과 지나가는 차들의 강한 헤드라이트 불빛들로 밝혀진, 길게 뻗은 눈 덮인 풍경 속으로 질주해 들어갔다. 우리는 이제 눈에 덮여 완전히 탈바꿈해버린 센트럴 파크를 쏜살같이 통과하고 있었다. 갑자기 시골 한복판의 평온 속으로 뛰어들어버린 것 같았다. 그러나 나는 그곳, 그 밤 어딘가 가까운 곳에 사나운 동물들이 수용된 동물원이 있다는 것을 알았다. 난방된 울 속의 사자와 호랑이들, 잠든 곰들, 땅속에 똘똘 똬리를 튼 뱀들이 사는 동물원 말이다. 그리고 온통 눈과 어두움에 뒤덮여, 내리는 눈과 내리는 어둠에 뒤덮여, 검고 흰 빛깔 아래, 그리고 잿빛 안개와 잿빛 정적 아래 파묻힌, 검은 물의 저수지도 있을 것이다. 이윽고 나는 운전사의 머리 너머로 건물들의 담이 차창 밖 저편에 어슴푸레 모습을 나타내는 것을 보았다. 차는 천천히 차량들 속으로 섞여 들어가 굴러 떨어지듯 언덕 아래로 쏜살같이 내달렸다.

우리는 이상한 구역의 으리으리해 보이는 어느 건물 앞에 멈췄다. 보도 위로 밀려나온, 비바람을 막는 차양 위에 '지하신(地下神)'이라고 쓰여진 글을 보았다. 나는 다른 사람들과 함께 차에서 내려 이상하게 친숙한 제복 차림의 수위를 지나, 젖빛 유리창 너머의 희미한 전구들로 불밝힌 로비를 향해 급히 걸어갔다. 방음 장치가 된 엘리베이터를 타고 우리가 분속 1마일 속도로 치달렸을 때, 나는 이 모든 것을 전에 다 경험해 본 것 같은 느낌이 들었다. 이윽고 우리는 가벼운 반동과 함께 멈춰 섰다. 나는 우리가 올라갔는지 내려갔는지 분간할 수가 없었다. 브라더 잭은 나를 데리고 복도를 내려가 어느 문 앞까지 갔다. 문에는 커다란 눈을 가진 부엉이 모양의 청동 노커가 달려 있었다. 그는 귀를 기울이듯 머리를 앞으로 기울이고 잠시 머뭇거리더니 부엉이를 손으로 보이지 않게 거머쥐었다. 그러자 부엉이는, 생각과 달리 노크 소리를 내는 게 아니라 맑은 차임 소리를 차갑게 울려냈다. 곧 문이 빼끔 열리고 말쑥하게 차려입은 여인이 나타났다. 굳었던 여인의 아름다운 얼굴이 금방 웃음으로 버그러졌다.

"들어오세요, 형제들."

여인은 말했다. 이국적 향수 냄새가 현관을 가득 채웠다.

내가 여인의 옷에 꽂힌 번쩍이는 다이아몬드 핀을 바라보면서 다른 사람들을 위해 길을 비켜서려는데, 브라더 잭이 나를 앞으로 밀었다.

"실례합니다" 하고 말했지만 그녀는 그 자리에서 물러서지 않았다. 그래서 나는 그녀의 향긋하고 부드러운 몸에 내 몸을 어색하게 갖다 댄 꼴이 되고 말았는데, 그녀는 마치 거기에 우리 둘밖에 없는 듯 웃었다. 이윽고 나는 그녀 옆을 지나갔다. 그런데 바짝 접촉해서라기보다는 어쩐지 전에 이런 경험을 다 해본 것 같은 느낌이 들어 어지러웠다. 그런 느낌이 드는 것은 영화 같은 데서 그 비슷한 장면들을 보았기 때문인지, 아니면 책에서 읽은 때문인지, 아니면 번번이 꿈꾸었지만 더 깊숙이 파묻힌 무슨 꿈 때문인지 확실히 알 수가 없었다. 무엇 때문이든 간에 나는 마치 어떤 잘못된 사정 때문에 지금까지 내가 멀리서만 바라보았던 어떤 장면 속으로 걸어 들어가는 것 같았다. 이 사람들이 도대체 어떻게 이렇게 으리으리한 저택을 가지고 있을까? 하고 나는 생각했다.

"물건들을 서재에 놔두세요."

여자가 말했다.

"전 마실 것을 찾아볼게요."

우리는 책들이 즐비하게 꽂히고 고풍스런 악기들로 치장된 방으로 들어갔다. 아이리쉬 하프, 사냥꾼의 뿔 나팔, 클라리넷, 목재 플루트 등이 분홍색, 푸른색 리본에 목을 묶여 벽에 걸려 있었다. 가죽 소파 하나, 그리고 여러 개의 안락의자들이 놓여 있었다.

"코트를 소파에 벗어놔요."

브라더 잭이 말했다.

나는 코트를 벗어놓고 주위를 둘러보았다. 천연 마호가니 책장 한쪽에 짜 넣은 라디오의 다이얼에 불이 켜져 있었지만 소리는 들리지 않았다. 그리고 널찍한 책상이 하나 놓였는데 그 위에는 은과 수정으로 된 필기 도구들이 있었다. 일행 중 하나가 책장을 살펴보고 서 있을 때 나는 방의 화려함과 그들의 누추한 듯한 옷차림의 대조에 놀라지 않을 수 없었다.

"자, 이제 다른 방으로 갑시다."

브라더 잭이 내 팔을 끌며 말했다.

우리는 어느 큰 방으로 들어갔다. 한쪽 벽에 이탈리아식 붉은 휘장이 온통 천장부터 풍성한 주름을 늘어뜨리며 드리워졌다. 잘 차려입은 수많은 남녀가 무리를 지어 모여 있었다. 어떤 사람들은 그랜드 피아노 옆에 모여 섰고, 어떤 사람들은 엷은 베이지색 덮개를 씌운 황금빛 나무 의자들에 늘어지게 앉아 있었다. 매력적인 젊은 여자들이 몇몇 눈에 띄었으나 설핏 쳐다보기만 하고 나는 그 이상은 시선을 주지 않도록 신경을 썼다.

사람들은 한 번씩 힐끗 쳐다본 후에는 아무도 내게 특별한 관심을 두지 않았지만 나는 그지없이 불안하기만 했다. 그들은 나를 전혀 못 본 것처럼, 그리고 내가 거기 있었는데도 없는 것처럼 대했다. 일행이 이제 여기저기 딴 무리에 끼려고 자리를 뜨자, 브라더 잭이 내 팔을 붙들었다.

"이리 와요. 한잔합시다."

그는 나를 방 한쪽 끄트머리로 끌고 갔다.

우리를 안내해 들였던 여인이, 나이트클럽을 꾸며도 될 만큼 커다란, 근사한 바 뒤에서 칵테일을 만들고 있었다.

"우리에게도 한잔 주는 게 어때, 엠마?"

잭이 말했다.

"글쎄요. 생각 좀 해봐야겠는걸요."

그녀는 심각한 듯 갸우뚱 머리를 숙이고 웃으며 말했다.

"생각지 말고 행동을 해요. 우린 아주 목이 말라. 이 청년은 오늘, 역사를 20년 전진시켰소."

그는 말했다.

"어머."

그녀는 눈을 반짝였다.

"이분 이야기를 해주셔야겠어요."

"아침 신문을 보면 돼, 엠마. 움직이기 시작했어. 맞아. 일대 비약이지."

그는 나지막이 웃었다.

"뭘 드시겠어요, 형제?"

그녀는 내 얼굴을 천천히 훑어보며 말했다.

"버번."

나는 약간 지나치게 큰 소리로 남부에서 내놓는 최고급 술을 떠올리며 말했다. 얼굴이 화끈 달아올랐지만 나는 용기를 내어 가능한 한 침착하게 그녀의 시선을 되받았다. 그녀의 시선, 내가 남부에서 익히 받아온, 흑인을 말이나 벌레나 되는 것처럼 쓱 훑어보는, 다시 말해, 난-널-인간으로-보지 않는다 하는 식의 냉혹하고도 무관심한 시선은 아니었다.

그것은 그 이상의, 내 내부 밑으로 파고드는 것 같은, 어떤-인간이-여기에-와-있나 하는 식의 단도직입적인 시선이었다……. 내 다리 어디선가 근육이 격심하게 실룩거렸다.

"엠마, 버번! 버번 두 잔."

브라더 잭이 말했다.

"전 말이에요."

그녀는 술병을 집어 들며 말했다.

"호기심이 생겼어요."

"당연하지. 늘 그러니까. 호기심을 느끼고 호기심을 끌고, 아무튼 목이 말라 죽겠어."

"그저 조급해하시긴!"

그녀는 술을 따르며 말했다.

"당신 말이에요. 그런데, 이 젊은 민중의 영웅은 어디서 발견하셨죠?"

"발견한 게 아니오."

잭이 말했다.

"군중 가운데서 그냥 솟아나온 거지. 사람들이란 언제나 자기네 지도자를 던져 올리는 법 아니오……."

"던져 올린다고요. 천만에요. 씹고서는 뱉어내죠. 지도자는 만들어지는 게 아니라 태어나는 거예요. 그러고는 파멸당해요. 당신이 항상 그렇게 말했잖아요. 자, 여기 있어요, 형제."

잭은 그녀를 지그시 바라보았다. 나는 그 묵직한 크리스털 글라스를 받아 들고 입으로 들어 올렸다. 그것이 그녀의 시선을 피할 구실이 되어 기뻤다. 담배 연기가 뽀얗게 방 안에서 떠돌았다. 등 뒤 피아노에서 한 차례 강렬한 아르페지오가 울려 나와 나는 뒤를 돌아보았다. 그때 엠마라는 그 여자가 별로 목소리를 낮추지도 않고 이렇게 말하는 게 들렸다.

"하지만 저 사람 피부가 좀 더 검었어야 된다고 생각지 않으세요?"

"쉬이! 바보 같은 소리 작작해."

브라더 잭이 날카롭게 말했다.

"우리가 관심 있는 건 외모가 아니라 목소리야. 그리고 엠마, 내가 말해주는데, 당신도 자기 일처럼 관심을 가져요……."

갑자기 얼굴이 화끈거리고 숨이 막힐 것 같아, 나는 방 건너편에 창이 하나 있는 것을 발견하고 그곳으로 가서 밖을 내다봤다. 우리는 아주 높은 곳에 있었다. 가로등과 차량들이 저 아래 밤거리에 무늬를 그렸다. 그래 저 여자는 내가 아주 새까맣지 않다는 거지. 뭘 원하는 거야. 흑인 분장의 희극 배우를 바라는 거야? 도대체 저 여잔 누구지? 브라더 잭의 마누라? 아니면 걸 프랜드? 저 여자는 내 땀구멍이 콜타르나 잉크, 구두약이나 흑연을 흘리는 것을 보고 싶은 모양인가? 나는 뭐야? 인간이야 천연 자원이야? 창은 너무 높은 데 있었기 때문에 아래의 자동차 소음을 거의 들을 수 없었다……. 시작 치고 조짐이 안 좋았다. 하지만 제기랄, 나는 브라더 잭에게 고용되는 거지 이 엠마라는 여자에게 고용되는 건 아니니까. 잭이 지금도 날 쓰겠다면 말이다. 저 여자에게 내가 얼마나 순종 검둥인가를 보여주고 싶다고 나는 버번 한 모금을 벌컥 들이키며 생각했다. 술맛은 순하고 차가웠다. 이 물건을 조심해야 돼. 너무 많이 마셨다가는 무슨 일이 날지 모르니까. 이 사람들도 조심해야겠어. 항상 조심해야지. 누가 됐든 조심해야 해…….

"조망이 좋죠?"

목소리가 들려왔다. 획 몸을 돌이켜 보니 키가 큰 흑인이 서 있었다.

"하지만 이제 우리와 함께 서재에 들어가 보시지 않겠습니까?"

브라더 잭, 차를 같이 타고 왔던 사람들, 그리고 전에 보지 못했던 다른 두 사람이 기다리고 있었다.

"들어와요, 형제."

잭이 말했다.

"즐기기 전에 일하는 게 누구에게든 항상 좋은 습관이오. 언젠가 이 습관도 즐기면서 일하는 게 될 거야. 노동의 즐거움이 부활할 테니까. 앉아요."

나는 그의 정면에 있는 의자에 앉으면서 도대체 그게 무슨 소린가 생각했다.

"이봐요, 형제."

그는 말했다.

"우리는 보통 우리의 사교 모임을 일 때문에 중단시키진 않소만, 당신이 왔으니 부득이하게 되었소."

"대단히 죄송합니다."

나는 말했다.

"좀 더 일찍 연락을 드릴 걸 그랬습니다."

"죄송하다고요? 무슨 말씀. 우리는 이렇게 하는 게 정말 기쁠 뿐이오. 우리는 당신을 몇 달 동안 기다려왔습니다. 당신같이 일을 할 수 있는 사람을 말이오."

"하지만 무슨……."

나는 물었다.

"우리가 무슨 일을 하느냐, 우리의 사명이 뭐냐는 거죠? 간단해요. 우리는 모든 사람들의 보다 나은 세계를 위해 일하고 있어요. 아주 간단하오. 너무 많은 사람들이 자신의 유산을 박탈당해왔어요. 그래서 우리는 뭔가 대책을 세우기 위해 형제애로 뭉친 것이오. 어떻게 생각하시오?"

"그야 좋다고 생각됩니다."

나는 그의 말이 품은 참뜻을 파악하려고 애쓰며 말했다.

"훌륭하다고 생각돼요. 하지만 어떻게."

"바로 오늘 아침에 당신이 했던 것처럼 사람들을 행동하게 하는 거요……. 형제들, 난 그때 그 자리에 있었소."

그는 다른 사람들을 향해 말했다.

"이 사람 굉장했소. 몇 마디 말로 강제 퇴거에 반발하는 효과적인 데모를 유발했어요."

"저도 거기 있었습니다."

다른 사람이 말했다.

"놀라웠어요."

"당신의 배경에 대해서 이야기를 좀 해주시오."

잭이 말했다. 그의 목소리와 태도는 성실한 대답을 요구했다. 그래서 나는 학자금을 벌려고 일자리를 찾아 올라왔다가 뜻을 이루지 못한 사정을 간단히 이야기해주었다.

"아직도 돌아갈 작정이오?"

"지금은 그렇지 않습니다. 그건 다 단념했습니다."

"잘됐소."

잭이 말했다.

"거기선 배울 게 별로 없어요. 그렇다고 대학 교육이 나쁜 건 아니지—대개 잊어버려야 하긴 하지만. 경제학을 배웠소?"

"약간요."

"사회학은?"

"배웠어요."

"그러면 그걸 잊는 게 좋겠소. 이제 우리 계획이 자세히 설명된 약간의 자료와 읽을 책을 받게 될 거요. 한데 우리가 너무 빨리 진행시키고 있는 것 같군. 당신이 형제애를 위해 일하는 데 관심이 없을지도 모르는데."

"하지만 내가 해야 할 일이 뭔지 아직 말해주지 않았잖습니까?"

나는 말했다.

그는 천천히 잔을 들어 올려 길게 한 모금 들이켜며 나를 뚫어지게 바라보았다.

"이런 식으로 말해봅시다."

그는 말했다.

"제2의 부커 T. 워싱턴이 되어보는 것이 어떻소?"

"뭐라고요?"

나는, 웃음기를 띠고 부드러워진 그의 눈을 들여다보았다. 그의 붉은 머리가 약간 옆으로 들려 있었다.

"자, 이젠."

나는 말했다.

"아, 아니, 농담이 아니오."

"그렇다면 난 이해를 못하겠어요."

내가 취했단 말인가? 나는 그를 바라보았다. 그는 말짱해 보였다.

"그 생각이 어떻소. 아니, 더 쉽게 말해 부커 T. 워싱턴에 대해서 어떻게 생각하오?"

"그야 당연히 중요한 인물이었다고 생각하죠. 적어도, 대개가 그렇게 말하고 있으니까."

"하지만?"

"글쎄요."

나는 무슨 말을 해야 할지 몰랐다. 그는 또 너무 성급해졌다. 모두 뚱딴지 같은 생각이었는데도 다른 사람들은 나를 조용히 바라보았다. 한 사람이 파이프에 불을 붙였다. 탁 소리가 나더니 성냥에 불이 붙었다.

"뭐요?"

브라더 잭이 다그쳤다.

"글쎄요. 그분도 우리 설립자만큼은 위대한 사람이라고 생각되지 않아요."

"그래요? 그런데 왜 그렇죠?"

"글쎄요. 첫째, 설립자께서는 그분보다 먼저셨고, 부커 T. 워싱턴이 한 일을 거의 다 하셨을 뿐 아니라 훨씬 그 이상을 하셨죠. 그리고 더 많은 사람들이 그분을 신봉했어요. 부커 T. 워싱턴에 대해선 많은 논란이 있지만 설립자분에 대해서는 이러쿵저러쿵하는 소리가 없지 않습니까……."

"그렇긴 하지. 그러나 아마 그건 당신네 설립자가 역사의 바깥에 있고 워싱턴은 현재에도 살아 있는 힘이기 때문일 것이오. 하지만 새로운 워싱턴은 가난한 자들을 위해 일을 해야 할 것이오……."

나는 버번이 담긴 내 크리스털 술잔을 들여다보았다. 믿을 수 없는 일이었지만 이상하게 마음이 들떴다. 그래서 나는 중대한 사건을 이룩하는 현장에 있는 듯한 생각이 들었다.

막이 열리고 나라가 어떻게 돌아가는지를 일별할 수 있게끔 된 것처럼 말이다. 그러나 이 사람들 중에는 잘 알려진 사람이 아무도 없었다. 다시 말해 적어도 나는 이 사람들의 얼굴을 신문에서 한 번도 본 적이 없었다.

"과거의 해답들이 모두 거짓으로 판명된 이 불확실한 시대에 민중은 자기들에게 실마리를 줄 수 있는 죽은 자들을 되돌아보게 마련이오."

그는 말을 이었다.

"민중은 과거에 행동했던 사람들 중에서 처음에는 이 사람, 다음에는 저 사람 하는 식으로 불러보는 것이오."

"괜찮다면, 형제."

파이프를 문 사내가 참견을 했다.

"좀 더 정확히 말씀하셔야 할 것 같소."

"참견 좀 말아주시오."

브라더 잭이 냉정하게 대꾸했다.

"나는 과학적인 용어가 존재한다는 것을 지적하고 싶을 뿐이오."

사내는 파이프로 자기의 말을 강조하면서 말했다.

"따지고 보면 우리는 여기서 학자를 자처하고 있어요. 학자들답게 이야기합시다."

"때가 되면."

브라더 잭이 말했다.

"때가 되면…… 형제, 당신도 알다시피……."

그는 나를 향해 말했다.

"문제는 죽은 사람들이 할 수 있는 일이 없다는 것이오. 그렇지 않다면 죽은 사람들이 아니지. 그렇소! 그러나 한편 죽은 사람들이 절대 무력하다고 생각하는 것도 커다란 잘못이오. 죽은 자들이 무력하다는 것은, 역사가 산 자들에게 제시한 새로운 물음들에 대해서 완전한 답변을 주지 못한다는 점에서일 뿐이오. 그러나 그들은 해답을 주려고 시도하오. 위기에 처한 민중의 절박한 외침을 들을 때마다 죽은 자들은 대답을 하는 것이오. 바로 지금 수많은 민족 집단을 가진 이 나라에서도 과거의 영웅들이 모두 부름을 받아 되살아나고 있소—제퍼슨, 잭슨, 플라스키, 가리발디, 부커 T. 워싱턴, 손문, 대니 오커널, 에이브러햄 링컨, 그리고 그 외의 수많은 사람들이 역사의 무대에 다시 한번 등장해 달라는 요청을 받고 있소. 우리가 지금 역사의 종착점에, 최대의 세계적 위기의 순간에 서 있다는 사실은 아무리 강조해도 지나치지 않을 것이오. 사태가 변하지 않는 한 우리 앞엔 파멸밖에 없소. 그래요. 사태는 바뀌어야 하오. 민중의 힘에 의해 바뀌어야 해요. 왜냐하면 형제, 인간의 적들이 세계를 박탈하고 있기 때문이오. 내 말 알아듣겠소?"

"조금씩 알 것 같습니다."

나는 크게 감명을 받고 대답했다.

"다른 용어들이 있소. 이 모든 것을 달리 더 정확하게 표현할 방법들이 있지만 지금 당장은 그럴 시간이 없소. 우리는 지금 이해하기 쉬운 말들로 이야기하는 거요. 당신이 오늘 아침 군중에게 말했을 때처럼 말이오."

"알겠습니다."

나는 그의 응시에 거북한 기분을 느끼며 말했다.

"그래서 이것은, 당신이 새로운 부커 T. 워싱턴이 되고 '싶다', 되고 '싶지 않다' 하는 문제가 아니오, 형제. 부커 T. 워싱턴은 오늘 할렘의 어떤 퇴거 현장에서 부활했소. 그는 무명의 군중 사이에서 걸어나와 민중에게 이야기했소. 그러니 알다시피 난 당신에게 농담을 하는 게 아니오. 그리고 말장난을 하는 것도 아니오. 이런 현상을 학술적으로 설명할 수도 있소—우리의 박식한 형제가 아까 고맙게 일깨워준 것처럼 말이오—당신도 조만간 배우게 될 것이오. 그러나 당신이 그걸 뭐라고 부르든 세계적 위기라는 현실은 엄연한 사실이오. 여기에 모인 우리는 모두 현실주의자이고 물질주의자들이오. 문제는 누가 사태의 방향을 결정짓느냐 하는 것이오. 우리가 당신을 이 방으로 데려온 것은 바로 그 때문이오. 오늘 아침 당신은 민중의 호소에 대답했소. 그래서 우리는 당신이 민중의 진정한 대변자가 되기를 바라는 것이오. 당신은 제2의 부커 T. 워싱턴이, 아니, 그보다 훨씬 위대한 인물이 될 수 있을 것이오."

침묵이 흘렀다. 파이프가 빽빽 타들어가는 소리를 들을 수 있었다.

"형제가 이 문제에 관해서 어떻게 느끼고 있는지 직접 말을 해보도록 해야 할 것 같소."

파이프를 문 사내가 말했다.

"그래 어떻소, 형제."

브라더 잭이 말했다.

나는 내 말을 기다리고 있는 얼굴들을 들여다보았다.

"전부 처음이라 내 생각이 어떤 것인지 정확히 모르겠습니다."

나는 말했다.

"여러분은 정말 적임자를 구했다고 생각하십니까?"

"그런 건 걱정 안 해도 되오."

잭이 말했다.

"당신은 맡은 일을 해낼 거요. 열심히 일하고 지시를 따르기만 하면 됩니다."

그들은 이제 일어섰다. 나는 비현실감과 싸우면서 그들을 바라보았다. 그들은, 내가 대학의 서클에 가입했을 때 동료들이 그랬던 것처럼 나를 물끄러미 바라보았다. 그것만은 현실이었다. 이제 결단을 내리든지, 아니면 당신들 아무래도 미친 것 같다고 말하고 메리 아줌마네 집으로 돌아가든지 해야 할 시간이었다. 하지만 손해 볼 것 뭐 있나 생각했다. 최소한 이들은 나를, 흑인들 중 하나를, 뭔가 대단한 일을 착수하는데 초대한 것이 아닌가 말이다. 그것도 그렇고 이들과 함께 일하기를 거절한다면 어디로 간단 말인가……. 기차역 짐꾼 일자리를 얻는다? 적어도 여기선 연설해볼 기회가 있잖은가?

"언제부터 시작하는데요?"

나는 물었다.

"내일부터요. 시간을 낭비할 수는 없소. 그런데 당신 어디에 사오?"

"할렘에서 어느 아주머니 집에 세들어 있어요."

"가정주부요?"

"과붑니다. 방을 세놓고 살아요."

"교육은 얼마나 받은 여자요?"

"별로 받지 못했어요."

"퇴거당한 그 노인네들하고 비슷비슷한 모양이죠?"

"어느 정도는 그렇죠. 하지만 제 몸 돌보는 능력은 더 낫습니다. 모진 여자예요."

나는 웃으면 말했다.

"묻는 게 많소? 그 여자와 친해요?"

"내게 아주 잘해줍니다. 방세를 못 내는데도 쫓아내지 않아요."

그는 머리를 흔들었다.

"안 되겠소."

"무슨 말씀이오?"

내가 물었다.

"집을 옮기는 게 상책이오. 금방 연락이 되도록 좀 더 시내 쪽에 거처를 하나 찾아주겠소……."

"하지만 돈이 없는걸요. 그 여자는 전적으로 신뢰할 만합니다."

"그건 알아서 해주겠소."

그는 손을 내저으며 말했다.

"당신은 우리의 일이 대부분 반대에 부딪치고 있다는 사실을 곧 알게 될 거요. 따라서 우리의 원칙은 아무에게도 말하지 않고 정보가 무의식중에 새어나갈지도 모르는 경우는 피한다는 거요. 그러니 당신은 당신의 과거를 버려야 하오. 가족이 있소?"

"예."

"가족과 연락을 취하오?"

"그럼요, 가끔 편지를 쓰죠."

나는 그의 질문 방식에 울화가 치밀기 시작했다. 목소리는 냉정해지고 심문조가 되어갔던 것이다.

"그렇다면 당분간 소식을 끊는 것이 좋겠소."

그는 말했다.

"어쨌든 당신은 너무 바빠질 거요. 여기."

그는 조끼 주머니에 손을 집어넣어 뭔가를 찾다가 갑자기 벌떡 일어섰다.

"뭐요?"

누군가 물었다.

"아무것도 아니오. 실례하오."

그는 그 특이한 걸음으로 문 쪽에 가서 손짓을 했다. 이내 그 여인이 나타났다.

"엠마, 내가 준 종이 쪽지, 그걸 새로 온 형제에게 줘요."

여인이 안으로 들어와 문을 닫자 그가 말했다.

"오, 그래 당신이로군요."

그녀는 의미 있는 웃음을 지어 보이며 말했다.

나는 그녀가 호박단으로 지은 접객용 가운의 가슴팍에 손을 집어넣어 흰 봉투 하나를 끄집어내는 것을 지켜보았다.

"이게 당신의 새로운 신분이오."

잭이 말했다.

"뜯어봐요."

안에는 이름이 적힌 종이 쪽지가 들어 있었다.

"그것이 당신의 새 이름이오."

잭이 말했다.

"지금 이 순간부터 당신은 자신에 대해 그 이름으로 생각하기 시작하시오. 그 이름을 명심하여 한밤중에 누가 부르더라도 금방 대답이 나오게 되도록 하시오. 얼마 안 있으면 당신은 그 이름으로 전국에 알려지게 될 것이오. 다른 이름에는 대답해선 안 되오. 알겠소?"

"노력해보죠."

나는 말했다.

"이 사람 사는 곳을 잊지 마시오."

키 큰 사내가 말했다.

"잊기는."

잭이 미간을 찌푸리며 말했다.

"엠마, 돈 좀 부탁해요."

"얼마나요, 잭?"

그녀가 물었다.

그는 나를 돌아봤다.

"방세가 많이 밀렸소?"

"너무 많이 밀렸습니다."

"3백 해줘요, 엠마."

그는 말했다.

"걱정 마시오."

내가 그 금액에 놀라움을 보이자 그가 말했다.

"이 돈이면 빚도 갚고 옷도 살 수 있을 거요. 아침에 전화를 주시오. 거처를 찾아놓을 테니. 우선 당신의 급료는 주당 60달러요."

주당 60달러! 나는 할 말이 없었다. 여인은 방을 가로질러 책상으로 가더니 돈을 가져와서 내 손에 쥐어주었다.

"넣어두세요."

그녀가 후한 태도로 말했다.

"자, 형제들, 끝난 것 같소. 엠마, 한잔 어떻소?"

잭이 말했다.

"그럼요, 그래야죠."

그녀는 장으로 가서 술병과 잔들을 가지고 와서 잔에 맑은 술을 한 치 가량씩 따랐다.

"여기 있어요, 형제들."

그녀는 말했다.

잭은 자기 잔을 집어 코 높이까지 들어 올리며 숨을 깊이 들이마셨다.

"인류의 형제애를 위해…… 역사를 위해, 변혁을 위해."

그는 내 잔에 부딪치며 말했다.

"역사를 위해."

우리는 다같이 말했다.

술은 타는 듯했다. 나는 고개를 숙이고 치솟는 눈물을 감췄다.

"아……."

누군가 아주 흐뭇한 듯 말했다.

"이리들 와요."

엠마가 말했다.

"다른 손님들과 어울립시다."

"이제 좀 즐깁시다."

잭이 말했다.

"그런데 당신 새 이름을 잊지 말아요."

나는 생각을 좀 해보고 싶었으나 그들은 여유를 주지 않았다. 나는 커다란 방 안으로 휩쓸려 들어갔고 새로 생긴 이름으로 소개를 받았다. 모두가 웃었고, 나와 인사를 나누고 싶어하는 눈치였다. 내가 맡은 역할을 다들 알기나 하는 것처럼 말이다. 모두가 내 손을 따뜻하게 쥐어주었다.

"여권(女權)의 현황을 형제는 어떻게 생각하시죠?"

커다란 검은 벨벳 두건을 쓴 못생긴 여자가 물었다. 그러나 내가 미처 입을 열기도 전에 브라더 잭이 나를 떠밀고 한 패의 남자들이 모여 있는 곳으로 갔다. 남자들 중 하나는 퇴거 사건의 자초지종을 죄다 아는 듯했다. 바로 옆에서는 피아노를 둘러싼 한 일행이 멜로디보다는 목청으로 민요들을 불러댔다. 우리는 이 패에서 저 패로 자리를 옮겨 다녔다. 브라더 책은 권위가 대단했고 다른 사람들은 그에게 한결같이 존경심을 보였다. 이 사람은 분명 힘이 막강한가 보군, 광대가 아냐 하고 나는 생각했다. 하지만 빌어먹을 이까짓 부커 T. 워싱턴 수작! 일은 하겠지만 나는 나 이외에 아무도 아냐……. 나는 내가 누구든 설립자의 삶을 본받아 내 삶을 설계할 것이다. 이 사람들은 내가 부커 T. 워싱턴처럼 행동한다고 생각할지 모르지.

그렇게 생각하라지. 그러나 나 자신에 관한 나의 생각은 비밀로 해두겠다. 그래. 연설을 했을 때 실은 겁을 내고 있었다는 사실은 숨겨둬야 해. 갑자기 속에서 쿡쿡 웃음이 터지려고 했다. 이 역사 과학이란 일에 보조를 맞추어줘야 해.

이제 우리는 피아노 가까이 다가갔다. 그곳에서 어떤 극렬한 청년이 할렘 지역의 여러 지도자들에 관해 물어왔다. 나는 이름밖에는 몰랐지만 그 사람들을 다 아는 척했다.

"잘됐어요."

청년이 말했다.

"잘됐어. 앞으로 이 모든 세력들과 힘을 합해 일해야 해요."

"그렇습니다. 옳은 말씀이에요."

나는 짤랑 소리를 내어 술잔을 돌리며 말했다. 작달막하고 쩍 벌어진 사내 하나가 나를 보더니 다른 사람들에게 손짓을 하며 노래를 중단시켰다.

"이봐요, 형제."

그는 소리쳤다.

"이봐요, 음악 좀 멈춰. 멈추라고!"

"네, 어…… 형제."

나는 더듬거렸다.

"형제는 진짜 우리에게 필요한 사람이오. 우린 당신을 찾고 있었어요."

"오!"

나는 말했다.

"영가 하나 어때요. 아니면 그 진짜 근사한 옛날 흑인 노동가 중에서 한 곡? 이런 거 말이오. 아, 애틀란타로 갔네……. 한 번도 가보지 못했던 그곳으로."

그는 한 손엔 술잔, 한 손엔 시가를 들고 두 팔을 펭귄의 날개처럼 내뻗으며 노래를 불렀다.

"백인은 닭털 침대에서 잠을 자고 검둥이는 마룻바닥에서 잠을 자네……. 하하, 어때요. 형제!"

"이 형제는 노래 따윈 부르지 않아!"

브라더 잭이 말을 딱딱 끊어가면서 고함을 질렀다.

"무슨 말씀. 흑인들은 죄다 노래를 해."

"이건 무의식적인 인종적 배타주의의 괘씸한 본보기요."

잭이 말했다.

"무슨 말씀. 난 흑인 노래를 좋아한다고."

쩍 벌어진 사내가 고집스럽게 말했다.

"이 형제는 노래 따윈 안 해요!"

브라더 잭이 새빨갛게 달아오르며 소리쳤다.

쩍 벌어진 사내가 그를 고집스럽게 바라보았다.

"노래를 부르는지 못 부르는지 본인에게 물어보지그래? ……이봐요, 형제, 기분을 좀 내봐. 내려오라, 모세여."

그는 시가를 내려놓고 손가락을 튕기며 듣기 싫은 바리톤으로 소리를 질러댔다.

"이집트 땅으로 내려와, 저 늙은 파라오에게 말해. 내 유색인이 노래를 부르도록 해 다오! 난 저 흑인 형제에게 노래할 수 있는 권리를 주는 데 찬성이오!"

그는 싸울 테면 싸워보자는 듯 소리를 질렀다. 브라더 잭은 숨이 탁 막히는 듯한 표정이었다. 그가 손을 들어 신호를 했다. 두 사내가 방 저쪽에서 재빨리 튀어나와 작달막한 사내를 거칠게 끌고 나갔다. 그들이 문 뒤로 사라지며 브라더 잭은 그들을 따라 나갔고, 이어 엄청난 침묵이 그 뒤를 따랐다.

나는 잠시 문에 시선을 못 박은 채 그 자리에 서 있다가 돌아섰다. 손에 쥔 술잔은 뜨거웠고 내 얼굴은 터질 것만 같았다. 왜 다들 내 책임이나 되는 듯이 나를 쳐다보는 것일까? 도대체 왜 쳐다보는가 말이다. 나는 갑자기 소리를 질렀다.

"여러분 웬일이십니까? 술 취한 사람 처음 봤어요?"

그때 현관 밖 어디선가 그 쩍 벌어진 사내의 취한 목소리가 들려왔다.

"세인트 루이스 마아마이이이…… 보석 바안지 끼이이이고……."

그 소리는 탕 하고 문이 닫히는 소리와 함께 뚝 끊어졌다. 방 안 사람들의 얼굴은 모두 당황스런 표정이 되어버렸다. 나는 별안간 미친 듯이 웃어댔다.

"그 작자가 내 얼굴을 후려치더군요!"

나는 씨근거렸다.

"그자가 한 발이나 되는 똥창으로 내 얼굴을 후려쳤어요!"

내가 허리를 꺾고 고함을 지르면서 웃음을 폭발시킬 때마다 온 방 안은 위아래로 춤을 추는 것 같았다.

"그자가 돼지 똥창을 던지는 거예요."

나는 소리쳤다. 그러나 아무도 이해하는 것 같지 않았다. 내 눈엔 눈물이 괴어 거의 앞이 보이지 않았다.

"저 사람 미송(美松)처럼 잔뜩 올랐어."

나는 웃으며 제일 가까이에 있는 사람들 무리를 향해 돌아섰다.

"저 사람 완전히 취했어요……. 음악이고 뭐고!"

"그래, 맞아. 하, 하……."

한 사내가 초조하게 말했다.

"아주 곤죽이 됐어."

웃으며 나는 이제 겨우 숨을 되찾았다. 그러고 보니 이제 다른 사람들의 조용한 긴장감도 차츰 엷어지면서 방 안 가득히 울리는 잔잔한 웃음의 물결을 이루더니 이내 급속하게 갖가지 크기와 강도와 억양을 가진 떠나갈 듯한 웃음소리로 변했다. 온통 빠짐없이 웃음에 합세했다. 방 안은 정말 떠나갈 듯했다.

"그래 당신은 브라더 잭의 얼굴을 봤소?"

한 남자가 머리를 흔들며 소리 질렀다.

"굉장했어."

"내려오라, 모세여!"

"굉장했다니까!"

방 저쪽에서 숨이 막히지 않도록 어떤 사람의 등을 두드려주는 사람도 있었다. 손수건들이 튀어나왔고, 사방에서 코를 킁킁거리는 소리가 났으며, 눈을 닦는 모습들이 보였다. 술잔이 바닥에 떨어져 깨지는가 하면 의자가 넘어졌다. 나는 그 고통스러운 웃음을 억누르려고 애쓰다가,

차차 진정이 되면서 사람들을 바라보니 그들은 어딘가 당황스런 빛을 띤 고마움의 표정으로 나를 바라보고 있었다. 그걸 보니 정신이 들었다. 사람들은 별다른 일이 일어나지 않았던 것처럼 하려고 애를 쓰는 것 같았다. 그들은 웃음을 지어 보였다. 몇 사람은 금방 내게로 다가와 등을 두드리고 악수라도 할 것 같았다. 그들이 아주 듣기를 고대했던 무슨 말이나 해준 듯, 혹은 나로서는 영문을 모르는 어떤 아주 중요한 봉사를 해주기나 한 듯 말이다. 그들의 얼굴에 나타난 분위기는 바로 그런 것이었다. 속이 뒤틀렸다. 그 자리를 떠나고 싶었고 그들의 눈길을 받지 않고 싶었다. 그때 가냘프고 작은 어떤 여자가 다가와서 내 손을 쥐었다.

"이런 일이 일어나 대단히 죄송해요."

그녀는 느릿느릿한 북부 사람 말투로 말했다.

"정말, 진심으로 죄송합니다. 우리 형제들 중에 어떤 이들은 그다지 수준이 높지 못해요. 자기들은 잘한다고 해도 말이에요. 제가 대신 사과드리니 받아주셔야 해요……."

"아니, 그저 취했을 따름인걸요."

나는 그녀의 가냘픈, 뉴잉글랜드 인의 얼굴을 보며 말했다.

"그럼요. 저도 알아요. 분명 그랬어요. 저는 우리 유색인 형제분들께 절대 노래를 청하지 않아요. 노래를 듣고 싶어도 말이에요. 그건 아주 퇴보적인 일이라는 걸 아니까요. 당신은 우리와 함께 투쟁하러 여기 온 것이지 즐기러 온 건 아니에요. 당신은 제 말을 이해하시는 것 같은데, 그렇지 않아요, 형제?"

나는 잠자코 웃었다.

"물론 그러시겠죠. 자, 이젠 가봐야겠어요. 굿바이."

그녀는 흰 장갑을 낀 작은 손을 내밀며 말하고는 나를 떠났다.

나는 얼떨떨한 기분이었다. 도대체 무슨 말일까? 남들에게 우리 흑인들이 모두 홍행인이고 타고난 가수라고 인식시키는 것을 우리가 분개한다는 것을 안다는 뜻일까? 그러나 이제 서로들 웃고 나니 마음이 어쩐지 꺼림칙했다. 우리가 노래 부탁을 받는 무슨 방법이 있어야 하지 않을까? 그 작달막한 사내의 경우, 실수는 했지만 그의 동기가 의식적으로든 무의식적으로든 악의로 받아들여지지 않을 권리를 가져야 하지 않을까? 따지고 보면 그는 노래를 했고, 하려던 참이었다. 내가 만약 그에게 노래를 청한다면 어떻게 될까? 나는 선교사처럼 검은 옷을 입은 그 작은 여자가 사람들 사이를 이리저리 뚫고 가는 것을 지켜보았다. 도대체 저 여자는 이곳에서 무슨 일을 하는 것일까? 그녀의 역할은 무엇일까? 좋아, 속셈이 무어든, 저 여자는 친절해서 마음에 든다.

바로 그때 엠마가 다가와서 내게 춤을 청했다. 나는 피아노가 연주되고 있는 플로어 쪽으로 그녀를 이끌어 나갔다. 전에 그 제대 군인이 한 예언을 생각하며 나는 그녀 같은 여자와 매일 춤을 추기라도 한 듯 그녀를 내 쪽으로 끌어당겼다. 이왕 몸을 담은 이상 이제 내 경험과 전혀 동떨어진 상황과 맞부딪친다 하더라도 놀라는 빛이나 당황하는 빛을 보여서는 안 되겠다고 느꼈다. 안 그러면 믿음직스럽지 못하게 여겨지거나 쓸모없는 사람으로 여겨질지 모르니 말이다. 어딘지 그들은 내가, 상상을 통해서만은 예외로 하고 경험을 통해서는 전혀 대비가 되어 있지 않은 일들도 하기를 기대하는 것 같았다. 그렇지만 새로운 일은 아니었다. 백인들은 우리가 알지 못하도록 별의별 수단을 다 쓰면서도 늘 우리가 그것을 알리라고 생각하는 듯하니까. 해야 할 일은 대비를 하는 것이었다—할아버지께서, 투표 자격 심사 시험을 보기 위해 미합중국 헌법 전문을 외워야 했을 때처럼 말이다. 할아버지는 시험에 통과해서 백인들을 죄다 난처하게 만들었다. 그런데도 그들은 할아버지에게 투표권을 주지 않았지만 말이다……. 어쨌든 이건 다른 얘기였다.

춤도 많이 추고 버번도 많이 마시고 내가 메리 아줌마 집으로 돌아온 것은 새벽 5시가 다 되어서였다. 메리 아줌마가 침대 깔개를 갈아놓은 것 말고는 방이 여전히 그대로라는 게 어쩐지 놀라웠다. 마음씨 좋은 메리 아줌마. 술이 번쩍 깨는 것 같았다.

옷을 벗노라니 해진 옷들이 눈에 띄어 나는 그것들을 버려야겠다고 생각했다. 분명 버려야 할 때가 되었다. 모자도 이젠 버려야 하리라. 초록색이 바래 갈색이 되어 마치 겨울눈을 맞은 나뭇잎 같았다. 새 이름에 걸맞게 새것이 필요할 것이다. 챙이 넓은 검은 모자로. 홈버그 모자로 할까? ……개지랄이다! 나는 소리 내어 웃었다. 그래, 짐은 내일 꾸려도 되겠지—짐도 별로 없으니까. 없는 게 아마 상책이야. 가벼운 차림으로 아무 데나 쉽게 다닐 수 있을 테니까. 그 사람들은 그래 동에 번쩍 서에 번쩍하는 사람들 아니냔 말이다. 메리 아줌마와 아줌마를 버리고 내가 같이 일할 사람들과는 얼마나 엄청나게 다른가? 그런데 일이 왜 하필 이런 식으로 됐을까? 아줌마가 내게 기대하는 일 중에서 뭔가 해볼 수 있게 됐는데 바로 그 일 때문에 아줌마에게서 떠나야 하니 말이다. 브라더 잭이 구해준다는 집은 어떤 집일까? 그런데 왜 내게 직접 구하게 하지 않았을까? 할렘 지도자가 되려는 사람이 다른 곳에서 산다는 것은 온당치 않은 것 같았다. 그뿐 아니고 아무것도 온당해 보이지 않았다. 그런데도 나는 그들의 판단에 의존해야 했다. 그들은 그런 일에 도사가 되어 있는 것 같았다.

그러나 어느 정도까지 그들을 믿을 수 있으며, 또 그들은 어떤 점에서 대학 이사들과 다른 것일까? 하여간, 나는 몸을 내맡겼다. 같이 일해가

다 보면 알게 되리라 하고 나는 돈을 떠올리며 생각했다.

지폐는 빠닥빠닥한 새것이었다. 나는 밀린 방세와 밥값을 깡그리 갚을 때 메리 아줌마가 놀라는 모습을 그려보려고 했다. 놀린다고 생각할지도 몰랐다. 그러나 돈으로는 그녀의 인정을 절대 갚을 수 없을 것이다. 그녀는 내가 일자리를 얻자마자 그처럼 빨리 집을 옮기려는 것을 이해하지 못할 것이다. 또 내가 무슨 성공이라도 거두게 된다면 그것은 더없는 배은망덕으로 보일 것이다. 그녀를 어떻게 대하냔 말이다. 아줌마는 아무런 보답도 요구하지 않았다. 아니, 자기가 '민족 지도자'라고 부르는 것이 되어주는 것 말고는 아무런 보답도 원하지 않았다. 나는 추위에 몸을 떨었다. 집을 옮긴다는 말은 꺼내기 힘들었다. 나는 집을 옮긴다는 생각조차 하기 싫었다. 그러나 감상적이 되어서는 안 된다. 브라더 잭 말마따나 역사는 우리 모두에게 가혹한 요구를 한다. 그러나 그 요구는 인간이 시대의 희생자가 아니고 주인이 되려면 충족되어야 할 요구들이었다.

그렇다면 내가 그걸 믿는 걸까? 어쩌면 나는 이미 그 값을 치르기 시작하는지도 몰랐다. 더욱이, 메리 아줌마 같은 사람들에게도 못마땅한 요소가 많다는 사실은 이제 인정하는 게 좋겠지 하고 나는 생각했다. 예를 들면, 그들은 자기의 개성과 남의 개성이 어디서 시작하고 어디서 끝나는지를 잘 모른다. 그 사람들은 대개, 두루뭉수리로 '우리'라는 입장에서 생각한다. 그러나 나는 언제나 '나'라는 관점에서 생각해온 경향이 있었다—그리고 그것이 다소 마찰을 일으켜왔다. 심지어는 내 가족과도 말이다. 브라더 잭 일행은 '우리'의 관점에서 이야기했지만 그건 좀 다른, 더 큰 '우리'였다.

하여간 나는 새 이름과 새 문제를 갖게 되었다. 이제 과거는 전부 뒷

전에 두는 게 상책이었다. 메리 아줌마도 아예 만나지 말고 그냥 돈을 봉투에 넣어 부엌 식탁 위에 놓아두고 가는 게—틀림없이 볼 테니까—상책일지 몰랐다. 그게 더 나을지 몰라 하고 나는 졸며 생각했다. 그러면 그녀 앞에 서서, 잘해야 죄다 얽혀 들어서 분간도 안 되는 감정과 말 때문에 덤벙대지 않아도 될 것이다. 한 가지, '지하신'에 있던 사람들에 관한 것으로는, 그들은 죄다 자기들이 느끼고 생각하는 바를 야무지고 분명한 용어로 말할 수 있는 듯했다. 그것도 역시 배워야 하리라……. 나는 이불 밑으로 몸을 뻗었다. 그러자 침대 용수철이 아래서 끼익 거리는 소리를 냈다. 방은 추웠다. 나는 집 안에서 들려오는 밤의 소리들에 귀를 기울였다. 시계는 시간에 맞춰 가려는 듯 공연히 급박하게 째깍거렸다. 거리에서 사이렌 소리가 요란하게 울려왔다.

15

그러다 나는 비몽사몽간에 침대에서 벌떡 일어나 그 귀에 거슬리고 신경을 자극하는 소리가 도대체 무슨 소리인지 알아보려고 희부연 잿빛 빛살 속을 들여다보았다. 담요를 젖히고 나는 양손으로 귀를 틀어막았다. 누군가 스팀 파이프를 두드리고 있었다. 나는 꼼짝 못하고 아마 몇 분간을 그대로 노려보기만 했다. 귀가 벌떡벌떡 뛰었다. 양 옆구리가 걷잡을 수 없이 가렵기 시작해서 나는 와락 파자마를 열어젖히고 그곳을 긁어댔다. 갑자기 통증이 귀로부터 옆구리로 뛰어내리는 것 같았고, 긁어대는 손톱 밑에서 낡은 살갗이 엷게 벗겨지면서 그곳에 거무튀튀한 생채기가 생겼다. 들여다보노라니 생채기에서 가느다란 핏줄기들이 솟아오르며 통증이 느껴졌고, 그것이 시간과 장소를 다시 결합해주었다. 나는 생각했다. 메리 아줌마의 집에서 보내는 마지막 날 방에 스팀이 들어오지 않다니. 그러자 갑자기 마음이 뭉클해졌다.

자명종 소리는 그보다 더 요란한 소리에 파묻혀 들리지 않았으나 시계는 7시 반을 가리키고 있었다. 나는 침대 밖으로 빠져나왔다. 서둘러야 했다. 브라더 잭에게 전화를 걸어 지시를 받기 전에 물건을 사야 할 것이 있었고 메리 아줌마에게 돈도 갚아야 했다……. 왜 저 시끄러운 소리를 그만두지 못하는 걸까? 신발을 찾아 손을 뻗으며 꽝꽝거리는 소리가 바로 머리 위에서 나는 것 같아 나는 움찔했다. 왜 저 소리를 그만두지 않을까? 그리고 왜 나는 이처럼 기분이 언짢을까? 버번 때문일까? 내 신경이 잘못되어가고 있나?

별안간 나는 펄쩍 뛰어 방을 건너가 구두 뒷굽으로 파이프를 미친 듯이 두들겨댔다.

"조용히 해, 이 멍청한 놈아!"

머리가 쪼개지는 것 같았다. 정신없이 파이프를 내리치자 은색 칠 조각이 떨어져 나오고 검게 녹슨 쇠가 드러났다. 그놈은 이제 쇠붙이를 사용하는지 칠 때마다 귀에 거슬리는 소리가 꽝꽝 울렸다.

이놈이 누군지 알기만 하면 하고 생각하며 나는 되받아칠 무슨 묵직한 물건을 찾았다. 누구인지 알기만 하면!

그때 문 가까이에서 미처 알아차리지 못한 무엇인가를 발견했다. 빨간 입술에 입이 커다란, 새까만 검둥이 모양의 주철 인형이었는데 그놈은 허연 눈으로 마룻바닥에서 나를 빤히 바라보며 입을 쫙 벌리고 웃었고, 하나뿐인 크고 시커먼 팔은 손바닥을 위로 하여 가슴 앞에 들어 올렸다. 그것은 초기 아메리카의 유물인 저금통이었다. 동전 한 푼을 손바닥에 놓고 뒤에서 지렛대를 누르면, 팔을 들어 올려 웃고 있는 입 속으로 동전을 튕겨 넣는 저금통이었다.

잠시 손을 멈추며 나는 속에서 울컥 치밀어오르는 증오감을 느끼고 냅다 달려들어 그것을 움켜쥐었다. 파이프를 두들겨대는 그 소음 때문이기도 했지만, 메리 아줌마로 하여금 주위에 그런 자기 모멸적인 형상을 두고 있게끔 한, 그런 관용이랄까 분별력의 결여랄까 하는 것에 울컥 분노가 치밀었기 때문이었다. 내 손아귀 안에서 그놈의 표정은 웃는다기보다는 교살당하는 표정에 가까운 것 같았다. 놈은 목구멍까지 동전이 차서 숨이 넘어가고 있었다.

어떻게 이게 여기에 와 있을까 하고 생각하며 나는 냅다 뛰어가 그 곱슬곱슬한 쇠머리로 파이프에 일격을 가했다.

"조용히 못해."

나는 버럭 고함을 질렀다. 그런데 그 고함은 숨어서 파이프를 두들기는 놈을 더욱 분노하게 만들 뿐인 모양이었다. 소리가 귀청이 떨어질 것 같았다. 위아래층에 사는 아파트 사람들이 죄다 합세했다. 쇠 곱슬머리로 되받아치자 은색 칠이 떨어져 날며 몰아치는 모래처럼 내 얼굴을 때렸다. 내려칠 때마다 파이프는 제법 윙윙거렸다. 창문들이 젖혀 올려졌다. 환기통 아래로 욕설들이 쏟아져 나왔다.

누가 시작했는데, 누구 책임인데? 하고 나는 생각했다.

"네놈, 20세기에 사는 책임 있는 인간답게 행동하지 못하겠어?"

나는 파이프를 겨누면서 고함을 질렀다.

"구닥다리식 집어치우고 문화인답게 놀란 말이야!"

그러자 탁 하고 깨지는 소리가 났다. 손아귀에서 쇠머리가 부서져 사방으로 흩어지는 것 같았다. 동전들이 사방으로 귀뚜라미들처럼 날아가 방바닥에 쨍그렁거리며 떨어져 떼구르르 굴러갔다. 나는 꼼짝 않고 서 있었다.

"저 소리 좀 들어봐! 저 소리 좀 들어봐!"

메리 아줌마가 복도에서 소리를 쳤다.

"시끄러워서 죽은 송장도 깨어나겠어. 스팀이 안 올라오면 관리인이 술에 취했거나 일을 팽개치고 지 계집년인지 뭔지 찾아간 줄 알고 있지 않느냔 말이야. 왜 알면 아는 대로 행동하지 않아!"

메리 아줌마가 어느새 문간에 나타나, 파이프를 내리치는 소리가 날 때마다 같이 내려치면서 "이봐! 거 두들기는 소리 거기서 나는 것 아냐?" 하고 소리를 질렀다.

나는 어떻게 할 줄을 몰라 좌우를 돌아보며 깨진 인형의 머리 파편이며 사방에 흩어진 갖가지 단위의 잔돈푼들을 바라보았다.

"여보게, 내 말 들리나?"

그녀가 외쳤다.

"무슨 일이죠?"

나는 큰 소리로 대꾸하고 방바닥에 털썩 주저앉아 부스러진 쇠 조각들을 미친 듯이 주워 모으면서 생각했다. 문을 여는 날이면 난 끝장이다…….

"그 시끄러운 소리가 거기서 나오느냔 말이야."

"예, 맞아요. 아주머니. 하지만 전 괜찮아요……. 벌써 깼는걸요."

나는 문 손잡이가 움직이는 것을 보고 몸이 얼어붙는 듯했다.

"그 시끄러운 소리가 온통 거기서 나는 것 같단 말이야. 자네 옷 입었나?"

"아뇨, 지금 입는 중이에요. 곧 다 입어요!"

나는 소리쳤다.

"부엌으로 나와."

그녀는 말했다.

"이리루 나오면 난로 위에 따뜻한 세숫물도 있고…… 커피도 있어. 아이구, 저 시끄러운 소리 좀 들어보라니까!"

그녀가 문간에서 떠나갈 때까지 나는 얼어붙은 듯이 서 있었다. 서둘러야 했다. 나는 무릎을 꿇고 부서진 저금통의 한 조각을 주워들었다. 빨간 셔츠를 입은 부분이었는데 운동선수의 셔츠에 새겨진 팀의 이름처럼 흰색 글자로 곡선을 그리며 '먹이를 주세요'라는 글귀가 박혀 있었다. 인형은 수류탄처럼 산산조각이 나서 들쭉날쭉한, 채색된 쇠붙이 파편들이 동전들 사이에 흩어져 있었다. 나는 내 손을 바라보았다. 작은 핏방울이 눈에 띄었다. 피를 훔쳐내며 나는 이 난장판을 숨겨야 해 하고 생각했다. 아줌마에게 이 꼴을 보여주면서 집을 옮기겠다고 말할 수는 없어. 나는 의자 위에 놓인 신문 한 장을 집어 그걸 빳빳하게 접고는 그것으로 동전과 부서진 쇠붙이들을 쓸어 모았다. 어디다 숨길까? 하고 생각하며 나는 더없이 기분 나쁜 느낌으로 쇠 곱슬머리와 불그죽죽한 입술 한 조각을 바라보았다. 메리 아줌마는 왜 주위에 이런 것을 놔두는 걸까. 나는 괴로웠다. 도대체 왜 그러는 걸까. 나는 침대 밑을 들여다보았다. 침대 밑은 먼지 하나 없어 아무것도 숨겨둘 데가 못 되었다. 아줌마는 너무 훌륭한 살림꾼이었다. 그리고 이 동전들을 어떻게 한담? 빌어먹을! 전에 있던 사람이 두고 갔는지도 모르지. 하여간 누구 것이든 숨겨야 돼. 벽장이 있긴 하지만 거기서도 아줌마는 찾아내고 말 것이다. 내가 방을 옮기고 며칠이 지나지 않아 아줌마가 내 짐을 치워내려고 보면 알게 될 것이 아닌가 말이다. 파이프 두들겨대는 소리는 이제 스팀이 올라오지 않는 것에 대한 단순한 항의를 넘어 거친 룸바 리듬이 되어 있었다.

꽝!
꽝—꽝
꽝—꽝!

꽝!
꽝—꽝

꽝—꽝!

그 소리가 방바닥까지 울렸다.

"몇 분 후면 난 여기 없을 거야, 이 자식들아!"

나는 커다랗게 소리 질렀다.

"다른 사람은 생각지도 않는 자식들! 잠자고 싶은 사람들이 있을 거란 생각을 왜 안 하느냔 말이야? 그러다가 누가 미치기라도 하면 어떡할 거야……?"

그러나 신문지 꾸러미 문제는 여전히 남아 있었다. 시내로 나가는 길에 없애버리는 수밖에 없었다. 나는 그걸 단단히 묶어서 외투 호주머니에 넣었다. 이제 그 동전 값에 해당되는 돈만 메리 아줌마에게 주면 되는 거야. 남는 만큼, 아니 필요하다면 가진 돈의 반이라도 주겠다. 그러면 약간은 보상이 될 것이고 그녀도 그것을 고맙게 생각할 것이다. 그런데 이제 얼굴을 맞대고 메리 아줌마를 '만나야 한다는' 사실이 일깨워지자 두려운 생각이 들었다. 빠져나갈 방도가 없었다. 그냥 나가겠다고 말하고, 돈을 치른 다음 가버리면 될 걸 왜 그걸 못하지? 메리 아줌마는 주인이고 난 세든 사람이다……. 아냐, 그 이상의 무엇이 있다. 나는 나가겠다고 말할 수 있을 만큼도 모질지 못하고 사무적이지도 못해. 일자리를 구했다고 말해야겠다. 무어든 말이다. 하지만 지금 당장 말해야 돼.

내가 들어갔을 때 그녀는 식탁에 앉아 커피를 마시고 있었고, 난로 위에선 주전자가 쉭쉭거리며 김을 내뿜었다.

"저런, 오늘 아침에는 자네 굼뜨군. 저 주전자 물을 좀 떠가지고 가서 세수를 해요. 졸려 보이긴 한데, 찬물을 써야 될지도 모르겠어!"

"이거면 됐어요."

나는 맥없이 말했다. 주전자의 김이 모락모락 올라와 얼굴에 와 닿더니 금방 축축해지고 차가워졌다. 난로 위에 있는 벽시계는 내 시계보다 늦었다.

욕실로 들어가 나는 세면기를 마개로 막고 뜨거운 물을 약간 붓고는 수돗물로 식혔다. 눈물처럼 따뜻한 물을 한참 동안 얼굴에 갖다 대었다가 수건으로 닦고 나서 부엌으로 돌아갔다.

"물을 다시 가득 채워요."

내가 돌아오자 메리가 말했다.

"기분이 어때?"

"그저 그래요."

메리는 에나멜을 칠한 식탁 위에 팔꿈치를 얹고 앉아 양손으로 컵을 감싸 쥐고 있었다.

일을 하느라 닳은 새끼손가락 하나가 가볍게 구부러져 있었다. 싱크대로 가서 수도꼭지를 돌리니 찬물이 손 위로 쏟아져 내렸다. 나는 어떻게 해야 하나 생각하고 있었다…….

"그만하면 되겠어."

메리가 말하는 바람에 나는 깜짝 놀랐다.

"정신 차려요!"

"도무지 정신이 여기에 있지 않은 것 같아요. 정신이 딴 데 있었어요!"

내가 말했다.

"그럼 제정신을 차려서 이리 와 커피나 마셔요. 내 금방 마시고 뭘로 아침을 할 수 있겠는지 좀 볼 테니. 엊저녁에 굶었으니 오늘 아침엔 들 수 있겠구먼. 어제 저녁 먹으러 오질 않았잖아."

"죄송해요. 저는 커피면 되겠어요."

"이봐요, 이젠 먹어야지."

메리는 주의를 주며, 내게 커피 한 잔을 가득히 따라주었다. 나는 컵을 들어 설탕을 타지 않은 채 홀짝홀짝 마셨다. 맛이 썼다. 메리는 처음엔 나를, 그다음엔 설탕 통을, 그러고는 다시 나를 힐끔 바라보았지만 아무 말도 하지 않았다.

그녀는 자신의 컵을 흔들며 그 안을 들여다보았다.

"좀 좋은 여과기를 구해야겠어."

메리는 생각에 잠겨 말했다.

"지금 가지고 있는 것은 찌꺼기가 커피와 함께 흘러나와요. 좋은 게 나쁜 것과 섞여 나온단 말이야. 하지만 알 수가 있어야지. 제일 좋다는 여과기를 사용해도 바닥에 찌꺼기 한두 개는 보이니까."

나는 메리의 눈길을 피하면서 김이 모락모락 나는 커피를 후후 불어댔다. 꽝꽝 두들겨대는 소리가 이제 다시 견딜 수 없을 정도로 크게 울리고 있었다. 떠나야 했다. 나는 커피의 그 뜨거운 금속 같은 표면을 바라보았다. 기름기 도는 한 가닥 우윳빛 소용돌이가 보였다.

"저, 아주머니."

나는 불쑥 입을 열었다.

"말씀드리고 싶은 게 있는데요."

"봐, 나 좀 봐."

그녀는 퉁명스럽게 말했다.

"오늘 아침엔 방세 걱정하는 소리 좀 말아주었으면 좋겠어. 자네가 돈이 생기면 방세를 내리라는 걸 아니까 난 걱정을 안 해요. 그동안은 잊어버리라니까. 이 집에서 굶어죽는 사람은 아무도 없어. 자네 일자리 잡을 수 있는 무슨 신수라도 트였나?"

“아뇨……. 꼭 그렇진 않지만.”

나는 기회를 포착해 더듬거리며 말했다.

“오늘 아침에 뭐 하나 알아보려고 누굴 좀 만나기로 했어요…….”

그녀의 얼굴이 밝아졌다.

“아, 그거 잘됐군. 자넨 장차 뭔가 될 거야, 난 알아.”

“그런데 밀린 방세는.”

나는 말을 이었다.

“그건 걱정 말아요. 핫케이크 좀 들겠나?”

그녀는 일어나 찬장 안을 뒤져보러 갔다.

“이 추위에는 그게 안성맞춤이야.”

“시간이 없어요.”

내가 말했다.

“그런데 드릴 게 좀 있습니다…….”

“뭔데?”

그녀는 물었다. 찬장 안을 들여다보느라고 그녀의 목소리는 약하게 들려왔다.

“여기요.”

나는 얼른 호주머니에 손을 집어넣어 돈을 찾았다.

“뭐? ……가만있자, 당밀이 좀 있던가……?”

“그런데 여길 좀 보세요.”

나는 1백 달러짜리 지폐를 꺼내며 안달했다.

“윗선반에 있나 봐.”

그녀는 여전히 등을 돌린 채 말했다.

나는 그녀가 찬장 앞에서 사다리를 끌어와서 사다리 위로 올라가 찬장 문들을 붙잡고 윗선반을 들여다보는 걸 보고 한숨이 나왔다. 이러다간 말을 못 꺼내겠다…….

"그런데 아주머니에게 뭘 좀 드리려고요."

"이봐, 왜 그리 성가시게 구나. 내게 뭘 준다고?"

그녀는 어깨너머로 돌아다보며 말했다.

나는 돈을 들어 보였다.

"이거요."

그녀는 고개를 길게 빼고 돌아보았다.

"이봐, 거기 자네 가지고 있는 게 뭔가?"

"돈이에요."

"돈? 아이구머니나, 이봐!"

몸을 완전히 돌리느라고 그녀는 하마터면 넘어질 뻔했다.

"그 많은 돈은 어디서 났지? 복권을 샀나?"

"그럼요. 제 번호가 당첨됐거든요."

다행이라고 여기고 나는 그렇게 말했다. 번호를 물어보면 어떡하나 생각하며. 모르는 게 당연했다. 복권을 산 적이라곤 없으니.

"그런데 왜 내겐 그런 말 하지 않았지? 나도 최소한 5센트는 걸 수 있었는데."

"되리라는 생각을 못했죠."

"원 저런! 그래 자네에겐 분명 처음이겠지?"

"그럼요."

"그것 봐. 난 자네에게 운이 따를 거라는 걸 알고 있었어. 난 여기서 몇 해 동안이나 그걸 해봤는데 자넨 단번에 그 많은 돈을 맞히다니. 정말 잘됐어. 정말 기뻐요. 하지만 난 그 돈 필요 없어. 일자릴 얻을 때까지 기다려야지."

"하지만 다 드리는 건 아니고요."

나는 얼른 말했다.

"이건 그냥 일부밖에 되지 않아요."

"하지만 1백 달러짜리 아냐. 내가 그걸 받아 바꾸려 했다간 백인들이 내 이력을 전부 캐려고 들걸."

그녀는 코웃음을 쳤다.

"어디서 태어났고, 어디서 일하고, 지난 6개월 동안 어디 있었느냐는 걸 캐려고 들 거란 말이야. 이실직고해도 훔쳤다고 생각할 거야. 잔돈은 하나도 없나?"

"이게 액수가 제일 적은 거예요. 받으세요."

나는 간청했다.

"제겐 충분히 남아 있으니까요."

그녀는 나를 날카롭게 바라보았다.

"정말이야?"

"정말이지 않고요."

"이런…… 떨어져서 목이 부러지기 전에 여기서 내려가야겠군!"

그녀는 사다리에서 내려오며 말했다.

"정말 고마워. 하지만 말이지. 일부는 내가 갖고 나머지는 자네를 위해 저금을 해두겠네. 또 궁해지면 이 메리에게 찾아오란 말이야."

"이젠 괜찮을 것 같아요."

나는 그녀가 돈을 조심스럽게 접어서, 그것을 의자 등에 늘 걸려 있던 가죽 가방에 집어넣는 모습을 지켜보았다.

"정말 기뻐. 이제 그 속 썩이던 외상을 다 갚을 수 있게 됐으니 말이야. 이제 썩 들어가서, 돈을 턱 내놓고, 자, 이제 그만 괴롭히시오 하고 말하면 얼마나 기분이 좋겠냔 말이야. 자넨 운이 트인 모양이야. 꿈에 그 번호를 봤나?"

나는 그녀의 열띤 얼굴을 힐끔 쳐다봤다.

"봤어요. 하지만 이것저것 온통 뒤섞인 꿈이라서."

"몇 번이었는데? ……아이구머니, 이게 뭐야!"

그녀는 버럭 소리를 지르며 벌떡 일어나 스팀 관 가까이의 리놀륨 마룻바닥을 가리켰다.

바퀴벌레들이 위층에서부터 스팀 관을 따라 우글우글 조그만 떼를 지어 미친 듯이 내려오더니 파이프의 진동에 흔들려 마룻바닥으로 뚝뚝 떨어졌던 것이다.

"빗자루를 가져와요!"

메리가 고함을 질렀다.

"저기 벽장 안에 있어!"

나는 의자를 돌아가 얼른 빗자루를 꺼내들고 와서 그녀와 함께 흩어져 달아나는 바퀴벌레들을 빗자루와 발로 찰싹찰싹 때리고 짓밟았다. 그놈들을 힘껏 내려 밟자니 툭, 툭 터지는 소리가 들려왔다.

"이 더럽고 냄새 고약한 것들! 저 식탁 밑에 있는 놈 잡아! 저리루 가네. 놓치지 마. 저 더러운 자식들!"

나는 빗자루를 휘둘러 벌레들을 내리치고 그 짓이겨진 놈들을 수북하게 쓸어 모았다. 메리 아줌마가 헉헉거리며 쓰레받기를 가져와 나에게 건네주었다.

"더럽게 사는 치들이 있어."

그녀는 구역질나는 듯 말했다.

"그래, 그저 조금만 두들기기 시작하면 이처럼 꾸역꾸역 기어 나온단 말이야. 그저 조금만 흔들어대면 돼."

나는 바닥이 누진 곳들을 바라보고는 비틀거리는 걸음으로 쓰레받기와 빗자루를 제자리에 넣어두고 나서 방에서 나가려고 했다.

"아침밥은 안 먹으려고? 이 어지러운 것 좀 치우고 금방 시작할 텐데."

"시간이 없어서요."

나는 문 손잡이를 잡으면서 말했다.

"만날 약속을 일찍 한 데다가 그 전에 몇 가지 볼일이 있거든요."

"그럼 잠깐 이리 와서 뭐 뜨거운 것 좀 얼른 먹는 게 낫지. 뱃속에 뭘 채우지도 않고 이 추운 날씨 속을 돌아다녀선 안 돼요. 그리고 돈이 좀 생겼다고 외식을 시작할 생각은 말고."

"그럼요. 알아서 할게요."

나는 손을 씻는 그녀의 등을 향해 말했다.

"그럼, 잘되길 바라네. 자넨 오늘 아침에 정말 기분 좋은 뜻밖의 선물을 주는군……. 거짓말이라면, 벼락 맞을 일이지!"

그녀는 즐겁게 웃어댔고 나는 복도를 걸어 내 방으로 들어가 문을 닫았다. 그리고 외투를 걸고 벽장에서 내 소중한 서류 가방을 끄집어 내렸다. 그것은, 그 집단 권투 시합이 있던 날 밤처럼 여전히 새것 그대로였다. 그런데 부서진 저금통과 동전들을 집어넣고 뚜껑을 닫고 보니 가운데가 불룩해졌다. 나는 벽장 문을 닫고 방에서 나왔다.

꽝꽝 울리는 소리도 이제 그다지 괴로운 정도는 아니었다. 복도를 걸어 내려가면서 들으니 메리 아줌마가 무언가 구슬프고 해맑은 노래를 부르고 있었고, 내가 문을 열고 나가 복도로 들어섰을 때에도 여전히 노랫소리는 울려왔다. 그때 나는 문득 생각이 나서 거기 침침한 복도 불빛 아래서 희미한 향내가 나는 종이 쪽지를 지갑에서 꺼내 조심스럽게 펼쳐보았다. 온몸이 떨려왔다. 복도가 추웠다. 떨리는 것이 가시자 나는 눈을 가늘게 뜨고 새로 얻은 내 '형제애단' 이름을 오랫동안 물끄러미 보았다.

간밤에 내린 눈은 차들이 오가며 누비고 다니는 바람에 벌써 진창이 되었고 날씨는 한결 풀렸다. 행인들과 섞여 인도를 걸어 내려가며 나는 가방 안에 든 묵직한 것 때문에 가방이 자꾸 다리에 부딪치는 것을 느낄 수 있었다. 맨 처음 눈에 띄는 쓰레기통에 그 동전들과 부서진 쇳조각들을 버릴 작정이었다. 메리 아줌마 집에서의 마지막 날 아침을 상기시켜 주는 그 같은 물건은 내게 전혀 필요가 없었다.

나는 줄지어 선 낡은 주택들 앞에 줄줄이 늘어선 찌그러진 쓰레기통이 있는 곳으로 갔다. 그곳을 지나가며 그 중 하나에다 짐 꾸러미를 슬쩍 던져 넣고 계속 걸음을 옮기고 있는데, 뒤에서 문이 열리는 소리가 들리고 벼락 같은 고함 소리가 들려오는 것이었다.

"아니, 이게 무슨 짓이야, 무슨 짓. 냉큼 이리 와서 다시 가져가지 못해요!"

돌아보니 작달막한 여자 하나가 녹색 외투를 머리와 어깨에 뒤집어 쓰고 외투 소매는 달라붙는 여분의 팔들처럼 축 늘어뜨린 채 현관 입구에 서 있었다.

"당신 말이에요."

그녀는 소리쳤다.

"어서 와서 당신 쓰레기를 가져가요. 그러곤 다신 내 쓰레기통에 당신 쓰레기를 집어넣지 말란 말이에요!"

그녀는 줄 달린 코안경을 쓰고 머리는 틀어서 핀을 찌른 조그만 황인종 여자였다.

"우린 우리네 사는 델 청결하고 남부끄럽지 않게 건사하고 있다고요. 당신네들 검둥이 농사꾼들이 남부에서 올라와 아수라장으로 만들지 말아주었으면 좋겠단 말이야."

그녀는 증오에 불타 고함을 질렀다.

사람들이 걸음을 멈추고 구경을 했다. 블록 저 아래의 어느 건물에서 관리인 한 사람이 나와 인도 한가운데 서서 주먹으로 손바닥을 내리치며 탁, 탁, 메마른 소리를 냈다.

나는 당황스럽고 난처하여 머뭇거리며 서 있었다. 이 여자가 미쳤나 생각하며.

"정말이야. 그래, 당신 말이야. 당신에게 말하는 거야. 어서 썩 꺼내가라고! 로잘리!"

그녀는 집 안에 대고 누군가를 불렀다.

"경찰을 불러, 로잘리!"

그건 곤란하다고 생각하고 나는 다시 쓰레기통 쪽으로 걸어갔다.

"왜 그러죠, 아가씨?"

나는 여자를 향해 소리쳤다.

"청소부가 오면 쓰레기는 다 똑같은 쓰레기 아뇨? 난 그걸 길바닥에 버리고 싶지 않았을 뿐이지. 쓰레기도 고급 쓰레기가 있는 줄 몰랐는걸."

"그 건방진 소리 듣기도 싫어요."

그녀가 말했다.

"난 당신들 남부 출신 흑인이 우리 일을 아수라장으로 만들어놓는 것 이제 지겹고 신물이 나."

"알았어요. 내 그걸 가져가지."

나는 반쯤 찬 쓰레기통 속으로 손을 집어넣고 꾸러미를 찾아 더듬었다. 썩어가는 음식 찌꺼기 냄새가 코를 찔렀다. 쓰레기가 손에 닿는 감촉은 불결했다. 묵직한 내 물건은 깊숙이 내려가 있었다. 욕설을 투덜거리며 나는 깨끗한 한쪽 손으로 소매를 걷어 올리고 쓰레기 속을 휘저어 마침내 그 물건을 찾아냈다. 그러고는 손수건으로 팔을 닦아내고, 사람들이 걸음을 멈추고 빙글거리는 것을 의식하며 그곳에서 떠났다.

"저래야 싸!"

그 조그만 여자가 현관 입구에서 소리쳤다.

나는 돌아서 다시 걸어 올라갔다.

"그만해둬. 이 쓰레기 같은 누랭이야. 아직도 경찰을 부르고 싶다면 몰라도."

나의 목소리는 어느새 또 날카롭게 높아져 있었다.

"난 네가 하라는 대로 했어. 한마디만 더 해봐. 그럼 내가 하고 싶은 대로 해줄 테니까."

여자는 눈을 휘둥그렇게 뜨고 나를 바라봤다.

"그럴 만하지. 그럴 만해."

이렇게 말하며 그녀는 문을 열었다.

"그럴 만할 뿐 아니라 그러고 싶단 말이야."

"양반이 아닌 줄 알겠어."

그녀는 문을 꽝 닫았다.

다음번 쓰레기통들의 행렬이 나타났을 때야 나는 신문지로 팔목과 손을 닦고 나머지로는 짐 꾸러미를 쌌다. 이제는 길바닥에 버릴 작정이었다.

두 블록을 더 가는 동안 화는 이미 누그러져 있었다. 그러나 이상하게도 외로운 생각이 들었다. 교차로에서 나를 둘러선 사람들조차 저마다 자기들만의 생각에 잠겨 동떨어진 듯 보였다. 신호등이 막 바뀌는 순간, 나는 사람들의 발에 짓밟힌 눈 바닥에 그 물건을 떨어뜨렸다. 그러고는 됐어, 끝났어 하고 생각하며 서둘러 길을 건넜다.

두 블록을 다 갔을 즈음 누가 뒤에서 부르는 소리가 들려왔다.

"어이, 여봐요! 어이, 여봐…… 잠깐!"

눈 위를 버석버석 빠르게 걸어오는 발자국 소리를 들을 수 있었다. 이윽고 그는 내 옆까지 왔다. 남루한 옷차림을 한 땅딸막한 남자였다. 그가 웃으며 씩씩대자 입김이 찬 공기 속에 가닥가닥 뽀얗게 어렸다.

"걸음이 얼마나 빠른지 붙잡지 못하나 했군."

그는 말했다.

"거기서 뭔가 잃은 물건 없어요?"

에이, 빌어먹을, 궁짜가 낀 친구로구나 생각하며 나는 시치미를 떼기로 작정했다.

"잃은 물건요? 아니, 없는걸요."

"정말이오?"

그는 미간을 찌푸렸다.

"정말이지 않고요."

나는 사내의 이마에 의심에 가득 찬 주름살이 잡히고 내 얼굴을 뜯어보는 그의 눈에 번뜩 극심한 불안의 빛이 떠오르는 것을 보았다.

"하지만 내가 직접 본걸……. 에이, 이봐요."

그가 거리 저쪽을 얼른 돌아보며 말했다.

"무슨 수작을 하려고 그래."

"하다니요? 무슨 말이죠?"

"아무것도 잃은 게 없다는 말 말이야. 당신 지금 야바위 같은 수작 하구 있는 거요?"

그는 물러나서 자기가 왔던 거리 저쪽의 행인들을 힐끔 쳐다보았다.

"도대체 지금 무슨 이야기를 하는 거예요?"

나는 말했다.

"잃은 게 없다니까."

"이봐요, 그런 소리 말아요. 내가 직접 본걸. 도대체 무슨 꿍꿍이야?"

그는 주머니에서 그 물건 꾸러미를 사람들 눈에 안 띄게 꺼냈다.

"여기 이거 돈 아니면, 총 같은데 난 당신이 떨어뜨린 걸 분명히 안단 말이야."

"아, 그거 말이군."

나는 대꾸했다.

"그거 아무것도 아니에요……. 난 또 당신이……."

"그래. '아' 하는 걸 보니 이제 생각이 나는 모양이군. 그래, 난 남 좋은 일 해주는데 당신은 날 얼간이처럼 갖고 논다? 당신, 야바위꾼이나 마약 밀매자 같은 거 아니오? 당신 내게 무슨 꿍꿍이 수작을 쓰려고 하고 있잖아?"

"꿍꿍이 수작이라고요? 뭔가 잘못 알고 있어요."

"잘못? 쳇! 이 제기랄 물건 받아요."

그는 마치 그게 도화선에 불이 붙은 폭탄이나 되는 듯 물건 꾸러미를 내게 건넸다.

"이봐, 난 처자가 딸린 몸이야. 난 당신에게 좋은 일 해주려는데 당신은 날 골탕 먹이려고 하고 있어. 당신, 형사나 누구에게 쫓기는 거 아냐?"

"잠깐, 멋대로 상상하지 말아요. 이건 쓰레기에 불과해요……."

"내게 이 어리숙한 물건 넘길 생각 말아요."

그는 씨근덕거렸다.

"이게 어떤 쓰레긴지 내 알아. 당신들 뉴욕에 사는 흑인 청년들, 마약 밀매꾼이야. 틀림없어. 잡아다가 감옥에 처넣어버렸으면 좋겠어?"

그는 내가 마치 천연두나 걸린 사람인 것처럼 총알같이 사라져버렸다. 이게 총이나 장물인 줄 아나 보군 하고 생각하며 나는 그가 가는 모양을 지켜봤다. 몇 걸음 더 가서 대담하게 그걸 마악 길바닥에 던져버리려고 하면서 뒤를 돌아보니, 아까 그 남자가 이제 다른 사람과 함께 서서 나를 향해 분개한 태도로 손짓을 하고 있었다. 나는 걸음을 재촉해 그곳에서 떠났다. 시간을 줬다간 얼간이가 경찰을 부르겠다 싶었다. 나는 꾸러미를 다시 서류 가방 안에 처넣었다. 시내로 들어갈 때까지 버리지 않을 작정이었다.

지하철에서 나를 둘러선 사람들이 불쾌한 표정으로 얼굴을 잔뜩 앞으로 숙인 채 아침 신문들을 읽고 있었다. 나는 눈을 감고 메리에 대한 생각을 떨쳐버리려고 애썼다. 그러다 돌아서면서 〈할렘 가의 퇴거에 대한 격렬한 항의〉라는 기사를 발견했다. 신문을 보던 사람은 신문을 내려뜨리고, 그때 열리는 출입문 밖으로 나가버렸다. 나는 간신히 42번가에 도착할 때까지 기다려 거기서 타블로이드 판 전면에서 그 기사를 찾아내 허겁지겁 읽어댔다. 그냥 난동 속에서 사라져버린 정체불명의 '민중 선동가'로만 언급되어 있었지만, 그것이 나를 가리키는 것만은 틀림없었다. 소란이 두 시간 동안 계속되었고 군중은 그곳에서 철수하기를 거부했다고 실려 있었다. 나는 또 한 번 굉장한 인물이나 된 듯한 기분이 되어 옷가게로 들어갔다.

나는 애초 작정했던 것보다 비싼 옷 한 벌을 골랐다. 내 몸에 맞게 그 옷을 고치는 동안 모자와 반바지와 속옷과 양말 등도 골랐다. 그러고는 급히 브라더 잭에게 전화를 걸었다. 잭은 마치 장군이나 되는 것처럼 냉큼 명령을 내렸다. 이스트 사이드 위쪽에 있는 어느 번지로 가라는 것이었다. 그곳에 가면 방이 하나 있다고 했다. 거기 가서, 나를 위해 가져다 둔 '형제애단'의 책자 일부를 숙독하고, 그날 저녁에 열리는 어느 할렘의 집회에서 연설할 구상을 해놓으라는 것이었다.

주소대로 찾아간 곳은 스페인과 아일랜드 사람들이 섞여 사는 구역에 있는, 별로 특이할 것 없는 집이었다. 관리인실 초인종을 누르면서 보니 사내애들이 길 건너편에서 눈싸움을 하고 있었다. 사근사근한 얼굴의 자그마한 여인이 웃음을 띠고 나와서 문을 열어주었다.

"안녕하세요, 형제?"

여자는 말했다.

"이 아파트는 만반의 준비가 다 되어 있어요. 그분 말씀이 당신이 지금 오실 거라기에 막 내려오던 참이었죠. 어머, 저 눈 좀 봐."

나는 그녀를 따라 세 층의 계단을 올라가면서, 도대체 내가 이 아파트를 전부 가져 무얼 하나 하는 생각이 들었다.

"여기예요."

그녀는 주머니에서 열쇠 꾸러미를 꺼내 복도 앞에 있는 문 하나를 열었다. 나는 안락하게 가구가 비치된 조그만 방으로 들어갔다. 방은 겨울 햇빛을 받아 환했다.

"여기가 거실이에요. 그리고 바로 여기가 침실이고요."

여자는 장난스럽게 말했다.

필요 이상으로 큰 거처였다. 서랍장 하나, 가죽을 씌운 의자 둘, 벽장

둘, 책장 하나 등이 있었는데, 책상 위에는 잭이 말한 책들이 쌓여 있었다. 욕실은 침실과 떨어져 있었고 조그만 부엌이 하나 있었다.

"마음에 드시면 좋을 텐데, 형제."

여자는 그곳에서 나가며 말했다.

"필요한 일이 있으면 벨을 눌러주세요."

아파트는 청결하고 말끔했다. 마음에 들었다—무엇보다 욕조와 샤워기가 있는 욕실이 맘에 들었다. 그래서 기다릴 것 없이 냉큼 욕조에 물을 채워 몸을 담갔다. 그러고는 개운하고 상쾌한 기분으로 밖으로 나와 골치 아픈 형제애단의 책들과 팸플릿을 읽기 시작했다. 부서진 인형이 든 내 서류 가방은 테이블 위에 놓여 있었다. 물건 꾸러미는 나중에 치울 작정이었다. 당장은 오늘 저녁의 집회를 생각해야 했다.

16

7시 반이 되자 브라더 잭과 다른 몇 사람이 와서 나를 택시에 잡아태우고 할렘으로 급히 내달렸다. 전번처럼 입을 여는 사람은 아무도 없었다. 들리는 소리라고는 구석에 앉은 한 사내가 럼 향내가 나는 담배를 파이프에 가득 채워 빡빡 빨아대는 소리뿐이었다.

담뱃불은 어둠 속에서 빨간 원반처럼 타올랐다가 사그라들곤 했다. 차를 타고 가면서 나는 점점 초조해지기 시작했다. 차 안이 이상하게도 후텁지근한 것 같았다. 우리는 어느 샛길에서 차를 세우고 깜깜하고 좁은 골목을 따라 창고같이 생긴 엄청나게 큰 건물 뒤편으로 갔다. 다른 단원들은 벌써 와 있었다.

"자, 다 왔소."

브라더 잭은 우리를 어두컴컴한 뒷문으로 해서 낮게 걸린 알전구들이 켜져 있는 대기실로 데리고 갔다. 그곳은 긴 나무 의자들과 문마다 어지럽게 이름들을 긁어 써놓은 철제 장들이 줄지어 선 조그만 방이었다. 그 방에서는 축구장 탈의실 같은 데서 나는 오래된 땀 냄새와, 머큐로크롬, 피, 마사지용 알코올 냄새 따위가 났다. 뭉클 갖가지 추억들이 되살아났다.

"사람들이 찰 때까지 우린 여기 있는 거야."

브라더 잭이 말했다.

"그런 다음 나타나는 거지……. 사람들이 더는 못 참을 지경이 될 때쯤 해서 말이오."

그는 내게 싱긋 웃어 보였다.

"그때까지 당신은 이야기할 것을 생각해두시오. 자료는 훑어봤소?"

"하루 종일."

나는 대답했다.

"됐소. 하지만 다른 사람들 이야기하는 것도 잘 들어두는 게 좋을 거요. 당신이 할 연설의 힌트를 얻을 수 있도록. 우리가 전부 당신보다 먼저 할 테니까."

나는 고개를 끄덕였다. 그는 나머지 사람 중 두 명의 팔을 끌고 한쪽 구석으로 데리고 갔다. 나는 혼자 남았고, 다른 사람들은 노트한 것들을 들여다보며 이야기를 나누었다. 방을 가로질러 맞은편 퇴색한 벽에 찢어진 사진 한 장을 압정으로 붙여둔 곳으로 갔다. 그것은, 복싱 자세를 취한 전 프로 권투 챔피언의 사진이었다. 사진의 주인공은 링에서 실명해버린, 인기 있었던 권투 선수였다. 바로 이 경기장에서 그랬나 보다 하고 생각했다. 그것은 오래전 일이었다. 사진은, 너무나 검고 일그러져 어떤 사람인지 종잡을 수 없는 사내의 모습을 담고 있었다. 커다란 체구와 늘어진 근육을 가진 이 사나이는 착한 인상이었다. 아버지에게 들은 이야기가 생각났다. 이 사나이는 어떤 부정한 시합에서 얻어맞아 눈이 멀고 말았는데, 쉬쉬하여 소문이 나지 않았다는 것, 그리고 그 선수는 결국 맹인 수용소에서 죽었다는 것 등이었다. 내가 여기에 오게 되리라고 누가 생각이나 했을까? 세상일이란 정말이지 얼마나 꼬이고 꼬이는가 말이다. 나는 왠지 서글픈 생각이 들었다. 그래서 벤치로 가서 고개를 숙이고 앉았다. 다른 사람들은 나지막한 목소리로 이야기를 계속했다. 그들을 바라보자 갑자기 울화통이 치밀어 올랐다. 왜 내가 맨 마지막 순서로 나가야 하는가. 내가 나가기도 전에 앞사람들이 청중을 지루해 죽을 지경으로 만들어놓으며 어떡하느냔 말이다. 내가 말을 시작하기도 전에 사람들이 고래고래 소리 지를지도 모른다……. 하긴 또 안 그럴지도 모르지. 저 사람들의 방법과 내 방법이 너무나 대조적이어서 오히려 효과가 있을지도 몰라. 어쩌면 그게 전략일지도 모르겠다……. 아무튼 나는 저 사람들을 믿어야 해. 딴 도리 없지.

여전히 초조한 마음은 나를 떠나지 않았다. 있지 않아야 할 곳에 있는 것 같은 기분이었다. 문 저쪽에서 의자들을 끄는 희미한 소리와 두런거리는 사람들의 소리가 들려왔다. 자잘한 불안거리들이 가슴속에서 회오리쳐 올랐다. 새로 받은 이름을 잊지나 않을까 하는 것, 혹시 청중 중에 나를 아는 사람이 있으면 어떡하나 하는 것들이었다. 나는 몸을 앞으로 숙였다. 별안간, 푸른 새 바지를 입고 있는 내 다리가 의식되었다. 그런데 이게 내 다리라는 걸 어떻게 아나? 네 이름은 뭐지? 하고 나는 나 자신에게 서글픈 농담을 하며 생각했다. 우스꽝스러운 노릇이었지만 그러고 나니 초조감이 덜어졌다. 마치 내가 내 다리를 처음 보는 것 같았기 때문이었다. 그 다리들은 자신의 의지로 나를 안전한 곳으로 혹은 위험한 곳으로 데리고 다니는 독립된 객체 같아 보였다. 나는 흙이 묻은 방바닥을 물끄러미 바라보았다. 그러자 오랫동안 의식을 잃었다가 다시 회복된 듯한 기분이 들었고, 마치 터널의 양쪽 끝에 동시에 서 있는 것 같은 기분이 들었다. 나는 그 낡은 경기장 안의 벤치에 앉아 있으면서도 저 멀리 대학교의 교정에서 나 자신을 바라보는 것 같았다. 푸른 새 양복을 입고, 나직하면서도 날카로운 소리로 자기들끼리 얘기하는 열띤 사나이들의 무리 맞은편에 앉아서 말이다. 그러면서도 아른하게 덜컥거리는 의자 소리와, 더 많아진 사람들의 소리와, 그리고 기침 소리를 들을 수 있었다. 그 모든 것이 나의 내부 깊숙한 곳에서 의식되는 것 같았다. 그러나 내가 보는 것에는, 사춘기 때 찍은 사진 속의 자기 모습을 바라볼 때처럼, 어딘가 종잡을 수 없는 애매성, 종잡을 수 없는 무형태의 느낌이 존재했다. 이를테면 공허한 표정, 개성 없는 웃음, 너무 커 보이는 귀, 그리고 너무 많이, 너무 또렷이 돋아난 '남성의 심볼'인 여드름 같은 것들을 볼 때처럼 말이다. 이것은 새로운 국면이며 새로운 시작이라는 것을 나는 깨달았다. 그래서 나는, 아득한 눈으로 바라보는 나 자신의 일부를 받아들이고, 나의 그 일부를, 학교 교정이나 병원의 그 기계, 그리고 집단 권투 시합 등 이제 모두 뒷전으로 멀리 물러가버린 모든 것과는 항상 먼 거리에 두어야 하리라는 것을 깨달았다. 무심하게 관찰하면서도 하나도 놓치지 않고 모든 것을 보는 나의 그 일부는 물론 여전히 악의적이고 따지기 좋아하는 부분이었다.

그것은 동의하지 않는 소리, 할아버지와 닮은 부분이었고, 냉소적이고 회의적인 부분이었다. 즉 항상 내부의 불협화음을 일으키려는 반역적 자아였다. 그것이 무엇이든 나는 그것을 억눌러야 함을 알고 있었다. 정말 그래야만 했다. 왜냐하면 오늘 밤 연설이 성공만 하면 무언가 거창한 일을 향한 길에 들어서는 셈일 테니까. 이제 더는 상처가 덧나지도 않을 것이고 잊고 있던 고통스러운 일들도 더는 생각나지 않을 테니까……. 그렇다. 나는 몸을 뒤척이며 생각했다. 이 두 다리는 물론 고향에서 멀리 이곳까지 나를 데려다준 바로 그 다리였다. 그러나 어쩐지 그것들은 새 다리 같았다. 새 옷도 내게 하나의 새로움을 더해주었다. 그것은 옷과, 새 이름, 그리고 상황 때문인지도 몰랐다. 사고 속에 담기에는 너무 미묘한 새로움이었지만 어쨌든 존재했다. 나는 다른 사람이 되어가고 있었다.

내가 연단으로 걸어 나가서 입을 여는 순간 나 아닌 다른 사람이 될 것이라는 생각이 막연히, 그러면서도 선뜩한 공포감과 함께 들었다. 나는, 누구에게도 속하고, 아무에게도 속하지 않는, 만들어낸 이름을 가진, 그 누구도 아닌 인간이 되는 것이었다. 그뿐인가, 또한 전혀 다른 인격체가 되는 것이었다. 지금은 나를 아는 사람이 별로 없겠지만 오늘 밤만 지나면……. 그건 어떤 것일까? 아마도 많은 사람들에게 알려지고 많은 사람들에게 존경을 받고, 많은 사람들에게 주목받는 것만으로도 사람은 달라지기에, 어떤 다른 것으로, 어떤 다른 사람으로 탈바꿈하기에 충분할 것이다. 마치 어린애가 점점 커서 어느 날 어른이, 걸걸한 목소리의 어른이 되듯 말이다—내 목소리는 비록 열두 살 때부터 이미 걸걸해졌지만, 하지만 학교에서 온 사람이 청중 속에 흘러들어온다면 어떻게 할 것인가? 또는 메리 아줌마의 하숙생 중에서 누가…… 아니, 아줌마 본인이 직접 오면?

"아냐, 그렇다고 상황이 달라지지는 않아. 이제 다 지난 일들이니까."

나는 혼자 나직이 중얼거렸다. 내 이름은 딴 이름이었다. 나는 지시를 받는 몸이었다. 길거리에서 메리 아줌마를 만나더라도 모르는 척 지나쳐야만 했다. 우울한 생각이 들어, 나는 벌떡 일어서서 대기실에서 나와 골목으로 나갔다.

외투를 입지 않아 추웠다. 희미한 전등 하나가 입구 위에 켜져 있었고, 눈이 불빛을 받아 반짝였다. 나는 골목 건너편의 어두운 쪽으로 걸어가서 석탄산 냄새가 나는 담장 근방에서 걸음을 멈췄다. 골목 건너편을 뒤돌아보자니 그 냄새는 내가 태어나기 전에 불타버린 어느 경기장 자리에 생긴, 방치된 커다란 웅덩이에 대한 기억을 불러일으켰다. 화재

시의 열기로 푹 팬 인도 아래쪽 40피트가량 되는 낭떠러지에는 남은 것이라고는 기이하게 휘고 녹슨 철근들이 붙어 있는 콘크리트 뼈대뿐이었는데, 그곳이 바로 지하실 자리였다. 그 구덩이는 쓰레기장으로 이용되었는데 비만 오면 물이 괴어 악취를 풍겼다. 그리고 지금 나는 마음속으로 그 인도 위에 서서 웅덩이 건너편에 포장 상자들과 찌그러진 함석 간판들이 널린 후버빌(1930년대 도시 변두리에 세운 실업자 수용 부락. 당시 후버 대통령의 이름을 땄다)의 한 판잣집을, 그리고 그 너머에 있는 주차장을 바라보았다. 구덩이에는 깊이를 알 수 없는 검은 물이 미동도 없이 괴어 있었고, 후버빌 너머에는 전철(轉轍) 기관차가 번쩍이는 철도 위를 유유히 오갔다. 새털 같은 한 줄기 흰 수증기가 화통에서 느릿느릿 말려오르는데, 한 사내가 판잣집에서 나와 위쪽 인도로 이어지는 길을 걸어 올라가는 모습이 보였다. 허리는 꾸부정하고, 피부는 까맣고, 신발이며 모자며 소매로부터는 누더기들이 빠져나오는 그는, 나를 향해 무서운 석탄산 냄새를 뭉게뭉게 피우면서 천천히 발을 끌고 다가왔다. 그자는 구덩이와 주차장 사이에 있는 판잣집에 혼자 사는 매독 환자였다. 그가 거리로 나오는 것은 오직 먹을 것을 구할 돈과 누더기를 담가놓을 소독약을 구하기 위해서였다. 그다음 나는 마음속으로 그가 손을 쭉 내미는 것을 보았다. 손을 보니 손톱은 어디론가 문드러져 없어지고 안 보였다. 나는 달아났다—다시 어둠 속으로, 추위 속으로, 현실의 시간 속으로.

몸을 부르르 떨며 거리 쪽을 바라보았다. 터널 같은 어둠을 뚫고 골목길을 따라 어슴푸레 세 명의 기마 경찰이 눈발 번뜩이는 가로등의 둥근 불빛 아래 나타나 말고삐를 잡고 있었는데, 사람과 말 모두가 무슨 모의라도 하듯 머리를 바짝 조아렸다. 안장과 각반의 가죽이 번들거렸다. 세 명의 백인과 세 마리의 흑마였다. 그때 차 한 대가 지나가 그들의 모습이 선명히 부각되었고 그들의 그림자는 번뜩이는 눈발과 어둠을 가로질러 꿈처럼 내달렸다. 그래서 떠나려고 돌아서다가 말 한 마리가 번쩍 머리를 들어 올리고 긴 장갑을 낀 주먹이 말을 휙 내리치는 것을 보았다. 그러자 사나운 울부짖음과 함께 말이 어둠 속으로 펄쩍 뛰어들었다. 날카롭게 미친 듯이 울려대는 금속성 소리와 따각거리는 말발굽 소리가 나를 따라 문간까지 다가왔다. 이건 브라더 잭에게 알려야 할 일인지도 몰랐다.

하지만 안으로 들어가니 그들은 여전히 한 곳에 웅크리고 앉아 있었다. 그래서 나는 다시 제자리로 돌아가 벤치에 앉았다.

그들을 바라보노라니 내가 어쩐지 어리고 미숙한 것 같은 느낌이 들었다. 그런가 하면, 한편으로는 이상하게도 나이가 들었다는 느낌도 들었다. 내 안에서 세상을 그윽하게 바라보며 기다리는 노숙함을 가진 것도 같았던 것이다. 밖의 청중은 벌써부터 웅성거렸다. 어느 정도는 강제 퇴거 시의 공포 분위기를 불러일으키는, 멀리서 몰려오는 거센 물결과 같은 소리였다. 내 마음은 물결처럼 흘러갔다. 철조망 저쪽에서 놀이옷을 입은 어린애가 이쪽의 사과나무에 긴 사슬로 묶인 엄청나게 큰 흑백 무늬의 개를 들여다보고 서 있었다. 그것은 마스터라는 불도그였다. 무서워서 개를 못 만지는 그 어린애는 바로 나였다. 개는 더위에 헐떡이며 아래턱에 은빛 침을 끈적끈적 흘리면서 마음씨 좋은 뚱보 아저씨처럼 나를 돌아보고 싱긋 웃는 것 같기도 했다. 이제 군중의 소리가 술렁술렁 높아져서 급기야 참지 못한 박수 소리로 터져 나오자, 마스터의 나지막하면서도 쉰 듯한 으르렁거림이 생각났다. 그놈이 그런 식으로 으르렁댔던 것은 성이 났을 때나 밥을 가져다줄 때, 또는 한가롭게 파리들을 쳐 잡을 때, 혹은 침입자를 갈가리 물어뜯을 때였다. 나는 늙은 마스터를 좋아하기는 했지만 믿지는 않았다. 나는 민중을 기쁘게 하고 싶기는 했지만 믿을 수는 없었다. 그때 나는 브라더 잭을 바라보고 싱긋 웃었다. 그렇다. 어떤 점에서 보면 그는 장난감 불테리어와 비슷한 데가 있었다.

그러나 이제 고함 소리와 박수 소리는 노래가 되어 있었고 나는 브라더 잭이 동료들을 제치고 문 쪽으로 뛰어가는 것을 보았다.

"됐어요, 형제들. 저게 신호요."

그는 말했다.

우리는 한 무더기가 되어 대기실에서 나가 고함 소리가 아득하게 들려오는 어둠침침한 통로를 따라갔다. 그러자 앞이 밝아지더니 자욱한 안개 속을 강렬히 내리비치는 스포트라이트가 보였다. 우리는 말없이 걸음을 옮겼다. 브라더 잭은, 행렬의 선두에 가는 두 명의 새까만 흑인과 두 명의 백인을 뒤따랐다. 이제 군중의 고함 소리는 우리 위로 솟구치며 더 크게 울려대는 것 같았다. 나는 다른 사람들이 4열 종대로 걸어간다는 사실을 깨달았다. 나는 시범 부대의 기준병처럼 후미에 혼자 처져 있었다. 앞에 보이는 비스듬한 빛 기둥이 경기장의 어느 층으론가 들어가는 입구를 보여주었다. 우리가 그곳을 통과하자 군중이 환호성을 내질렀다. 곧장 우리는 다시 어둠 속으로 들어가 위로 올라갔다. 함성이 우리 아래로 가라앉는 것 같았다. 우리는 밝고 푸른 불빛 속으로 들어가 비탈을 내려갔다. 비탈 양편으로, 곡선을 그리며 뻗어 있는 희끄무레한 얼굴들의 행렬을 볼 수 있었다……. 그때 난데없이 눈앞이 깜깜해져 앞에 있는 사람을 들이받았다.

"처음엔 항상 그래요."

앞 사람은 소리치며 걸음을 멈추고 내 몸을 부축해주었다. 그의 목소리는 함성에 파묻혀 조그맣게 들려왔다.

"스포트라이트요."

스포트라이트가 이제 우리를 포착했던 것이다. 그것은 바로 우리 발 앞에 내리비치며 우리를 경기장 안으로 안내해 들여, 그득한 빛살로 에워쌌다. 관중이 우레처럼 소리 질렀다. 행진곡 템포의 박수에 맞추어 노래가 로켓처럼 폭발했다.

존 브라운 몸뚱이는 땅속에서
　썩어가는데
존 브라운 몸뚱이는 땅속에서
　썩어가는데
존 브라운 몸뚱이는 땅속에서
　썩어가는데
……그의 영혼은 지금도 전진한다네!

저것 봐, 옛날 노래를 새 노래처럼 부르고 있어 하고 나는 생각했다. 처음에 나는 제일 높은 발코니에 서서 구경하는 것처럼 아득히 멀리 떨어져 있었다. 그러나 이윽고 나는 상기되어 진동하는 함성 사이로 걸어 들어가며 등골을 타고 내리는 짜르르한 전류를 느꼈다. 우리는 경기장 정면 가까이에 설치된, 기가 드리워진 연단을 향해 걸어 나가 접이의자에 줄지어 앉은 사람들 사이에 난 통로를 지나, 그리고 우리가 지나가자 일어서서 인사하는 많은 여자들을 지나, 이윽고 연단까지 나갔다. 브라더 잭이 고개를 끄덕여 우리가 앉을 자리를 가리켰고 우리는 서서 박수를 받았다.

우리 위아래로 청중이 들어 차 있었다. 줄줄이 늘어앉은 얼굴 얼굴들, 경기장은 사발 모양의 인간들 덩어리였다. 그때 경찰관들이 눈에 띄었다. 나는 덜컥 불안해졌다. 그들이 날 알아보면 어떻게 할까? 경찰들은 벽을 따라 죽 늘어서 있었다. 내가 앞 사람의 팔을 건드렸다. 그가 돌아보았다. 그의 입은 노래를 부르다가 막 멈춘 채였다.

"웬 경찰이죠?"

나는 그의 의자 등 쪽으로 몸을 굽히고 물었다.

"경찰요? 걱정 말아요. 오늘 저녁에 우리를 보호하라는 지시를 받고 나온 거니까. 이 집회는 정치적으로 굉장히 중요한 의미를 가진 집회요!"

그는 말하고 얼굴을 돌렸다.

누가 저들더러 우리를 보호하라고 지시했을까 나는 생각했다. 그러나 이제 노래가 끝나고 건물은 온통 박수와 함성으로 진동했고 마침내 뒷자리에서 성가가 터져 나와 퍼져나갔다.

빼앗긴 자들에게서 더는 빼앗지 마라!
빼앗긴 자들에게서 더는 빼앗지 마라!

청중은 한 덩어리가 된 듯, 그 호흡과 발성이 딱딱 맞아들었다. 나는 브라더 잭을 바라보았다. 그는 앞쪽 마이크 옆에 서 있었다. 그는 마포가 깔린 더러운 연단 위에 두 발을 굳게 버티고 서서 좌우를 둘러보았다. 그의 태도는 사랑스러운 자식들의 노래 자랑에 귀를 기울이며 넋을 잃은 아버지처럼 위엄과 상냥함을 갖추었다. 나는 그의 손이 답례를 하기 위해 올라가는 것을 보았다. 그러자 청중이 우레같이 함성을 내질렀다. 나는 카메라 렌즈처럼 그 광경에 초점을 맞추며 가까이 다가가는 듯한 느낌이 들었다. 그 열기와 흥분이, 열띤 환호성과 박수가 내 횡경막에 와 닿는 것 같았고, 나의 두 눈은 얼굴에서 얼굴로 재빠르고 민첩하게 날아들며 내가 아는 사람이 있나, 혹시 전에 같이 생활했던 사람이 오지 않았나 찾아보고 있었다. 그러나 얼굴들은 연단에서 멀어질수록 점점 더 희미하게 보였다.

연설이 시작되었다. 먼저 흑인 목사의 기도가 있었고 그다음엔 여성 연사가 현재 아이들에게 발생하는 문제들을 이야기했다. 그다음에는 경제적 상황과 정치적 상황의 여러 면에 관한 연설들이 있었다. 나는 주의 깊게 귀를 기울이면서 그 야무지고 정확한 용어들의 병기창으로부터, 여기서는 이 구절을 저기서는 저 단어를 낚아채려고 애썼다. 차츰 활기찬 저녁이 되어가고 있었다. 연설 사이사이에서 노래들이 울려 나왔고 남부의 부흥회 같은 데서 터져 나오는 외침 소리들처럼 성가들이 저절로 터져 나왔다. 그런데 나는 어쩐지 그 모든 것과 조화가 이루어진 듯한 분위기를 몸으로 느낄 수가 있었다. 더러운 마포 바닥에 발을 딛고 앉아 마치 심포니 오케스트라의 타악기 연주 부분 속으로 흘러 들어간 기분이었다. 그 분위기가 얼마나 나를 송두리째 사로잡는지 곧 구절들을 외워두려던 생각도 버리고, 그냥 흥분이 이끌어가는 대로 내버려두었다.

누군가 내 소매를 끌어당겼다. 내 차례였다. 나는 브라더 잭이 기다리고 있는 마이크 쪽으로 걸어가 이음새 없는 스테인리스 강철 우리처럼 나를 에워싸는 스포트라이트 속으로 들어갔다. 나는 멈춰 섰다. 라이트가 너무 강해서 청중이, 사발 모양으로 모여 앉은 사람들의 얼굴이 보이지 않았던 것이다. 반투명막이 우리 사이에 드리워 있는 것 같았다. 내 쪽에서는 볼 수 없지만 청중은—박수를 치고 있는 것으로 보아—나를 볼 수 있는 그런 막이 말이다. 나는 병원의 기계 속에서 느꼈던, 그 냉혹하고 기계적인 고립감을 느낄 수 있었다. 그의 말이 끝나자 격려의 박수가 터져 나왔다. 나는 생각했다. 그들은 기억하고 있어. 그들 중 몇 사람은 이 자리에 나와 있을 거야 하고.

마이크는 처음 사용해보는지라 내 기를 꺾어놓았다. 마이크에 잘못 다가서는 바람에 내 목소리는 삑삑거리고 웅웅거렸다. 몇 마디 말을 하고는 당황하여 나는 말을 멈추었다. 시작이 잘못되어가고 있었다. 무슨 대책이 있어야 했다. 나는 연단에서 가장 가까이에 있는, 희끄무레하게 보이는 청중을 향해 몸을 기울이고 말했다.

"죄송합니다, 여러분. 지금까지 저는 이처럼 반짝이는 전기 장치들과는 영 인연이 먼 생활을 해와서 아직 다루는 기술을 배우지 못했습니다……. 그리고 솔직히 말하자면, 저는 이 물건이 꼭 저를 물어뜯는 것 같은 기분입니다! 보십시오. 꼭 강철로 만든 해골 모양입니다! 여러분들은 이것이 재산을 박탈당해 죽었다고 생각하십니까?"

그 말은 효과가 있었다. 청중은 웃어댔고 그러는 동안 누군가가 와서 조절을 해주었다.

"너무 바짝 다가서지 마시오."

그가 충고했다.

"어떻습니까?"

나는 내 목소리가 경기장 안을 굵직하게 진동하며 울리는 것을 들으며 말했다.

"이제 좀 낫습니까?"

박수갈채의 물결이 일었다.

"여러분, 제게 필요했던 것은 오직 한 번의 기회였습니다. 여러분들이 그걸 주셨습니다. 이제 남은 것은 제게 달렸습니다."

박수 소리가 점점 커졌다. 아래쪽 앞자리에서 어느 남자 하나가 우렁찬 목소리로 소리 질렀다.

"형제, 우리가 함께 있소. 던져요. 우리가 받을 테니까!"

그것이면 족했다. 나는 접촉을 이룬 것이었다. 사내의 소리는 청중 모두의 소리 같았다.

나는 긴장하여 신경이 곤두서 있었다. 나는 나 아닌 어떤 사람이 되어 있는지도 몰랐고 외국어로 말을 해보려고 했는지도 몰랐다. 팸플릿에서 읽은 단어와 문구 들이 정확히 생각나지 않았던 것이다. 나는 전통적 수법에 의존할 수밖에 없었다. 그리고 그것은 일종의 정치 집회였기 때문에 고향에서 늘 들었던 정치적 테크닉 가운데 하나를 선택했다. 그것은 익히 쓰인, 실제적이며, 백인들이-우리를-취급하는-방식에-넌더리가-났다는 식의 접근 방식이었다. 나는 청중을 볼 수 없었기 때문에 마이크와 아까 내 말에 동조했던 내 앞의 그 목소리를 향해 말했다.

"여러분, 여기 모인 우리를 멍청이로 생각하는 사람들이 있습니다."

나는 소리쳤다.

"제 말이 옳으면 말해주십시오."

"스트라이크요, 형제."

아까 그 목소리가 소리 질렀다.

"스트라이크를 던졌소."

"그렇습니다. 그들은 우리를 멍청이로 여깁니다. 그들은 우리를 '상민', 다시 말해 범상한 사람들이라고 부릅니다. 그러나 저는 지금 여기에 앉아 내내 듣고 보면서, 과연 우리의 무엇이 그처럼 범상한가를 이해해 보려고 했습니다. 저는 그들이 사실에 대해 엄청난 거짓 진술을 하는 과오를 범했다고 생각합니다……. 우리는 범상한 사람들이 아니니까요."

"또 스트라이크요."

우레와 같은 소리 속에서 아까 그 목소리가 또 소리를 질렀다. 나는 말을 멈추고 소음을 중단시키기 위해 손을 들어 올렸다.

"그렇습니다. 우리는 범상한 사람들이 아닙니다……. 제가 그 이유를 말씀드리지요. 그들은 우리를 멍청이라고 부르고 멍청이로 취급합니다. 그리고 그들은 멍청이 같은 사람들을 어떻게 하고 있습니까? 생각해보십시오. 곰곰이 생각해보세요! 그들은 슬로건과 정책을 가지고 있습니다. 그들은 잭 형제가 '이론과 실제'라고 부르는 것을 가지고 있습니다. 그것은 '바보에게 절대 동등한 기회를 주지 말라'는 것입니다. 박탈하라! 퇴거시키라는 것입니다. 텅 빈 머리는 타구로, 등은 신발 털개로 이용하라! 박살내라! 임금을 빼앗으라!는 것입니다. 그것은, 그의 항의를 나팔로 이용해 그가 놀라서 입 다물게 하라!는 것이고, 그것은 그의 사상과 그의 희망과 소박한 포부를 두들겨 쨍그랑 소리를 내는 징으로 만들라는 것입니다. 7월 4일 독립 기념일에 울릴 작고 금이 간 징으로 말입니다. 소리가 죽도록 하라! 소리가 너무 크게 울리지 않도록 하라! 천천히 두들겨라! 멍청이 녀석들에게 징 박지 않은 신을 신겨 춤을 추게 하라! '벌레 먹은 커다란 사과', '시카고 탈출', '정말 파리야 날 귀찮게 말아라!' 같은 것들입니다. 그런데 여러분, 무엇이 우리를 범상치 않은 사람들로 만드는 줄 아십니까?"

나는 목쉰 소리로 나지막이 말했다.

"우리가 그렇게 하도록 두기 때문입니다."

쥐죽은 듯한 침묵이 흘렀다. 담배 연기가 스포트라이트 속에서 뒤끓어오르고 있었다.

"또 스트라이크."

아까 그 목소리가 요란하게 소리 질렀다.

"이미 결정 난 것에 항의해봤자 소용없소!"

그래서 나는, 이자가 내 말에 동조하는 것인가 반대하는 것인가 생각했다.

"가진 것의 박탈! 가진 것의 박탈이 바로 명령입니다."

나는 말을 이었다.

"그들은 우리 남녀에게서 우리의 성인기를 박탈할 궁리를 해왔습니다. 우리의 유년기와 청년기도 마찬가집니다……. 여러분은, 우리의 유아 사망률에 대한, 앞서 나온 자매의 통계를 들으셨을 것입니다. 여러분은 우리가 범상치 않게 태어나서 행운이라고 생각지 않으십니까? 그뿐이 아니죠. 그들은 심지어 박탈당하는 것을 싫어하는 우리의 마음까지 박탈하려고 했습니다! 그리고 또 있습니다……. 우리가 저항을 하지 않으면 머지않아 그들은 성공을 거두게 됩니다! 지금은 박탈의 시절이요, 집 없는 계절이며, 강제 퇴거의 시대입니다. 우리는 장차 우리 머릿속에 들어 있는 뇌까지도 박탈당하고 말 것입니다! 그런데 우리는 너무나 범상치 '않아서' 그 사실을 알 수조차 없습니다. 우리는 지나치게 예의 바른가 봅니다. 불쾌한 것을 보고 싶지 않은가 봅니다. 그들은 우리가 눈이 멀었다고 생각합니다—범상치 않게 눈이 멀었다고 말입니다. 그래 나는 이상하게 생각지 않습니다. 생각해보십시오. 그들은 우리가 태어나는 날부터 우리에게서 모두 눈 하나씩을 박탈해왔습니다. 그래서 우리는 지금 하얀 직선들밖에는 보지 못합니다. 우리는 애꾸눈 생쥐 민족입니다……. 여러분은 평생 그러한 광경을 보신 적 있습니까? 그런 범상치 않은 광경을!"

"두말하면 잔소리지."

아까의 목소리가 쿡쿡대는 쓴웃음들 사이로 소리쳤다.

"또 스트라이크."

나는 앞으로 몸을 기울였다.

"여러분, 주의하지 않으면 그들은 우리의 눈먼 쪽으로 기어 올라옵니다—그러면 툭! 하고 우리의 마지막 남은 좋은 눈도 달아나게 되고 우리는 박쥐 같은 소경이 되고 맙니다! 우리가 뭔가 보게 될까 봐 겁을 내는 사람이 있습니다. 그건 아마도 많은 우리의 훌륭한 친구들이 오늘 저녁 이 자리에 나와 있기 때문일지도 모릅니다. 새파란 권총을 차고 새파란 서지 옷 등을 입고 말입니다! 그러나 저는, 저항하지 않으면 한 눈도 마저 잃고 말리라고 생각합니다. 여러분도 그렇게 생각하리라 믿습니다. 그러니, 함께 뭉칩시다. 애꾸눈의 멍청이 형제들 여러분, 여러분은 전혀 앞을 못 보는 두 소경이 어떻게 한데 뭉쳐 서로 도와 살아가는지 보신 적이 있습니까? 그들은 비틀거리기도 하고 이곳저곳에 몸을 부딪히기도 합니다. 그러나 그들은 위험을 또한 피해 나갑니다. 용케 그들은 살아 나가는 것입니다. 범상치 않은 사람들인 여러분, 뭉칩시다. 우리가 서로의 눈을 합친다면 무엇이 우리를 그처럼 범상치 않게 만드는지 알 수 있을 것입니다. 우리는 '누가' 우리를 그처럼 범상치 않게 만드는지 알 수 있을 겁니다. 지금까지 우리는 길 양편을 걸어가는 두 소경과 같았습니다. 누군가가 벽돌을 던지기 시작합니다. 그러면, 우리는 서로 욕하고 서로 싸우기 시작합니다. 그러나 우리는 오해하고 있습니다. 왜냐하면 여기엔 제3자가 있으니까요. 넓은 회색 길 한가운데로 달리면서 돌을 던져대는 매끈하고 번지르르한 악당이 있습니다……. 그자가 장본인입니다! 그자가 피해를 입히는 것입니다. 그자는 공간이 필요하다고 주장합니다. 그리고 그것을 자기 '자유'라고 합니다. 그자는 알고 있습니다. 우리가 못 보는 쪽으로 다가와서 우리를 바보로 만들어놓을 때까지—범상치 않은 바보로 말입니다—법석을 떨어왔다는 사실을. 사실은, 사실은 말입니다. 그자의 자유가 우리를 거의 소경처럼 만들어놓았습니다. 자, 이제, 쉿, 욕은 하지 맙시다!"

나는 손을 들어 올리고 소리쳤다.

"저는, 이렇게 말하겠습니다. 이 작자 뒈져버려라 하고. 그러고는 자, 건너와요! 하고 말입니다. 동맹을 맺읍시다. 저는 여러분을 돌보아주고 여러분은 저를 돌보아주십시오. 저는 받는 데 선수이고 던지는 데도 아주 근사한 팔을 가지고 있습니다."

"형제, 공을 던지지도 않고 있잖소? 하나도 안 던지잖소?"

"기적을 일으킵시다."

나는 부르짖었다.

"약탈당한 눈을 되찾습니다! 우리의 시력을 되찾습니다! 서로의 눈을 합하여 시야를 넓힙시다. 길모퉁이를 살펴보십시오. 폭풍이 몰려옵니다. 거리 저편을 바라보십시오. 하나뿐인 적의 얼굴이 보이지 않습니까?"

여기에서 자연스레 휴지(休止)가 있었고 박수가 울려 나왔다. 그러나 박수가 터졌을 때 나는 말의 흐름이 끊겨버린 것을 깨달았다. 청중이 다시 귀를 기울이면 어떻게 할 것인가? 나는 몸을 앞으로 기울이고 빛의 장벽 저편을 뚫어지게 바라보았다. 저편에 있는 저들은 나의 것이었다. 나는 저들을 잃을 수가 없었다. 그런데 별안간 내가 발가벗고 있는 듯한 기분이 들었고, 말들이 다시 돌아오는 것을, 감춰둬야 할 뭔가가 금방 발설되려고 하는 것을 느꼈다.

"저를 보십시오!"

말이 명치 끝에서 튀어나왔다.

"저는 이곳에 산 지 얼마 되지 않았습니다. 시대가 어려워지는 절망을 체험했습니다. 저는 남부에서 왔는데 이곳에 온 이후 강제 퇴거라는 것을 보았습니다. 저는 세상을 믿지 못하게 되었습니다……. 하지만 지금의 저를 보십시오. 이상한 일이 일어나고 있습니다. 저는 지금 여러분 앞에 있습니다. 저는 고백해야만 하겠습니다……."

그런데 어느새 브라더 잭이 옆에 와 서서 마이크를 조정하는 척했다.

"조심하오. 시작하기도 전에 밑천 바닥나겠어."

그는 나직이 말했다.

"난 괜찮아요."

나는 마이크 쪽으로 몸을 기울이며 말했다.

"고백해도 될까요?"

나는 소리 질렀다.

"여러분은 저의 친구입니다. 우리는 똑같이 상속권을 박탈당했습니다. 그리고 고백은 정신에 좋다더군요. 허락해주시겠습니까?"

"당신의 타율은 5할이오, 형제."

아까 그 목소리가 소리 질렀다.

등 뒤에서 웅성웅성 동요가 일어났다. 나는 그것이 조용해지기를 기다려 급히 말을 계속했다.

"침묵은 동의입니다. 그러니 저는 털어놓겠습니다. 고백하겠습니다."

나는 두 어깨를 쭉 펴고, 턱을 앞으로 힘차게 내밀어 라이트 저편을 똑바로 응시했다.

"무언가 이상하고 기적적인 일이, 변모가, 바로 지금 저의 내부에서 일어나고 있습니다……. 지금 여기 여러분 앞에 서 있는 지금 말입니다."

나는 말들이 스스로 형성되어 천천히 제자리를 찾아드는 것을 느낄 수 있었다. 불빛이, 마치 비눗물을 병 안에 넣고 가볍게 흔들어댔을 때처럼, 희부옇게 뒤끓는 것 같았다.

"그걸 설명해보겠습니다. 그건 기이한 어떤 것입니다. 그것은 제가 분명 세상 어디서도 경험하지 못할 어떤 것입니다. 저는 저를 바라보는 여러분의 눈길을 느낍니다. 저는 여러분의 숨결의 맥박을 듣습니다. 그리고 지금, 바로 이 순간, 저를 바라보는 여러분의 검고 흰 눈들을 보고, 저는 느낍니다……. 저는……."

나는 정적 속에서 더듬거렸다. 정적은 너무나 완벽하여 발코니 어딘가에 걸려 시간을 긁아대는 커다란 시계의 톱니바퀴 돌아가는 소리까지도 들릴 지경이었다.

"뭐야, 이봐, 뭘 느낀다는 거야?"

누군가 날카롭게 외쳤다.

내 목소리는 나직한 쉰 소리로 가라앉았다.

"저는…… 저는 문득…… 제가 더욱 인간다운 존재가 되었다는 것을 느낍니다. 이해하시겠습니까? 더욱 인간다워졌다는 것입니다. 인간이 되었다는 이야기가 아닙니다. 애초에 인간으로 태어났으니까요. 그게 아니고 더욱 인간다워졌다는 것이죠. 강해진 느낌이 들고 무언가 해낼 수 있다는 느낌이 듭니다! 희미한 역사의 회랑 속에서 전투적인 형제애의 발자국 소리를 들을 수 있다는 느낌이 듭니다. 아니, 기다려주십시오. 고백을 하겠습니다……. 저는 저의 느낌들을 긍정하고 싶은 충동을 느낍니다……. 길고, 절망적이고, 범상찮은 맹목의 행로를 거쳐, 비로소 이리로, 고향으로 돌아온 것 같은 느낌이 듭니다—고향으로 말입니다! 여러분이 저를 바라보는 눈길을 보니 저는 진정한 가족을 만난 것 같은 느낌이 듭니다. 저의 진정한 민족을! 저의 진정한 나라를 말입니다! 저는 여러분이 바라보는 나라의 새로운 한 시민이요, 여러분의 우애로 세워진 나라의 토박이입니다. 저는, 오늘 저녁 여기서, 이 낡은 경기장에서, 새로운 것들이 탄생하고, 과거의 중대한 것들이 부활되고 있는 것을 느낍니다. 여러분 하나하나의 안에서, 제 안에서, 우리 모두의 안에서 말입니다."

"형제 여러분! 자매 여러분!"

"우리는 진정한 애국자입니다. 내일의 세계의 시민입니다."

"우리는 더는 박탈당하지 않을 것입니다."

박수 소리가 우레처럼 터져 나왔다. 나는 못 박힌 듯 서 있었다. 아무것도 볼 수 없었고 내 몸은 함성 소리에 떨렸다. 나는 어정쩡한 몸짓을 하고 있었다. 어떻게 해야 할까? ……

손을 흔들어야 할까? 나는 외침 소리, 환호성, 날카로운 휘파람 소리 앞에 서 있었고 눈은 조명을 받아 따가웠다. 커다란 눈물 방울이 볼로 굴러 떨어지는 것을 느꼈다. 당황하여 그것을 얼른 닦아냈다. 다른 사람들은 아래로 내려가고 있었다. 왜 아무도 나를 도와 이 스포트라이트 밖으로 데리고 나가주지 않을까? 죄다 망쳐놓기 전에 말이다. 그러나 눈물을 흘리는 바람에 박수 소리는 더욱 요란해져서 나는 놀라 고개를 들어 올렸다. 눈물이 줄줄 흘러내렸다. 청중의 소리는 물결처럼 치솟는 것 같았다. 그들은 바닥을 굴렀고 나는 이제 부끄러움도 못 느끼고 웃으면서 고개를 숙여댔다. 소리는 더욱 커졌고 뒤로부터 장작을 쪼개는 듯한 소리가 울려왔다. 나는 피곤했으나 청중이 여전히 환호성을 보내와 결국 단념하고 의자 있는 데로 돌아오고 말았다. 붉은 점들이 눈앞에서 너울댔다. 누군가 내 손을 쥐고 몸을 귀 쪽으로 기울였다.

"잘했소. 제기랄, 잘했어!"

나는 그의 말로부터 증오와 감탄이 뜨겁게 뒤섞여 터져 나오는 것을 느끼고 얼떨떨하여 고맙다고 말하며 으스러지게 거머쥔 그의 손아귀에서 손을 빼냈다.

"감사합니다. 하지만 이미 다른 분들께서 청중의 감정을 적당히 고조시켜놓은 덕분이지요."

나는 말했다.

나는 몸을 부르르 떨었다. 그의 말이 마치 목이라도 졸라 죽여버리고 싶다는 투로 들렸기 때문이었다. 볼 수는 없었지만 대단한 혼란이 있었고 누군가 갑자기 나를 돌려세워 끌어당기는 바람에 나는 기우뚱 몸의 중심을 잃었다. 나는, 내 몸이 따뜻하고 부드러운 여체에 부딪히는 것을 느끼고 몸을 바로잡았다.

"오, 형제, 형제, 귀여운 형제!"

여자의 목소리가 내 귀에 대고 소리쳤고 나는 뜨겁고 촉촉이 젖은 그녀의 입술이 내 볼을 내리누르는 것을 느꼈다.

희끄무레한 사람들의 형상이 사방에서 나에게 쿵쿵 부딪쳐왔다. 나는 장님 놀이를 할 때처럼 비틀거렸다. 다들 내 손을 쥐고 흔들었고 등을 두드려주었다. 얼굴로 열정적인 침이 튀어왔다. 나는, 다음에 스포트라이트 앞에 설 때는 색안경을 쓰는 게 좋겠다고 생각했다.

귀청이 터질 것 같은 데모였다. 우리는 격려의 함성을 지르며 의자를 넘어뜨리고 바닥을 구르는 그들을 두고 떠났다. 브라더 잭이 나를 연단에서 데리고 나갔다.

"떠날 시간이오. 이제 정말 발동이 걸리기 시작했소. 저 에너지를 전부 조직화해야 해요."

그는 소리 질렀다.

그는 소리 지르는 군중 사이로 나를 데리고 나갔다. 비틀거리며 따라가는 나를 손들이 끊임없이 만져댔다. 이윽고 우리는 어두운 통로로 들어갔고 통로 끄트머리에 이르렀을 때야 붉은 점들을 내 시야에서 사라지고 다시 보이기 시작했다. 브라더 잭이 잠시 문에서 걸음을 멈췄다.

"저 소리를 들어보시오."

그는 말했다.

"어떻게 할까 지시만 기다리고 있는 거요."

나는 여전히 우리 뒤에서 우레처럼 울려오는 환호성을 들을 수 있었다. 이윽고 문이 닫히고 소리가 약해지자 다른 사람들 중 몇 사람이 말을 멈추고 우리와 마주섰다.

"자, 어떻게 생각하시오?"

브라더 잭이 흥분을 감추지 못하고 물었다.

"시작으로 어떻소?"

긴장된 침묵이 흘렀다. 나는 검고 흰 얼굴들을 휘둘러보며 퍼뜩 공포감을 느꼈다. 다들 험악한 표정이었다.

"어때요?"

갑자기 어조가 굳어지며 브라더 잭이 물었다.

누군가의 구두가 바닥에 끌리는 소리가 났다.

"어때요?"

잭이 되풀이했다.

그러자 파이프를 문 사나이가 입을 열었다. 그의 발언으로 대뜸 긴장이 고조되었다.

"아주 불만족스러운 출발이었소."

그는 파이프로 허공을 찔러대며 '불만족'이란 말을 강조하며 조용히 말했다. 그가 나를 똑바로 바라보는 바람에 나는 얼떨떨했다. 나는 다른 사람들의 얼굴을 살펴보았다. 다들 의견을 드러내지 않는 무뚝뚝한 표정들이었다.

"불만족스럽다!"

브라더 잭이 버럭 소리를 질렀다.

"그래 도대체 어떤 식의 사고 과정을 통해 그런 명철한 발언이 나온 거요?"

"지금은 값싼 빈정거림을 할 때가 아닙니다, 형제."

파이프를 문 형제가 말했다.

"빈정거림이라고요? 빈정거린 건 당신이오. 그래, 지금은 빈정거리거나 백치 같은 이야기를 할 때가 아니오. 소박한 얼간이 같은 짓들을 할 때가 아닙니다. 지금은 투쟁의 중요한 순간이오. 일은 방금 발동이 걸리기 시작한 거요. 그런데 난데없이 불만스럽다니. 당신은 성공을 겁내는 거요? 뭐가 잘못됐소? 바로 이걸 위해 우리가 일해온 거 아니오?"

"다시 말하지만, 스스로 생각해보시오. 당신은 훌륭한 지도자요. 당신의 수정 구슬을 들여다봐요."

브라더 잭은 욕설을 퍼부어댔다.

"형제들!"

누군가 말했다.

브라더 잭은 욕설을 퍼붓고는 다른 단원에게 홱 돌아섰다.

"당신!"

그는 쉰 목소리의 사나이에게 말했다.

"당신은 여기서 무슨 일이 일어나고 있는지 말할 용기가 있소? 우리가 길목의 깡패가 되어버린 거요?"

침묵이 흘렀다. 누군가가 발을 끌었다. 파이프를 문 사내는 이제 나를 바라보고 있었다.

"내가 뭘 잘못했나요?"

내가 물었다.

"더할 수 없는 최악의 잘못을 저질렀소."

그는 차갑게 말했다.

정신이 아뜩하여 나는 아무 말도 못하고 그를 바라보았다.

"신경 쓸 것 없어."

브라더 잭이 갑자기 침착하게 말했다.

"그래 요컨대, 문제가 뭐요, 형제? 이 자리에서 털어놓고 맙시다. 그래 불만이 뭐요?"

"불만이 아니라 의견이오. 우리가 아직도 의견을 말할 수 있다면 말이오."

파이프를 문 사내가 말했다.

"당신의 의견은 그럼."

잭이 말했다.

"내 의견으로는 그 연설은 거칠고, 발작적이었고, 정치적으로는 무책임하고 위험스러운 것이었소."

그는 쏘아붙였다.

"그보다 큰 문제는 그 연설이 부정확했다는 것이오."

그는 '부정확'하다는 말을 마치 더할 수 없이 극악한 범죄를 일컫는 말처럼 발음했다. 나는 입을 벌린 채 막연한 죄의식을 느끼며 그를 빤히 바라보았다.

"그래서……."

잭은 한 사람 한 사람씩 얼굴을 쳐다보며 말했다.

"간부회의가 있었고 거기서 결정이 내려진 것이군. 회의록을 적었지요, 의장 형제? 당신은 당신의 현명한 의견을 기록해두었소?"

"간부회의는 없었고 의견 발표는 아직 계속 중이오."

파이프를 문 형제가 말했다.

"모임은 없었지만 어쨌든 간부회의가 열렸고 그 사건이 끝나기도 전에 결정들이 이루어졌소."

"하지만 형제."

누군가 끼어들었다.

"그야말로 눈부신 운용이오."

브라더 잭은 이제 웃음을 띠고 말했다.

"능란한 이론가인 니진스키들이 역사를 앞질러 뛰어가는 그지없는 본보기요. 하지만 내려오시오. 형제들, 내려와요. 그렇지 않으면 여러분은 여러분의 변증법에 귀착하고 맙니다. 역사의 무대는 그 정도까지 세워진 것이 아니오. 다음다음 달이 될지는 모르지만 아직은 아니오. 그리고 당신은 어떻게 생각하시오. 레스트럼 형제?"

그는 화물 관리인 같은 모습과 체격을 가진 커다란 사내를 가리키며 말했다.

"저는 저 형제의 연설이 퇴보적이고 반동적이었다고 생각합니다."

그는 말했다.

나는 뭐라고 대답하고 싶었지만 그럴 수가 없었다. 그가 나를 축하해주었을 때의 어조가 그처럼 착잡했던 것은 이제 보면 놀라운 일이 아니었다. 나는 눈에 증오가 불타오르는 그의 넓적한 얼굴을 물끄러미 바라볼 수 있을 따름이었다.

"그리고 당신은?"

잭이 물었다.

"전 그 연설이 좋았습니다. 매우 효과적이었다고 생각합니다."

지적받은 사내가 말했다.

"그리고 당신은?"

잭은 다음 사람에게 물었다.

"잘못됐다는 의견에 동의합니다."

"그래 이유가 뭐요?"

"우리는 민중의 지성을 통해 그들과 만나도록 노력해야 하기 때문이죠……."

"맞아요."

파이프를 문 형제가 말했다.

"그 연설은 과학적 접근과는 정반대였습니다. 우리의 관심은 합리적 관점입니다. 우리는 과학적 방법으로 사회에 접근하는 입장을 옹호하는 사람들입니다. 그런데 오늘 저녁 우리가 우리와 동일한 입장으로 내세웠던 그 연설은 지금까지 우리가 말했던 모든 것을 파괴하고 맙니다. 청중은 전혀 생각을 하지 않고 고함만 지르고 있습니다."

"맞습니다. 청중은 마치 폭도처럼 행동하고 있습니다."

커다란 흑인 형제가 말했다.

브라더 잭이 웃었다.

"그런데 이 폭도들은 우리에게 '대항하는' 폭도들이오, 아니면 우리 편을 드는 폭도들이오? ……근육에 힘을 잃은 우리 과학자님들은 그걸 어떻게 대답하실 것인지?"

그러나 상대방이 대답하기도 전에 그는 말을 이었다.

"여러분의 말이 맞을지 몰라요. 이들은 폭도들일지도 모릅니다. 그러나 그렇다 하더라도 이들은 우리들 따르기 위해 격노하고 있는 폭도들인 것 같소. 과학이 그 판단의 기초를 실험에 둔다는 '사실은' 여러분 과학자들에게는 말할 필요도 없을 것이오. 여러분은 실험이 채 끝나기도 전에 결론을 내리려고 하고 있소. 사실 오늘 저녁 이곳에서 일어나는 일은 실험의 한 단계일 뿐이오. 최초의 단계인 에너지 방출의 단계란 말이오. 난 이 단계에서 여러분이 겁을 먹었다는 것을 알 수가 있소. 여러분들은 다음 단계로 넘어가기를 겁내고 있어요. 그 에너지를 조직화해야 할 사람들이 여러분이기 때문이오. 전공 속에서 왈가왈부하는 겁 많은 뒷전의 이론가 무리에 의해서가 아니라 밖으로 나가 민중을 인도함으로써 말이오!"

그는 붉은 머리를 빳빳이 세우고 한 사람 한 사람의 얼굴을 바라보며 싸움을 걸었지만 아무도 그의 도전에 응하지는 않았다.

"역겨운 일이 아닐 수 없소."

그는 나를 가리키며 말했다.

"새로 온 우리 형제는, 여러분의 '과학'이 2년 간 실패한 것을 본능의 힘으로 성공시켰소. 그런데 여러분은 기껏 한다는 게 파괴적 비판뿐이오."

"의견이 달라 죄송하오."

파이프를 문 형제가 말했다.

"이 사람 연설의 위험한 성격을 지적하는 것은 파괴적 비판이 아니오. 오히려 그 반대요. 다른 사람들처럼 새 형제도 과학적으로 말하는 법을 배워야 합니다. 교육을 받아야 해요!"

"그래 마침내 그 생각에 미쳤구려."

브라더 잭은 입 양 가장자리를 끌어내리며 말했다.

"교육을 시켜야 하오. 모든 것을 잃은 건 아니오. 거칠지만 효과적인 우리의 연사가 길들여질 희망이 있소. 과학자들이 가능성을 인정한다! 좋소. 방법이 마련되어 있소. 과학적은 아닐지 모르지만 어쨌든 마련되어 있소……. 앞으로 몇 달 동안 우리 새 형제는 햄브로우 형제의 지도 아래 집중적인 연구와 사상 주입 기간을 가질 것이오. 좋아요."

그러더니 내가 뭐라고 말하려 하자 "당신에게는 나중에 말할 생각이었소" 하고 말했다.

"하지만 너무 장기간인데요. 전 그동안 어떻게 살고요?"

나는 물었다.

"봉급은 계속 나갈 것이오. 그러는 동안 당신은 우리 형제의 과학적 평정을 뒤집어놓을 비과학적인 연설은 더 하지 않아도 되겠지. 사실 당신은 할렘 지역에서 완전히 나와서 살아야 하오. 아마 그러면 여러분의 비판만큼이나 조직화하는 데도 민첩한지 어쩐지 알게 될 거요. 이젠 여러분 차례요, 형제들."

"잭 형제의 말이 맞는 것 같습니다."

키가 작고 머리가 벗어진 사내가 말했다.

"그리고 전, 모든 민중의 편인 우리가 민중의 열정을 겁내선 안 된다고 생각합니다. 우리가 해야 할 일은 그 열정을 가장 잘 선용될 수 있는 통로들로 인도하는 것이지요."

다른 사람들은 묵묵히 침묵을 지켰고 파이프를 문 형제는 굽히지 않는 태도로 나를 바라보았다.

"자!"

브라더 잭이 말했다.

"여기서 나갑시다. 우리가 우리의 진정한 목표를 놓치지 않는다면 승리할 가능성은 이전보다 훨씬 높아질 것이오. 그리고 과학은 장기 게임이 아니라는 걸 기억합시다. 장기도 과학적으로 둘 수는 있지만 말이오. 또 하나 기억해야 할 것은, 우리가 민중을 조직하려면 먼저 우리 자신부터 조직해야 한다는 사실이오. 새로 온 우리 형제 덕분에 사태는 달라졌소. 우리는 반드시 이 기회를 이용해야 하오. 지금부터 그것은 여러분에게 달렸소."

"두고 봅시다."

파이프의 형제가 말했다.

"그리고 저 새 형제 문제는, 햄브로우 형제와 몇 마디 이야기를 나눈대도 아무에게도 해 될 건 없을 거요."

햄브로우라니, 그 사람은 도대체 누구인가 하고 나는 밖으로 나오면서 생각했다. 해고당하지 않은 것은 운이 좋았던 것 같다. 이제 다시 학교에 다닐 수 있을 테지.

바깥 밤거리로 나와 사람들은 다들 뿔뿔이 흩어졌다. 브라더 잭이 나를 한 옆으로 끌어당겼다.

"걱정 마시오."

그는 말했다.

"햄브로우 형제를 만나면 흥미 있는 사람인 줄 알게 될 테니까. 한동안 교육받는 건 불가피하오. 오늘 저녁 당신의 연설은 일종의 테스트였는데 당신은 당당하게 합격했소. 이제 무언가 진짜 일을 할 채비가 된 거요. 여기 주소가 있소. 아침에 딴 일 제쳐두고 햄브로우 형제를 만나보시오. 이미 연락을 해놓았으니까."

집에 돌아오니 너무나 피곤하여 몸이 안으로부터 폭발해버릴 것 같았다. 뜨거운 물 샤워를 하고 침대를 기어들어간 후에도 신경은 여전히 긴장된 채였다. 실망한 기분으로 그저 자고만 싶었다. 그러나 마음은 자꾸 집회 때의 광경으로 되돌아갔다. 정말이지 뭔가 벌어지긴 했다. 운이 좋았는지 나는 적절한 때 적절한 말을 했고 사람들은 내게 호감을 보였다. 아니, 나는 적절한 곳들에서 틀린 말을 했는지도 몰랐다……. 그러나 어쨌든 사람들은, 다른 형제들은 몰라도, 좋아했다. 이제부터 내 인생은 달라지리라. 아니, 이미 달라져 있었다. 이제 와서 생각해봐도 하고 싶은 말을 청중에게 다 했다고 생각되니까. 비록 그런 말을 하리라고는 나 자신도 생각지 못했지만 말이다. 애초에는 그저 근사한 등장만 할 생각이었다. 그리고 '형제애단'이 내게 계속 관심을 갖게끔만 말할 작정이었다. 그런데 결과는 영 딴판이었다. 내 안의 또 다른 내가 대신 등장하여 열변을 토해버린 듯했다. 운이 좋았기에 망정이지 안 그랬더라면 해고를 당했을지도 모를 일이었다.

내 테크닉도 딴판이 되어 있었다. 대학에서 나를 알던 사람도 내 연설인 줄은 몰랐을 것이다. 하지만 당연히 그래야 옳았다. 구태의연한 방식으로 이야기하긴 했지만 나는 새로운 인간이 되어 있었으니까……. 나는 완전히 변모했던 것이다. 지금 어둠 속의 침대 위에 초조하게 누운 채 나는, 얼굴들을 분명히 볼 수 없었던 그 희끄무레한 청중에 대해 일종의 애정을 느꼈다. 그들은 첫마디부터 나와 함께했다. 그들은 내가 잘해주기를 원했고 다행히도 나는 그들을 대변하여 이야기를 했으며, 그들은 나의 말을 알아들었다. 나는 그들과 한 덩어리였다. 그 생각에 뭉클한 기분이 들어 벌떡 일어나 어둠 속에서 무릎을 움켜쥐고 앉았다. 아마도 이것이 '헌신적이면서 버림받는다'는 말이 의미하는 바인지도 몰랐다. 좋다. 그렇다면 나는 그걸 받아들일 것이다. 내 가능성들은 일시에 확대되었다. '형제애단'의 한 대변인으로서 나는 나 자신의 집단뿐 아니라 그보다 훨씬 큰 집단까지도 대표하리라. 청중은 뒤섞여 있었고 그들의 요구도 인종을 넘어선 것이었다. 나는 그들을 위해 도움이 되는 일이라면 무슨 일이든 하리라. 그들이 나를 통해 기회를 잡을 수 있다면 나는 내가 할 수 있는 최선을 다할 것이다. 그 밖에 무엇으로 나는 나 자신을 붕괴에서 구해낼 수 있겠는가?

나는 그곳 어둠 속에 앉아 내가 했던 연설을 차례차례 기억해보려고 애썼다. 그런데 그 연설은 이미 어떤 다른 사람의 표현처럼 여겨졌다. 그러나 나는 그것이 나의 것, 나 자신만의 것임을 알았다. 속기사가 그걸 기록해두었다면 내일 한번 보고 싶었다.

낱말들과 글귀들이 머릿속을 스쳐 지나갔다. 나는 다시 그 푸른 안개를 보았다. 내가 '더 인간적'이 되었다고 했던 것은 무슨 뜻이었을까? 앞서 연설한 사람의 말에서 빌려온 말이었을까, 아니면 그냥 실수로 나온 말이었을까? 퍼뜩 할아버지 생각이 떠올랐지만 나는 얼른 그 생각을 지워버렸다. 늙은 노예가 인간성이라는 것과 무슨 관계가 있겠는가 말이다. 아마 그건 대학 시절 문학 시간에 우드리지 선생이 한 말인지도 몰랐다. 나는 그의 모습을 생생히 떠올릴 수 있었다. 그는 자기 말에 반쯤 취해 경멸과 기쁨에 겨워, 조이스와 예이츠와 션 오케이시〔더블린의 빈민가 출신의 아일랜드 극작가. 영국 식민 정책에 대항하는 실제적인 독립 운동을 배경으로 소시민의 생활을 그려냈다〕에서 뽑은 말들을 칠판 가득 하얗게 써놓은 채 그 앞을 왔다 갔다 했다. 마른 체격, 성마른 성격, 깔끔한 인상을 가진 그는 우리로서는 감히 아무도 엄두를 못 낼 높은 의미의 밧줄 위를 걷는 듯 왔다

갔다 했다. 그의 목소리가 들려오는 것 같았다.

"스티븐의 문제는, 우리의 문제처럼, 실은 아직 창조되지 않은 자기 민족의 양심을 창조하려는 문제가 아니라 아직 창조되지 않은 자신의 용모를 창조하려는 문제였습니다. 우리의 과제는 우리 자신을 개별적 인간으로 만드는 일입니다. 한 민족의 양심은, 보고, 평가하고, 기록하는 그 개별적 인간들의 재능입니다……. 우리는 우리 자신을 창조함으로써 민족을 창조하고, 그다음에, 대단히 놀라운 일이겠지만, 훨씬 더 중요한 그 무엇을 창조하게 됩니다. 우리는 하나의 문화를 창조하게 되는 것입니다. 왜 존재하지도 않는 무엇인가를 위한 양심을 창조해내느라고 시간을 낭비합니까? 피와 피부는 생각을 하지 못하기 때문 아닙니까?"

그러나 아니었다. 그건 우드리지가 아니었다.

"더 인간적이다……."

그건 내가 덜 과거적인 존재, 덜 흑인적인 존재가 되었다는 뜻이었을까, 아니면 덜 동떨어진 존재, 고향 남부로부터 덜 추방된 존재라는 뜻이었을까? ……그러나 그건 죄다 소극적인 것이었다. 더욱 어떤 존재가 되기 위해, 덜 어떤 존재가 된다? 하긴 그럴는지도 모르지만 어떤 점에서 더 인간적이 되었단 말인가? 우드리지조차도 그런 말을 하지 않았다. 그건 또 다른 불가사의였다. 강제 퇴거 현장에서도 나는 나를 사로잡은 말들을 했으니 말이다.

블레드소우와 노턴, 그리고 그들이 행한 것이 떠올랐다. 그들은 나를 어둠 속으로 차 넣음으로써 내가 꿈꾸던 것보다 더 크고 더 중요한 것을 이룩할 수 있는 가능성을 보게 해주었다. 여기 뒷문으로 통하지 않는 길이 있었다. 흑백에 제한받지 않고, 사람이 오래 살다 보면, 그리고 열심히 일하다 보면 가장 높은 보상을 받게끔 해주는 길이었다. 여기 거창한 결정들을 내리는 데 한몫을 할 수 있는 길이, 나라와 세상이 돌아가는 그 오리무중을 꿰뚫어볼 수 있는 길이 있었다. 거기 어둠 속에 앉아서 나는 생전 처음으로 한 인종 일원 이상의 어떤 존재가 될 수 있는 가능성을 일별할 수 있었다. 그것은 꿈이 아니었다. 가능성이 존재했다. 꼭대기에 이르자면 나는 오로지 일하고, 배우고, 살아남기만 하면 되었다. 물론 나는 햄브로우와 공부할 작정이었다. 그가 필요상 가르치는 것뿐만 아니라 그 이상을 배울 작정이었다. 내일이여, 어서 오라. 내가 이 햄브로우와의 공부를 빨리 끝낼수록 더 빨리 내 일을 시작할 수 있으리라.

17

그로부터 넉 달 후, 브라더 잭이 한밤중에 아파트로 전화를 해와 내게 차를 탈 준비를 하라고 했을 때 나는 적이 가슴이 설레었다. 다행히도 그때 나는 잠을 자지 않고 있었고 옷을 입은 채여서, 몇 분 후 그가 차를 몰고 왔을 때는 길가에서 기대에 부풀어 기다리고 있었다.

가벼운 외투를 걸친 그가 핸들 위에 몸을 굽힌 것을 보고, 나는 이게 바로 내가 기다려온 것인지도 모른다고 생각했다.

"어떻게 지냈어요?"

차 안으로 들어서며 내가 물었다.

"좀 고단해."

그가 말했다.

"잠은 부족하고 문젯거리는 너무 많소."

그러더니 그는 차를 몰면서부터 입을 다물고 말았다. 나는 그에게 아무것도 묻지 않기로 했다. 그게 내가 철저히 배운 것 중 하나였다. 생각에 잠긴 듯 길을 뚫어지게 응시하는 그를 지켜보면서 나는, '지하신'에서 틀림없이 무슨 일이 진행되고 있나 보다고 생각했다. 아마 형제들이 내 역량을 시험해보려고 기다리는지도 몰라. 그렇다면 잘됐다.

그렇지 않아도 여태껏 시험을 기다리고 있었으니까……. 그런데 '지하신'으로 가는 게 아니라, 밖을 내다보니, 그는 나를 할렘으로 데리고 와서 차를 세웠다.

"한잔 하지."

이렇게 말하고 그는 차에서 내려, 황소 머리 모양의 네온사인에 '엘 토로 바(황소 바)'라고 쓰여진 곳으로 걸어갔다.

나는 실망했다. 술을 마시고 싶지 않았다. 나는 나와 임무 사이에 놓인 다음 단계를 취하고 싶었던 것이다. 화가 치밀어 올랐으나 그를 따라 안으로 들어갔다.

바 안은 훈훈하고 조용했다. 이국적인 이름이 붙은 술병들이 어디서 나처럼 선반 위에 줄줄이 늘어서 있었고 뒤쪽에서는 네 명의 사내들이 맥주를 마시면서 스페인어로 뭐라고 입씨름을 했다. 초록색과 빨강색 불을 켠 주크박스는 〈메디아 루스〉를 연주하고 있었다. 바텐더를 기다리는 동안 나는 이곳에 나를 데리고 온 목적이 무엇일까 헤아려보았다.

햄브로우 형제와 공부를 시작한 후 나는 잭 형제를 좀처럼 만나볼 수 없었다. 내 생활은 너무나 꽉 짜여 있었다. 하지만 무슨 일이 있을 경우에는 햄브로우 형제가 내게 알려준다고 알고 있어야 했다. 대신 그는 어느 때나 아침에 만나야 했다. 햄브로우. 그야말로 광신적인 선생이었다. 훤칠하고 친절한 사나이, 법률가이며 형제애단 최고의 이론가인 그는 지내고 보니 아주 엄한 선생이었다. 날마다 그와 토론을 하고 엄격한 스케줄에 따라 독서를 하느라 나는 대학에서 해야 했던 것보다도 더 열심히 공부했다. 저녁마다 그 여러 구역들 중 하나에서 열리는 집회나 회의에 나가서(비록 내 연설 이후 할렘에서 간 것은 그때가 처음이지만) 연사들과 함께 연단에 앉아 다음날 그와 함께 토론할 자료를 노트하곤 했던 것이다. 모든 경우가 학습 상황으로 이용되었고 심지어는 모임 뒤에 가끔 있는 파티조차 그렇게 이용되었다. 파티 동안 나는 손님들의 대화에 나타나는 이념적인 태도들에 관한 생각들을 머릿속에 필기해두어야 했다. 그러나 곧 나는 그런 일에 대한 요령을 익혔다. 형제애단이 갖는 방침의 여러 가지 면과 형제애단이 여러 종류의 사회 집단에 접근하는 방식을 알게 되었을 뿐 아니라 시 전역에 깔린 모든 단원들과 낯익은 사이가 되었다. 강제 퇴거시에 보였던 나의 역할은 아직도 아주 생생하게 기억되어서, 나는 연설을 해서는 안 된다는 지시를 받았지만 일종의 영웅으로 소개되는 데 익숙해졌다.

그렇지만 그 기간은 대개 들어야 할 입장에 있던 기간이었다. 그래서 이야기꾼이었던 나는 점점 안달하지 않을 수 없었다. 이제 나는 형제애단의 주장을 대부분 훤히 알게 되어—내가 믿는 것은 물론 믿지 않는 것도—자면서도 줄줄 욀 수 있을 지경이었는데, 나의 임무에 대해서는 아무도 아무런 말을 해주지 않았다. 그래서 나는 그 한밤중의 전화가 무슨 행동을 시작한다는 뜻이기를 바랐던 것이다…….

곁에서 잭은 여전히 생각에 잠겨 있었다. 그는 어디 딴 곳으로 간다거나 얘기를 하는 걸 전혀 서두르는 기색이 없었다. 바텐더가 느릿느릿 우리의 술을 섞는 동안 아무리 생각해보아도 그가 왜 나를 이곳으로 데려왔는지 알 수가 없었다. 내 앞에 놓인, 보통은 거울이 끼여 있게 마련인 판자틀 속에서 나는 투우의 한 장면을 볼 수 있었다. 황소가 투우사를 향해 가까이 들러들었고, 투우사는 빨간 천을 조각과 같은 주름을 잡으며, 자기 몸에 바짝 대고 휘둘러 투우사와 소는 한순간의 고요하고도 순수한 동작의 회오리 속에 한데 어우러진 것처럼 보였다. 순수한 맵시야 하고 나는 바의 위쪽을 바라보면서 생각했다.

그곳에는 실물보다 크게 분홍과 흰색으로 그려진 한 소녀가, 4월 1일자 달력 위의, 여름철 맥주 광고 속에서 싱긋 웃으며 내려다보고 있었다. 이윽고 마실 것이 우리 앞에 놓였을 때 잭은 활기를 되찾았다. 그의 기분은 달라졌다. 마치 그동안 자기를 괴롭히던 무슨 문제를 방금 해결해버리고 나서 갑자기 홀가분해진 듯했다.

"자, 이것 봐요."

그는 장난스럽게 나를 슬쩍 찌르며 말했다.

"저 여자는 차가운 철강 문명의 마분지 그림일 뿐이오."

그의 농담을 듣고 나는 반가워서 웃었다.

"그럼 저것은요?"

나는 투우 장면을 가리키며 말했다.

"완전한 야만이오."

그는 바텐더를 지켜보며 목소리를 나직이 낮추고 말했다.

"그런데 말이지, 햄브로우 형제와 공부하는 건 어떻소?"

"잘돼가요."

나는 말했다.

"엄격한 분이지만 대학에서 그분 같은 선생한테만 배웠더라면 좀 배웠을 거예요. 아주 많이 배웠어요. 경기장에서 했던 내 연설을 싫어하는 형제들을 만족시킬 만큼 배웠는지는 모르지만 말이에요. 우리 학술적으로 이야기해볼까요?"

그는 웃었다. 한쪽 눈이 다른 쪽 눈보다 더욱 반짝거렸다.

"다른 형제들 걱정은 말아요. 당신은 잘할 거요. 햄브로우 형제의 보고에 의하면 당신은 우수해요."

"그거 듣기 좋은 말이군요."

나는 이제 바 저쪽에서 다른 투우 장면을 발견했다. 거기서는 투우사가 검은 황소의 뿔에 받혀 휙 공중으로 날아오르고 있었다.

"나는 이데올로기를 마스터하느라고 꽤 열심히 공부했지요."

"그걸 마스터하시오."

잭이 말했다.

"그러나 지나치게는 하지 말아요. 이데올로기가 당신을 사로잡게 하지는 말란 말이오. 메마른 이데올로기처럼 민중을 잠들게 하는 건 없소. 바람직한 것은 이데올로기와 영감(靈感)의 중간을 취하는 거요. 민중이 듣고 싶어 하는 말을 하시오. 그러면서도 우리가 바라는 대로 행동하게끔 해요."

그는 웃었다.

"그리고 이것도 기억해두시오. 이론은 언제나 실제 뒤에 온다는 것. 행동이 먼저고 이론화는 나중이오. 그것 역시 하나의 공식이오. 엄청나게 효과적인 공식이오!"

그는 나를 바라보았다. 자기 눈앞에 내가 보이지 않는 듯이 바라보았다. 그래서 나는 그가 나를 보고 웃는 것인지 아니면 '나와 더불어' 웃는 것인지 알 수 없었다. 다만 그가 웃고 있다는 것만 분명할 따름이었다.

"그럼요."

나는 말했다.

"필요한 것은 전부 마스터하도록 해보죠."

"할 수 있어요."

그가 말했다.

"이제 동료들이 뭐라든 신경 쓸 것 없소. 어떤 이데올로기는 그 사람들에게 되돌려줘버려요. 그러면 당신에게 이러쿵저러쿵 안 할 거요—단, 물론 적절한 지원을 받아 기대되는 결과를 가져와야겠지만. 한 잔 더 하겠소?"

"아니, 많이 마셨어요."

"정말이오?"

"그럼요."

"좋소. 자, 그럼 당신의 임무요. 당신은 내일 할렘 지구의 대변인 대표자가 되오……."

"뭐라고요?"

"그렇소. 어제 위원회에서 결정됐소."

"몰랐는걸요."

"당신을 잘해낼 거요. 자, 들어봐요. 당신은 그때 강제 퇴거 현장에서 시작한 일을 계속해 나가는 거요. 사람들을 분기시키도록 하시오. 적극적이 되게 만들어요. 되도록 많은 사람이 참여하도록 하시오. 몇몇 고참 단원들의 지시를 받게 되겠지만 당분간은 당신이 무슨 일을 할 수 있겠는지 알아보도록 하시오. 당신은 행동의 자유를 갖게 될 거요. 단, 위원회의 엄격한 규율 하에 움직여야 하오."

"알았습니다."

"아니요. 잘 모르고 있소."

그는 말했다.

"하지만 잘 알게 될 것이오, 형제. 위원회의 규율을 과소 평가해선 안 돼요. 규율에 따라 당신은 당신의 행위를 전 조직에 대해 책임져야 하오. 규율을 과소평가하지 마시오. 그건 아주 엄격하오. 하지만 그 테두리 안에서 당신은 일을 할 수 있는 완전한 자유를 갖게 되오. 게다가 당신의 일은 아주 중요하오. 알아듣겠소?"

그의 두 눈은 그렇다고 끄덕이는 나의 얼굴을 빤히 들여다보는 것 같았다.

"당신은 자야 할 테니 이제 가는 게 좋겠소."

그는 잔을 비우며 말했다.

"이제 당신은 병사요, 당신의 건강은 우리 조직의 문제요."

"대비를 해야겠죠."

나는 말했다.

"그러리라 알고 있소. 그럼 내일 봅시다. 오전 9시에 할렘 지구 집행위원회에 나오시오. 위치는 물론 알겠지요?"

"아뇨, 모르는데요."

"그래요? 좋소……. 그러면 잠깐 나와 함께 가는 게 좋겠군. 거기서 만날 사람도 있고 당신도 일할 곳을 한번 볼 수 있을 테니. 가는 길에 내려주겠소."

그가 말했다.

구역 사무실은 어느 교회를 개조해놓은 건물 안에 있었는데, 1층은 전당포가 점령했고, 전당포 유리창에는 전당물들이 빽빽이 들어 차 어두워진 길가에서 흐릿하게 빛났다. 우리는 계단을 따라 3층으로 올라가서 높다란 고딕식 천장이 있는 큰 방으로 들어갔다.

"여기 이쪽에 있소."

잭은 말하며 그 큰 방의 끝으로 걸어갔다. 그곳에는 더 작은 방들이 늘어서 있었는데 한 방에만 불이 켜져 있었다. 그때 한 사내가 문간에 나타나 절뚝거리며 다가왔다.

"어서 오시오, 잭 형제."

그가 말했다.

"아니, 타프 형제. 난 토빗 형제가 있을 줄 알았는데."

"알고 있습니다. 여기 있었는데 일이 있어 나갔어요."

사내는 말했다.

"당신에게 주라고 이 봉투를 두고 갔어요. 밤에 전화하겠다고요."

"됐어요, 됐어."

잭이 말했다.

"자, 여기 새로 들어온 형제와 인사하시오……."

"반갑소."

그는 웃으며 말했다.

"경기장에서 자네 연설 들었지. 진짜 할 말을 했어."

"감사합니다."

"그럼 당신도 마음에 들었소, 타프 형제?"

잭이 물었다.

"난 저 청년 마음에 들어요."

사내가 말했다.

"그래, 앞으로 자주 보게 될 거요. 당신네 구역의 새 대변자니까."

"잘됐습니다. 뭔가 변화가 있을 것 같군요."

"그렇소."

잭이 말했다.

"자, 이제 이 사람 사무실 좀 보고 우린 가야겠소."

"그래야죠."

타프가 말했다. 그는 절룩절룩 내 앞을 걸어가 어느 어두운 방으로 들어가 찰칵 불을 켰다.

"바로 이 방입니다."

나는 작은 사무실 안을 들여다보았다. 안에는 전화기가 놓인, 위가 평평한 책상 하나, 탁상 위에 놓인 타자기 한 대, 책과 팸플릿들이 꽂힌 책장 하나, 고대식으로 항해 표시가 된 커다란 세계 지도 하나, 그리고 한쪽으로 콜럼버스의 커다란 초상 하나가 있었다.

"필요한 일이 생기면 타프 형제를 찾아요. 이분은 항상 여기 있으니까."

잭이 말했다.

"감사합니다. 그러죠."

내가 말했다.

"아침에 이것저것 배워야겠습니다."

"그래요. 이제 가는 게 좋겠소. 좀 자두는 게 좋을 테니. 잘 있어요, 타프 형제. 내일 아침 이 사람을 위해 만반의 준비를 좀 해주시오."

"아무것도 걱정할 것 없을 거요. 잘 가시오."

"타프 형제 같은 사람을 끌어들일 수 있기 때문에 우린 승리할 거요."

차 안으로 오르면서 그가 말했다.

"몸은 늙었지만 이념적으로는 원기 왕성한 청년이오. 아주 위태로운 상황에서도 의지할 수 있는 사람이야."

"함께 지내기에 좋은 분 같아요."

"알게 될 거요."

잭은 그렇게 말하고 침묵 속에 빠져들었고, 그 침묵은 내 집 문간에 이를 때까지 계속되었다.

내가 도착했을 때, 위원들은 높은 고딕식 천장이 있는 홀에 모여 작은 책상 두 개를 한데 붙여놓고 그 주위의 접이의자들에 앉아 있었다.

"좋아요."

브라더 잭이 말했다.

"정각에 도착했군. 좋아, 우리 지도자들은 정확한 걸 좋아해요."

"언제나 시간을 지키도록 노력하겠습니다."

내가 말했다.

"자, 여기 여러분."

그가 말했다.

"여러분의 새 대변자입니다. 이제 시작합시다. 모두 나왔나요?"

"토드 클립턴 형제만 빼놓고 다 나왔습니다."

누군가 말했다.

그의 붉은 머리가 놀라 움찔했다.

"그래요?"

"올 겁니다."

청년 단원 하나가 말했다.

"같이 새벽 3시까지 일했습니다."

"그래도 시간을 지켜야지. 아무튼 좋소."

잭은 시계를 끄집어내며 말했다.

"시작합시다. 난 여기서 조금밖에 있을 수 없소. 하지만 잠깐이면 충분하오. 여러분은 모두 근간에 일어난 사건들과 그 사건들을 통해 우리 새 동지가 맡았던 역할을 알고 있습니다. 간단히 말하면, 여러분은 그것을 헛된 것으로 만들지 않기 위해 여기에 모였습니다. 우리는 두 가지 일을 완수해야만 합니다. 첫째, 우리 운동의 효과를 높이는 방법을 강구해야 하고, 둘째, 이미 방출되는 에너지를 조직화해야 합니다. 그러자면 단원의 신속한 증원이 필요합니다. 민중은 완전히 분기해 있습니다. 우리가 그들을 행동으로 이끌어가지 못하면 그들은 소극적이 되거나 냉소

적이 되어버릴 것입니다. 그러니 즉각, 그리고 강력하게 운동을 일으켜야 하오."

그는 나를 향해 고개를 끄덕이며 말했다.

"그러기 위해서. 우리 형제가 구역 대변자로 임명되었습니다. 여러분은 이 형제를 성심껏 지원하고, 그를 위원회의 권위 있는 새 도구로 삼아야 할 것입니다……."

짝짝 하는 박수 소리가 조금 일더니 문이 열리자 그치고 말았다. 늘어선 의자 너머로 보니 모자를 쓰지 않은 내 나이 또래의 청년이 홀 안으로 들어섰다. 그는 두툼한 스웨터와 바지를 입고 있었다. 다른 사람들이 일제히 쳐다보았고, 한 여자가 반가운 듯 훅 숨을 들이쉬는 소리가 들렸다. 이윽고 청년은 흑인 특유의 여유 있는 걸음걸이로 어두운 곳에서 불빛 안으로 들어섰고, 나는 그가 아주 검은 피부의 아주 잘생긴 청년이란 것을 알았다. 그리고 그가 방 가운데쯤 이르렀을 때 북부 박물관의 조각들에서 가끔 볼 수 있고, 또 집 안에서 자라는 백인 아이들과 곳간에서 자라는 흑인 아이들이 마치 같은 총에서 발사된 총알들처럼 똑같은 이름과 용모와 성격들을 가진 남부의 마을에서 흔히 볼 수 있는, 끌로 다듬은 듯한 검은 대리석상과 같은 용모를 가졌음을 알았다. 이제 그는 가까이 다가와서 그 훤칠한 몸을 느긋이 기울이며 두 팔을 테이블 위에 곧게 뻗었는데, 나는 넓고 탄탄하게 놓인 손가락 마디들과, 스웨터를 걸친 억센 두 팔과, 천천히 맥박 치는 목과, 그리고 반듯하고 매끈한 턱에 어울리는 가슴의 곡선을 볼 수 있었고, 돌에 벨벳을 입힌 듯, 뼈에 화강암을 입힌 듯 미묘하게 뒤섞인, 아프리카와 앵글로색슨적 윤곽을 지닌 뺨 위에 반창고가 X자로 붙은 것을 볼 수 있었다.

그는 그렇게 몸을 기울이고 초연한 태도로 우리 모두를 바라보았는데, 그 초연함에서 나는 친근한 매력 뒤에 감춰진 어떤 의문 같은 것을 감지했다. 적수가 되겠다고 생각하며 나는 이자가 누굴까 하고 그를 찬찬히 바라보았다.

"그래, 토드 클립턴 형제는 늦었군."

잭이 말했다.

"우리 청년부 지도자가 늦었어. 웬일이오?"

청년은 뺨을 가리키며 웃어 보였다.

"병원에 가느라고요."

그가 말했다.

"그건 뭐요?"

잭이 검은 살 위에 X자로 붙은 반창고를 보며 물었다.

"민족주의자들과 잠깐 붙었습니다. '훈계자' 라스의 애들과 말이에요."

클립턴이 말했다. 한 여자가 반짝이는 눈빛으로 측은하다는 듯 그를 바라보면서 거친 숨소리를 냈다.

브라더 잭은 나를 힐끔 쳐다보았다.

"형제, 라스에 관해 들어보았죠? 검은 민족주의자라고 자처하는 그 난폭한 사람 말이오."

"생각이 안 나는데요."

"곧 듣게 될 거요. 앉으시오. 클립튼 형제, 앉아요. 조심해야 해. 당신은 우리 조직에 소중한 인물이오. 모험을 하면 안 돼요."

"불가피했어요."

청년은 말했다.

"그래도 그렇소."

잭은 의견을 모으기 위해 다시 토의로 돌아갔다.

"형제, 우리는 아직도 강제 퇴거에 반대하여 싸워야 합니까?"

내가 물었다.

"당신 덕분으로 그게 중요한 문제가 되었소."

"그렇다면 왜 투쟁을 강화하지 않죠?"

그는 내 얼굴을 살폈다.

"무슨 생각이 있소?"

"글쎄요. 이왕 많은 이목을 끌었는데 왜 그 문제를 전 지역 사회에 확대시키지 않느냐는 거죠."

"그러면 어떻게 했으면 좋겠다고 생각하시오?"

"할렘 지역 지도자들로 하여금 우리를 지지하는 입장을 표명하게끔 하면 어떨까요?"

"그런 일에는 어려움이 있소."

브라더 잭이 말했다.

"대부분의 지도자들이 우리를 반대하오."

"하지만 제 생각엔 저 형제의 말에 일리가 있다고 봅니다."

클립턴 형제가 말했다.

"그자들이 우릴 좋아하든 싫어하든 '이 문제'만은 지지하게끔 하면 어때요? 이 문제는 전 지역 사회 문제지 당파적 문제는 아니니까요."

"그렇습니다."

나는 말했다.

"제 생각에도 그렇습니다. 퇴거 문제를 두고 온통 흥분해 있는 판이니 우리를 반대하고 나서지 못할 겁니다. 안 그러면 지역 사회 최선의 이익을 반대하고 나서는 것으로 보일 테니까요."

"그래, 그들이 우리 말을 듣게 하는 거지요."

클립턴이 말했다.

"아주 잘 봤소."

잭이 말했다.

다른 사람들도 동의했다.

"알다시피."

잭은 빙긋 웃으며 말했다.

"우린 늘 이 지도자들을 피해왔소. 하지만 우리가 폭넓은 전선으로 나서는 순간 파벌주의는 던져버려야 할 짐이 되오. 다른 의견들 있습니까?"

그는 둘러보았다.

"형제."

나는 생각이 나서 말했다.

"내가 처음 할렘에 왔을 때, 인상 깊었던 것 중의 하나는 사다리 위에서 연설을 하던 사람이었습니다. 아주 거칠게, 사투리를 써가며 이야기했는데 청중이 아주 열렬했습니다……. 우리도 그 같은 식으로 우리 계획을 거리로 들고 나갈 수 없나요?"

"그래, 당신은 그자를 만난 적이 있군."

그는 별안간 빙긋 웃으며 말했다.

"그런데 훈계자 라스는 지금까지 할렘을 혼자 장악하고 있었소. 하지만 이제 우리가 더 커졌으니 한번 장악해볼 수도 있지요. 위원회가 바라는 것은 그 결과요!"

그래, '그 사람'이 바로 훈계자 라스였구나 하고 나는 생각했다.

"그 '강탈자'와 싸움이 붙겠군요……. 훈계자 말이에요."

체구가 큰 여자가 말했다.

"그자가 거느리는 폭력배들은 구운 닭의 흰 살도 공격하고 비난할 테니까."

우리는 웃었다.

"그자는 흑인과 백인이 함께 있는 걸 보면 제정신이 아니에요."

그녀는 내게 말했다.

"그걸 조심해야 할 겁니다."

클립턴 형제가 뺨을 만지며 말했다.

"좋아요. 하지만 폭력은 안 돼요."

잭이 말했다.

"우리 형제애단은 폭력과 테러, 그리고 어떤 종류의 도발이든—말하자면 공격적인 도발은 금물이오. 알겠소, 클립턴 형제?"

"알겠습니다."

그가 말했다.

"우리는 어떠한 공격적인 폭력도 찬성하지 않을 것이오. 알겠소? 또한 우리를 공격하지 않는 경관이나 다른 사람들을 공격하지 않습니다. 우리는 모든 형태의 폭력에 반대하오. 알겠지요?"

"알겠습니다, 형제."

나는 말했다.

"좋습니다. 이 점을 분명히 했으니 이젠 가봐야겠소."

그가 말했다.

"무엇을 할 수 있는지 알아보시오. 다른 구역에서 충분한 지원과 필요한 모든 지도를 받게 될 것입니다. 하지만 항상 우리는 모두 규율 하에 있다는 사실을 유념해야 합니다."

그는 떠났고 우리는 할 일을 분담했다. 나는 각자가 가장 잘 아는 구역에서 활동할 것을 제안했다. 형제애단과 지역 사회 지도자들은 아무런 연계가 없었으므로 그 연계를 만드는 일을 내가 떠맡았다. 가두 집회를 당장 시작하기로 했고 클립턴 형제는 돌아와서 나와 세부 사항을 검토하기로 했다.

토의가 진행되는 동안 나는 동료들의 얼굴을 자세히 살펴보았다. 그들은 그들이 추구하는 대의에 몰두하여 흑인이나 백인이 모두 완전히 한마음인 듯이 보였다. 그런데 하나하나를 유형별로 따져보려고 해봐도 그럴 수가 없었다. 남부의 '맥주통'처럼 생긴 커다란 체구의 여자는 여성 문제를 담당했는데, 추상적이고 관념적인 용어로 이야기했다. 목에 갈색 얼룩점이 있는, 수줍어 뵈는 남자는 단도직입적으로 대담하고 열렬히 행동을 주장하는 발언을 했다. 그리고 청년 지도자인 이 토드 클립턴은 어쩐지 재즈 광 같기도 하고 쪽 뺀 멋쟁이, 혹은 얌체 같아 보였다. 페르시아 양의 털 같은 그의 머리칼은 한 번도 펴본 적이 없는 것 같았지만 말이다. 나는 아무도 그 유형을 분간할 수 없었다. 그들은 흔히 보는 사람들 같으면서도 잭과 다른 백인들이 내가 알았던 백인들과는 다른 것처럼, 서로 달랐다. 그들은 마치 꿈속에서 보는 사람들처럼 전부 변모되어 있었다. 하긴 나도 달라졌어 하고 생각했다.

회의가 끝나고 행동이 개시되면 이들은 그걸 알게 되겠지. 누구의 반감도 사지 않도록 조심만 하면 돼. 누가 알아, 누군가 내가 중책을 맡은 걸 기분 나쁘게 생각하는 사람이 있을지.

그러나 토드 클립턴 형제가 가두 집회에 대해 의논하기 위해 내 사무실로 들어왔을 때 나는 그에게서 아무런 기분 나쁜 기색도 발견할 수 없었고, 오직 집회의 전략에 완전히 몰두한 태도만을 볼 수 있었을 따름이었다. 그는 야유자들을 다루는 방법이며, 공격을 받았을 때 대처하는 방법, 그리고 군중 가운데서 우리 단원들을 식별할 수 있는 방법을 아주 세세하게 가르쳐주었다. 겉보기에는 쪽 빤 멋쟁이 같은 데가 있었지만, 그의 말은 어찌나 정확한지 그가 자기 일에 정통하다는 것을 의심할 수 없었다.

"우리 일이 어떻게 될 것 같소?"

그가 얘기를 끝냈을 때 나는 물었다.

"커지겠죠. 가비 이래 가장 큰 운동이 될 거요."

"나도 그처럼 자신이 있었으면 좋겠는데. 난 가비를 못 봤어요."

나는 말했다.

"나도 마찬가지요. 하지만 할렘에서 대단한 거물이었다는 건 알겠어요."

"글쎄, 우린 가비가 아니니까. 그 사나이는 오래가지 못했죠."

"그래요. 하지만 그 사람은 뭔가를 가지고 있었던 게 분명해요."

그는 갑자기 열을 내며 말했다.

"그 모든 사람들을 움직일 만한 뭔가를 가지고 있었던 게 틀림없어요. 우리 사람들 어디 '죽어도' 움직이는 사람들입니까? 분명 대단한 능력을 가졌어요."

나는 그를 쳐다보았다. 그의 눈은 안으로 향해 있었다. 이윽고 그는 웃어 보였다.

"걱정 말아요."

그가 말했다.

"우리에겐 과학적인 계획이 있고, 당신이 그들을 움직여놓으시오. 사정이 아주 나쁜 판이니 사람들은 귀담아들을 것이고, 귀담아듣게 되면 따르게 될 것입니다."

"그래주었으면 좋겠소."

내가 말했다.

"그럴 거요. 당신은 이 운동에 처음이지만 난 이제 3년째요. 그래서 그 변화를 느낄 수 있어요. 사람들은 행동할 태세가 되어 있어요."

"그 느낌이 맞길 바라오."

"맞아요, 맞고말고요."

그는 말했다.

"우리는 사람들을 모아들이기만 하면 되오."

그날 저녁은 마치 겨울날처럼 추웠다. 길모퉁이엔 환하게 불이 밝혀졌고 온통 흑인들인 군중이 엄청나게 빽빽하게 모였다. 나는 이제 사다리 위에 올라서서 클립턴 청년부 단원들에게 둘러싸였다. 나는 옷깃을 세운 그들의 등 너머로, 군중 사이에서 의심에 찬 얼굴들, 호기심에 찬 얼굴들, 확신에 찬 얼굴들을 볼 수 있었다. 이른 시각이라 차량 소음에 맞서 힘껏 소리를 지르면서 목소리가 감정으로 뜨거워짐에 따라 뺨과 손에 와 닿는 축축한 차가운 공기를 느낄 수 있었다. 이제 막 나 자신과 사람들 사이에 형성된 박동을 느끼기 시작하면서 그들이 딱딱 박수를 치고 동조하는 소리를 듣는 참이었다. 그때 토드 클립턴이 내 눈길을 끌었다. 신호를 보내고 있었다. 그러고 보니 군중의 머리 너머 저 아래로 어두운 가게 앞과 깜박이는 네온사인을 지나 스무 명가량 되는 노기등등한 사내들 한 패가 빠른 걸음으로 다가오는 것이 보였다. 나는 아래를 내려다보았다.

"성가시게 됐군. 얘기 계속해요. 단원들에게 신호하고."

클립턴이 말했다.

"형제 여러분, 이제 행동할 때가 됐습니다."

나는 소리 질렀다. 그런데 그때 청년 단원들과 몇몇 나이든 축들이 군중 뒤로 들어가, 다가오는 패와 맞서려고 앞으로 가는 것이 보였다. 그 순간 어둠 속에서 뭔가가 날아와 내 이마에 세게 부딪혔다. 그러고는 사람들이 우르르 몰려와 사다리가 뒤쪽으로 밀리는가 했더니 나는 군중 위에서 마치 죽마를 탄 사람처럼 비틀거리다 길바닥에 깨끗이 나가떨어지고 말았다. 사다리가 덜컥 나자빠지는 소리가 들렸다. 사람들은 이제 공포에 질려 이리저리 밀리고 있었다. 클립턴이 내 곁에 와 있었다.

"훈계자 라스요."

그가 소리쳤다.

"손 좀 쓸 줄 아오?"

"주먹을 쓸 줄 알죠."

나는 약이 올랐다.

"그럼 됐어요. 기회는 왔소. 자, 주먹 솜씨 좀 봅시다."

그는 앞으로 나아가더니 어지러운 군중 사이로 뛰어드는 것 같았고 나는 그의 곁에서 사람들이 문간 쪽으로 흩어져서 어둠 속으로 뛰어가는 모습을 보았다.

"저기 라스가 있소, 저기."

클립턴이 외쳤다. 그때 유리 깨지는 소리가 들리고 길이 어둠에 잠겼다. 누군가 전등을 깨뜨려버린 것이었다. 침침한 어둠 속에서 나는 클립턴이 깜깜한 유리창 속에서 빛나는 붉은 네온사인 쪽으로 가는 것을 보았는데 그때 무엇인가 내 머리를 스치고 지나갔다. 그 순간 한 사내가 긴 철봉을 들고 달려들었다. 클립턴이 그에게 달려들어 머리를 잔뜩 숙이고 바짝 붙더니 사내의 손목을 와락 움켜쥐고 마치 뒤로 돌아 하는 군인처럼 휙 비트는 모습이 보였다. 이제 그는 내 쪽으로 향했고 사내의 팔뒤꿈치는 그의 어깨 위에서 뻣뻣하게 뻗쳤는데, 클립턴이 유연하게 몸을 곧추세우며 그 팔을 끌어내리자 사내는 발돋움을 하면서 비명을 질렀다.

퍽 하는 메마른 소리가 들리더니 사내가 축 늘어지는 것이 보였고 철봉이 길바닥에 나가떨어져 쩔렁 울렸다. 그때 누군가 내 배를 세게 내질렀다. 문득 나도 지금 싸우는 중이란 걸 알았다. 나는 무릎을 꿇고 고꾸라져 데굴데굴 구르고는 몸을 일으켜 상대방과 마주섰다.

"일어서, 백인 앞잡이 놈."

상대는 말했다. 나는 그를 후려쳤다. 녀석에게도 주먹이 있고 내게도 주먹이 있었으므로 싸움은 백중했지만, 녀석은 별로 재수가 좋지 않았다. 녀석은 고꾸라지지도 나가떨어지지도 않았지만 내가 두 대를 근사하게 먹이자 다른 곳에서 싸울 작정을 해버렸다. 녀석이 몸을 돌리자 나는 녀석의 다리를 걸어 넘어뜨린 후 딴 곳으로 갔다.

싸움은 이제, 길모퉁이까지 가로등이 완전히 박살이 난 어둠 속으로 이동했다. 끙끙거리는 소리, 버둥거리는 소리, 발길질을 하고 주먹질을 하는 소리 외에는 조용했다. 어둠 속이라 갈피를 잡지 못해 나는 우리 편과 상대방을 구별할 수가 없었다. 그래서 조심스럽게 움직이며 피아(彼我)를 구별해보려고 애썼다. 누군가 길 저편 어둠 속에서 소리를 질렀다.

"그만해. 그만!"

경찰이군 하고 나는 클립턴을 찾아 둘러보았다.

네온사인이 신비스럽게 빛났고 수많은 사람들이 달아나며 욕지거리를 퍼부었다. 그때 나는 '수표를 현금으로 교환해줌'이라고 쓰여 있는 붉은 간판 앞의 어느 상점 현관에서 솜씨 좋게 싸우고 있는 그를 발견하고 얼른 그에게 달려가며 무슨 물체들이 머리를 스쳐 날아가고 유리가 깨지는 소리를 들었다. 클립턴은 훈계자 라스의 머리와 복부를 향해 짧고 정확한 잽을 날리면서 라스가 유리창 앞으로 쓰러지지 않도록, 그리고 자기 주먹이 유리창을 후려치지 않도록 조심하며 민첩하고 정확하게 펀치를 날렸는데, 어찌나 잽싸게 좌우 잽으로 라스를 몰아넣는지 라스는 술 취한 황소처럼 이리저리 비틀거렸다. 내가 다가갔을 때 라스는 황소처럼 빠져나오려고 애쓰고 있었다. 클립턴이 그를 다시 몰아붙여 거꾸러뜨리자 그는 현관의 깜깜한 바닥에 두 손을 짚고, 발뒤꿈치는 마치 출발선에 선 달리기 선수처럼 문간에다 갖다 댔다. 그러는가 했더니 쏜살같이 뛰쳐나와 달려드는 클립턴을 붙잡고 머리로 쳐 받았고, 훅! 하고 숨을 토하는 소리가 들렸다. 보니 클립턴이 벌렁 나자빠져 있었고 라스의 손에서 뭔가 번쩍 빛났다. 라스가 현관을 가득 메울 듯한 땅딸막하고 육중한 체구로 칼을 든 채 신중하게 앞으로 다가왔다.

나는 휙 돌아 그 긴 철봉을 찾았다. 그러곤 철봉을 향해 몸을 던져 네 발로 기어 조금만, 조금만 더…… 하고 다가가는데, 보니 라스가 몸을 숙여 한 손으로는 클립턴의 멱살을 휘어잡고 한 손으로는 칼을 든 채 클립턴을 내려다보면서 소처럼 화를 내며 씩씩거리고 있었다. 나는 그가 칼을 뒤로 치켜들어 허공에서 딱 멈추는 모습을 보고 온몸이 얼어붙는 것 같았다. 그는 다시 칼을 치켜들다 멈추고 욕설을 퍼부었다. 그러고는 또다시 치켜들다 멈추었다. 그는 이 모든 동작을 순식간에 해댔다. 그러더니 그는 느닷없이 울어대면서 마구 지껄이기 시작했다. 나는 적이 마음을 놓은 채 천천히 앞으로 다가갔다.

"이봐."

라스가 불쑥 소리쳤다.

"난 네놈을 꼭 죽여야 해. 제기랄, 네놈을 죽여야 세상이 나아진단 말이야. 한데 네놈은 흑인이 아닌가 말이야. 왜 하필이면 네놈이 흑인이냔 말이다. 아무렴. 너 같은 놈은 죽여야 해. 어느 놈이 훈계자에게 손 대느냐고. 제기랄, 아무도 손 못 대!"

나는 그가 다시 칼을 들어 올리는 걸 보았다. 그런데 그는 다시 그냥 칼을 내리고는 클립턴을 길바닥으로 냅다 밀어뜨리고 그 앞에 서서 큭큭 흐느꼈다.

"왜 네 녀석이 백인 놈들과 어울리는 거야? 난 네 녀석을 오랫동안 지켜보았다. 그리고 혼자 이렇게 말했다. 녀석은 곧 깨닫고 싫증이 나겠지, 그러곤 거기서 빠져나오겠지 하고 말이다. 왜 너같이 쓸 만한 녀석이 그놈들과 어울리는 거냐?"

계속 앞으로 다가가며 보니 그는 붉은 분노의 눈물로 번들거리는 얼굴로 여전히 애꿎은 칼을 든 채 클립턴 위에 서 있었고 눈물은 진열창 네온사인의 불빛에 붉게 물들었다.

"넌 내 형제야. 이봐, 형제는 피부 색깔이 같은 거다. 그런데 넌 도대체 어떻게 백인들을 형제라고 부르느냔 말이야. 빌어먹을! 빌어먹을 짓이지! 형제는 피부색이 같아. 우린 아프리카 어머니의 자식이다. 잊었나? 넌 흑인이야, 흑인! 넌…… 제길, 이봐!"

그는 말에 힘을 주느라고 칼을 휘둘렀다.

"넌 꼬부랑 머리카락이야! 입술은 두껍고! 넌 냄새가 난다는 사람이야! 백인들은 널 미워해. 이봐, 넌 아프리카인이야, '아프리카인!' 왜 놈들과 어울리는 거야? 그런 빌어먹을 짓 집어치워. 이봐, 놈들은 너를 팔

아먹고 있어. 그따위 짓 이젠 케케묵은 수작이지. 놈들은 우리를 노예로 만들어……. 넌 잊었나? 놈들이 흑인을 어떻게 좋게 보겠느냔 말이야? 어떻게 네 '형제'가 되겠나?"

마침내 나는 그의 옆으로 다가가서 그를 철봉으로 힘껏 내리쳤다. 칼이 어둠 속으로 튕겨 날아갔고 그는 팔목을 움켜쥐었다. 그가 그 자리에 버티고 서서 작은 눈을 찡그리며 노려보자 나는 별안간 두려움과 증오감으로 달아올라 다시 철봉을 추켜들었다.

"그리고 이봐, 너."

훈계자가 말했다.

"이 깜찍한 흑인 악마야! 이 빌어먹을 교활한 족제비야! 넌 네가 어디서 왔다고 생각하길래 백인들과 어울리는 거냐. 난 안다. 제기랄! 내가 모를 줄 아나! 넌 남부에서 올라왔다. 넌 트리니다드에서 왔어. 넌 바바도스 출신이야. 자마이카, 남아프리카에서 왔단 말이다. 백인의 발길에 내내 엉덩이를 채여왔지. 네가 흑인 민족을 배반하고 뭘 부정해보겠다는 거냐. 넌 왜 우리와 싸우는 거야? 이 젊은 녀석들아, 많이 배웠다는 너희 젊은 흑인들 말이다. 난 너희들이 군중을 선동하는 소릴 들었다. 너희들은 왜 노예 주인에게 붙는 거야. 무슨 교육을 받았길래 그래? 무슨 흑인이길래 자기 어머니를 배신하는 거야?"

"닥쳐!"

클립턴이 벌떡 일어서며 소리 질렀다.

"닥쳐!"

"빌어먹을, 못 닥치겠다!"

라스는 주먹으로 눈물을 훔치며 소리쳤다.

"말하겠다. 그 철봉으로 날 쳐라. 하지만 제발 너희들 훈계자의 말을 들어라. 너희들 우리와 함께 일하자. 우리는 흑인 민족의 영광스러운 운동을 일으킨다. '흑인 민족' 말이다. 백인들이 무얼 하나? 돈을 주던가? 그 더러운 것 누가 받나? 그놈들의 돈은 검은 피를 흘린다. 이봐, 그건 깨끗지 못하다. 그놈들의 돈을 받는 건 치사해. 존엄성이 없는 돈이다. 아주 치사하단 말이야!"

클립턴이 그에게 달려들었다. 나는 그를 붙들고 고개를 내저었다.

"그만둬요. 저 친구 돌았소."

나는 그의 팔을 잡아당기며 말했다.

라스는 두 주먹으로 자기 허벅다리를 내리쳤다.

"내가 돌았다고? 너희들이 날보고 돌았다고? 너희들 둘을 보고 날 봐……. 이게 정상이야? 여기 이 세 개의 까만 그림자 속에 서 있는 게? 백인 노예 주인 때문에 거리에서 세 명의 흑인이 싸우는 게? 그것이 정상인가? 그것이 양심이고 과학적 이해인가? 그것이 20세기 현대의 흑인인가? 빌어먹을, 이봐! 그것이 자존심이냐? 흑인과 흑인이 싸우는 것이? 그놈들이 뭘 주길래 배신을 하지? 제놈들 계집을 주나? 그래서 넘어간 거야?"

"갑시다."

말하면서 나는 귀를 기울였고 기억을 떠올렸다. 어둠 속에서 별안간 집단 권투 시합 때의 공포감을 생생히 떠올렸는데, 클립턴은 긴장되고 넋 잃은 표정으로 라스를 바라보면서 나를 밀어냈다.

"갑시다."

나는 또다시 말했다. 그는 그냥 그 자리에서 서서 바라보고 있었다.

"암, 넌 가거라."

라스가 말했다.

"그러나 이 친구는 안 가. 넌 전염이 되었지만 이 친구는 진짜 흑인이다. 아프리카라면 이 친구는 추장이다. 흑인 왕이야. 여기서는 이 친구가 혈관에 피 한 방울 없는 그 빌어먹을 계집들을 강간한다는 말을 듣는다. 이 친구는 야구방망이로 그것들을 두들겨 쫓아버릴 수가 없을 것이 분명해. 쳇, 이게 무슨 바보짓이야! 나서 죽을 때까지 발길질을 하곤 형제라? 그게 수학이냐? 그게 논리냐? 이봐, 이 친구를 봐. 눈을 똑바로 떠."

그는 내게 말했다.

"내가 저 친구처럼 생겼으면 이 망할 놈의 세상을 뒤흔들어놓겠다. 일본, 인도에서는 날 알지. 유색 인종 나라에선 날 다 알아. 젊음! 지성! 이 친군 타고난 왕자감이야! 눈은 어딨나? 자존심은 어딨어? 그 빌어먹을 놈들하고 일을 해? 놈들의 시대는 얼마 남지 않았어. 때가 거의 온 거야. 네가 이처럼 빈둥거리고 돌아다니는 것은 19세기식이지. 난 널 이해할 수 없다. 내가 무식한가? 이봐, 대답을 해봐."

"맞아."

클립턴이 버럭 소리를 질렀다.

"빌어먹을, 맞아!"

"넌 내가 돌았다고 생각하고 있어. 내 영어가 형편없기 때문에 그러는 건가? 제기랄, 그건 내 모국어가 아니기 때문에 그렇다. 이봐, 난 아프리카인이야. 넌 정말 내가 돌았다고 생각하나?"

"그럼, 그렇고말고."

"그렇게 믿는다는 거야?"

라스가 말했다.

"놈들이 뭘 해주지, 흑인 양반? 냄새나는 계집들을 주던가?"

클립턴은 또다시 덤벼들었고 나는 다시 그를 붙잡았다. 그러나 라스는 여전히 버티고 서 있었는데 그의 머리는 붉게 타올랐다.

"계집들? 벌어먹을 것! 그게 평등이냐? 그게 흑인의 자유냐? 등을 한번 토닥거려주고 욕정도 없는 사타구니를 내주는 게? 구더기 같은 것들! 놈들이 너희들을 그렇게 헐값으로 사가나? 놈들이 우리 민족에게 무슨 짓을 '하고 있는 거지!' 너희들 머리는 어디 있나? 이 계집 찌꺼기들은, 이봐, 구정물 같은 것들이야! 상류층 백인이 흑인을 싫어하는 걸 너희도 알지? 그건 뻔하다. 그래서 그 찌꺼기 같은 것들을 이용해 너희 흑인 청년들에게 이 더러운 일을 시킨단 말이야. 놈들은 너희를 배신하고, 흑인 민족을 배신하고 있어. 놈들은 너희를 속이는 거야. 제놈들끼리 싸우라고 놔둬라. 제놈들끼리 잡아 죽이라고 놔둬. 우리는 조직해야 해……. 조직은 좋은 거니까. 하지만 흑인끼리 조직해야 하는 거다. 흑인끼리! 백인 새끼들은 뒈져버리라고 해! 놈들은 갈보 하나를 데리고 와선 흑인에게 흑인의 자유가 갈보 년의 삐쩍 마른 가랑이 사이에 있다고 한다니까……. 그런데 그 거지 같은 자식들은 자기들이 권력과 자본을 죄다 독차지하고 흑인에겐 아무것도 남겨놓지 않아. 그러곤 쓸 만한 백인 여자들은 흑인이 강간배라면서 집 안에 꼭꼭 처박아두고 아무것도 모르게 해놓고는 흑인을 열등 족속으로 만든단 말이야.

흑인이 언제나 이 유치한 배신에 진력을 낼까? 놈들이 너흴 휘어잡은 탓에 너희들은 흑인의 머리를 못 믿지? 너희 청년들, 스스로 싸구려로 놀지 말아라. 제 자신을 부정 마. 너희들을 만드는 데 수십억 갤런의 검은 피가 들었다. 네 안에 든 것을 알아보면 넌 사람들 가운데 왕이 되는 거야. 사람이란 가진 것도 없고 입은 것도 없을 때 자기가 사람이란 걸 아는 법이다……. 누가 그걸 말해줄 필요도 없어. 이봐, 자넨 6척 거구야. 자넨 젊고 영리해. 자넨 검고 아름다워. 놈들이 딴 소리 하도록 두지

마. 넌 맘대로 죽이는 물건이 아니었어. 죽이다니! 난 널 죽일 수도 있었다. 훈계자 라스는 칼을 추켜들어 죽이려고 했어. 하지만 그러지 못했지. 왜 죽이지 않나? 하고 나는 스스로 묻는다. 그러곤 이제 해치우자고 다짐한다. 하지만 무엇인가가 말하는 거야. '안 돼. 넌 네 흑인 왕을 죽이는지도 모른다'고 말이다. 그래 난 알았다, 알았어 하고 대답한다. 그래 나는 네 굴욕적인 행동을 받아들이는 것이다. 라스는 너의 흑인으로서의 가능성들을 인정한 거란 말이다. 라스는 저 흑인 형제를 백인 노예주에게 제물로 바치지 않아. 대신 '울지'. 라스는 인간이다. 백인은 그걸 말할 필요가 없어. 그래서 라스는 우는 거야. 그래 왜 너는 흑인으로서의 네 의무를 깨닫지 못하는 거야. 어때, 우리와 함께 일해보겠나?"

그의 가슴팍은 오르락내리락했고 귀에 거슬리는 그의 목소리에는 간청하는 어조가 깃들었다. 과연 훈계자였다. 나는 그의 거칠고 제정신이 아닌 듯한 웅변적인 간청에 마음을 사로잡혔다. 그는 서서 대답을 기다렸다. 그때 갑자기 대형 수송기 한 대가 건물들 위로 낮게 날아왔다. 머리를 들고 보니 엔진이 불꽃을 내는 것이 보였다. 우리 세 사람은 잠자코 그 광경을 지켜보았다.

훈계자가 느닷없이 비행기를 향해 주먹을 휘두르며 고함을 질렀다.

"빌어먹을 자식! 언젠가 우리도 저런 걸 갖는다! 빌어먹을 자식!"

그가 거기 서서 주먹질을 하는 동안 비행기는 힘차게 날아가며 건물들을 덜컹덜컹 흔들어놓았다. 이윽고 비행기는 사라졌다. 나는 현실감이 들지 않는 거리를 둘러보았다. 이제 모두들 거리 저 아래쪽 어둠 속에서 싸우고 있었고 이쪽엔 우리뿐이었다. 나는 훈계자를 쳐다보았다. 나 자신이 화가 난 건지 감탄을 하는 건지 알 수가 없었다.

"이봐요."

나는 머리를 내저으며 말했다.

"이야길 똑바로 하지그래. 이제부터 우리는 매일 밤 가두로 나올 거고 싸움 준비를 하겠어. 우린 그걸 바라지는 않아. 특히 당신하고는 말이야. 하지만 우린 둘 다 달아나진 않겠지……."

"제기랄, 이봐."

그는 펄쩍 다가서며 말했다.

"여긴 '할렘'이야. 내 구역이야. 흑인 구역이란 말이야. 우리가 백인 놈들을 들여보내 제놈들의 독을 퍼뜨리게 그냥 놔둘 줄 아나? 제놈들 맘대로 상점을 다 차지하게 해? 이봐, 라스와 이야기할 땐 똑바로 이야기하라고. 똑바로!"

"이게 똑바른 얘기지."

나는 말했다.

"우리도 당신 말을 들었으니까 당신도 들어봐. 우린 매일 밤 이리루 나오겠어. 알아듣겠어? 우린 이리 나온단 말이야. 다음번에 칼 따위를 들고 우리 형제를 아무나 쫓아왔다간—백인이든 흑인이든—그래, 가만있지 않겠어."

그는 머리를 절레절레 흔들었다.

"나도 가만있지 않겠다."

"그러셔야지. 가만있으란 말은 아니야. 가만있다간 말썽이 날 테니까. 당신은 잘못 생각하고 있어. 수적으로 열세란 걸 모르나? 이기려면 동맹이 필요할걸……."

"그건 일리가 있다. 흑인 동맹이 필요해. 황인종 동맹도!"

"우애의 세계를 원하는 사람 모두의 동맹도."

"멍청한 소리 말아. 그 백인놈들, 그놈들은 흑인들과 동맹을 맺을 필요가 없어. 놈들은 가지고 싶은 걸 가졌으니 네게 등을 돌린단 말이다. 네 영리한 흑인 머리는 어디 갔나?”

“그런 식으로 생각하면 역사의 역류 속에 빠지고 말아.”

나는 말했다.

“머리로 생각하라고. 감정으로 생각지 말고.”

그는 머리를 격렬하게 흔들며 클립턴을 바라보았다.

“이 흑인 친구가 내게 두뇌니 생각이니 하는군. 내가 너희 둘에게 묻겠다. 너희들은 깨어 있는 거냐, 자는 거냐? 너희들의 과거는 뭐고 지금 어디로 가는 거냐? 상관없지. 너희들은 썩은 이데올로기를 가지고 하이에나처럼 시시덕거리며 너희들 자신의 창자나 꺼내 먹어라. 너희들은 끝장났어. 끝장! 라스는 무식하지 않다. 라스는 두려워하지도 않아. 천만에! 라스는 여기서 흑인으로 남아 흑인 민족의 자유를 위해 싸우고 있어. 백인 놈들이 자기네 필요한 것을 가지고 너희들 앞에서 비웃고 떠나버리면 너희들은 냄새를 피우며 백인 구더기들과 붙어 씩씩거리겠지만 말이야.”

그는 분개해서 어두운 거리에 침을 탁 뱉었다. 침은 붉은 불빛 속에서 분홍빛이 되어 날아갔다.

“그렇대도 난 상관없어.”

나는 말했다.

“다만 내가 말한 건 기억해두라고. 갑시다, 클립턴 형제. 이 사람 온통 앙심으로 가득 찼어. 흑인의 앙심으로.”

우리는 그곳을 떠났다. 유리 조각 하나가 발밑에서 바삭거렸다.

“그런지도 모르지.”

라스가 말했다.

"하지만 난 바보가 아니다. 난 뭣보다도 흑인과 백인 간의 문제가 모두 백인이 써놓은 형편없는 책 안에 들어 있는 망할 놈의 거짓말로 해결될 수 있다고 생각하는, 배웠다는 흑인 바보는 아냐! 이 백인 문명을 세운 건 3백 년 간 흘린 흑인의 피란 말이다. 그건 한순간에 씻어지지 않는다. 피가 피를 불러! 그걸 기억해두라고. 또 나는 너희들과 다르다는 걸 잊지 마. 라스는 진정한 문제를 알고 흑인이라는 사실을 겁내지 않는다. 라스는 백인들을 위한 반역자도 아니다. 이걸 명심하라고. 난 백인들에게 빌붙기 위해 흑인을 배신하는 흑인 반역자가 아냐."

그런데 내가 미처 대답하기도 전에 클립턴이 어둠 속에서 홱 몸을 돌렸고 이어 뻑 하는 소리가 났다. 보니 라스가 나자빠졌고 클립턴은 씩씩 숨을 몰아쉬었다. 라스는, 그 육중한 흑인은, 거기 길바닥에 넘어져 '수표를 현금으로 교환해줌'이라는 간판의 불빛을 받아 붉게 물든 눈물을 얼굴 위로 흘리고 있었다.

그런데 또 클립턴은 무거운 표정으로 아래를 내려다보며 무언가 말없는 물음을 던지는 것 같았다.

"갑시다, 가."

내가 말했다.

떠나려는 참에 요란한 사이렌 소리가 들려왔고 클립턴은 혼자서 나지막이 욕설을 퍼부어댔다.

이윽고 우리는 어둠 속에서 빠져나와 번잡한 거리로 나왔다. 그가 나를 돌아봤다. 그의 눈에는 눈물이 맺혀 있었다.

"길을 잘못 든 그 불쌍한 자식."

그가 말했다.

"그 사람, 당신을 아주 많이 생각하던데."

나는 말했다. 나는 어둠에서 빠져나와, 훈계하는 그 목소리를 들을 수 없게 되어 기뻤다.

"그 친구 돌았어."

클립턴이 말했다.

"그냥 두면 당신도 돌게 될 거야."

"그 친구 어디서 그 이름을 얻었소?"

내가 물었다.

"자기가 붙인 이름이오. 아마 그랬을 거요. 라스란 말은 동양에서 경칭이오. 그자가 '에티오피아가 날개를 펴고'에 관해서 아무 말 안 했던 건 이상하오."

그는 라스를 흉내내며 말했다.

"코브라의 목이 벌떡벌떡 뛰는 것 같은 소리를 내는데…… 글쎄, 모르겠어……. 글쎄……."

"앞으로 그자를 지켜봐야겠어요."

나는 말했다.

"맞아요. 그게 좋겠소. 그자가 싸움을 그만두지 않을 테니까……. 그런데 아까 칼을 내리쳐줘서 고맙소."

"걱정할 필요 없었던걸. 그 친구는 자기 왕을 죽이지 않았을 테니까."

그는 고개를 돌리고 내가 진담을 하나 하고 생각하는 듯 나를 바라보았다. 그러고는 싱긋 웃어 보였다.

"잠시 동안 죽었구나 생각했소."

그가 말했다.

구역 사무실을 향해 걸음을 옮기면서 나는 브라더 잭이 이 싸움에 대해 어떻게 말할까 궁금했다.

"우린 조직을 통해 그자를 압도해야 할 거요."

나는 말했다.

"그래야죠, 물론. 하지만 라스가 강한 건 내부에서요."

클립턴이 말했다.

"내부에서 그는 위험한 존재요."

"내부로 들어서지는 못할 겁니다. 자기를 반역자라고 생각할 테니까."

"그렇지. 내부로 들어오지 못할 거야. 그자가 말하던 방식을 들었소? 그자가 하는 말을 들어봤소?"

"그럼요, 들었죠."

"난 모르겠소. 가끔 사람이란 역사 밖으로 뛰쳐나가야 한다고 생각이 든단 말이오……."

"뭐라고요?"

"밖으로 뛰쳐나가, 등을 돌려야 한다고……. 안 그러면 누군가를 죽이든지, 미쳐버릴지도 모르오."

나는 대답을 하지 않았다. 그 말이 옳을지도 몰라 하고 나는 생각했다. 갑자기 나는 형제애단을 알게 된 게 아주 기뻤다.

다음날 아침엔 비가 내렸다. 나는 다른 사람들보다 일찍 구역 사무소에 나와 내 사무실 창문을 통해 밖을 내다보고 서 있었다. 불쑥 튀어나온 어느 건물의 담을 지나, 벽돌과 모르타르의 그 단조로운 무늬를 지나, 비를 맞으며 높이, 우아하게 줄지어 솟은 나무들의 모습이 눈에 들어왔다. 나무 한 그루가 가까이에 있어 빗물이 나무 껍질과 끈끈한 싹 위로 흘러내리는 걸 볼 수 있었다. 나무들은 저편 긴 블록을 따라 줄줄이 늘어선 채 너저분한 뒷마당 위로 물을 뚝뚝 떨어뜨리며 높이 솟았다. 그때 언뜻 떠오른 것은, 저 무너져가는 담장들을 제거하고 꽃과 풀들을 심는다면 근사한 공원이 되겠다 싶은 생각이었다. 바로 그때 종이 봉지 하나가 내 왼편 어느 창문에서 떨어져 내려 마치 소리 없는 수류탄이라도 되는 듯 터져서 나무들 사이로 쓰레기처럼 흐트러지는가 하면, 풀썩! 하고 물에 촉촉이 젖어 맥 빠진 소리를 내며 곧장 수직으로 땅에 떨어지기도 했다. 역겨운 생각이 들면서 나는 움찔 했고, 그다음엔, 언젠가는 저 뒷마당에도 햇빛이 들겠지 하는 생각이 들었다. 전 지역 청소 운동 같은 것도 물론 한가한 기간에 해볼 만한 것이었다. 하는 일마다 엊저녁 만큼 흥미진진한 일일 수는 없을 테니까 말이다.

책상으로 돌아와 지도를 마주보고 앉았는데, 타프 형제가 들어섰다.

"나왔나? 벌써부터 근무로군."

그는 말했다.

"어서 오세요. 할 일이 너무 많아 일찌감치 시작하는 게 낫겠다 싶어서."

나는 말했다.

"잘해낼 거야. 그런데 내 여기 온 건 자네 시간 뺏으려는 건 아니고 벽에다 뭘 좀 붙여놓구 싶어서 말일세."

"어서 하세요. 제가 도와드릴까요?"

"아닐세. 내가 할 수 있어."

그는 절뚝거리며 지도 아래 놓인 의자 위로 올라가서 천장 모서리에 액자를 하나 걸고 그걸 이리저리 반듯하게 맞추어놓고는 다시 내려와 내 책상 곁으로 다가왔다.

"이보게, 저분 누군지 아나?"

"아! 그럼요. 프레데릭 더글러스[노예 폐지 운동가. 흑인 어머니를 둔 혼혈 미국인] 아닙니까?"

"맞았어. 바로 그분이야. 저분에 대해서 많이 아나?"

"별로요. 하지만 제 할아버지께서 말씀해주시곤 했죠."

"그러면 됐어. 저분은 위대한 분이라네. 가끔 한 번씩 쳐다보면 돼. 자네 필요한 것 다 가지고 있나? 종이니 뭐니 하는 것?"

"그럼요, 타프 형제. 그리고 저 더글러스 사진 고마워요."

"내게 고마워하지 말게."

그는 문간에서 말했다.

"저분은 우리 모두의 것이니까."

나는 돌연히 경건한 느낌이 들어 프레데릭 더글러스의 초상을 마주 보고 앉아 자꾸만 울려오는 할아버지의 목소리를 듣지 않으려고 애썼다. 이윽고 나는 전화기를 집어 들고 할렘 지역 지도자들에게 전화를 걸기 시작했다.

지도자들은 죄수들처럼 열을 지어 있었다. 목사들, 정치가들, 각종 전문직업 인사들 등. 확실히 클립턴 말이 맞았다. 퇴거 반대 투쟁은 너무 극적인 문제라서 대부분의 지도자들은 자기네 추종자들이 자기들을 버리고 우리에게 모여들까 봐 걱정하고 있었다. 나는 아무리 중요하지 않은 사람도 경시하지 않았다. 거물들, 의사들, 부동산업자들, 가두 설교자들 할 것 없이. 일이 너무나 신속하고 순조롭게 진행되어 그 일은 내가 하는 일이 아니고 실은 내 새 이름을 가진 어떤 딴 사람이 하는 일 같았다. 나는 멘즈 하우스의 관장이 내게 그지없이 공손하게 말하는 소리를 듣고 하마터면 웃음을 터뜨릴 뻔했다. 내 새 이름은 사방에 알려졌다. 나는 생각했다. 참 이상해. 세상일들이 어떤 것에 이름을 붙여 부르면 그것이 그 이름처럼 된다고 생각한단 말이야. 그런데 나 자신도 그 사람들이 생각하는 대로 되어 있어…….

일은 아주 순조롭게 잘 풀려 몇 주 후에 우리는 시가 행진을 벌임으로써 할렘 지역의 민심을 완전히 장악할 수 있었다. 우리는 맹렬히 일했다. 그래서 이제 메리 아줌마네 집을 나올 무렵의 상충된 심정과 갈등도 할렘 지역의 투쟁 속으로 옮겨 나와버린 듯했다. 나는 내면적으로는 평온했고 안정되어 있었던 것이다. 시위니 연설이니 하는 야단법석조차도 나를 더 나은 방향으로 자극하는 것 같았다. 제아무리 엉뚱한 발상도 내 생각은 다 성과를 거두었다.

일자리를 갖지 못한 단원 하나가 캔사스 주의 위치타에서 전에 훈련 교관을 했다는 말을 듣고 나는 6척 장신들을 모아 훈련 팀을 조직했다. 이들의 임무는 징 박은 구두를 신고 불티가 튈 만큼 쾅쾅 요란하게 거리를 행진하는 것이었다. 시가 행진이 있던 날 이들은 시골 길가의 개싸움보다도 더 빨리 군중을 끌어모았다. 우리는 그들을 '민중의 열렬한 행진 부대'라고 명명했다. 그들이 봄날 저물 녘에 7번가를 따라 화려한 대오를 지어 갈 때면 거리는 그들로 하여 온통 환하게 불타는 듯했다. 주민들은 웃으며 격려를 보냈고 경찰들은 얼을 빼놓았다. 그들은 완전히 넋을 빼앗기고 있었고 '열렬한 행진 부대'는 유연하게 행진해 나갔다. 그 다음엔 국기며 깃발들, 슬로건이 적힌 플래카드들이 뒤따랐고 그다음엔 제일 잘생긴 여자들만 골라 만든 여자 고수대가 뒤를 따랐는데, 그들은 형제애단에 대한 열렬한 관심으로 팔짝팔짝 뛰기도 하고 빙빙 돌기도 하고 그냥 보통 여자들 흉내를 내기도 했다. 우리는 우리들 슬로건 뒤로 1만 5천 명의 할렘 주민을 거리에 끌어내 브로드웨이로 해서 시청까지 행진해 나갔다. 정말이지 우리는 완전히 거리의 화제가 되었다.

이 성공으로 나는 현기증이 날 정도의 속도로 앞으로 달려 나가야 했다. 내 명성은 바람 없는 방 안의 연기처럼 번져 나갔다. 나는 온 지역을 쉴새 없이 뛰어다녀야 했다. 여기서, 그리고 저기서, 주택가에서, 그리고 상가에서 연설을 해야 했다. 나는 신문에 글을 썼고, 시위 행진, 구제위원회 등을 주도했다. 형제애단도 내 이름이 일부러 두드러져 보이도록 애를 썼다. 논설, 전보, 기타 많은 우편물들이 내 서명으로 나갔다. 내가 쓴 것도 있었지만 대부분은 내가 쓴 것이 아니었다. 나는 신문을 통해 글과 사진으로 우리 조직체와 동일한 것으로 홍보되었다. 어느 늦은 봄날 아침, 나는 출근길에 알지 못하는 사람들에게서 50번 이상의 인사를 받고 나라는 존재가 두 사람이라는 사실을 깨달았다. 하나는 매일 밤 몇 시간씩 잠을 자며 때때로 할아버지와 블레드소우와 브로크웨이와 메리를 꿈에 보는 과거의 나, 즉 날개 없이 날다가 아득히 높은 데서 곤두박질해버린 나였고, 하나는 형제애단의 대변자이며, 스스로와 도보경주를 하는 듯이 보일 만큼, 또 하나의 나보다 훨씬 더 중요한 인물이 된 공인(公人)인 새로운 나였다.

하지만, 모든 것이 확실해 보였던 그 시절에는, 내 하는 일이 마음에 들었다. 늘 나는 눈을 크게 뜨고 귀는 항상 활짝 열어두었다. 형제애단은 세계 속의 세계였고 나는 그 모든 비밀을 알아내서 갈 수 있는 데까지 가볼 작정이었다. 내겐 한계가 보이지 않았다.

그것은 이 나라 전체에서 내가 정상에 이를 수 있는 유일한 조직체였고, 나는 정말 정상에 오를 작정이었다. 설령 그것이 말의 산을 기어오르는 것을 의미한다 할지라도 말이다. 왜냐하면 나는 이제, 내 주위에서 과학이니 뭐니 아무리 떠들어도 입으로 하는 말엔 마술이 있다는 사실을 믿기 시작했기 때문이었다. 어떤 때 나는 더글러스의 초상 위에서 빛살이 물결처럼 뛰노는 것을 바라보고 앉아, 저 사람이 말로써 노예의 신분에서 정부의 각료가 된 것은, 그것도 그처럼 빨리 된 것은 얼마나 마술적인가 생각했다. 아마 내게도 그 비슷한 일이 일어나고 있는지도 몰라 하고 나는 생각했다. 더글러스는 북부로 탈출해서 조선소에서 일자리를 구했다. 나처럼 딴 이름으로 행세였던, 선원복 차림의 그 커다란 사람. 본명은 무엇이었을까? 그게 무엇이었든, 그가 자신을 형성하고 자신을 규정지은 것은 '더글러스'로서였다. 그리고 그것은 자기가 생각했던 바와 달리 조선공으로서가 아니고 웅변가로서였다. 아마도 그 마술의 느낌은 예상치 못한 변신들에 있는지도 모른다. "사울로 시작해서 나중엔 바울이 되는 거지" 하고 할아버지는 가끔 말씀하시곤 했다.

"젊었을 땐 사울이지만 인생의 고초를 좀 겪고 나서 바울이 되어보려고 하기 시작하는 거야……. 한편엔 어딘가 사울 같은 데가 남아 있겠지만 말이야."

아니다. 사람은 자기가 가는 곳을 알 수가 없다. 그건 분명하다. 분명한 건 그것뿐이다. 어떻게 그곳에 도달할지 알 수가 없다—도달해서는 "아무튼 잘됐다" 할지라도 말이다. 나는 연설로 시작하지 않았던가. 내게 대학에 갈 장학금을 얻게 해준 것도 연설이 아니었던가? 거기서 난 연설로써 블레드소우와 같은 자리를 얻어 마침내는 국가적 지도자로 부상하기를 기대했다. 그래, 난 연설을 했다. 그리고 연설은 나를 지도자로 만들었다. 내가 기대했던 그런 지도자가 아닐 뿐. 그래 세상일이란 그런 식이지. 그래서 불만은 없다고 생각하며 나는 지도를 바라봤다. 그대는 붉은 얼굴의 인도인을 찾아나서 그들을 발견했다—비록 종족은 다르고, 밝은 신세계에서였지만. 그 세계는 잠시 생각해보면 이상한 곳이었다. 하지만 그것은 과학에 의해 다스려질 수 있는 세계였다. 그리고 형제애단은 과학과 역사 두 가지를 다 다스리고 있었다.

그처럼 나는 한동안의 외로운 기간에 걸쳐, 가장 미세하고 하잘것없는 현상에도, 이를테면 구름이나 지나가는 트럭, 혹은 지하철에서, 혹은 꿈이나 연재 만화, 길 위에 싸지른 개똥의 모양 같은 데서도, 자신의 행운의 실마리를 찾아내려는 상습 도박꾼들의 강렬성을 가지고 살았다. 나는 형제애단의 모든 것을 포괄하는 사상에 지배되어 있었다. 이 조직은 세계에 새로운 모습을, 그리고 내게는 중대한 역할을 부여했다. 우리에게는 애매한 점이라고는 없었고 모든 것은 우리의 과학에 의해 다스려졌다. 삶이란 전적으로 양식과 규율이었다. 규율의 아름다움은 규율이 그 기능을 발휘할 때 존재하는 법이다. 그런데 그것은 썩 훌륭하게 그 기능을 발휘했다.

18

내가 그 봉투를 내던져버리지 못했던 것은, 다름 아닌 블레드소우와 대학 이사 때문에 생긴 강박관념, 즉 손에 닿는 것이면 무슨 서류든 다 읽어야 한다는 강박관념 때문이었다. 그 봉투에는 우표도 붙어 있지 않았고, 겉보기에는 아침 우편물 중에서 가장 대수롭지 않은 것 같았다.

형제.

이것은 당신을 가까이에서 지켜봐온 한 친구의 충고요. '너무 빨리 달리지 마시오.' 민중을 위해 일을 계속하되 당신은 우리 중의 하나임을 명심하고, 당신이 너무 커질 경우 그들이 당신을 제거하리라는 것을 잊지 마시오. 당신은 남부 출신이고 알다시피 이곳은 백인 세계요. 따라서 우정의 충고를 받아들여서, 당신이 계속 흑인들을 돕고 싶다면 서두르지 마시오. 그들은 당신이 너무 빨리 달리는 걸 원치 않고, 너무 빨리 달리면 당신을 제거해버릴 것이오. 현명하게 하시오…….

나는 벌떡 일어섰다. 종이는 독이라도 묻은 듯 손에서 부들부들 떨렸다. 이게 무슨 뜻일까? 누가 이런 것을 보냈을까?

"타프 형제!"

나는 물결치는 듯한 글발을 이룬, 필체가 어딘가 낯익어 뵈는 그 편지를 다시 읽어보며 소리 질렀다.

"타프 형제!"

"무슨 일이야?"

고개를 들다가 나는 또 한 번 섬뜩 놀랐다. 나의 할아버지가 문간에서 희부연 이른 아침의 광선 속에 둘러싸여서 타프의 눈을 통해 이쪽을 바라보고 있는 듯했던 것이다. 나는 헉, 숨이 막혔다. 침묵이 흘렀다. 그 침묵을 통해 태연히 나를 바라보는 그의 헐떡거리는 숨소리가 들려왔다.

"웬일이야?"

그는 절뚝절뚝 방으로 들어오며 물었다.

나는 봉투를 집으려고 손을 내뻗었다.

"이거 어디서 왔죠?"

나는 물었다.

"뭔데?"

그는 내 손에서 조용히 봉투를 뺏으며 물었다.

"우표도 붙어 있지 않아요."

"아, 그래……. 나도 봤네. 누가 어젯밤 늦게 우편함에 넣었나 봐. 내가 보통 우편물하고 같이 꺼냈지. 자네에게 온 게 아닌가?"

"아뇨."

나는 그의 눈길을 피하며 말했다.

"그리고…… 소인도 없어요. 이게 언제 왔나 궁금해서요. 왜 그렇게 절 보고 계시죠?"

"자네가 꼭 귀신을 본 사람 같아서 그래. 어디 아픈가?"

"아뇨, 속이 약간 메스꺼울 뿐이에요."

거북한 침묵이 흘렀다. 타프는 그냥 그 자리에 서 있었고, 나는 가까스로 그의 눈을 쳐다보았다. 그의 눈에는 할아버지의 눈길은 사라지고 없었고 다만 꿰뚫어보는 듯한 조용한 눈빛만이 남아 있었다.

"잠깐 앉으시죠, 타프 형제. 이왕 오셨으니 한 가지 묻고 싶습니다."

나는 말했다.

"얼마든지."

그는 의자에 주저앉았다.

"어서 묻게."

"타프 형제, 형제께서는 발이 넓어 단원들을 다 아니 하는 말이지만…… 솔직히 말해서 단원들이 저를 어떻게 생각하고 있습니까?"

그가 머리를 번쩍 치켜들었다.

"그야 물론…… 자네가 진정한 지도자가 되리라고 생각하지."

"그렇지만?"

"그렇지만 같은 건 없네. 그게 단원들 생각이야. 난 거리낌 없이 말할 수 있어."

"그렇지만 다른 사람들은 어때요?"

"무슨 다른 사람?"

"날 대수롭지 않게 생각하는 사람들 말입니다."

"난 그런 사람 이야기 못 들어봤는데."

"제게도 적이 좀 있을 텐데요."

"그야 적은 누구에게나 있는 법이니까. 하지만 난 여기 형제애단에서 자네 싫어한다는 사람이 있다는 말은 못 들어봤어. 여기 있는 사람들만은 적어도 자넬 최고로 생각하지. 무슨 딴 소리 들었나?"

"아뇨. 하지만 혹시나 했던 거죠. 전 여태 여기 사람들을 으레 괜찮으려니 생각하며 지내와서, 단원들의 지원을 계속 받으려면 한번 짚고 넘어가는 게 좋겠다 싶었어요."

"글쎄, 걱정할 필요 없어요. 지금까진, 자네가 관계한 일은 거의 전부가 여기 사람들이 바라는 대로 됐으니까. 개중에 어떤 사람들이 반대했던 것도 나중엔 잘됐구 말이야. 저기 저것도 그렇지."

그는 내 책상 가까이의 벽을 가리켰다.

그것은 영웅적인 한 집단을 보여주는 상징적인 포스터였다. 박탈당한 과거를 나타내는 아메리칸 인디언 부부, 박탈당하고 있는 현재를 나타내는 금발의 남자 형제단원(작업복 차림의)과 지도자급에 속하는 여자 단원 아이리시, 그리고 미래를 상징하면서 혼혈아들의 일단에 둘러싸인 토드 클립턴과 젊은 백인 부부(그냥 클립턴과 여자만 나왔다면 소견없이 여겨졌을 것이다) 등이었는데, 피부결이 선명하게 나오고 대조가 자연스럽게 잘된 컬러 사진이었다.

"그런데요?"

나는 말하며 포스터의 표제를 봤다.

투쟁 후 : 아메리카 미래의 무지개

"왜 자네가 처음 저 안을 내놓았을 때, 반대하는 단원들이 있지 않았나?"

"그랬죠."

"그래, 청년 단원들이 지하철에 들어가 변비 광고 같은 것들 대신 저 포스터를 붙이고 다니자 온통 난리를 냈잖나. 그런데 그 사람들이 지금은 어떤지 알아?"

"애들 몇 명이 붙잡혔으니 그걸 날 반대하는 구실로 삼고 있겠죠."

"반대하는 구실로? 천만에. 자랑하고 다닌다니까. 하지만 내가 말하려고 한 것은 그 사람들이 그 무지개 사진들을 가지고 가서 그걸 '신이여 우리 가정에 축복을'이라는 기원문이며 주기도문과 함께 나란히 벽에 붙여놓았다는 거야. 그것에 온통 정신이 나가버렸다니까. '열렬 행진부대'나 다른 것도 마찬가지지. 걱정할 것 없다고. 자네가 생각해낸 걸 어떤 것은 반대할지도 모르지만 일단 보고 나면 자네 뜻에 완전히 따른단 말이야. 자네에게 적이 있다면 그건 외부 사람일 거야. 자네가 난데없이 나타나 벌써 오래전에 했어야 할 일들을 척척 해 나가니 그걸 보고 시기하는 외부 사람 말이야. 하지만 어떤 사람들이 자네를 헐뜯기 시작한다고 걱정할 필요가 뭐 있나? 그건 자네가 어떤 위치를 확보하고 있다는 표시 아니겠어?"

"저도 그렇게 생각하고 싶어요, 타프 형제. 민중을 제 편으로 하고 있는 한 저도 지금 제가 하는 일을 믿을 것입니다."

"옳아. 일이 고약하게 되어갈 땐 자기가 지지를 받는다는 사실을 아는 게 얼마간 도움이 되지……."

그는 갑자기 말을 멈췄다. 그는 나를 위에서 아래로 물끄러미 내려다보는 것 같았다. 책상 건너편의 내 눈높이에서 나를 마주보는데도.

"무슨 말이죠, 타프 형제?"

"자네 남부에서 왔지?"

"네."

그는 의자를 돌려 앉으며 한 손을 주머니 속에 찔러 넣고 한 손으로는 턱을 괴었다.

"방금 무슨 생각이 났는데 그걸 어떤 말로 표현해야 될지 모르겠네.

자네도 알지 모르지만 난 여기 올라오기 전에 오랫동안 남부에 있었네. 그런데 여기 왔을 땐 쫓기고 있었어. 아, 무슨 말이냐 하면 난 탈출하지 않을 수 없었다는 거지. 달아나지 않을 수 없었어."

"어떤 점에선 저도 마찬가지였을지 몰라요."

"자네도 쫓기고 있었단 말인가?"

"꼭 그렇다는 건 아니지만, 그저 그렇게 느껴진단 말이죠."

"그럼 그건 똑같은 경우가 아냐."

그는 말했다.

"자네, 내가 이렇게 절룩거리는 게 보이지 않나?"

"네."

"그래. 내가 본래부터 절룩거렸던 건 아니라네. 그리고 실은 내가 지금 정말 절룩거리는 것도 아냐. 의사들이 이 다릴 보고 전혀 이상이 없다니까 말이야. 아주 쇳덩이처럼 튼튼하다는 거야. 무슨 말인가 하면, 난 쇠사슬을 끌고 다니다 이처럼 절름거리게 됐다는 거지."

나는 그의 표정을 통해서, 혹은 어조를 통해서 판단할 수는 없었지만, 그가 거짓말을 하지 않으며 놀래주려고 하지도 않다는 사실을 알 수 있었다. 나는 머리를 저었다.

"물론."

그는 말했다.

"그 사실을 아는 사람은 아무도 없어. 그저 내게 류머티즘이 있나 보다 하고 생각할 뿐이지. 하지만 연유는 그 사슬 때문이야. 19년을 지내고 나니까 다리를 끄는 버릇을 고칠 수가 없었던 거지."

"19년 동안이나요?"

"19년 6개월 이틀이지. 그런데 내가 저지른 일은 별거 아니었어. 다시 말해 내가 그 일을 저질렀을 때는 별게 아니었어. 한데 그 세월을 다 보내고 나니 딴판으로 변해 그놈들이 말한 것처럼 그게 나쁜 일로 뵈더란 말이야. 그 세월이 그 일을 나쁜 짓으로 만들어놓구 만 거지. 난 목숨만 부지했을 뿐 내 가진 것을 바쳐 그 값을 치렀지. 여편네와 자식들을 잃었고 있던 땅마저도 잃었어. 그래, 처음엔 두 사람 간의 입씨름으로 시작한 게 나중엔 내 인생의 19년에 해당하는 죄가 되어버린 거야."

"도대체 무슨 일을 저지르셨길래요, 타프 형제?"

"내게 뭘 뺏어가려던 어떤 놈에게 못한다고 했지. 바로 그 못한다고 말한 덕분에 난 값을 치러야 했고 지금도 그 값을 다 치르지 못했네. 그놈들이 따지는 방식으로는 영영 치르지 못할 거야."

목구멍이 벌떡거리며 아팠고 아득한 절망감 같은 것이 엄습해왔다. 19년! 그런데 지금 그는 조용히 나에게 이야기하고 있었다. 그가 남에게 그 이야기를 하려고 해본 것은 이게 분명 처음이리라. 그런데 왜 하필이면 나일까. 왜 하필 날 택했을까 나는 생각했다.

"난 못한다고 했지."

그는 말했다.

"빌어먹을, 못해! 하고 말이야. 줄곧 그렇게 못하겠다고 하다가 마침내는 사슬을 끊고 달아났던 거야."

"하지만 어떻게요?"

"가끔 개들하고 가까이 있도록 해주더란 말이야. 그 덕분이었지. 난 개들과 사귀면서 때를 기다렸어. 그 아랫동네에선 기다리는 법을 진짜 잘 배운다고. 난 19년이나 기다렸네. 그러곤 강에 홍수가 난 어느 날 아침에 달아났어. 그놈들은 둑이 터졌을 때 나도 익사한 줄 알지만 난 사슬을 끊고 달아난 거지. 난 손잡이가 긴 삽을 붙들고 진흙 구덩이 속에서 있었어. 난 내게 물었지. 타프, 할 수 있겠나 하고 말이야. 그러니까 안에서 할 수 있다고 대답하더군. 강물도, 진흙 구덩이도, 비도 모두 할 수 있다고 대답했어. 그래 난 떠난 거야."

별안간 그가 아주 유쾌하게 소리 내어 웃어대는 바람에 나는 깜짝 놀랐다.

"내가 이렇게 근사하게 이야기할 수 있을 줄은 몰랐는걸."

그는 주머니를 뒤적여 기름종이로 만든 담배쌈지 같은 것을 꺼내더니 거기서 손수건에 싼 무슨 물건을 꺼냈다.

"여보게, 난 그때부터 죽 자유를 찾아왔네. 어떤 땐, 일을 잘해냈어. 이리로 와서 이 고생을 하기까진 아주 잘해온 셈이야. 내가 건강이 썩 좋지 않은 사람인 걸 감안하면 말이야. 하지만 형편이 더없이 좋은 때도 난 잊지 않았네. 나는 그 19년을 잊고 싶지 않았기 때문에, 난, 뭐랄까, 무슨 기념품 삼아 무슨 증표 같은 것 삼아 이걸 간직하고 있었던 거야."

그는 이제 그 물건을 풀고 있었고, 나는 그의 늙은 손을 지켜보았다.

"난 이걸 자네에게 물려주고 싶네. 자……."

그는 말하며 그걸 내게 건네주었다.

"누구에게 주기는 우스운 물건이지만 여기엔 굉장히 많은 뜻이 담겨 있다고 생각하네. 그리고 이게 자네에게, 우리가 진짜 무엇을 상대로 싸우고 있는지를 잊지 않게 해줄지도 모르고. 난 이걸, 예스나 노, 단 두 마디 말로 바꿔 생각지는 않아. 이건 훨씬 많은 뜻을 담고 있으니까……."

그는 한 손을 책상 위에 놓고 있었다.

"형제."

그가 다시 말했다. 그가 나를 "형제" 하고 부른 건 그것이 처음이었다.

"나는 자네가 이걸 가져주길 바라. 이건 일종의 부적 같은 것인지도 몰라. 어쨌든 그건 내가 도망치려고 줄칼로 자른 것이야."

나는 그것을 집어 들었다. 그것은 줄칼로 자른 검고 매끈하고 두툼한 강철이었는데, 일단 비틀어 벌렸다가 일부를 다시 억지로 원상태로 되돌려놓은 것이었고, 도끼날로 내리친 듯한 흠집이 남아 있었다. 그건 블레드소우의 책상 위에서 봤던 것과 같은 쇠고랑이었다. 블레드소우의 것이 매끄러웠다면 타프의 것은 성급하고 난폭하게 다룬 흠집이 남아 있어 마치 공격을 받아 정복당한 후에야 겨우 굴복을 한 것 같은 인상을 준다는 점이 다를 뿐이었다.

나는 나를 살피듯이 지켜보는 그를 바라보며 머리를 내저었다. 그러곤 이 일로 더는 물어볼 말을 찾지 못하고 쇠고랑을 거머쥐고 책상을 탕 쳐보았다.

타프 형제는 풋풋 웃었다.

"이제 보니 이놈도 생각지 못한 용도를 가지고 있군. 좋았어, 좋아."

그는 말했다.

"그런데 왜 이걸 저에게 주는 거죠, 타프 형제?"

"그래야 한다는 생각이 들어서지. 자, 이제 할 줄도 모르는 말, 더는 시키려고 들지 말게. 말은 자네가 잘하지 난 못해."

그는 자리에서 일어서 문 쪽으로 절룩거리며 걸어갔다.

"그걸 지니고 다녀 운이 좋았으니 아마 자네도 운이 좋을 거야. 지니고 다니면서 가끔 들여다보라고. 물론, 싫증이 나면, 뭐, 돌려주면 돼."

"아, 아니에요."

나는 뒤에 대고 소리쳤다.

"이걸 갖고 싶어요. 이해할 것 같습니다. 이걸 제게 줘서 고마워요."

나는 주먹에 감긴 검은 쇠고랑을 한 번 바라보고 아까의 익명 편지 위에 내려놓았다. 나는 그걸 갖고 싶지도 않았고 어떻게 해야 할지도 알지 못했다. 물론 타프 형제가 그걸 내게 준 행위에는, 존경해 마지않을 수 없는, 어딘가 가슴속에 깊이 와 닿는 무슨 의미가 있는 것 같았다. 그래서 바로 그 이유만으로도 내가 그것을 지니고 있어야 한다는 것에는 의문의 여지가 없었다. 그것은 어딘지 자식에게 부친의 손목시계를 물려주는 경우와 비슷했다. 자식은 낡아빠진 시계가 갖고 싶어서가 아니라, 자기를 선조와 결합시켜주고, 현재의 정점을 나타내주며, 또 막연하고 혼란스러운 미래의 어떤 구체성을 약속해주는, 부친의 태도에 깃든 무언의 진지함과 엄숙함이 갖는 숨은 의미 때문에 그것을 받아들인다. 그런데 그때 내게 문득 이런 생각이 떠올랐다. 내가 북부로 오지 않고 고향으로 돌아갔더라면 아버지는 내게 길고 들쭉날쭉한 용두가 달린 할아버지의 그 낡은 해밀턴(미국의 유명한 시계 메이커) 시계를 줬겠지 하고. 그래, 이제 동생이 그것을 가졌을 것이다. 아무튼 나는 그것을 갖고 싶지 않았으니까. 그들은 지금 무엇을 하고 있을까? 나는 느닷없이 집이 그리워져 생각에 잠겼다.

창으로 들어온 공기가 후끈하게 내 목에 와 닿았고, 아침 커피 냄새를 뚫고 어느 걸걸한 목소리가 장난기와 엄숙함을 뒤섞으며 노래를 부르는 소리가 들려왔다.

이른 아침에는 오지 마시고
뜨거운 한낮에도 오지 마시고
선선한 저녁 무렵에 오셔서
내 죄를 씻어주소서…….

온갖 추억들이 뭉클 되살아나기 시작했다. 그러나 나는 그것들을 떨쳐버렸다. 추억에 잠길 시간이 없었다. 추억 속의 영상은 모두 지난 시절의 것이니까.

아까 그 편지 때문에 타프 형제를 불러들인 후 그가 방을 나갈 때까지는 불과 몇 분밖에 되지 않았는데도 나는 그동안 몇 년이나 되는 세월의 샘 속으로 뛰어들었던 것만 같았다. 나는 이제 확실히 보장된 내 삶의 구조를 온통 송두리째 뒤흔들어놓았던 그 편지를 차분히 바라보면서 클립턴이나 다른 사람이 아닌 타프 형제가 그 자리에 있었던 게 다행이었다고 생각했다. 다른 사람 앞이었다면 나는 내 두려움을 부끄럽게 느꼈을 것이니까 말이다. 오히려 타프 형제는 내게 침착한 자신감을 되찾아주고 갔다. 할아버지가 타프의 눈을 통해 나를 바라보고 있다고 느낀 충격 때문인지, 아니면 그의 내력과 쇠고랑 때문인지, 하여간 그는 나에게 전체를 보는 눈을 되살려주었던 것이다.

그의 말이 옳아 하고 나는 생각했다. 누가 그 편지를 보냈든 그자의 속셈은 나를 당황하게 만들려는 거야. 누군가 적이 있어서, 내가 전에 가지고 있던 남부인다운 불신의 버릇, 다시 말해 백인들의 배신에 대한 우리의 두려움을 자극하여 내 믿음을 무너뜨림으로써 우리 운동의 진전을 막으려는 속셈이지. 그놈은 내가 블레드소우의 소개장 때문에 겪은 일을 알고서 나뿐 아니라 형제애단 전체를 송두리째 분쇄할 목적으로 그가 아는 사실을 이용할 속셈인 것 같았다.

그러나 그건 불가능한 일이었다. 지금 나를 아는 사람은 아무도 그 이야기를 모르니까 말이다. 그건 순전히 불쾌한 우연의 일치에 지나지 않았다. 이 손으로 그 바보 같은 녀석의 멱살을 잡을 수 있기만 하다면! 바로 여기 형제애단이야말로, 우리가 자유롭게 능력을 발휘할 수 있도록 최대의 격려를 받는 이 나라 유일한 곳이 아닌가.

그런데 그것을 파괴하려고 하다니! 그래, 그자가 너무 커질까 봐 겁내고 있는 것은 내가 아니었다. 그것은 형제애단이었다. 그런데 커지는 것이야말로 형제애단이 원하는 바였다. 방금 나는 더 많은 사람을 조직할 수 있는 방안을 제시하라는 명령을 받지 않았는가 말이다. 그리고 '백인의 세계'에 기반을 둔 세계의 건설에 몸을 바치고 있었던 것이다.

하지만 이 편지는 누가 보냈을까? 훈계자 라스? 아니, 그 같지는 않았다. 그는 훨씬 직선적이고, 흑인과 백인 사이의 어떠한 협력도 절대 반대했다. 누군가 다른 작자, 라스보다 훨씬 음흉한 다른 작자다. 하지만 누굴까 생각하며 그 문제를 억지로 의식 밑으로 우겨넣고 당장 눈앞의 일로 마음을 돌렸다.

오전은, 생활 보장 구제금을 받을 방법을 알고 싶어 하는 사람들에게 조언을 해주는 일로 시작했다. 단원들이 커다란 홀의 네 구석에서 열리는 소위원회들의 지시를 받으려고 들어왔다. 한 여자가 자기를 구타하고 감옥에 들어간 남편을 석방시킬 방법을 알려고 찾아와서 그녀를 막 보내고 난 참인데, 레스트럼 형제가 방으로 들어왔다. 그와 인사를 나누고 나는 그가 천천히 의자에 주저앉는 것을 지켜보았다. 그의 눈길이 내 책상 위를 쓱 훑고 지나갔다. 나는 불안스러웠다. 그는 형제애단에서 권위가 좀 있는 듯했는데, 정확한 역할이 무엇인지는 분명치 않았다. 그는 어딘가 좀 참견쟁이 같은 느낌이 드는 사람이었다.

앉자마자 그는 내 책상을 유심히 바라보면서 "저건 뭐요, 형제?" 하고 물으며 서류 더미를 가리켰다.

나는 의자 뒤에 천천히 등을 기대며 그의 눈을 들여다보았다.

"일거리죠."

나는 냉정하게 처음부터 참견을 막아버릴 작정으로 말했다.

"아니, 저거 말이오."

그는 눈을 반짝이며 손가락으로 가리켰다.

"저기 저것."

"일거리죠. 다 내 일거리예요."

나는 말했다.

"저것도 말이오?"

그는 타프 형제의 족쇄를 가리켰다.

"저건 개인적으로 선물 받은 물건입니다, 형제. 내가 뭐 도와드릴 일 있나요?"

"그런 뜻이 아니오. 저게 뭐냐는 거지."

나는 쇠고랑을 집어 들어 그에게 내밀었다. 그 쇠붙이는 이제 창으로 비껴드는 햇살을 받아 반질반질, 이상하게도 피부처럼 빛났다.

"자세히 보고 싶으시오, 형제? 우리 단원 중의 하나가 이걸 19년 동안이나 차고 있었답니다."

"천만에."

그는 움찔 뒤로 물러났다.

"아니, 괜찮소. 그런데 사실, 형제, 그런 물건을 가까이 두어서는 안 될 것 같은데."

"형제의 생각이 그렇다는 거겠죠. 그런데 왜죠?"

"단원들 간의 차이를 강조해선 안 될 것 같은 생각이 들어서 말이오."

"난 아무것도 강조하지 않아요. 이건 내 사유물인데 우연히 책상 위에 놓아둔 것뿐이지."

"하지만 사람들이 보지 않소!"

"그건 맞아요. 하지만 이건 우리 운동의 투쟁 대상이 무엇인지를 잘 일깨워주는 물건같이도 생각되는데요."

"무슨 말씀!"

그는 머리를 가로저으며 말했다.

"무슨 말씀! 그건 우리 '형제애'를 위해서는 가장 나쁜 물건이오. 우리는 사람들에게 우리가 함께 가진 것들을 생각하도록 하려는 것 아닙니까? 그래야 '형제애'를 향해 나가는 것이죠. 우린 늘 우리가 얼마나 다른가를 이야기하는데, 그 방식을 바꿔야 해요. 형제애단 안에서 우리는 모두 형제들이오."

나는 재미있었다. 그는 분명 무언가로 마음이 어지럽혀져 있었다. 그것은 흑백의 차이를 잊어야 한다는 문제보다 훨씬 심각한 어떤 것이었다. 그의 눈에는 불안이 어려 있었다.

"난 그런 식으로 생각해본 적은 한 번도 없어요, 형제."

나는 쇠고랑을 엄지와 검지 사이에 쥐고 대롱거리며 말했다.

"하지만 당신도 그 문제를 생각해볼 필요가 있소. 우린 자기 단련을 해야 합니다. '형제애'를 위한 일이 아니면 모두 근절해야 하오. 우리에겐 적이 있소. 나는 나 자신이 형제애단을 망치지 않도록 내 모든 말과 행동을 늘 조심합니다……. 우리의 이 운동은 아주 훌륭한 운동이니까 말이오. 우린 이 운동을 계속 지속시켜야 하오. 우리는 스스로를 감시해야 해요. 내 말뜻을 알겠소? 이것이 소속의 특권이라는 것을 우린 너무 자주 잊는 것 같소. 오해만 일으키지 아무런 쓸모없는 말들을 하는 경향이 있소."

이 사람이 왜 이리 야단일까, 그게 도대체 나와 무슨 상관이야 하고 나는 생각했다. 이자가 혹 그 편지를 보낸 것은 아니겠지. 나는 쇠고랑을 내려놓으며 서류 더미 밑에서 아까 그 익명의 편지를 끄집어냈다. 그러고는 한 귀퉁이를 붙잡고 들어 올리자 비껴드는 햇살이 종이 쪽을 비쳐들며 휘갈겨 쓴 글씨들의 윤곽이 드러났다. 나는 그를 유심히 지켜보았다. 그는 책상 위로 몸을 기울이고 편지를 들여다보았는데 전혀 알아보는 눈치가 아니었다. 나는 편지를 쇠고랑 위에 떨어뜨렸다. 안도감보다도 실망감을 느끼면서.

"우리끼리니까 하는 말이지만."

그는 말했다.

"우리 단원들 가운데도 실은 '형제애'를 제대로 신봉하지 않는 사람들이 있어요."

"그래요?"

"그렇다니까! 그저 자기들 목적에 이용하려고 가입해 있을 뿐이지. 당신 앞에서는 형제라고 부르면서 등만 돌리면 깜둥이 새끼라고 부른다니까. 조심해야 할 거요."

"난 그런 사람 하나도 못 봤는데요."

나는 말했다.

"보게 될 거요. 주위에 위험한 독이 많아요. 당신과 악수하기를 꺼려하는 사람도 있고 당신 얼굴을 자주 보는 것조차 싫어하는 사람들이 있소. 빌어먹을, 형제애단에 들었으면 할 건 해야 할 것 아니냔 말이오."

나는 그를 바라봤다. 나는 형제애단이 누구에게든 나와 악수를 하게끔 강요할 수 있다고 생각해본 적이 없었다. 그런데 그가 그럴 수 있다는 데서 만족한다고 생각하니 충격적이기도 하고 역겨워지기도 했다.

느닷없이 그가 껄껄 웃어댔다.

"그래, 빌어먹을. 할 건 해야 하지 않느냔 말이야. 난 말이오. 나 같으면 그런 자들을 그냥 두지 않겠소. 형제가 되겠다면 형제다워야 하지 않소! 물론 난 공평하오."

그는 대뜸 저만 옳은 듯한 표정으로 말했다.

"난 공평해요. 난 날마다 스스로 이렇게 묻곤 하오. '너는 형제애를 거스르는 일을 하고 있지 않느냐' 하고 말이오. 혹 그런 것들을 찾아내면 미친개가 문 자리를 불로 지져버리듯이 그걸 태워버리곤 하오. 형제가 된다는 이 일은 시간을 전부 바쳐야 할 일이오. 마음이 순수해야 하오. 그리고 심신이 수련되어 있어야 하오. 형제, 내 말 뜻을 알겠소?"

"네, 알 것 같군요. 자기네 종교에 대해서도 그렇게 느끼는 사람들이 있지요."

"종교요?"

그는 눈을 껌벅거렸다.

"나나 당신 같은 사람들은 온통 불신으로 꽉 차 있지 않소."

그가 말했다.

"이미 타락한 사람들이라 우리 중에는 형제애를 신봉하기도 어렵게 된 사람들이 있소. 더 나아가선 복수를 하려는 사람들까지 있고! 내가 하려는 말은 그 말이오. 그걸 뿌리뽑아야 하오. 우리는 우리 사이의 다른 형제들을 믿는 법을 배워야 해요. 결국 그 사람들이 형제애단을 시작한 것 아니겠소? 우리 흑인들에게 와서 손을 내밀고 '우리는 당신들 모두 우리 형제로 삼고 싶다'고 한 건 다름 아닌 그 사람들 아니었소? 그 사람들이 우리를 조직하기 시작해서 우리의 투쟁과 기타 모든 것을 돕지 않았소? 분명히 그랬죠. 그래, 우리는 하루 24시간 동안 그 사실을 눈앞에서 똑바로 세워두지 않으면 안 돼요. 내가 당신을 만나러 온 것도 바로 그 때문이오, 형제."

그는 큰 손으로 무릎을 움켜쥐면서 뒤로 물러나 앉았다.

"당신과 의논하고 싶은 계획이 하나 있소."

"뭔데요, 형제?"

내가 물었다.

"그건 이런 거요. 난 우리가 누구인지를 나타내줄 수 있는 어떤 방법이 있어야 한다고 생각하오. 무슨 기(旗)라든가 그 비슷한 것을 가져야 해요. 특히 우리 흑인 형제들을 위해서 말이오."

"알겠소."

나는 흥미를 느끼며 말했다.

"그런데 왜 그걸 중요하게 생각하시죠?"

"형제애단에 도움이 되니까 그렇지 왜겠소. 첫째, 당신도 기억할지 모르지만, 행진이나 장례나 무슨 무도회 같은 것이 있을 때 우리 민족을 보면 항상 무슨 깃발 같은 것을 가지고 나와요. 아무 뜻이 없으면서도 말이오. 그러면 그 행사가 좀 더 중요해 보이죠. 그 때문에 사람들이 가던 길을 멈추고 관심을 보여요. '무슨 일이야?' 하는 거죠. 하지만 당신이나 나나 다 아는 거지만 흑인들에게는 아무에게도 기다운 기가 없어요. 훈계자 라스는 예외겠지만, 그자는 자기가 이디오피아인이라거나 아프리카인이라고 주장하고 있지요. 하지만 우리에겐 아무에게도 진정한 의미의 기가 없어요. 저 기는 사실은 우리의 기가 아니니까 말이오. 그네들은 진정한 기를 원하고 있소. 다른 사람들의 기 같은, 자기들 나름의 기를 말이오. 내 말 알겠소?"

"네, 알 것 같아요"

나는, 국기가 지나갈 때 언제나 속으로 소외된 느낌을 가졌던 것을 상기하며 말했다. 형제애단을 만나기 전까지 성조기는 나의 별이 아직 그 안에 없다는 사실을 일깨워주는 물건에 불과했다.

"분명히 그래요."

레스트럼 형제는 말했다.

"모두가 기를 원하고 있소. 우리에게는 형제애단을 상징하는 기가 있어야 하오. 그리고 달고 다닐 수 있는 표식도 필요해요."

"표식이라고요?"

"그렇소. 핀이라든가, 단추라든가."

"무슨 배지 같은 걸 말하는 거요?"

"맞아요. 달고 다닐 수 있는 것, 핀이라든가 그 비슷한 것 말이오. 단원이 단원을 만나면 서로 알아볼 수 있게끔 말이오. 그러면 토드 클립턴이 당한 일 같은 것도 일어나지 않았을 테고……"

"무슨 일이 일어나지 않았을 거라고요?"

그는 물러나 앉았다.

"그 일을 모르시오?"

"무슨 말인지 모르겠소."

"잊어버리는 게 상책이오."

그는 몸을 바짝 기울이더니 그 커다란 손을 움켜쥔 채 앞으로 내밀며 말했다.

"당신도 알다시피 집회가 있었잖소. 불량배 몇 명이 집회를 훼방놓으려고 했소. 싸움이 붙었는데 토드 클립턴이 잘 모르고 한 백인 형제를 붙들어놓구 냅다 두들겼다지 뭐요. 자기 말로는 불량배들 중 하나인 줄 알았다나요. 그런 일이 일어나면 고약하오. 아주 고약해요. 하지만 배지 같은 걸 달면 그런 일이 일어나겠소?"

"그래 그런 일이 정말 일어났군요."

내가 말했다.

"그럼요. 클립턴 형제는 화가 나면 제정신이 아니잖소……. 그건 그렇고 당신 생각엔 내 아이디어가 어떻소?"

"그건 위원회에 회부해야 할 것 같습니다."

나는 신중한 태도로 말했다. 그런데 그때 전화벨이 울렸다.

"잠깐 실례합니다."

나는 말했다.

그것은, '가장 성공한 청년 중 한 사람'과 인터뷰를 하고자 요청하는 새로 나온 사진 잡지 편집자의 전화였다.

"듣기는 좋습니다만 너무 바빠 인터뷰할 시간이 없을 것 같습니다. 하지만 우리 청년 지도자 토드 클립턴 형제와 인터뷰해보길 권하오. 만나보면 훨씬 흥미진진한 인물이란 걸 아실 겁니다."

"아냐, 안 돼!"

레스트럼이 머리를 세차게 가로젓는데 편집자가 말했다.

"하지만 우리가 원하는 건 선생입니다. 선생께선……."

"그리고 말이죠."

나는 말을 가로막았다.

"우리 활동은 상당한 논란거리가 되어 있어요. 분명 일부 사람들 간에는."

"그래서 우리가 선생을 원하는 게 아닙니까. 선생이 바로 그 논란의 장본인이라고, 또 그러한 주제들을 독자들의 눈앞에 부각시켜주는 것이 우리의 임무죠."

"하지만 클립턴 형제도 마찬가집니다."

나는 말했다.

"아닙니다. 필요한 분은 선생입니다. 선생께서는 저희를 통해서 선생의 이야기를 청년들에게 해주어야 할 의무를 가지고 계십니다."

그는 말했다. 나는 몸을 앞으로 기울이고 있는 레스트럼 형제를 보았다.

"우리는 성공을 향해 계속 투쟁할 수 있도록 청년들의 용기를 북돋아 주어야 한다고 생각합니다. 어쨌든 선생께서 꾸준한 투쟁을 통해 정상에 오른 최근 사람 중 하나니까요. 우리는 우리가 얻을 수 있는 모든 영웅들을 필요로 합니다."

"그런데 여보세요."

나는 전화에 대고 웃으며 말했다.

"난 영웅도 아닐뿐더러 정상과는 거리가 먼 사람이오. 난 기계 속에 있는 하나의 톱니바퀴에 불과해요. 우리 형제애단에서는 모두가 다 하나의 단위로서 활동합니다."

나는 말하며 레스트럼 형제가 동의의 표시로 고개를 끄덕이는 것을 보았다.

"하지만 사람들의 주의를 최초로 그 점에 환기시킨 사람은 바로 선생이라는 사실은 부정하지 못하시겠지요?"

"클립턴 형제는 나보다 적어도 3년 먼저 활동을 시작했습니다. 그뿐 아니고 그게 그렇게 간단한 게 아니에요. 개인은 그다지 중요하지 않습니다. 그것이 바로 우리 집단이 바라고 실천하는 것이지요. 여기서는 모두 개인적인 야망을 공동의 목표 달성 아래 묻어버린단 말이에요."

"좋습니다. 아주 좋습니다. 사람들은 바로 그런 말을 듣기를 원하고 있어요. 우리 독자들에게 누군가 그런 말을 해줄 사람이 필요합니다. 왜 인터뷰할 사람을 못 보내게 하죠? 20분 안에 그리로 보내겠습니다."

"고집이 참 세시군요. 난 너무 바쁘다니까요."

나는 말했다.

그런데 레스트럼 형제가 내게 손짓으로 할 말을 지시하지만 않았더라면 나는 거절하고 말았을 것이다. 오히려 난 승낙하고 말았다. 친근한 이미지를 위해 선전을 좀 한다고 해서 별 탈 없으리라고 나는 생각했다. 그런 잡지라면 우리의 목소리가 미치지 못하는 곳에 사는 수많은 소심한 사람들도 볼 테니까. 내 과거에 대해서만 말하지 않기로 주의하면 될 것이다.

"전화 때문에 이야기가 중단되어 미안합니다, 형제."

나는 수화기를 내려놓으며 그의 호기심에 찬 눈을 들여다보고 말했다.

"형제의 안을 가능한 한 빨리 위원회에 회부하도록 하겠습니다."

나는 더는 이야기가 못 나오도록 자리에서 일어섰다. 그도 일어섰다. 이야기를 더 하고 싶어 안달하는 눈치였다.

"글쎄, 다른 형제들도 직접 만나봐야겠소. 그럼 곧 또 봅시다."

그가 말했다.

"언제든지."

나는 서류를 몇 장 집어 듦으로써 그와의 약속을 피하며 말했다.

나가는 길에 그는 문틀에 손을 갖다 대고 돌아서면서 얼굴을 찌푸렸다.

"그런데 형제, 아까 내가 그 책상에 있던 물건에 대해 한 말을 잊지 마시오. 그런 물건은 혼란만 일으키지 아무 데도 쓸모없어요. 눈에 안 띄게 치워두어야 하오."

그가 나가는 걸 보니 마음이 시원했다. 전화 이야기 내용을 일부밖에는 듣지 못했으면서 이러니저러니 참견을 하려고 하다니! 그가 클립턴을 싫어한다는 건 틀림없었다. 그래, 난 그가 싫었다. 게다가 그 족쇄를 두고 그 어리석고 겁 많은 꼴이라니. 타프는 그걸 19년 동안이나 차고도 웃을 수 있었는데, 이 덩치만 크지…….

그러고 나서 나는 레스트럼 형제에 관해서는 잊어버렸다. 그로부터 2주일가량 후 시내 본부에서 전략 논의를 위한 회의가 소집되었을 때까지는 말이다.

다들 나보다 먼저 도착해 있었다. 긴 벤치들이 방 한쪽으로 죽 배열되었고, 방은 무더웠고, 담배 연기로 가득 찼다. 대개 그런 모임은 프로 권투 시합이나 끽연 사교 모임 같은 것이 되게 마련이었는데, 이번에는 다들 숙연했다. 백인 단원들은 불쾌한 표정이었고 할렘 구역의 몇몇 단원들은 싸울 기세를 보였다. 그들은 내게 상황을 생각해볼 여유도 주지 않았다. 내가 늦게 도착한 데 대한 사과를 마치자마자 브라더 잭은 사회봉으로 테이블을 쾅쾅 치고 나서 나를 향해 첫마디를 꺼냈다.

"형제, 당신의 활동과 최근 행동에 대해 몇몇 형제들 사이에 심각한 오해가 있는 것 같소."

그는 말했다.

나는 그를 멀거니 바라보며 마음속으로 이게 어찌된 영문인가를 헤아려보았다.

"죄송합니다만, 잭 형제. 무슨 말인지 모르겠습니다. 내 일에 뭐가 잘못됐다는 말입니까?"

나는 말했다.

"그런 것 같소. 방금 모종의 고발이 들어왔습니다……."

그는 완전 중립의 표정으로 말했다.

"고발이라고요? 내가 무슨 지시를 어기기라도 했나요?"

"그 문제에 관해서 약간의 의문점이 있는 것 같소. 하지만 여기에 관해선 레스트럼 형제의 말을 들어보는 게 좋겠소."

그는 말했다.

"레스트럼 형제요?"

나는 움찔 놀랐다. 그때 이후 그는 얼씬도 하지 않았다. 나는 테이블 너머로 자꾸 시선을 피하려는 그의 얼굴을 쳐다보았다. 그는 구부정하게 자리에서 일어나 주머니에서 둘둘 만 무슨 종이 하나를 꺼냈다.

"예, 여러분."

그가 입을 열었다.

"내가 고발했소. 이런 일을 하기는 퍽 싫습니다만. 하지만 일 되어가는 모양을 두고 보자니 당장 그만두게 하지 않으면 이 사람이 형제애단을 바보로 만들어놓겠다 싶은 생각이 들었던 것이오!"

몇 군데서 반발의 소리가 들려왔다.

"네, 단언합니다. 농담이 아니오. 여기 이 형제는 우리 운동이 아직 한 번도 당면하지 못했던 최대의 위험을 조성하고 있소."

나는 브라더 잭을 쳐다봤다. 그의 눈에서 불꽃이 튀었다. 메모지에 뭔가를 적는 그의 입가에 언뜻 웃음이 스쳐가는 것 같았다. 나는 뜨겁게 열이 끓어올랐다.

"좀 더 구체적으로 말해보시오, 형제."

백인 단원 가네트 형제가 말했다.

"이건 중대한 고발이오. 우리는 모두 저 형제의 활동이 지금까지 눈부셨던 것으로 알고 있소. 구체적으로 말해주시오."

"그러죠, 구체적으로 말하겠소."

레스트럼은 큰 소리로 말하며 갑자기 주머니에서 꺼낸 종이를 획 하고 펴더니 그것을 테이블에 내던졌다.

"내가 말하는 것은 바로 이것이오."

나는 한 발짝 앞으로 걸어 나갔다. 그것은 잡지에 난 내 사진이었다.

"이건 어디서 난 겁니까?"

내가 물었다.

"바로 그거요."

그는 소리를 질렀다.

"못 본 척하다니."

"하지만 난 못 봤소. 정말이오."

"이 백인 형제들 앞에서 거짓말 말아요. 거짓말 말라고."

"거짓말 하는 게 아니오. 나는 저걸 평생 한 번도 본 적이 없어요. 하지만 내가 봤대도 뭐가 잘못된 겁니까?"

"뭐가 잘못된 줄 알 텐데."

레스트럼이 말했다.

"이봐요, 난 아무것도 모르오. 도대체 무슨 꿍꿍이속이오? 당신이 여러분을 여기 다 모이게 했으니 할 말이 있거든 제발 다 털어놓으시오."

"여러분, 이 사람은, 어, 어, 기회주의자요! 이 기사를 읽어보면 알 거요. 나는 이 사람의 형제애단 운동을 일신의 이익을 위해 이용한 죄로 고발합니다."

"기사요?"

그때야 나는 잊고 있었던 그 인터뷰 생각이 났다. 나는 다른 사람들의 시선과 마주쳤다. 그들은 나와 레스트럼을 번갈아 바라봤다.

"그래, 우리 이야기가 어떻게 쓰여 있소?"

브라더 잭이 잡지를 가리키며 말했다.

"어떻게 쓰여 있냐고요?"

레스트럼이 말했다.

"한마디도 쓰여 있지 않소. 온통 저 사람 이야기뿐이오. 저 사람의 생각, 저 사람의 활동, 저 사람의 장차 활동에 대한 이야기뿐이오. 저 사람의 이름을 듣지도 보지도 못한 때부터 운동을 추진해온 우리에 대해서는 한마디 언급도 없소. 내 말이 거짓말 같으면 이걸 보시오. 이걸 봐요."

브라더 잭이 나를 향해 돌아섰다.

"사실이오?"

"난 아직 읽어보지도 못했습니다."

나는 말했다.

"인터뷰했다는 걸 잊고 있었어요."

"그래 이제 기억이 나오?"

브라더 잭이 물었다.

"예, 이제 생각납니다. 인터뷰 약속을 했을 때 레스트럼 형제도 우연히 내 사무실에 있었어요."

다들 침묵을 지키고 있었다.

"빌어먹을, 잭 형제."

레스트럼이 말했다.

"바로 여기에 똑똑히 찍혀 나왔소. 이 사람은 사람들에게 자기가 형제애단 운동 전체를 대표한다는 인상을 심어주려고 하고 있소."

"그런 일은 전혀 없소. 난 편집자에게 토드 클립턴 형제와 인터뷰하라고 했소. 그렇잖소? 당신은 내가 무슨 일을 하는지 모르니 당신 속셈이나 말해보지그래요."

"난 지금 표리부동한 자를 폭로하는 거요. 바로 그거요. 난 당신을 폭로하고 있소. 여러분, 이자는 철저한 기회주의자요!"

"좋아요. 폭로할 수 있거든 해보시오. 단 모략은 말아요."

나는 말했다.

"폭로하고말고."

그는 턱을 앞으로 쭉 내밀고 말했다.

"하겠소. 여러분! 이자가 하는 일은 죄다 내가 말한 대로요. 그리고 또 있습니다……. 이자는 자기 말이 아니면 다른 단원들이 꼼짝을 못하도록 일을 좌지우지하려고 하고 있소. 2, 3주일 전 저자가 필라델피아에 갔을 때를 봐요. 우리가 집회를 가지려고 했는데, 어떻게 됐소? 사람들이 고작 2백 명가량밖에는 나오지 않았잖소? 저자는 사람들이 자기 말밖에는 듣지 않도록 훈련시키려 하고 있어요."

"하지만 형제, 그 탄원은 표현이 부적당하다고 우리가 이미 결정을 내리지 않았소?"

한 형제가 말을 막았다.

"예, 알아요. 하지만 문제는 그게 아니고……."

"하지만 위원회에서 그 탄원을 분석한 후에……."

"압니다. 여러분, 난 위원회에 이의를 제기하려는 것이 아니오. 그러나 여러분, 여러분은 이자를 몰라서 그러는 것 같소. 이자는 남모르게 수작을 벌여 모종의 음모를 꾸미고 있소……."

"무슨 음모 말이오?"

한 단원이 몸을 테이블 위로 기울이며 물었다.

"그냥 음모지요."

레스트럼이 말했다.

"이자는 변두리 지역 운동을 좌우지하려고 하고 있소. 독재자가 되고 싶은 거요."

윙윙거리는 선풍기 소리뿐 방 안은 조용했다. 다들 새로운 관심을 갖고 그를 쳐다봤다.

"이건 아주 중대한 고발이오, 여러분."

두 단원이 이구동성으로 말했다.

"중대하다고요? 중대한 줄은 나도 알고 있소. 그래서 내가 문제를 삼은 거요. 이 기회주의자는 자기가 좀 배웠다 해서 다른 사람들보다 낫다고 생각합니다. 이자는, 잭 형제가 말하는, 소위 쩨쩨한 소(小)개인주의자요!"

그는 긴장된 얼굴로 눈을 조그맣고 둥글게 뜨고 회의 테이블을 주먹으로 쾅 내리쳤다. 나는 그 얼굴을 한 대 후려갈기고 싶었다. 그것은 이제 진짜 얼굴이 아니라 하나의 가면 같았다.

그 가면 뒤에서 진짜 얼굴이 나와 다른 사람들을 향해 웃는 것 같았다. 자기도 자신의 말을 믿을 수 없을 테니까 말이다. 전혀 터무니없는 말이었다. 음모자는 바로 그였다. 위원들의 얼굴에 나타난 진지한 표정들을 보면 그는 잘해내는 중이었다. 몇몇 단원들이 동시에 발언을 시작하자 브라더 잭은 테이블을 두드리며 질서를 구했다.

"여러분, 제발!"

브라더 잭이 말했다.

"한 사람씩 이야기하시오. 이 기사에 대해 아는 게 있소?"

그는 내게 물었다.

"별로 없어요. 그 잡지 편집자가 내게 전화를 걸어와 인터뷰할 기자를 하나 보내겠다고 했소. 기자가 몇 가지 묻고는 조그만 카메라로 사진을 몇 장 찍었죠. 내가 아는 건 그뿐입니다."

"기자에게 준비해둔 무슨 유인물 같은 걸 주었소?"

"우리의 공식적인 자료 몇 가지밖엔 준 것이 없습니다. 난 기자에게 무슨 질문을 해 달라, 무슨 기사를 써 달라 한 적이 없어요. 나는 당연히 협조를 하려고 했습니다. 나에 관한 기사가 우리 운동을 위한 동지들을 얻는 데 도움이 된다면 그건 내 임무라고 생각했죠."

"형제 여러분, 이 일은 미리 계획된 것이었소."

레스트럼이 말했다.

"이 기회주의자가 기자를 사무실로 오도록 했던 거요. 기자를 오게 해서 기사 내용을 말해주었소."

"치사한 거짓말이오."

나는 말했다.

"당신도 그 자리에 있었잖소. 내가 클립턴 형제를 인터뷰시키려고 했던 것도 당신이 알잖냐 말이오."

"누가 거짓말이라고?"

"당신이 거짓말쟁이고 입술만 두꺼운 악당이오. 당신 같은 거짓말쟁이는 내 형제가 아니오."

"이제 내게 욕설까지 하는군. 여러분, 들었지요?"

"흥분하지 맙시다."

브라더 잭이 조용히 말했다.

"레스트럼 형제, 당신은 중대한 고발을 했소. 그걸 입증할 수 있소?"

"그럼요. 이 잡지만 읽어보면 저절로 입증이 되오."

"그건 읽을 거요. 그리고 그 외는?"

"할렘 지역 사람들 이야기를 들어보면 되오. 다들 이자 이야기뿐이오. 나머지 우리 이야기는 한마디도 없소. 이자를 제거해버려야 해요."

"그건 위원회가 결정할 사항입니다."

브라더 잭이 말했다. 그러고는 나에게 물었다.

"그리고 당신은 변호할 말이 없소, 형제?"

"변호요? 없소. 변호해야 할 게 아무것도 없어요. 난 많은 일을 하려고 노력해왔고 여러분이 그 사실을 모른다면 이제 말해봤자 너무 늦었소. 이 일의 이면에 무슨 속셈이 있는지 모르지만 나는 잡지 기자들이나 조종하려고 돌아다닌 적은 없어요. 그리고 내가 여기서 재판받으려고 오는 것인 줄도 몰랐소."

"재판을 열려고 모인 것은 아니었소."

브라더 잭이 말했다.

"당신이 혹 재판에 붙여진다면, 아니, 나는 그러지 않기를 바랍니다만, 알게 될 거요. 어쨌든 이건 급한 일이니까, 우리가 문제의 회견 기사를 읽고 논의할 동안 당신은 방에서 나가 있어주기를 바라오."

나는 방에서 나와 분노와 역겨움으로 부글부글 끓어오르며 빈 사무실로 들어갔다. 레스트럼이 형제애단 최고위원회가 열리는 자리에서 나를 난데없이 다시 남부로 내쫓아버린 격이었다. 그 유치한 말다툼에 나를 끌어들인 그 작자를, 나는 목을 졸라버릴 수도 있었다. 우리는 영락없이 면도칼을 휘두르는 보드빌〔노래 · 춤 · 촌극(寸劇) 등을 엮은 오락 연예〕의 등장 인물 같았지만 말이다. 그 익명의 편지에 대해 언급을 해야 할지도 몰랐다. 하긴 누군가 그걸 가지고 내가 내 지역에서 전적인 지지를 못 받고 있다고 생각할지도 모를 일이긴 했다. 클립턴이 이 자리에 있다면 이 광대 같은 작자를 요리할 방법을 알았을 것이다. 흑(黑)이란 이유만으로 다들 그자의 말을 심각하게 받아들이고 있는 것일까. 어쨌든 이 사람들은 도대체 어떻게 돼먹은 것일까? 광대 같은 작자를 상대한다는 사실을 모르는 것일까? 하긴 그들이 웃거나 혹은 웃는 표정만 지었더라도 나는 제정신을 잃고 말았을 것이다. 그에게 웃었다면 나에게도 웃을 수 있었을 테니까 하고 나는 생각했다. 하지만 웃었더라면 비현실감이 덜했을 것이다……. 도대체 난 어디에 있는 것인가?

"이제 들어와도 돼요."

단원 하나가 불렀다. 나는 그들의 결정을 들으러 그 방에서 나갔다.

브라더 잭이 입을 열었다.

"자, 우리는 모두 문제의 기사를 읽었소. 그리고 그것이 무해하다고 결론짓고 그 사실을 알리게 됨을 기쁘게 생각하오. 사실 할렘 지역의 다른 단원들에 대한 말을 더 많이 해주었더라면 좋았을 것이오. 그러나 당신이 그것과 관계있다는 증거는 발견하지 못했소. 레스트럼 형제가 오해한 것이었소."

그의 상냥한 태도와 그들이 사실을 밝히는 데 시간을 허비했다는 사실이 속에 있던 분노를 터뜨려놓았다.

"그는 범죄적인 오해를 한 것 같소."

나는 말했다.

"범죄적이 아니라 지나치게 열성적이었던 것이겠죠."

그가 말했다.

"내게는 범죄적이기도 하고 지나치게 열성적이기도 한 것으로 보이오."

"아니, 형제, 범죄적은 아니오."

"하지만 저자는 내 평판을 손상시켰습니다……."

브라더 잭은 웃었다.

"성실해서 그런 것뿐이오, 형제. 저 사람은 형제애단의 이익을 생각했던 거요."

"하지만 왜 나를 모략합니까? 난 잭 형제의 말을 이해 못하겠습니다. 나는 저 사람도 잘 알다시피 적이 아니오. 나도 한 사람의 형제입니다."

나는 그의 웃음을 보며 말했다.

"형제애단에는 많은 적이 있소. 우린 형제 사이의 잘못에 대해 너무 가혹해선 안 됩니다."

그때 나는 레스트럼의 얼굴에 나타난 그 멍청하고 겸연쩍어하는 표정을 보고 마음이 누그러졌다.

"좋습니다, 잭 형제."

나는 말했다.

"내가 무죄라는 걸 아셨으니 기쁘다고 해야 할지 모르겠군요……."

"그 기사에 관해서만은."

그는 허공을 손가락으로 찌르며 말했다. 뒤통수 쪽에서 무언지 팽팽히 긴장해왔다. 나는 벌떡 일어섰다.

"그 기사에 관해서만이라니요! 또 다른 무슨 백일몽을 믿고 있단 말씀인가요? 요즘 다들 딕 트레이시(미국의 만화가 체스터 굴드가 창조해낸 민완 형사. 선악을 구분하는 흑백 논리와 폭력을 사용해서라도 철저히 법대로 해야 한다고 주장. 셜록 홈스를 연상시키는 수사 방법으로 우스꽝스럽게 그려진 범죄자들에게 벌을 준다)를 읽고 계십니까?"

"이건 딕 트레이시 문제가 아니오. 우리 운동엔 적이 있소."

그는 쏘아붙였다.

"그래, 이제 나는 적이 되었습니다."

나는 말했다.

"다들 어떻게 된 거죠? 다들 나와 전혀 접촉이 없었던 것처럼 행동하시는데……."

잭은 테이블을 바라보았다.

"형제, 당신은 우리 결정에 관심이 있소?"

"아, 그럼요. 있고말고요. 나는 모든 종류의 괴상한 행동에 관심이 있습니다. 누군들 없겠습니까? 이 나라 최고 인사들이라고 생각했던 사람들이 방 안에 가득한데, 방 안에 가득한 이 사람들에게 한 미치광이 같은 자가 자기 말을 곧이듣게 만들어놓았으니 누군들 관심이 없겠어요? 분명히 나는 관심이 있습니다. 그렇지 않다면 난 분별 있는 사람답게 행동해서 이 자리를 당장 박차고 나가버릴 것입니다."

반발하는 소리가 일어나고 브라더 잭은 얼굴이 벌게져서 조용히 하도록 테이블을 두들겼다.

"저 형제에게 몇 마디 해야 할 것 같소."

매카피 형제가 말했다.

"하시오."

브라더 잭이 볼멘소리로 말했다.

"형제, 당신 기분은 이해하겠소."

매카피 형제가 말했다.

"그러나 우리 운동에는 많은 적이 있다는 사실을 이해해야 하오. 이건 틀림없는 사실이오. 그래서 우리는 개인적인 감정을 희생하고 조직을 생각지 않을 수 없는 것이오. 형제애단은 우리 모두보다 더 큽니다. 조직의 안전이 문제되었을 경우에 우리는 개인으로서는 누구도 중요시되지 않는 것이오. 그리고 분명히 다짐해둘 것은 우리는 개인적으로는 아무도 당신에게 호의 말고 다른 감정은 가지고 있지 않다는 것이오. 당신의 업적은 훌륭했소. 그런데 이것은 단순히 조직의 안전에 관한 문제요. 그래서 그것은 모든 고발을 철저히 조사하는 게 우리의 책임이오."

나는 별안간 공허감을 느꼈다. 그의 말에는 수긍하지 않을 수 없는 논리가 들어 있었다. 그들은 틀려먹었지만 자기들의 잘못을 발견할 의무를 가지고 있었다. 그냥 놔두자. 그러면 그들은 고발 내용이 하나도 사실이 아님을 발견할 것이고 나의 정당함도 입증될 테니까. 그런데 왜들 이렇게 적이란 것을 두고 강박적이 되어 있을까? 나는 담배 연기에 싸인 그들의 얼굴을 바라보았다. 지금까지 그토록 심각하게 의심에 찬 태도들을 본 적이 없었다. 지금까지 내 일과 방향에 대해 일찍이 느껴보지 못했던 어떤 전체 의식을 느낄 수 있었다. 그것은 잘못 다닌 내 대학 시절에도 느껴볼 수 없었던 것이다. 형제애는 사람이 자신을 송두리째 내바칠 수 있는 그 어떤 것이었다. 그 점이 그것의 힘이요, 나의 힘이었다. 그것이 역사의 진로를 바꾸리라고 보장하는 것도 바로 그러한 전체 의식 때문이었다. 나는 그것을 내 전 존재로 믿었다. 그런데 지금, 내부에서는 여전히 그 믿음을 긍정하긴 했지만, 뼈아픈 고통을 느끼고 있었고 그 고통으로 인해 나는 더는 자신을 변호하고 싶은 생각이 나지 않았다. 나는 그 자리에 잠자코 서서 그들의 결정을 기다렸다. 누군가 테이블 위를 손가락으로 두드려댔다. 얇은 종이들이 마른 나뭇잎처럼 서걱거리는 소리가 들렸다.

"위원회의 정당성과 지혜를 믿어도 되니 안심하시오."

토빗 형제의 목소리가 테이블 끄트머리에서 두둥실 떠내려 왔으나 우리 사이에는 담배 연기가 자욱하여 그의 얼굴이 잘 보이지 않았다.

"위원회는 결정을 내렸소."

브라더 잭은 또렷한 목소리로 입을 열었다.

"모든 고발 내용이 결백한 것으로 판명될 때까지 당신은 할렘 지역에서 활동을 중지하든지 시내 지역의 임무를 수락하든지 하나를 선택해야 하오. 후자를 선택할 경우, 현재 맡고 있는 임무는 즉각 마무리지어야 합니다."

나는 다리의 힘이 쭉 빠졌다.

"하던 일을 그만둬야 한단 말인가요?"

"다른 곳에서 우리 운동을 돕지 않겠다고 할 경우 그렇소."

"하지만 모르시겠습니까……."

나는 그들의 얼굴을 하나하나 바라보았다. 그들의 눈에서 나는 단호한 표정을 역력히 볼 수 있었다.

브라더 잭은 사회 봉으로 손을 뻗으며 말했다.

"당신이 활동을 계속하겠다고 한다면, 당신의 임무는 시내 지역에서 '여성 문제'에 관한 강연을 하는 것이오."

갑자기 나는 팽이처럼 돌고 난 것 같은 기분이 들었다.

"뭐라고요?"

"여성 문제에 관해서 말이오. 내 팸플릿에 '미국의 여성 문제'라는 게 있는데 그게 도움이 될 거요. 그리고 자, 그럼 여러분."

그는 테이블을 쓱 둘러보았다.

"산회합니다."

나는 그 자리에 서서 사회 봉 두들기는 소리가 귓전에 메아리치는 것을 듣고 있었다. 그리고 여성 문제가 무엇인가를 생각하며, 혹 그들의 얼굴에 재미있어 하는 기색이 없나 살펴보았고, 복도로 줄지어 나가는 그들의 말소리에 혹 억눌렀던 웃음소리가 조금이라도 새어 나오지 않나 귀를 기울였고, 그 자리에 서서 내가 어처구니없는 웃음거리의 대상이 되지 않았나 하는 느낌을 떨쳐버리려고 애썼으며, 그들의 얼굴이 전혀 내색을 하지 않았기 때문에 더더욱 그랬다.

나의 마음은 수락을 하는 쪽으로 안간힘을 쓰고 있었다. 아무것도 사태를 바꿔놓지 못할 것이었다. 그들은 나를 이동시켜놓고 조사를 할 것이고, 나는 여전히 믿으면서, 여전히 규율에 굴복하면서, 그들의 결정을 받아들지 않으면 안 될 것이다. 지금은 분명 활동을 그만둘 시기는 아니었다. 아무것도 모르던 이 조직의 몇 가지 면에 막 접근하기 시작한 판에 그럴 수는 없었다(나는 고위 위원회나 전혀 얼굴을 나타내지 않는 지도자들에 대해, 그리고 우리 관심과는 영 동떨어진 데 있는 것 같은 동조자들이나 동맹 집단들에 대해 전혀 몰랐다). 게다가 내게는 아직도 신비 속에 가려진, 권력과 권위의 모든 비밀들이 막 들추어지려는 판에 그럴 수는 없었다. 안 돼, 분통이 터지고 역겹기는 하지만 내 야심은 너무 커서 그처럼 쉽사리 손을 들어버릴 수는 없다. 그것도 그렇고 굳이 나 자신을 제한하고 나 자신을 격리시켜야 할 필요가 없지 않은가? 나는 대변자다. 여성에 대해서, 혹은 다른 주제에 대해 이야기하지 말아야 한다는 이유가 있는가? 우리의 이념 체제 바깥에 존재하는 것은 아무것도 없다. 모든 것에 대해 하나의 방침이 있었고 내 주된 관심은 우리 운동을 진전시켜 나가는 것이었다.

나는 여전히 팽이처럼 격렬하게 휘돌리고 난 것 같은 기분으로 그 건물을 나섰다. 그러나 차츰 낙관적인 기분이 싹텄다. 할렘에서 쫓겨난 것은 충격적인 일이었지만 그건 나뿐만 아니라 그들에게도 가슴 아픈 일이리라. 왜냐하면 할렘이 원하는 바의 실마리는 바로 내가 원하는 것이었고 나는 그 사실을 이미 알고 있었으니까 말이다. 그리고 형제애단에 대해 갖는 나의 가치는 내가 가장 유용한 접촉을 통해 얻는 가치와 결국 같은 것이었다. 그것은 할렘 지역의 희망과 증오, 공포와 욕망을 진술할 때 내가 보여주는 완전한 솔직성과 정직성에 달려 있었다. 할렘 지역뿐만 아니라 위원회를 상대로도 말하는 것이었다.

말할 것도 없이 중심가에서도 똑같은 효과를 가질 것이다. 새로 부여된 임무는 하나의 도전이었다. 그리고 그것은 할렘에서 일어난 일이 얼마만큼 나의 노력 때문이고 얼마만큼 민중의 순전한 열의 덕분이었는지를 테스트해볼 기회였다. 그리고 어쨌든, 그 임무는 위원회가 보여준 호의의 증거이기도 하다고 나는 생각했다. 우리 사회의 다른 곳에서는 터부시되고 있는 문제에 대해서 위원회는 위원회의 권한으로 말할 수 있게끔 나를 선발함으로써, 나와 형제애단의 원칙에 대한 그들의 믿음을 재확인하고 여성 문제에서도 아무런 차별의 선을 긋지 않는다는 사실을 입증해준 것이 아니었던가 말이다. 그들은 나에 대한 고발 내용을 조사해야 할 위치에 있었지만 그들이 내게 그러한 임무를 부과해준 것은 나에 대한 그들의 신뢰가 깨지지 않았다는 사실을 그들이 감정을 떠나 재확인해준 것이나 마찬가지였다. 나는 뜨거운 거리에서 부르르 몸을 떨었다. 그 생각이 마음속에서 구체적인 형태를 취하지 못하도록 억누르기는 했지만, 한순간 자칫 죽었다고 생각했던 과거 남부의 후진성으로 하여금 나의 앞길을 망치게 할 뻔했던 것이다.

물론 할렘을 떠나면서 미련이 없었던 것은 아니었다. 나는 나서서 모든 단원들에게 작별 인사를 할 기분이 나지 않았다. 타프 형제나 클립턴에게도 그랬다. 할렘 지역의 최하층 집단에 관한 정보를 얻기 위해 신세를 졌던 다른 사람들에게는 말할 것도 없었다. 나는 그냥 내 서류를 가방 속에 쓸어 넣고 마치 회의 참석을 위해 시내에 나가기나 하듯이 그곳에서 떠났다.

19

나는 격앙된 기분으로 첫 강연에 나갔다. 주제는 분명히 청중의 관심을 끌 만한 것이었고 나머지는 내게 달려 있었다. 키가 1피트만 더 크고, 몸무게가 1백 파운드만 더 나갔더라면, 나는 가슴에 '당신들에 관한 모든 문제에 통달함'이라고 쓴 푯말을 달고 그들 앞에 서 있기만 하면 되었을 것이다. 그러면 청중은 내가 진짜 괴물—얼마간 교화되고 길들여진—이나 되는 것처럼 외경심을 느끼게 될 것이었다. 그래서 폴 로브슨〔미국의 흑인 배우이자 가수로, 《쇼 보트》, 《오셀로》 등에 출연했다〕이 연기를 해 보일 필요가 없는 것처럼 나 역시 입을 열 필요가 없을 것이었다. 청중은 나를 보기만 해도 가슴이 두근거릴 테니까 말이다.

강연은 썩 잘 진행되었다. 청중은 스스로의 열의로 강연을 성공적인 것으로 만들어주었고, 강연 후 빗발치는 질문으로 내 마음속의 모든 불안감을 씻어주었다. 그런데 의심을 잘하는 내 버릇으로도 미처 예견치 못한 일이 벌어진 것은 집회가 해산하기 시작하고 난 다음이었다. 내가 청중과 인사를 나누는 중에 그 여자가 나타났다. 그 여자는 마치 인생과 여성적 다산성의 상징적 역할을 의식적으로 연기하기라도 하듯 열의에 가득 차 있는 그런 종류의 여자였다. 그녀는, 자기의 문제가 우리 이데올로기의 어떤 면과 관계가 있다고 말했다.

"정말, 꽤 복잡한 문제예요."

그녀는 관심 있게 말했다.

"시간을 빼앗고 싶지는 않지만, 혹……."

"아, 천만에요."

나는 그녀를 데리고 다른 사람들에게서 떨어져 나와, 입구 옆 소방 호수가 약간 풀어진 채 걸린 곳 가까이에 섰다.

"천만의 말씀입니다."

"하지만, 형제."

그녀는 말했다.

"정말 시간이 너무 늦었어요. 게다가 분명 피곤하실 테고요. 제 문제는 언제 다음 기회로 미룰 수 있으니까."

"그 정도로 피곤하진 않습니다. 그리고 무언가 걸리는 문제가 있으시면, 가능한 한 그걸 밝혀드리는 게 저의 임무이기도 하죠."

"하지만 너무 늦었어요. 바쁘시지 않은 날 저녁에 우리 집에 한번 들러주세요. 그때 더 자세히 이야기할 수 있을 테니까. 물론 만약에……."

"만약에?"

"만약에."

그녀는 웃었다.

"제 부탁을 거절하지 않고 오늘 밤에 들러주실 수 있다면 별 문제지만. 커피를 한잔 근사하게 대접할 수도 있겠고요."

"그럼 분부대로 하죠."

나는 문을 밀어 열면서 말했다.

그녀의 아파트는 뉴욕의 상류층 구역에 위치해 있었다. 나는 그 널찍한 거실로 들어서자마자 놀라움을 감추지 못했던 게 분명하다.

"그런데 말이죠, 형제."

그녀가 그 말을 얼마나 열렬하게 하는지 나는 마음이 뒤숭숭해질 지경이었다.

"제가 관심 갖는 것은 정말이지 형제애의 그 정신적인 가치예요. 저는 제 노력은 하나도 들이지 않고 이처럼 경제적 안정과 여가를 누리고 있어요. 하지만 정말이지, 세상이 온통 잘못되어 있는 판에 그게 뭐겠어요? 정신적, 혹은 정서적 안정이 전혀 없고 정의도 없는 판에 말이에요?"

그녀는 이제 코트를 벗으면서 내 얼굴을 들여다보았다. 이 여자 영국판 청교도인 구세군 아냐 하는 생각이 들었다. 브라더 잭이 언젠가 은밀히 부유층 단원들에 대한 얘기를 해준 게 기억났다. 그의 말에 따르면 그들은 형제애단에 재정적인 지원을 함으로써 정치적인 구원을 얻으려 한다는 것이다. 그녀는 나에게 약간 성급하게 접근하고 있었다. 나는 그녀를 짐짓 엄숙하게 바라보았다.

"이 문제를 깊이 생각해보신 것 같군요."

나는 말했다.

"그러려고 했죠."

그녀가 말했다.

"그런데 문제가 워낙 복잡해서 말이에요……. 그건 그렇고 이것들을 좀 치울 동안 편히 좀 앉아 쉬세요."

그녀는 조그마한 체구에 우아하고도 통통한 몸매를 가졌고 새까만 머리카락에는 가느다란 흰 머리카락이 눈에 띌락 말락 나기 시작했다. 그녀가 진한 붉은색 긴 실내복을 걸치고 다시 나타났을 때 그녀가 얼마나 눈부셔 보이던지, 놀란 내 눈길을 딴 데로 돌리지 않을 수 없었다.

"참 아름다운 방이로군요."

이렇게 말하며 눈부신 진분홍색 가구 건너편을 보니 실물대 크기로 그린 르누아르의 핑크 색조 누드화가 눈에 띄었다. 다른 그림들도 여기저기 걸려 있어서 그 넓은 벽면들은 따뜻하고 순수한 색채로 생생하게 빛을 발하는 것 같았다.

이런 것들을 보면 뭐라고 말하는 거지? 나는 흑단 장식 위에 얹혀 반짝이는 추상적인 청동제 물고기 조각품들을 보며 생각했다.

"좋다니 반갑군요, 형제."

그녀가 말했다.

"우리도 여기가 좋아요. 하긴 휴버트는 즐길 시간이 워낙 없지만요. 그인 너무 바빠요."

"휴버트라뇨?"

"바깥양반 말이에요. 불행히도 안 나가실 수 없었죠. 당신을 굉장히 만나고 싶으셨을 텐데. 늘상 부리나케 뛰어나가시니까요. 사업 때문에 말이에요."

"그야 어쩔 수 없는 일 아닙니까?"

나는 갑작스레 거북한 느낌이 들어 말했다.

"그야 그렇지요. 그런데 우리 형제애와 이데올로기 얘기를 하려던 참이 아니었어요?"

그녀의 목소리와 웃음에는 어딘가 내게 편안한 기분과 설레이는 기분을 동시에 주는 그 무엇인가가 있었다. 그것은 나와는 거리가 먼, 부유하고 우아한 생활 배경과 관계 있는 것만은 아니었다. 그것은 그녀와 거기에 같이 있다는 사실, 그리고 고차원적인 의사 소통도 할 수 있다는 느낌과 관계 있는 것이었다. 마치 보이지 않는 부조화의 요소와, 두드러져 보이는 수수께끼 같은 요소가 교묘하게 어울려 균형 잡힌 조화에 이르는 것처럼 말이다.

이 여자는 부자이지만 인간적인 데가 있어 하고 생각하며 그녀의 나긋나긋한 손이 부드럽게 움직이는 것을 바라보았다.

"우리의 운동에는 여러 면이 있습니다."

나는 말했다.

"어디서부터 시작할까요? 내가 감당할 수 없는 문제인지도 모르겠군요."

"아니, 그렇게까지 깊은 문젠 아니에요. 난 당신이 내 사소한 이념적 굴곡과 왜곡들을 바로잡아주리라 믿어요. 하지만 우선 이 소파에 앉으세요. 이 자리가 더 편해요."

나는 자리에 앉아 그녀가 동양풍 카펫 위로 긴 실내복 자락을 관능적으로 끌며 문 쪽으로 걸어가는 모습을 지켜보았다. 그때 그녀가 뒤를 돌아보며 웃었다.

"커피보다는 포도주나 우유를 마시고 싶으시겠죠?"

"포도주로 주십시오. 감사합니다."

우유 하니 어쩐지 역겨운 기분이 들어 말했다. 예상과는 딴판으로 돌아가는 걸 하고 생각했다. 그녀는 쟁반에 잔 두 개와 술병 하나를 받쳐 들고 와서 그걸 우리 앞 나지막한 칵테일 탁자 위에 놓았다. 이윽고 나는 포도주가 잔 속으로 쫄쫄거리며 음악적으로 흘러드는 소리를 들을 수 있었다. 그녀는 잔 하나를 내 앞에 놓았다.

"운동을 위해서."

그녀는 잔을 들고 웃으며 말했다.

"운동을 위해. 그리고 형제애를 위해."

내가 말했다.

"그리고 형제애를 위해."

"맛이 아주 좋군요."

나는 눈을 감을락 말락 하면서 턱을 치켜든 채 내 쪽으로 향한 그녀를 바라보며 말했다.

"그런데 우리 이데올로기에 관해서 얘기를 해야죠?"

"전부 다요."

그녀가 말했다.

"전 전부 다 받아들이고 싶어요. 인생이란 이념 없이는 너무너무 공허하고 혼란스러울 테니까 말이에요. 저는 형제애만이 인생을 다시 살 만한 가치가 있는 것으로 만들 희망을 준다고 진심으로 믿어요……. 아, 물론 그건 너무 광범위한 철학이니까 즉각 이해하기는 어렵다는 걸 저도 알죠. 하지만 너무 엄청난 활력과 생명이 넘치는 철학이라 적어도 시도는 해봐야 한다는 느낌이 들어요. 그렇지 않아요?"

"아, 그렇죠."

나는 말했다.

"형제애단의 이념은 내가 아는 한 제일 의미 있는 것입니다."

"오, 저와 동감이시니 아주 반가워요. 그래서 당신 연설을 들을 때는 항상 감동스러운가 봐요. 어딘가 당신은 이 운동이 갖는 그 엄청난 활력의 맥박을 전달해주고 있어요. 정말 놀라워요. 당신은 제게 그 같은 안정감을 준단 말이에요……. 다만."

그녀는 뜻 모를 웃으며 말을 중단했다.

"당신이 내게 두려움도 준다는 점을 고백해야겠지만요."

"두려움이라니요? 진담이 아니겠죠?"

나는 말했다.

"정말이에요."

그녀는 웃고 있는 내게 다시 그렇게 말했다.

"당신의 연설은 너무 강렬하고, 너무너무 원시적이에요."

나는 실내의 공기가 얼마쯤 방 안에서 빠져나가 부자연스럽도록 조용한 분위기를 만들어놓고 있다는 느낌이 들었다.

"원시적이라니 진담이 아니겠죠?"

나는 말했다.

"아니에요. 원시적이에요. 그런 말 아무도 않던가요, 형제? 당신 목소리에서 때로 토인들의 북소리 같은 게 들린다고요."

"아이구 이런! 난 또 심오한 사상의 울림이라고 생각했죠."

나는 웃었다.

"물론 그 말이 맞아요. 진짜 원시적이란 건 아니에요. 힘차고 강렬하다는 거지요. 당신의 연설은 지성뿐만 아니라 감정까지도 사로잡아요. 그걸 뭐라고 불러도 상관은 없지만 하여간 적나라한 힘을 엄청나게 가지고 있어서 우리 마음을 곧장 뚫고 들어온단 말이에요. 그 엄청난 활력은 생각만 해도 몸이 떨려요."

나는 그녀를 바라보았다. 이제 아주 바짝 붙어 있었기 때문에 나는 그녀의 흑옥 같은 머리칼 한 가닥이 옆으로 비어져 나온 것을 볼 수 있었다.

"그렇습니다."

나는 말했다.

"분명 감정이 들어 있습니다. 하지만 감정을 방출시켜놓는 것은 사실은 우리의 과학적인 접근 방법입니다. 잭 형제 말대로 우리는 조직자 외의 그 무엇도 아닙니다. 그리고 감정은 단순히 터뜨려놓는 데 그치는 것이 아니고 유도되고 통로를 찾도록 만들어지지요……. 그것이 우리가 효과를 거두는 진정한 원천입니다. 따지고 보면 이 맛좋은 포도주는 감정을 방출시킬 수 있겠지만 무얼 조직할 수 있을지는 대단히 회의적인 것입니다."

그녀는, 한 팔을 소파 등에 얹어 뻗은 채 우아하게 몸을 앞으로 기울이며 말했다.

"그래요. 당신은 연설할 때 그 두 가지를 다 하고 계세요. 우리는 반응을 하지 않을 수가 없다니까요. 당신의 말뜻이 분명치 않을 때에도 말이에요. 저만은 당신이 무슨 말을 하는가 알아요. 그래서 훨씬 더 감명을 많이 받아요."

"실은 말이죠. 청중도 내게 영향을 받지만 나도 그만큼 청중에게 영향을 받습니다. 청중이 반응을 보이면 난 더욱 최선을 다하게 되지요."

"그리고 또 다른 중요한 국면이 있어요."

그녀가 말했다.

"제가 아주 관심을 많이 갖는 것이에요. 그게 여자들에게 자기 표현을 할 수 있는 완전한 기회를 주니까요. 그건 아주 중요해요, 형제. 마치 매일매일이 윤년 같다고나 할까(당시 관습상 윤년에는 여성이 남성에게 청혼하는 것이 자연스럽게 받아들여졌다), ……당연히 그래야겠지만요. 여성도 남성들과 마찬가지로 완전히 자유로워야 하지 않겠어요?"

그래 내가 진짜 자유롭다면, 여기에서 당장 빠져나가고 말 것이다 하고 나는 잔을 들며 생각했다.

"오늘 밤 당신은 너무 훌륭했어요……. 이제 여성도 이 운동을 통해 여성을 위한 투사를 가져야 할 시기예요. 오늘 밤 말고는 지금까지 늘 소수 민족 문제에 관해서만 애기했잖아요."

"새 임무를 받았지요. 하지만 앞으로는 우리의 주요 관심사 중 하나는 '여성 문제'가 될 것입니다."

"그거 잘됐군요. 시기도 적절하고요. 무엇이든 여성들에게 인생과 힘껏 맞씨름해볼 수 있는 기회를 갖도록 해주어야 해요. 자, 계속하세요. 당신 생각을 얘기해줘요."

그녀는 몸을 바짝 앞으로 기울이고 내 팔 위에 손을 얹으면서 말했다.

그래서 나는 이야기를 계속했다. 나 자신의 열의와 훈훈한 포도주 기운에 이끌려 마음을 푹 놓고 이야기를 했다. 그런데 무슨 질문을 하려고 그녀에게 얼굴을 돌렸을 때 나는 그녀가 나와 한 뼘도 안 되는 거리에서 내 얼굴을 바라보며 몸을 기울이고 있다는 사실을 알아차렸다.

"계속하세요. 어서요."

그녀의 말이 들려왔다.

"그렇게 말하니 아주 분명해지는 것 같아요. 자, 어서요."

나는 불나방 날개처럼 빠르게 퍼덕이는 그녀의 눈꺼풀이 우리의 몸이 가까워짐에 따라 이제 부드러운 입술로 바뀌는 것을 보았다. 거기에는 어떤 관념도 개념도 없었고 다만 순전히 따뜻한 열기뿐이었다. 그때 벨이 울렸다. 그 바람에 나는 그 따뜻한 열기를 떨치고 벌떡 일어났다. 벨이 또 한 번 울려대자 그녀가 나와 같이 몸을 일으켰고 그녀의 붉은 옷이 무거운 주름을 만들며 양탄자 위로 내려뜨려졌다.

"당신 설명을 들으니 모든 게 정말 놀랍도록 생기를 띠는 것 같아요."

그녀가 말했고, 그때 다시 벨이 울렸다. 그래서 나는 서둘러 아파트에서 빠져나가려고 모자를 찾았고, 그러면서 분노가 치밀어 올랐다. 이 여자 미친 거 아냐? 저 소리가 안 들리는 거야? 하는 생각이 들었다. 그녀는 내가 마치 분별없이 허둥대기나 한다는 듯, 당황한 기색으로 내 앞에 서 있었다. 그러더니 갑자기 와락 힘을 주어 내 팔을 붙들었다.

"이리로 오세요, 이 안으로."

다시 벨이 울리자 그녀는 나를 끌다시피 하여 문으로 나가서 짧은 복도를 따라가 비단 덮개가 깔린 침실로 데려갔다. 그 안에 들어서자 웃음을 띠고 나를 찬찬히 뜯어보며 말했다.

"여긴 제 방이에요."

나는 아무래도 믿을 수가 없어 그녀를 쳐다보았다.

"당신 방, 당신 방이라고요? 그런데 저 벨소리는 어떡하는 거죠?"

"걱정하실 것 없어요."

그녀는 달콤하게 말하며 내 눈을 들여다보았다.

"하지만 분별을 잃지 말아야죠. 저 문은 어떻게 하냔 말이오?"

나는 그녀를 한쪽으로 밀치며 말했다.

"아, 그럼요. 저 전화 말씀이시죠. 그렇죠, 당신?"

"하지만 당신 주인…… 당신 남편 아니오?"

"시카고에 가 있는걸요."

"하지만, 혹 그렇지 않을지……."

"아, 아니에요. 그렇지 않아요……."

"그렇지만 혹시 몰라요!"

"하지만, 형제, 이봐요, 그이와 직접 얘기한걸요. 전 알아요."

"뭘 어떻다고요? 도대체 이게 무슨 수작이죠?"

"아이, 가엾은 양반, 이건 무슨 수작이 아니에요. 정말 걱정할 필요 없대두요. 우린 자유로워요. 그인 시카고에 가서 잃어버린 청춘을 찾고 있을 게 틀림없어요."

그녀는 그렇게 말하고는 자신도 놀란 듯 깔깔거리고 웃었다.

"그이는 자유니, 필연이니, 여성의 권리니 하는 따위들과 같은—세상일을 향상시키는 데에는 관심이 없어요. 우리 계층의 병패죠……. 형제, 사랑스런 양반."

나는 한 발짝 방을 건너갔다. 왼쪽으로 문이 하나 또 있었고 그곳을 통해 번쩍이는 크롬과 타일이 보였다.

"형제애 말이에요. 달링."

그녀는 작은 두 손으로 내 양팔의 이두박근을 움켜쥐고 말했다.

"제게 가르쳐줘요. 말해주세요. 형제애의 근사한 사상을 말이에요."

나는 그녀를 후려갈기고도 싶고 같이 있고도 싶었지만, 그 어느 행동도 해서는 안 된다는 사실을 알았다. 이 여자는 지금 나를 파멸시키려고 이러는 것이 아닐까? 혹시 우리 운동의 남모를 적이 함정을 쳐놓고 문 밖에서 카메라와 파멸의 몽둥이를 들고 기다리는 것이 아닐까?

"전화를 받아야죠."

나는 억지로 침착하게 말하며 그녀 몸에 손을 대지 않고 내 손을 빼내려고 했다. 왜냐하면 그녀의 몸을 만졌다가는…….

"그럼 얘기를 계속하실 거죠?"

그녀가 말했다.

나는 고개를 끄덕였다. 그러고는 그녀가 잠자코 돌아서서 커다란 타원형 거울이 달린 화장대로 다가가 상아빛 전화기를 들어 올리는 모습을 지켜보았다. 그러다 나는 언뜻 거울 속에서 열정에 가득한 그녀의 자태와 커다란 흰 침대 사이에 서 있는 나의 모습을 보았다. 죄를 지은 듯한 태도로 서 있는 나의 모습을, 긴장된 얼굴을, 대롱대롱 매달린 넥타이를 보았다. 침대 뒤에는 또 하나의 거울이 있었다. 그 거울은 우리의 모습을 바다의 파도처럼 앞으로 뒤로, 앞으로 뒤로 뒤흔들며 시간과 장소와 상황을 사납게 증대시켰다. 나의 모습은 성난 파도에 휩쓸려 분명해졌다 희미해지곤 하면서 맥박 치는 것 같았는데, 그때 그녀의 입술이 소리 없이 "미안해요"라고 말했고, 그러고는 초조하게 수화기에 대고 "네, 저예요" 하더니 수화기를 손으로 막으며 다시 나를 향해 웃으면서 "제 여동생이에요. 잠깐이면 돼요" 하고 말하는 것이었다. 그러자 그때 내 마음속에서는 잊혀졌던 얘기들이 떠올라 소용돌이쳤다. 주인 여자의 등을 밀어주러 불려 들어간 하인의 이야기, 주인의 부인을 나눠 가진 자가용 운전사 이야기, 레노로 이혼하러 가는 돈 많은 부인들의 특별 전용실로 불려간 침대차 짐꾼들의 이야기……. 하지만 이건 형제애단의 운동일 뿐이야 하고 나는 생각했다. 이제 그녀는 웃음을 띠고 "그래, 젠, 그래, 그래" 하고 말하면서 머리를 매만지려는 듯 한 손을 들어 올렸는데, 희끗 움직이면서 붉은 실내복이 베일처럼 옆으로 휙 젖혀졌다. 나는 거울 속에서 우아하면서도 단단한 모습을 드러낸 자그마하면서도 풍만한 곡선의 알몸뚱이를 보고 헉 숨이 막힐 것 같았다. 그것은 마치 한순간의 꿈결에 본 것 같았다. 순간 그 모습은 휙 돌아섰고 나는 그 짙붉은 의상 위에서 그녀의 두 눈이 알 듯 모를 듯 웃는 것을 볼 수 있었다.

나는 문을 향해 걸어가면서, 분노와 격렬한 흥분으로 마음이 둘로 찢어지는 것 같았다. 그녀를 지나쳐 가려는데 찰칵 전화기를 내려놓는 소리가 들렸고, 그녀가 빙글 돌아 내 몸에 닿는 것을 느꼈고, 그러고는 나는 혼란에 빠져버렸다. 이념적인 것과 생물학적인 것, 의무와 욕망 사이의 갈등이 너무도 미묘하게 뒤엉켜버렸기 때문이었다. 나는 그녀에게 다가갔다. 문을 부수고 들어올 테면 들어와라, 누구든 올 테면 와 하고 생각하며.

나는 깨어 있는 것인지 꿈을 꾸는 것인지 알 수가 없었다. 주위는 쥐 죽은 듯이 조용했지만 무슨 소리가 났던 게 분명했다. 그녀가 내 곁에서 나직한 한숨 소리를 내고 있고, 그 소리는 분명 방 저쪽에 났던 것이다. 이상했다. 머리가 빙빙 돌았다. 나는 황소한테 쫓겨 밤나무 숲을 빠져나가고 있었다. 언덕으로 올라갔다. 언덕이 송두리째 솟구쳐 올랐다. 그 소리가 들렸다. 올려다보니 사내가 희미한 복도의 불빛 속에 서서 나를 똑바로 바라보고 있었다. 그는 관심도 없고 놀라운 기색도 없이 이쪽을 들여다보았다. 얼굴에는 표정이 없었고 눈은 물끄러미 바라보고만 있었다. 고른 숨소리가 들렸다.

그때 내 옆에서 그녀가 뒤척이는 소리가 났다.

"아, 당신 오셨어요?"

그녀는 말했다. 목소리가 멀리서 들려오는 것 같았다.

"이렇게 빨리 오셨어요?"

"응."

사내가 말했다.

"일찍 깨워줘요. 할 일이 많으니."

"알겠어요, 여보."

그녀는 졸린 듯 말했다.

"잘 주무세요……."

"그래, 당신도 잘 자요."

그는 메마르게 짧게 웃으며 말했다.

문이 닫혔다. 나는 거기 어둠 속에서 가쁜 숨을 몰아쉬며 한동안 누워 있었다. 이상했다. 손을 뻗어 그녀를 만져보았다. 반응이 없었다. 나는 그녀 위로 몸을 기울였다. 얼굴 위로 따뜻하고 맑은 숨결이 부드럽게 와 닿았다. 나는 위험을 무릅써가며 너무 늦게야 얻은 것, 그러나 이제 영원히 잃어버릴 그 귀중한 것의 느낌을, ……그 짜릿한 느낌을 맛보면서 거기서 좀 더 머물고 싶었다. 그러나 그녀는 한 번도 잠을 깬 것 같지 않았다. 그래서 그녀가 지금 눈을 뜬다면, 비명을 지르고 고함을 칠지도 모른다는 생각이 들었다. 나는 황급히 침대에서 빠져나와 옷을 찾았다. 그러면서도 내내 아까 불빛이 들어왔던 그 어두운 곳에서 눈길을 떼지 않았다. 나는 이리저리 더듬거리다 의자 하나를 발견했다. 빈 의자였다. 옷이 어디 있을까? 바보 같으니! 왜 자신을 이 지경에 빠뜨리고 말았을까? 나는 발가벗은 채 어둠 속을 더듬어 간신히 옷을 벗어둔 의자를 찾아내 황급히 걸쳐 입고 살그머니 밖으로 빠져나왔다. 문간에 와서야 나는 잠시 걸음을 멈추고 뒤돌아서 복도의 침침한 불빛 속을 들여다보았다. 그녀는 한숨 소리도 내지 않고 웃지도 않은 채 자고 있었다. 꿈을 꾸는 아름다운 여인, 상앗빛 팔 하나가 흑옥 같은 머리 위에 내뻗쳐 있었다. 나는 방망이질하는 가슴을 안고 문을 닫고 복도를 걸어 내려가면서, 그 사내가, 아니 사내들이, 아니 군중이…… 나를 불러 세울까 봐 내내 조바심에 가득 차 떨었다. 이윽고 나는 층계로 접어들었다.

아파트 건물은 조용했다. 현관에는 수위가 끄덕끄덕 졸고 있었고 숨을 쉴 때마다 그의 풀 먹인 턱받이가 턱에 눌려 구부러졌다. 백발머리 위에는 아무것도 쓰지 않았다. 나는 땀에 젖은 기진한 몸을 끌고 거리로 빠져나왔다. 아직도 내가 아까 그 사내를 본 것이 생시였는지 꿈이었는지 알 수가 없었다. 나만 그를 보고 그 사내는 나를 보지 못할 수도 있었을까? 아니면 사내가 나를 보고도 매너가 세련되어, 혹은 퇴폐적 기질 때문에, 혹은 지나치게 개화된 사람이라서 그냥 잠자코 있었던 것일까? 나는 황급히 길을 걸어 내려갔다. 한 걸음 한 걸음을 옮길 때마다 불안이 더해갔다. 왜 사내는 내게 아무 말도 하지 않았을까? 왜 내가 누군가 알아보지도 않고 욕설을 퍼붓지도 않았을까? 왜 덤벼들지 않았을까?

적어도 자기 아내에게는 화를 낼 수 있었을 것 아닌가? 그런데 그것이 만약 내가 그 같은 절박한 상황에서 어떻게 대처하는가를 알아보기 위한 테스트였다면 어쩔 것인가? 어쨌든 그것은 우리의 적들이 우리 편을 맹렬히 공격할 수 있는 꼬투리가 되는 것이었다. 나는 고민스러워 땀을 흘리며 걸어갔다. 놈들은 왜 만사에 여자들을 끼워 넣지 않고는 배기지 못할까? 우리와 우리가 개혁시키려는 세상만사 사이에 왜 놈들은 여자를 개입시켜놓는가 말이다. 사회적으로, 정치적으로, 경제적으로 모든 경우에 말이다. 왜? 빌어먹을, 왜 놈들은 끈덕지게 계급투쟁과 엉덩이 투쟁을 혼란시켜 우리와 그들은 모두—모든 인간적인 동기를—격하시키는가.

이튿날 하루 종일 나는 탈진한 상태에서 긴장된 마음으로 음모가 폭로되기를 기다렸다. 이제 보니 분명히 그 사내는 문간에 서 있었다. 사내는 서류 가방을 들고 안을 들여다보면서도 나를 보았다는 분명한 내색을 하지 않았다. 말하는 것은 무심한 남편과 같았으나 어딘가 형제애단의 요직에 있는 어떤 단원을 연상시키는 사내였다. 너무나 낯익으면서도 누구인지 생각이 안 나 거의 미칠 지경이었다. 일은 손도 안 대고 앞에 놓여 있었다. 나는 전화벨이 울릴 때마다 덜컥덜컥 가슴이 내려앉았다. 나는 종일 타프의 족쇄만 만지작거렸다.

4시까지만 전화를 걸어오지 않는다면 사는 거다 하고 나는 혼자 생각했다. 그러나 여전히 아무런 낌새가 없었고 회의 소집도 없었다. 결국 나는 내 편에서 그녀의 전화번호를 돌리고 말았다. 그녀의, 기쁨에 넘친 쾌활하면서도 신중한 음성이 들려왔다. 그러나 어젯밤이나 사내에 대해서는 한마디도 언급이 없었다. 나는 그처럼 침착하고 즐거운 목소리를 듣고 나자 당황하여 용건을 꺼낼 수가 없었다. 그래, 이것이 바로 세련되고 개화된 방식이라는 것인가? 남자가 그 자리에 있으면서도 그들은 서로 양해하고 있는지도 모를 일이었다. 여자에게도 완전한 권리가 있다는 양해 말이다.

다시 와서 토론을 더 하시겠냐고 그녀가 물었다.

"그럼요. 물론이죠."

나는 말했다.

"어머, 형제."

그녀가 말했다.

나는 안도와 불안이 뒤섞인 기분으로 수화기를 내려놓았다. 아무래도 테스트를 받았는데 낙제하고 말았다는 생각을 떨칠 수가 없었다. 나는 다음 한 주일 내내 그 문제로 골머리를 썩으면서 보냈다. 게다가 현재의 내 입장이 어떻게 되었는지를 분명히 알 수 없었기 때문에 나는 더더욱 갈피를 잡을 수가 없었다.

나와 브라더 잭, 그리고 다른 단원들 사이에 생겼을지도 모를 무슨 변화를 탐지해보려고 했지만 그들은 아무런 낌새도 보이지 않았다. 하긴 무슨 낌새를 보였다 하더라도 나로서는 그 분명한 의미를 알 수 없었을 것이다. 그 낌새라는 것이 나에 대한 고발과 관계 있는 것일 수도 있을 테니까 말이다. 나는 죄냐 아니냐 하는 것 사이의 어정쩡한 상태에 머물러 있을 수밖에 없었다. 그러다 보니 이제 죄와 결백이 모두 똑같은 한 가지로 보였다. 신경은 계속적인 긴장 상태를 벗어나지 못했다. 얼굴이 딱딱하고 모호한 표정을 띠어가더니 점차 브라더 잭이나 다른 지도자들의 표정을 닮기 시작했다. 그러다가 나는 약간 느긋해졌다. 일을 안 할 수는 없었으므로 기다리는 게임을 해볼 작정이었다. 죄책감과 불안감이 떠나지 않았는데도, 나는 내가 단 한 명의 죄지은 흑인 단원이란 사실도 잊고 백인 단원들이 가득 찬 방 안을 자신만만하게 활보할 수 있는 방법을 익히게 되었다. 턱을 치켜들고, 지나치지 않을 정도로 입을 벌려 웃으면서, 손을 불쑥 내밀며 힘 있고 따뜻한 악수를 나누는 것이었다. 거기다 또 거만과 현실적인 겸손을 적당히 뒤섞어서 모두를 만족시키면 되었다.

나는 강연에 전력투구하며 여성의 권리를 수호하고 주장했다. 여자들이 계속 주위에서 바글거리기는 했지만 나는 신중을 기해 생물학적인 것과 이념적인 것을 조심스럽게 분리했다. 그것이 반드시 수월한 일은 아니었다. 왜냐하면 많은 여성 형제들 간에는 이념적인 것은 진정한 삶의 관심사를 가리는 불필요한 너울에 지나지 않는다는 일치된 생각이 있었기 때문이었다(그들은 나도 그 생각을 수긍하고 있다고 간주했다).

알고 보니, 대부분의 중심가 청중은 내가 나타날 때마다 무언가, 뭐라 이름 붙일 수 없는 어떤 것을 기대하는 것 같았다. 그들 앞에 서는 순간 나는 그것을 느낄 수 있었다.

그것은 내가 하는 강연 내용과는 무관했다. 나는 그들 앞에 나타나기만 하면 되었으니까 말이다. 그들은 나에게 눈길을 돌린 순간부터 야릇한 해방감을 맛보는 것 같았다.

웃음, 혹은 눈물, 혹은 어떤 안정되고 순수한 감정에서 벗어난다는 뜻의 해방은 아니었다. 나는 그것이 무엇인지 알 수가 없었다. 그래서 다시 죄의식이 되살아났다. 한번은 한참 말을 하는 중간에 그 무수한 얼굴들을 들여다보며 이 사람들은 알고 있을까? 그게 그걸까? 하고 생각을 하다가…… 그만 하마터면 강연을 망쳐버릴 뻔한 적도 있었다. 그러나 한 가지만은 확실했다. 나에 대한 청중의 태도는 일부 다른 흑인 단원들에 대한 태도와는 달랐다는 것이다. 청중을 재미있게 하느라고 너무 빈번히 이야기를 동원하기 때문에 연사가 채 입을 열기도 전에 청중을 웃어버리게 만드는 단원들과는 말이다. 그랬다. 그것은 전혀 다른 어떤 것이었다. 어떤 기대감과 형태, 기다림의 분위기, 뭐랄까, 무슨 정당화 같은 것을 해주었으면 하는 바람 같은 것이었다. 그들은 내가 단순히 한 사람의 연사, 혹은 단순히 즐겁게 해주는 사람 이상의 존재이기를 기대하는 것 같았다. 나의 의식으로서는 알아낼 수 없는 어떤 현상이 일어나고 있는 것 같았다. 나는 의미에 충만한 나의 말보다도 더 웅변적인 무언극을 연출했던 것이다. 나는 그 무언극에 협조는 했지만 그것이 무엇인지는 헤아릴 수 없었다. 마치 문간에 서 있던 사내의 수수께끼를 헤아릴 수 없었듯이 말이다. 따지고 보면, 그건 네 목소리 때문인지도 몰라 하고 나는 스스로에게 말했다. 네 목소리 때문에, 그리고 너에게서 형제애에 대한 자기들 믿음의 산 증거를 발견하고 싶어 하는 그들의 욕망 때문인지도 몰라 하고. 나는 마음을 편히 먹기로 작정하고 그 생각은 그만두고 말았다.

그러던 어느 날 저녁, 새로 있을 연속 강연을 위한 메모를 하다 잠이 든 사이 전화가 걸려왔다. 본부에서 비상 회의가 있으니 나오라는 것이었다. 나는 두려운 심정으로 집을 나섰다. 나는 생각했다. 이게 그거야, 고발이든가 그 여자 문젤 거야. 내가 일개 여자에게 걸려 넘어지다니! 뭐라고 말해야 할까. 그 여자의 유혹은 불가항력이었고 나는 인간적이었다고? 그게 책임감과 무슨 관계가 있으며 형제애의 구축과 무슨 관계가 있단 말인가?

되어가는 대로 내맡기는 수밖에 딴 도리가 없었다. 도착하니 지각이었다. 방 안은 찌는 듯이 무더웠고 세 개의 조그만 선풍기가 무거운 공기를 휘저어댔다. 단원들은 셔츠 바람으로 흠집이 난 테이블 주위에 둘러앉았고 테이블 위에는 얼음물이 든 주전자가 물방울이 맺혀 반짝였다.

“여러분, 늦어서 죄송합니다.”

나는 용서를 구했다.

“내일 강연에 관계된 마지막 중요 세목을 마무리하느라고 늦었습니다.”

“그런 공연한 수고를 하지 않아도 됐을 걸 그랬소. 위원회도 이처럼 시간 낭비를 하지 않아도 될 걸 그랬고.”

브라더 잭이 말했다.

“무슨 말씀이시죠?”

나는 별안간 열이 올라서 말했다.

“당신은 이제 ‘여성 문제’로 수고할 필요가 없게 되었다는 말이오. 그건 끝났소.”

토빗 형제가 말했다. 공격을 받고 정신을 바짝 긴장시켰으나 뭐라고 응수하기도 전에 브라더 잭이 때 아닌 질문을 던졌다.

“토드 클립턴 형제는 어떻게 됐소?”

“클립턴 형제요? ……글쎄 몇 주일 동안 못 봤는데요. 난 여기 시내에서 너무 바빴습니다. 무슨 일이 일어났습니까?”

“행방불명이 됐소.”

브라더 잭이 말했다.

“행방불명이 됐단 말이오. 그러니 불필요한 질문으로 시간을 낭비하지 맙시다. 당신을 그 때문에 부른 건 아니니까.”

“하지만 언제 그걸 알았지요?”

브라더 잭은 테이블을 내리쳤다.

“우리가 아는 건 그가 사라졌다는 것뿐이오. 자, 우리 일이나 진행시

킵시다. 형제는 할렘으로 당장 돌아가야겠소. 우리는 그곳에서 위기를 맞고 있소. 토드 클립턴 형제가 행방불명됐을 뿐 아니라 임무 수행을 하지 못했기 때문이오. 그런 데다가 훈계자 라스와 그의 인종차별주의 패거리가 이 기회를 이용하여 선동을 가중시키는 중이오. 당신이 그곳으로 돌아가서 할렘 지역에서 우리 힘을 회복할 수 있도록 대책을 강구하시오. 필요한 전력은 얼마든지 지원 받게 될 것이니 우리에게 출두하여 작전 회의에 참석하도록 하시오. 그에 관해선 내일 통고받을 것이오. 그리고 제발."

그는 사회봉으로 강조하며 말했다.

"시간을 엄수하시오."

나는 내 문제가 전혀 거론되지 않자 마음이 푹 놓여 주저없이 클립턴의 행방불명에 관해 경찰과 상의를 해보았는지를 물었다. 무언가 송두리째 잘못되어 있었다. 클립턴은 그냥 사라져버리기에는 너무 책임감이 강하고 이곳에서 얻을 것이 너무 많은 사람이었기 때문이었다. 이 사건이 훈계자 라스와 무슨 관계가 있지는 않을까? 하지만 그건 불가능해 보였다. 할렘은 우리 세력이 가장 막강한 지역의 하나인 데다가 내가 떠났던 한 달 전만 해도 라스의 공격 따위는 웃음으로 넘겨버렸을 정도였으니까 말이다. 내가 처신을 신중히 해서 위원회의 비위를 건드리지만 않았더라면 클립턴이나 할렘의 모든 단원들과 좀 더 긴밀한 접촉을 유지할 수 있었을 텐데! 이제 나는 갑자기 깊은 잠에서 깨어난 것만 같았다.

20

너무 오랫동안 와보지 못한 탓인지 거리는 낯설어 보였다. 변두리 지역의 리듬은 한결 느렸지만, 어쩐지 더 빠른 듯이 여겨졌다. 뜨거운 밤공기 속에는 다른 종류의 긴장이 떠돌고 있었다. 나는 여름날의 사람들 무리를 헤치고 지구 사무실이 아닌, 배럴하우스가 운영하는 '졸리 달라'라는 술집으로 갔다. 그곳은 8번가 위쪽에 위치한 껌껌한 굴같이 생긴 바겸 그릴이었는데 거기 가면 으레 내가 가장 가깝게 접촉하는 사람 중 하나인 마세오 형제가 이맘때쯤에 저녁 맥주를 마시는 걸 볼 수 있었다.

창을 통해, 나는 작업복 차림의 남자들과 몇몇 주정뱅이 여자들이 바에 몸을 기댄 모습을 보았다. 바와 카운터 사이의 통로에는 까맣고 푸른 체크 무늬의 스포츠 셔츠를 입은 두 사내가 바비큐를 먹는 중이었다. 한 패의 남녀가 뒤쪽 주크박스 근방에서 어슬렁거리고 있었다. 그러나 안으로 들어가 보니 마세오 형제는 보이지 않았다. 나는 맥주나 한잔하면서 기다릴 생각을 하고 바 쪽으로 밀치고 갔다.

"안녕하세요, 형제들."

나는, 전에 이곳에서 본 적이 있는 내 옆의 두 남자를 보고 말했다. 그러나 그들은 나를 이상한 눈길로 쳐다볼 뿐이었다. 큰 사내가 취기가 올랐을 때 그러듯 눈썹을 치켜올리고 옆 사람을 쳐다봤다.

"쳇."

큰 사내가 말했다.

"그래, 이봐. 저 사람 자네 친척이야?"

"쳇, 친척은 무슨 놈의 친척!"

나는 고개를 돌리고 그들을 바라보았다. 갑자기 실내의 분위기가 어두워졌다.

"저 친구 취했어."

두 번째 사내가 말했다.

"자네를 친척인 줄 아나보지."

"그럼 저치의 술이 거짓말을 시키는 거지. 내가 왜 저치의 친척이겠나, 설사…… 헤이! 배럴하우스!"

나는 자리를 비켜 바 아래쪽으로 옮겨가서 불안한 기분으로 그들을 바라봤다. 그들은 취한 것 같지는 않았다. 내가 비위를 건드릴 만한 말을 한 건 아니었다. 그들은 내가 누구란 걸 알고 있는 게 분명했다. 어떻게 된 건가? 형제애단의 인사법은 "악수나 합시다" 혹은 "안녕히 가슈" 하는 말만큼이나 잘 알려진 것 아닌가.

나는 바의 저쪽 끝에서 배럴하우스가 엉금거리는 걸음으로 다가오는 것을 보았다. 흰 앞치마를 끈으로 바짝 죄어 움푹 들어가게 한 탓에 그는 마치 가운데 홈을 낸 싸구려 금속 맥주 통 같아 보았다. 그는 나를 보더니 웃었다.

"아이구, 이거 우리 훌륭하신 형제 아니오?"

그는 손을 내밀며 말했다.

"형제, 그동안 대체 어디 있었소?"

"시내에서 일을 봤습니다."

벅찬 고마움을 느끼며 나는 말했다.

"잘하셨소. 잘했어!"

배럴하우스가 말했다.

"장사 잘되오?"

"장사 이야긴 맙시다, 형제. 형편없어요. 아주 형편없어."

"거 안됐군요. 맥주 한잔 주시지그래요. 이분들 먼저 드리고 말이에요."

나는 거울 속으로 그들을 바라보며 말했다.

"그러고말고."

배럴하우스는 잔을 가져오고 맥주를 땄다.

"왜 그리 기가 죽었어, 이 사람아?"

그가 큰 사내에게 말했다.

"이봐, 배럴. 한 가지 묻고 싶은 게 있네."

큰 사내가 말했다.

"뭔고 하니 말이지. 여기 이 친구가 누구의 형제인지 말해줄 수 있겠냐고. 여기 들어와서 보는 사람마다 형제라니 말이지."

"내 형제지."

배럴은 거품이 이는 술잔을 긴 손가락으로 거머쥐고 말했다.

"그게 뭐 잘못됐나?"

"어이, 여보세요."

내가 바의 그쪽에 대고 불렀다.

"우리네 말하는 방식이 그렇소이다. 나쁜 뜻으로 형제라고 부른 건 아니오. 오해했다면 미안합니다."

"형제, 당신 술 여기 있소."

배럴이 말했다.

"그래, 자네 형제로구먼, 응, 배럴?"

배럴은 미간을 찡그리고 그 우람한 가슴을 바에 갖다 대면서 별안간 슬픈 표정을 지었다.

"기분이 좋나, 매카덤스?"

그는 우울하게 말했다.

"맥주 맛이 어때?"

"좋지."

매카덤스가 말했다.

"시원해?"

"아무렴, 그런데 배럴……."

"지금 나오는 저 스윙 곡 어때?"

배럴이 물었다.

"망할 것. 좋아, 한데……."

"그리고 우리, 멋지고, 깨끗하고, 사교적인 분위기 어때?"

"좋지. 그런데 내 말은 그게 아니라니까."

사내가 말했다.

"그래. 그런데 내 말은 바로 그거야."

배럴하우스가 침통하게 말했다.

"그래, 좋은 게 좋다 이거야. 내게 온 다른 손님 공연히 건드리려고 하지 말아요. 여기 이 손님이 지역 사회를 위해 얼마나 많은 일을 한 줄 아나. 당신은 아무래도 못할 일을 말이야."

"무슨 지역 사회?"

매카덤스는 그렇게 물으며 내 쪽을 힐끗 돌아봤다.

"내가 듣기론 저 친구 백인들에게 환장해서 여길 떠났다던데……."

"자넨 별 소리를 다 듣는단 말이야."

배럴하우스가 말했다.

"저기 화장실에 가면 휴지가 있어요. 귀 좀 닦는 게 좋겠어."

"내 귀는 걱정 말게."

"어이, 이봐, 맥."

그의 동료가 말했다.

"잊어버려. 저 친구가 사과하지 않았나?"

"내 귀는 걱정 말라니까. 자네 형제에게 말하게. 사람을 잘 가려서 형제니 뭐니 하고 부르라고 말이야. 우리네 중에는 저 친구의 정책 같은 건 별 볼일 없다고 생각하는 사람이 있으니까."

나는 두 사람을 번갈아 보았다. 그리고 이제 내가 길에서 싸움이나 하는 단계는 벗어났다고 생각했다. 사실 할렘 지역으로 돌아와서 결코 해서는 안 될 최악의 일 중 하나가 싸움에 말려드는 일이었다. 나는 매카덤스를 바라보았다. 그의 동료가 그를 바 저쪽으로 떠밀어 갔고 그제야 비로소 마음이 놓였다.

"저 매카덤스는 늘 자기 생각이 옳은 줄 알아."

배럴하우스가 말했다.

"저 사람 기분은 아무도 못 맞춘다니까. 그런데 솔직히 말하자면 요즘 저렇게 생각하는 사람이 많아요."

나는 당황해서 고개를 가로저었다. 내게 그처럼 적대시하는 사람은 처음이었다.

"마세오 형젠 어떻게 됐죠?"

나는 물었다.

"글쎄, 형제, 요즘은 별로 자주 오지 않소. 이 동네 사정이 약간 달라지고 있어요. 돈도 잘 돌지 않고."

"어디나 어렵죠. 그런데 이곳에서 무슨 일이 있었죠, 배럴?"

내가 물었다.

"아, 사정을 알잖소, 형제. 형편이 힘들어서 당신네 주선으로 일자리를 얻었던 많은 사람들이 실직하고 말이오. 당신도 사정을 알 텐데."

"우리 조직에 가입한 사람들 말이오?"

"그런 사람들이 꽤 된다오. 마세오 형제 같은 사람들도 그렇구."

"그런데 왜? 일들을 잘했는데."

"그랬죠……. 당신네가 그 사람들을 위해 싸워주었을 때까지는. 그런데 당신네가 손을 떼자마자 놈들이 사람들을 길바닥으로 내쫓기 시작한 거지."

나는 내 앞에 서 있는 커다란 몸집의 성실한 그를 바라봤다. 형제애단이 활동을 중단했다니 믿을 수 없는 일이었다. 하지만 그가 거짓말을 하는 것은 아니었다.

"맥주 한 잔 더 줘요."

나는 말했다. 그때 누군가 등 뒤에서 그를 부르자, 그는 맥주를 따라 놓고 내 자리에서 떠났다.

나는 잔을 다 비우기 전에 마세오 형제가 나타나기를 바라며 천천히 맥주를 들이켰다. 결국 그가 나타나지 않자 나는 배럴하우스에게 손을 흔들어 보이고 지구 사무소로 갈 생각으로 그곳에서 나왔다. 타프 형제라면 사정을 알지 몰랐다. 아니면 클립턴에 관해서는 적어도 무슨 이야기를 해줄 수 있을 것이다.

나는 그곳의 어두운 블록을 지나 7번가까지 가서 다시 걸어 내려가기 시작했다. 아닌 게 아니라 사태는 점점 심각한 양상을 띠는 듯 보였다.

길을 따라 걸어가면서 봐도 형제애단 활동이 있다는 표시는 어디에서도 찾아볼 수 없었다. 뜨거운 어느 샛길을 걷다가 나는 연석 가를 따라가며 성냥을 켜대는 남녀 한 쌍을 만났다. 잃어버린 동전을 찾는 듯 그들은 주저앉아 있었는데, 성냥불이 그들의 얼굴 위로 희미하게 타올랐다. 어느 사이에 나는 이상하게 낯익어 보이는 블록에 들어서 있었다. 땀을 흘리며 그곳에서 빠져나갔다. 거의 메리 아줌마네 집 문간까지 와 있어서 발길을 돌려 급히 그곳에서 떠났던 것이다.

지구 사무소의 창문들이 불을 밝히고 있지 않을는지도 모른다는 데 대해서는 배럴하우스가 이미 암시를 주었다고도 할 수 있었지만, 그는 안으로 들어가서 깜깜한 데 대고 타프 형제를 불러봐도 소용없을 것이라는 데 대해서는 전혀 암시를 준 바 없었다. 평소 타프 형제가 자던 방으로 들어가 보았으나 거기에도 그는 없었다. 그래서 나는 껌껌한 복도로 해서 내 옛 사무실로 들어가 기진맥진해진 채 책상 의자에 털썩 주저앉았다. 모든 것이 하나같이 내게서 슬그머니 빠져나가는 것 같았다. 나는 그것들을 쥐어 잡을 수 있을 만한, 기민하고 근사한 대책을 아무것도 찾아낼 수가 없었다. 클립턴의 소식을 들으려면 지구 위원회 위원 중에서 누구에게 전화를 걸어보면 될까 생각해보았지만, 나는 여기서도 또한 번 벽에 부딪히고 말았다. 내가 내 민족이 싫어서 딴 곳으로 옮겨 달라고 부탁했다고 믿는 사람들이 있을 텐데, 그런 사람을 택할 경우 일만 복잡하게 될 것이기 때문이었다. 내가 다시 돌아왔다고 분개할 사람들이 있을 것이 분명했다. 그런 사람들을 대면하려면 나에 대해 무슨 감정을 조성할 틈을 주지 않고 별안간 대면하는 것이 상책이었다. 제일 좋은 방법은 타프 형제를 만나 이야기해보는 것이었다. 나는 그를 믿고 있었다. 그가 돌아오면, 사태가 지금 어떻게 돌아가고 있는지를 말해줄 수 있을지도 몰랐다. 어쩌면 클립턴에게 일어난 일을 얘기해줄 수 있을지도 몰랐다.

그러나 타프 형제는 오지 않았다. 나는 밖으로 나가 커피를 사들고 들어왔다. 지구 사무소의 기록이나 들춰보며 밤을 새울 작정이었다. 새벽 3시가 되어도 돌아오지 않자 나는 그의 방으로 건너가서 방을 한 바퀴 둘러보았다. 방은 텅 비어 있었고 침대는 어디론가 가고 보이지 않았다. 완전히 나 혼자뿐이로구나! 하고 나는 생각했다. 내가 모르는 무슨 일들이 많이 일어났던 게 분명했다. 단원들의 관심을 시들게 했을 뿐 아니고, 기록에 의하면, 그들을 대거 퇴단시킨 무슨 일이 일어났던 것이다. 배럴하우스 말로도 조직이 투쟁을 중단했다고 했다. 그런 설명 말고는 타프 형제가 이곳에서 떠난 이유를 설명할 길이 없었다. 물론 타프가 클립턴이나 다른 지도자들과 뜻이 맞지 않았을 가능성이 있긴 있었다. 나는 다시 내 책상으로 돌아와서 타프가 주었던 더글러스의 초상이 사라지고 없다는 사실을 깨달았다. 주머니를 더듬어 족쇄를 만져보았다. 적어도 그것만은 잊지 않고 가지고 다녔다. 나는 사무소의 기록들을 한쪽으로 치워버렸다. 그것들을 보고는 왜 사태가 이 지경이 되었는지를 전혀 알 수 없었던 것이다. 전화를 들고 클립턴의 번호를 돌렸다. 신호가 계속해서 울려댔다. 나는 마침내 통화를 단념하고 의자에 드러누워 잠을 청했다. 모든 것을 전략 회의가 있기까지 기다려야 할 모양이었다. 옛 구역으로 돌아온 것이 마치 죽음의 도시로 돌아온 것만 같았다.

눈을 떠보니 놀랍게도 상당수 단원들이 복도에 모여 있었다. 나는 위원회로부터 무슨 지시를 받지 못했기 때문에 그들을 몇 개조로 나누어서 클립턴 형제를 찾기로 했다. 아무에게서도 분명한 정보를 얻을 수 없었다. 행방불명이 되기 전까지 클립턴 형제는 늘 그러던 것처럼 이 구역에 나타났다는 것이다. 그리고 위원회의 위원들과 싸움도 없었으며 변함없이 인기가 있었다는 것이다. 훈계자 라스와도 전혀 충돌이 없었다고 했다. 지난주에 훨씬 적극적인 활동을 했지만 말이다. 단원들을 잃고 영향력을 상실한 문제를 보자면, 그건 낡은 선동 수법의 사용을 중단할 것을 요구했던 새로운 프로그램 때문이었다. 놀랍게도, 역점이 지역적인 문제로부터 더 국가적이고 국제적인 규모의 문제로 옮겨가 있었다. 따라서 당분간 할렘의 이해 문제는 일차적인 중요성이 없는 것으로 여겨졌다. 중심가에서는 그러한 프로그램 변경이 없었기 때문에 나는 이것을 어떻게 다루어야 할지 알 수가 없었다. 클립턴의 일은 잊혀지고 말았다. 이제 내가 해야 할 모든 일은 위원회에서 나올 설명에 따라 달라질 것 같았다. 나는 점점 뒤숭숭해지는 마음으로 전략 회의에 나오라는 연락이 오기를 기다렸다.

그런 회의는 보통 1시경에 열리게 마련이어서 우리는 그보다 훨씬 전에 통고를 받는 게 보통이었다. 그런데 11시 반이 되어도 아무 소식이 없었다. 나는 걱정이 되었다. 12시가 되자 나는 불안한 고립감에 사로잡혔다. 무슨 꿍꿍이가 벌어지고 있는 것이 분명했다. 하지만 무엇이, 어떻게, 왜? 마침내 나는 본부로 전화를 걸고 말았다. 그러나 지도자들과는 아무와도 통화를 할 수가 없었다. 이게 무슨 일일까? 나는 생각했다. 다른 구역의 지도자들에게도 전화를 해보았다. 결과는 마찬가지였다. 그래서 나는 지금 회의가 열리는 중이라고 확신하지 않을 수 없었다. 그런데 왜 나를 빼놓은 것일까? 레스트럼의 고발 내용을 조사한 후 그것들이 사실이라고 결정을 내린 것일까? 단원들의 수는 내가 시내로 이동한 후에 줄어든 것 같았다. 아니면 그 여자 때문일까? 아무튼 무슨 이유든 지금은 나를 빼놓고 회의할 시기는 아니었다. 할렘 지구의 사태는 너무 급했다. 나는 급히 본부로 달려갔다.

도착하고 보니 아닌 게 아니라 회의가 진행 중이었고 아무도 회의를 방해하지 말라는 지시가 내려져 있었다. 내게 통지하는 것을 잊어버린 게 아님이 분명했다. 나는 격분하여 그 건물에서 나왔다. 좋아, 자기들이 날 부르기로 결정을 했을 때는 날 찾아야 할 것이다 하고 나는 생각했다. 무엇보다 근무 지역을 옮긴 것부터가 잘못이었다. 엉망이 된 사태를 수습시키려 일단 돌려보냈으면, 가능한 한 빨리 나를 도와야 할 것이 아닌가 말이다. 나는 이제 더는 중심가를 싸돌아다니지 않을 것이다. 그뿐인가, 할렘 위원회와 상의 없이 보내오는 프로그램은 아무것도 받아들이지 않을 것이다. 나는 무엇보다 먼저 새 구두를 한 켤레 사 신기로 하고 5번가 쪽으로 걸어갔다.

뜨거운 날씨였다. 인도는 마지못해 일자리로 돌아가는 점심 시간의 인파로 아직도 붐볐다. 나는 사람들과 부딪치지 않으려고, 그리고 갑자기 걸음을 빨리하는 사람들, 그리고 여름옷 차림으로 수다를 떠는 여자들을 피하려고 차도 쪽으로 바짝 붙어서 걸어가서 마침내 안도감과 함께 가죽 냄새가 물씬 풍기는 냉방이 된 구두 가게 안으로 들어갔다.

나는 새 여름 구두를 신고 발걸음도 가볍게 다시 이글거리는 폭염 속으로 나왔다. 어렸을 적 겨울 신발을 벗어던지고 운동화를 신던 때의 즐거움과, 항상 신발을 사 신고 난 뒤에 있었던 동네 안의 도보 경기, 그리고 날렵하고 재빠르게 두둥실 나는 듯했던 그때의 기분 등이 떠올랐다. 나는 생각했다. 그래, 넌 이미 마지막 도보 경기를 끝냈다. 연락이 오면 네 구역으로 돌아가는 게 좋아 하고 나는 이제 걸음을 서둘렀다. 산뜻하고 가쁜한 발걸음으로 나는 물밀듯이 밀려오는, 햇빛 그득히 쬐인 얼굴들 사이를 뚫고 걸어갔다. 42번가의 인파를 피하기 위해 나는 43번가에서 옆길로 꺾어들었다. 바로 그곳에서 일은 들끓어오르기 시작했다.

산뜻한 복숭아와 배 들을 늘어놓은 조그만 과일 수레가 연석 옆에 서 있었다. 주먹코에 이탈리아인의 반짝이는 검은 눈을 가진, 안색이 불그스레한 과일 장수가 흰색과 오렌지색 무늬의 커다란 양산 밑에서 알은체를 하며 나를 바라보더니 그다음엔 길 건너 건물 가에 모여드는 한 무리의 군중을 바라봤다. 이 사람 왜 이래? 하고 나는 생각했다. 그러고는 길을 건너 내 쪽으로 등을 돌리고 선 사람들의 무리 옆을 지나갔다. 말끝이 흐린 간사한 목소리가 알아들을 수 없는 말로 떠벌리고 있었는데 나는 그곳을 그냥 지나치려다가 그 소년의 모습을 보았다. 갸름한 몸매에 갈색 피부를 가진 소년이었다. 나는 그가 클립턴의 절친한 친구 중 하나란 걸 금방 알아볼 수 있었다. 그는 그때 자동차들의 지붕 너머로 건너편 우체국 근처 블록을 따라 키 큰 경관이 이쪽으로 다가오는 것을 유심히 바라보고 있었다. 이 친구가 뭘 좀 알지 몰라 하고 나는 생각했다. 그때 그는 주위를 둘러보다가 나를 발견하고 당황한 태도로 멈칫했다.

"이봐요. 거기."

내가 말을 걸었다. 그때 그는 군중 쪽을 돌아보며 휘파람을 불었는데, 그가 내게도 휘파람을 불라고 하는 것인지 아니면 다른 사람에게 신호를 보내는 것인지 알 수가 없었다. 몸을 돌려 돌아보니 그는 건물 옆에 커다란 마분지 상자가 놓인 곳으로 걸어가서 상자에 달린 삼베 끈을 어깨에 척 걸치고는 나는 본 체도 않고 다시 한번 경관 쪽을 바라봤다. 얼떨떨한 기분으로 나는 군중 속을 뚫고 앞쪽으로 밀치고 들어갔다.

그곳에서 발밑 네모난 마분지 종이 위에 무엇인가가 맹렬한 동작으로 움직이는 것을 발견했다. 일종의 장난감이었다. 나는 군중의 홀린 듯한 눈길들을 힐끔 쳐다보고 나서, 다시 아래를 내려다보았다. 이번에는 분명히 볼 수 있었다. 그런 물건을 본 것은 처음이었다. 오렌지색과 검은색의 얇은 종이로 만든, 웃고 있는 인형이었는데, 얇고 납작한 판지를 둥그렇게 잘라 머리와 발을 만들고 그것들을 무슨 묘한 장치로 위아래로 움직이게 했다. 관절이 느슨하게 연결되어 어깨를 흔들어대는 광폭할 정도의 그 감각적인 동작을 볼 것 같으면, 그것은 탈 같은 까만 얼굴과는 완전히 동떨어진, 초연한 하나의 춤이었다. 그건 실로 조종되는 장난감이 아니었다. 그럼 뭘까? 하고 생각하며, 나는 여러 사람들 앞에서 저속한 행동을 해 보이는 사람에게서 볼 수 있는 맹렬한 대담성을 가지고 인형이 몸을 뒤흔들며 그 동작을 통해 어떤 변태적인 쾌감을 얻는 것처럼 춤추는 모습을 바라보았다. 낄낄대는 군중의 웃음소리 아래로 가는 주름잡힌 종이의 서걱대는 소리를 들을 수 있었다. 그러는 동안에도 입 한 귀퉁이로 소리를 내는 듯한, 그 한결같은 목소리는 계속 떠벌려대고 있었다.

흔드세요! 흔들어!

이 녀석은 샘보[깜둥이라는 뜻]. 춤추는 인형이에요. 신사 숙녀 여러분.

흔드세요! 목을 잡아 늘였다 그냥 놓으세요.

……나머지는 이 녀석이 합니다, 네!

이 녀석을 보고 있으면 웃음이 나오고 한숨이 나옵니다. 한숨이 말이에요.

이 녀석을 보고 있으면 춤추고 싶은 생각이 납니다. 춤추고 싶은 생각이 말이에요.

자, 여기 있습니다. 신사 숙녀 여러분, 여기 춤추는 인형 샘보가 있습니다.

애들에게 하나씩 사다주세요. 여자 친구에게도 하나씩 사다주시고요. 사다주시면 사랑을 할 거예요, 사랑을요.

이 녀석은 여러분을 재미있게 해줄 겁니다. 즐거운 눈물을 나게 해줄 거예요…….

웃다가 울게 해줄 겁니다.

흔드세요, 흔들어. 부서지지 않아요.

이 녀석은 춤추는 샘보. 깡충거리는 샘보.

매력적인 샘보. 샘보 부기우기 종이 인형.

그리고 그게 전부 단돈 25센트, 1달러의 4분의 1입니다…….

신사 숙녀 여러분, 이 녀석은 기쁨을 가져다줍니다. 앞으로 나와서 이 녀석과 인사를 나누십시오.

샘보…….

나는 지구 사무소로 돌아가야 한다는 걸 알고 있었지만 생명도 없고 뼈도 없이 팔짝팔짝 뛰는, 웃고 있는 인형에 사로잡혀, 덩달아 같이 웃고 싶은 욕망과 달려들어 두 발로 짓밟아버리고 싶은 욕망 사이에서 싸우고 있었다.

그런데 그때 갑자기 인형이 푹 쭈그러들었다. 나는 떠버리 행상의 발가락 끝이 인형의 발에 해당하는 둥그런 판지를 내려누르는 것을, 그리고 커다란 검은 손 하나가 내려와 손가락으로 인형의 머리를 능숙하게 잡아들고는 위쪽으로 두 배 길이로 잡아 뺐다가 놓자 인형이 다시 춤을 춰대는 것을 바라보았다. 그런데 갑자기 말소리가 손과 맞지 않았다. 얕은 물웅덩이를 건너가려는데 바닥이 꺼지는 바람에 졸지에 물이 머리 위까지 차오르는 것 같은 기분이었다. 나는 고개를 들었다.

"아니, 당신……."

나는 입을 뗐다. 그러나 상대방의 눈길은 일부러 못 본 척 나를 스쳐 다른 데를 보고 있었다. 그를 보자 온몸이 마비되는 것 같았다. 나는 내가 꿈을 꾸는 것은 아니라는 사실을 알았다. 그의 말이 들려왔다.

무엇이 이 녀석을 즐겁게 할까요. 무엇이 이 녀석을 춤추게 합니까!

이 샘보, 이 샘보, 신이 나서 팔짝팔짝 뛰는 녀석을 말이에요.

이 녀석은 단순한 장난감이 아닙니다. 신사 숙녀 여러분, 춤추는 인형, 20세기의 기적, 샘보입니다.

룸바 춤, 수지 큐 춤을 보세요. 저 녀석은 샘보-부기, 샘보-우기입니다. 밥을 먹일 필요가 없습니다. 쭈그러든 채 잠을 자고, 우울증을 싹 가시게 하고.

재산을 박탈을 당하지 않게 하고 오직 주인 양반의 햇빛 같은 웃음으로 삽니다.

게다가 단돈 25센트, 인심 좋은 좋은 액수, 12센트 반짜리 두 개, 이 녀석이 절 먹여 살리려고 하니 그 정도는 받아야지요.

제가 먹는 걸 보면 이 녀석은 기뻐합니다.

가져가서 흔들어주세요……. 나머지는 이 녀석이 할 테니까요.

감사합니다. 부인…….

그는 클립턴이었다. 무릎걸음으로 마음대로 왔다 갔다 하기도 하고, 발은 꼼짝도 않고 다리만 구부렸다 폈다 하면서, 오른쪽 어깨를 비스듬히 추켜올리고 팔은 쭉 뻗어 그 깡충거리는 인형을 가리키며, 그는 입 한 귀퉁이로 연방 떠벌리고 있었다.

다시 휘파람 소리가 들려왔다. 나는 그의 시선이 힐끔 망보기 담당인, 마분지 상자를 든 소년 쪽으로 향하는 것을 보았다.

"이 귀여운 샘보가 또 필요하신 분 안 계십니까? 싸 짊어지고 가기 전에 말이에요. 말씀하세요, 여러분. 귀여운 샘보가 또 필요하신 분……?"

또 휘파람 소리가 들려왔다.

"샘보가 필요하신 분. 춤추는 샘보. 깡충거리는 샘보. 안 계십니까? 빨리 말씀하십시오, 여러분. 기쁨을 전파하는 귀여운 샘보에게는 면허가 안 났습니다. 기쁨에 어떻게 세금을 매길 수 있겠습니까? 그러니 말씀하세요, 여러분……."

한순간 우리는 눈길이 마주쳤다. 그러자 그는 경멸 어린 웃음을 띠어 보이고 다시 떠벌려대기 시작했다. 나는 울컥 배신감을 느꼈다. 인형을 내려다보니 목구멍이 꽉 메어오는 것 같았다. 분노가 끓어올랐다. 나는 발뒤꿈치로 비틀 뒤로 물러서며 몸을 앞으로 웅크렸다. 흰 것이 번쩍이고 무거운 빗방울이 신문지를 치는 듯 투둑 하는 소리가 들렸다. 인형이 뒤로 벌떡 넘어지고, 주름진 얇은 종이가 후줄근한 누더기처럼 되어 그 가증스러운 머리통은 쭉 비어져나온 목 위에서 위로 하늘을 향한 채 계속 웃어대고 있었다. 군중은 성이 나서 나를 돌아다보았다. 다시 휘파람 소리가 났다. 올챙이배를 한 땅딸막한 사내가 처음엔 땅바닥을, 그다음엔 놀라서 나를 쳐다보더니 나와 인형을 번갈아 가리키고 요란한 웃음을 터뜨리며 몸을 흔들어댔다. 사람들이 나에게서 뒤로 물러났다. 나는 클립턴이 건물 쪽으로 가까이 다가서는 것을 보았다. 그곳에는 마분지 상자를 든 녀석 옆으로 합창대처럼 줄줄이 늘어선 인형들이 건잡을 수 없이 솟구치는 정력 때문에 길길이 날뛰고 있었다. 구경꾼들은 미친 듯이 웃어댔다.

"이봐요, 이봐."

내가 말을 걸었으나 그는 잠자코 인형을 두 개 집어 들고 앞으로 다가설 뿐이었다. 한데 그때 망보기가 바싹 다가왔다.

"오고 있어요."

그는 가까이 다가오는 경찰을 향해 고개를 끄덕이곤 인형들을 쓸어 모아 마분지 상자에 담아 넣고 그곳에서 떠났다.

"신사 숙녀 여러분, 꼬마 샘보를 따라 길모퉁이로 돌아오십시오."

클립턴이 소리쳤다.

"멋진 쇼가 있을 것입니다……."

얼마나 순식간의 일인지 잠시 후엔 나와 물방울 무늬 옷을 입은 할머니 하나밖에 남지 않았다. 그녀는 나를 바라보고는 다시 인도 쪽을 바라보며 웃었다. 인형 하나가 눈에 띄었다. 나는 그놈을 들여다봤다. 할머니는 여전히 웃고 있었고 내가 녀석을 짓밟아버리려고 발을 들어 올리자 그녀는 "아이고, 안 돼!" 하고 소리를 질렀다. 경찰은 바로 건너편에 있었다. 나는 인형을 짓밟는 대신 손을 뻗쳐 집어 들고 똑같은 동작으로 걸음을 옮겨 그곳에서 떠났다. 나는 인형을 살펴보았다. 이상하게도 손에 무게가 느껴지지 않았다. 은근히 나는 녀석이 살아 있어 맥박이 뛰지 않을까 생각했다. 그러나 그것은 결국 주름잡은 종이로 만든 움직이지 않는 물건에 불과했다. 나는 타프 형제의 족쇄를 넣고 다니는 주머니 속에 그것을 우겨넣고 사라진 군중을 뒤쫓아 갔다.

그러나 다시는 클립턴을 대면할 수 없었다. 그를 만나보고 싶지가 않았다. 자제력을 잃고 그에게 달려들지도 모를 일이었다. 나는 반대 방향으로 돌아 6번가를 향해 걸음을 옮겼다. 가면서 아까 그 경찰을 지나쳤다. 참 묘하게 클립턴을 찾아냈다고 나는 생각했다.

클립턴에게 도대체 무슨 일이 일어난 것일까? 정말이지 너무나 엉뚱하고 너무나 뜻밖이었다. 도대체 어떻게 그처럼 갑작스럽게 형제애단을 그만두고 그런 꼴이 되었단 말인가? 또 사정상 탈퇴하지 않을 수 없었다손 치더라도 왜 굳이 조직 전체를 같이 끌고 넘어지려고 했단 말인가? 단원이 아닌 사람들 중에 그를 아는 사람들이 뭐라고 말할 것인가? 마치 그는 역사의 바깥으로 떨어져 나가기를 선택한 것 같았다. 아니, 라스와 싸우던 날 밤 그걸 뭐라고 표현했던가……. 나는 그 같은 생각을 하며 인도 한가운데서 우뚝 걸음을 멈췄다. "뛰쳐나간다"고 했다. 그러나 그도 오직 형제애단을 통해서만이 우리를 알릴 수 있고, 또한 공허한 샘보 인형이 되는 것을 피할 수 있음을 알고 있었다.

인간의 모습을 갖추고도 그처럼 망측스럽게 팔짝거리는 것을 피할 수 있음을 말이다! 맙소사! 그런데도 나는 나를 회의에 참석시키지 않았다고 내내 짜증을 내고 있었다니! 그 같은 일이라면 1천 번이라도 너그러이 눈감고 넘어가리라. 무슨 이유로 내게 통고를 안 했든 말이다. 그까짓 것 잊어버리고 있는 힘껏 필사적으로 형제애 운동에 매달리리라. 그 운동에서 이탈한다는 것은 역사 밖으로 뛰쳐나간다는 것이나 마찬가지니까—역사 밖으로 뛰쳐나간다는 것이나! 그런데 이 인형들, 이 친구들은 인형들이 어디서 난 것일까? 왜 하필이면 그는 그런 식으로 25센트를 벌려고 했을까? 사과나 악보를 팔거나 구두를 닦을 수도 있지 않는가 말이다.

어디로라고 할 것 없이 발걸음 닿는 대로 걸으면서 나는 지하도를 지나 다시 42번가 쪽 도통이를 돌아 계속 걸었다. 걸으면서 내 마음은 무슨 의미를 찾느라고 부심했다. 모퉁이를 돌아 인파로 붐비는 인도로 꺾어들며 햇빛 속으로 들어섰을 때 사람들은 벌써 연석 가에 늘어서 손으로 햇빛을 가리고 있었다. 나는 차들이 불을 켜고 달리는 것을 보았다.

길 건너편에서 행인 몇 명이 그 블록의 중심부 쪽을 뒤돌아보고 있었고 그곳에는 브라이언트 공원의 나무들이 두 남자 위로 솟아 있었다. 나는 한 떼의 비둘기들이 나무들 위로 휘돌며 날아오르는 것을 보았다. 바로 그 모든 것이 비둘기들이 맴도는 그 짧은 순간에 일어났다. 너무나 갑작스럽게, 그리고 차량의 소음에 뒤섞여서 말이다—그러면서도 그것은 내 머릿속에서 마치 음향을 내지 않고 돌아가는 슬로 모션 영화처럼 펼쳐진 것 같았다.

처음에 나는 그것이 경찰과 구두닦이인 줄 알았다. 그런데 차량이 잠시 뜸한 사이 햇빛 번득이는 두 줄기 전차 레일 건너편을 보니 그건 바로 클립턴이었다. 그의 동료는 어디론가 가고 없었고 클립턴이 직접 상자를 왼쪽 어깨에 걸쳐 멨는데, 경관이 그의 뒤쪽 옆에서 천천히 따라갔다. 두 사람은 신문 판매대를 지나 내 쪽으로 오고 있었다. 나는 아스팔트 위의 레일과, 연석 가의 소화전과, 날고 있는 새들을 보았다. 그러면서 생각했다. 따라가서 벌금을 내줘야 해…… 하고. 바로 그때 경관이 그를 떠밀었다. 그러자 그는 휘청 앞으로 기울어지면서 뒤에 대고 뭐라고 말하더니 계속 앞으로 걸어갔고, 그때 비둘기 한 마리가 길 아래로 쏜살같이 내려왔다. 다시 위로 치솟으며 그 자리에 깃털 하나를 떨어뜨리자 그것은 햇빛의 눈부신 역광을 받아 하얗게 휘날렸다.

나는 까만 셔츠 차림의 그 경찰이 육중한 걸음을 성큼 앞으로 내디디며 팔을 쭉 뻗어 불쑥 클립턴을 떠밀어 젖히는 것을 보았고, 그러자 클립턴이 고개를 획 꺾으며 앞으로 휘청하다 간신히 균형을 잡으면서 다시 등 뒤에 대고 뭐라고 말하는 걸 볼 수 있었다. 두 사람은, 내가 전에도 여러 번 본 바 있는 행진 같은 것을 하며 걸어갔는데, 클립턴과 같이 걸어가는 광경은 처음 보는 것이었다. 나는 또 경관이 버럭 무슨 호령을 하며 앞으로 내달려가는 것을 보았다. 그는 팔을 불쑥 내질렀으나 클립턴이 별안간 댄서처럼 발끝으로 빙글 돌면서 오른팔을 휙 휘둘러 짤막하고 굽이치는 호를 그리는 바람에 헛손질을 하고 균형을 잃은 채 비틀거렸다. 그러고는 클립턴의 상체가 왼편 앞으로 쏠리는가 했더니 상자의 끈이 풀리면서 그의 오른발이 앞으로 나갔고, 동시에 왼팔이 쭈욱 뻗어 올라가며 허공을 가르고 어퍼컷을 날리자 경관의 모자는 길 가운데로 휙 날아가고 두 발이 붕 뜨면서 몸이 쿵 넘어가 인도 위에서 좌우로 뒹굴었고, 그러자 클립턴은 상자를 옆으로 탁 차내고는 왼발을 앞으로 내밀고 양손을 높이 치켜든 채 웅크린 자세로 기다렸다. 차들이 휙휙 지나가는 틈바구니 사이로 나는 경관이 술 취한 사람처럼 팔꿈치로 몸을 버티고는 머리를 들어 올리려고 애쓰며 흔들기도 하고 내밀기도 하려는 것을 볼 수 있었다. 그러더니 자동차들의 둔중한 소음과 땅 밑을 뒤흔드는 지하철의 굉음 사이로 어디에선가에서 급한 총성이 들려왔고, 비둘기들이 수직으로 쏜살같이 떨어져 나무 사이로 사라져 들어가고 있었고, 클립턴은 여전히 경관을 마주보고 있다가 갑자기 푹 꼬꾸라졌다.

그는 기도를 하려는 사람처럼 무릎을 꿇고 앞으로 넘어지고 말았다. 바로 그때 모자 챙을 아래로 내려뜨린 중절모자를 쓴 거구의 사내가 신문 판매대 쪽에서 걸어 나와 고함을 질러대며 항의를 했다. 나는 움직일 수가 없었다. 내 바로 머리 위에서 태양이 비명을 질러대는 것 같았다. 누군가 고함을 질렀다. 경관은 이제 일어서서 권총을 손에 쥔 채 놀란 듯 클립턴을 내려다보고 있었다. 나는 몇 발자국 앞으로 걸어 나갔다.

맹목적이고, 아무런 생각도 없는 걸음이었다. 그러나 내 머릿속에는 모든 것이 생생하게 기록되었다.

길을 건너가 연석 위로 발을 내디디며, 변함없는 자세로 옆으로 쓰러져 누운 클립턴을 더 가까이서 보니, 엄청나게 크고 축축한 자국이 셔츠 위로 점점 번지고 있었다. 나는 연석 위로 발을 내려디딜 수가 없었다. 차들이 바로 등 뒤를 스치며 오가고 있었는데도 나는 발을 내리디뎌 인도로 올라갈 수가 없었다. 한 발은 차도에, 한 발은 연석 위에 로 치켜올린채 나는 그냥 그렇게 서 있었다. 호각 소리가 요란스럽게 들려왔다. 도서관 쪽을 바라보니 두 명의 경관이 뚱뚱한 배를 흔들며 뒤뚱뒤뚱 넘어질 듯 달려왔다. 나는 다시 클립턴을 바라보았다. 경관이 총을 휘저으며 변성기 소년의 목소리로 나를 가라고 했다.

"저리 가요."

그가 말했다. 그는 내가 몇 분 전에 43번가에서 지나쳤던 바로 그 경관이었다. 입 안이 바짝 말라붙었다.

"이 사람 제 친굽니다. 돕고 싶은데요……."

이렇게 말하며 나는 마침내 연석 위로 올라섰다.

"도와줄 필요가 없게 됐어. 이봐, 길 저쪽으로 건너가라니깐."

경관의 머리카락은 얼굴 양쪽으로 흘러내렸고 제복엔 흙이 묻어 있었다. 아무것도 느끼지 못한 채 나는 그를 바라봤다. 발자국 소리가 가까이 다가오자 그는 머뭇거렸다. 모든 것이 느린 속도로 움직이는 것 같았다. 인도에 천천히 피 웅덩이가 이루어졌다. 나는 눈앞이 몽롱했다. 고개를 들어 올렸다. 경관이 수상쩍다는 듯 나를 쳐다봤다. 저 위 공원에서는 새들의 격렬한 날갯짓 소리가 들려왔다. 나는 내 목덜미 위로 따가운 시선이 쏟아지는 것을 느꼈다. 나는 돌아섰다. 둥근 머리와, 능금 같은 뺨과, 주근깨가 잔뜩 난 코와, 슬라브 인의 눈을 가진 소년이 공원 담장 너머로 밖을 내다보고 있었다. 그는 내가 돌아서는 것을 보고 갑자기 희색이 만면하여 자기 뒤에 있는 누군가에게 뭐라고 큰 소리를 질렀다—저게 무슨 뜻일까 생각하며 나는 돌아보고 싶지 않은 것을 향해 다시 돌아섰다.

이제 경관은 세 명이 되어 있었다. 한 명은 구경꾼들을 단속했고 둘은 클립턴을 바라보고 있었다. 처음 경관은 이제 다시 모자를 쓰고 있었다.

"이봐, 청년."

처음 경관이 아주 또렷한 목소리로 말했다.

"내 오늘 고생은 이만하면 충분해. 당신 길 저쪽으로 건너갈 거지?"

나는 입술을 움직이려 했으나 아무 말도 나오지 않았다. 경관 하나가 무릎을 꿇고 클립턴을 살펴보며 수첩에 뭔가 메모를 했다.

"전 친구입니다."

내가 말했다. 메모를 하던 경관이 고개를 들고 쳐다봤다.

"이 친구, 이젠 구운 비둘기야."

그는 말했다.

"당신에겐 이제 친구가 없는 거야."

나는 그를 바라봤다.

"헤이, 미키. 저 밖에 있는 사람 죽었대."

머리 위에서 소년이 소리 질렀다.

나는 아래를 내려다봤다.

"그래, 맞아."

쭈그려 앉아 있던 경관이 말했다.

"당신 이름이 뭐지?"

나는 이름을 댔다. 나는 그가 클립턴에 대해서 묻는 말에 최대한 답변을 해주었다. 이윽고 호송차가 왔다. 이번만은 차가 재빨리 온 셈이었다. 나는 경관들이 클립턴을 안으로 옮겨 넣고 인형 상자도 같이 집어넣는 동안 멍하니 지켜보았다. 길 건너편에는 여전히 인파가 들끓었다. 이윽고 호송차가 떠나고 나자 나는 지하철 쪽으로 다시 걸음을 되돌려 걷기 시작했다.

"이봐요, 아저씨."

소년의 목소리가 위에서 카랑카랑 울려왔다.

"아저씨 친구 정말 주먹을 잘 쓰던대요. 빽, 퍽! 하고 원 투를 먹이니까 경관이 꿍 하고 엉덩방아를 찧는 거예요."

나는 이 마지막 찬사에 고개를 숙이고 나서 다시 햇빛 속으로 걸음을 옮기며 머릿속에서 그 장면을 지우느라고 애를 썼다.

나는 목적지 없이 지하철의 계단을 걸어 내려갔다. 눈앞에는 아무것도 보이지 않았고 마음은 마냥 꺼져 내렸다. 지하철 역 안은 서늘했다. 역 구내의 한 기둥에 의지하고 서서 건너편으로 지나가는 전철의 요란한 굉음을 들었다. 거세게 밀어닥치는 바람결을 느낄 수 있었다. 왜 한 인간이 일부러 역사의 바깥으로 뛰쳐나가 망측한 물건 따위를 거리에서 팔아야 하는 것일까? 나는 멍하니 생각에 잠겼다. 왜 그는 무장해제를 하고 자신의 목소리를 버리는 길을 택했으며 자신을 명확히 나타낼 기회를 주는 유일한 조직체에서 떠날 결심을 했던 것일까? 플랫폼이 뒤흔들렸다. 나는 아래를 내려다봤다. 종이 조각들이 지나가는 바람결에 회오리쳐 올라 전철이 한 대 지나가고 나자 재빨리 내려앉았다.

왜 그는 돌아서고 만 것일까? 왜 그는 플랫폼 바깥으로 걸어 나가 기차 밑으로 떨어지는 길을 택했던 것일까? 왜 그는 무(無) 속으로, 얼굴 없는 얼굴, 소리 없는 소리의 공허 속으로 뛰어들어 역사의 바깥에 드러눕기를 택했던 것일까? 나는 뒤로 물러나, 지금은 어슴푸레한 기억밖에 없는, 책 속에서 읽었던 말들을 통해 역사를 멀리서 조망해보려고 했다. 역사는 인간 삶의 패턴들을 기록한다고 하니까 말이다. 누가 누구와 같이 잤는데 그 결과가 어떠했다. 누가 싸웠으며 누가 이겼고 누가 살아남아 나중에 그에 관한 거짓말을 했다. 모든 것이 그런 식으로 제대로 기록된다는 것이다. 모든 중요한 일들이 말이다. 그러나 꼭 그렇지만은 않았다. 왜냐하면 실제로 기록되는 것은 알려진 것, 본 것, 들은 것뿐이고, 기록자가 중요하게 여기는 사건들뿐일 테니까. 말하자면 기록자의 주인들이 권력 유지를 목적으로 이용하는 거짓말들뿐일 테니까. 그러나 아까 그 경관은 클립턴의 역사가, 그의 재판관, 그의 증인, 그의 처형인이 될 것이요, 나만이 그것을 지켜본 구경꾼 중의 유일한 형제였다. 그런데 피고 측의 유일한 증인이었던 나는 그가 지은 죄의 정도도 알지 못했고 그 죄의 성격도 알지 못했다. 오늘의 역사가들은 어디에 있는 것일까? 그리고 그들은 이 사건을 어떻게 기록할 것인가?

나는 그냥 그곳에 서 있었고 전철들은 푸른 불티를 튀며 달려들어 왔다가 달려 나갔다.

우리처럼 덧없는 사람들을 역사가들은 어떻게 생각할까? 형제애단을 알기 전의 나 같은 사람들 말이다—너무나 미미해서 학술적인 분류에 들기도 어렵고 소리가 너무 작아 제아무리 민감한 소리의 기록자들도 알아듣지 못할 철새 같은 존재. 너무나 모호해서 가장 모호한 말로써도 표현할 수 없고 역사적 결정이 내려지는 중심에서는 너무나 멀리 떨어져 있어 역사적인 서류에 서명할 수도, 서명자에게 박수를 칠 수도 없는 존재들. 소설책도 역사책도, 다른 어떤 종류의 책도 써내지 못하는 우리. 그런 우리를 그들은 어떻게 생각할까. 이런 생각을 하며 나는 클립턴을 다시 눈앞에 그리면서 벤치로 가 앉기 위해 걸음을 옮겼다.

서늘한 바람이 한차례 터널로 휘몰아쳐갔다.

한 무리의 사람들이 플랫폼을 걸어 내려왔다. 그 중에는 흑인들도 있었다. 나는 생각했다. 그래, 마치 용수철 달린 깜짝 상자에서 튀어나오듯 남부에서 이 번잡한 도시로 뛰어든 우리를 그들은 어떻게 생각하는 것일까—너무 갑작스런 변화라 걸음걸이가 잠수병에 걸린 심해 잠수부들처럼 되어버린 우리를 말이다. 플랫폼에서 꼼짝도 않고 조용히 서 있는 저 친구들은 어떤가? 그들은 얼마나 꼼짝도 않고 얼마나 조용한지 바로 그러한 부동성 때문에 군중과 어울리지 않았고, 바로 그러한 침묵이 오히려 시끄럽게 소리를 내는 것 같았으며, 바로 그러한 침묵이 공포의 외침 소리처럼 듣기 싫은 소리를 내는 것 같았다.

지금 플랫폼을 걸어 내려가는 세 명의 사내애들. 키가 크고 호리호리하고, 여름옷으로는 너무 더운, 그러나 잘 다려진 옷을 입고, 칼라를 높이 세워 목에 꼭 끼게 두르고, 뻣뻣한 머리칼 위에 엄한 격식을 차려 한결같이 똑같은 검은색 싸구려 펠트 모자를 정수리에 얹고, 어깨를 흔들며 꼿꼿하게 걸어오는 저들은 어떤가? 나는 그들 같은 사람은 처음 보는 듯했다. 그들은 어깨를 흔들어대며, 발목에 꼭 맞는 아랫단에서부터 위로 풍선처럼 부풀어올라간 바지 속에서, 엉덩이께에서부터 다리를 흔들며 천천히 걸어왔다. 그들의 윗옷은 어깨가 너무 넓어 타고난 서양인의 어깨 같지가 않았다. 옛 선생 중 하나가 내게 뭐라고 말했던가? 그래, 이렇게 말했다. "자넨 디자인을 위해 일부러 일그러뜨린 이 아프리카 조각을 닮았어" 하고, 신체가 바로 그렇게 보이는 이 친구들. 그래,

무슨 디자인이며 누구의 디자인인가?

나는 장례식 같은 곳에서 춤추는 사람들처럼 움직이는 그들의 모습을 물끄러미 바라보았다. 그들은 몸을 흔들며 검은 얼굴을 가리고 앞으로 걸어갔다. 그들은 징 박은 육중한 구두로 움직일 때마다 따각따각 리드미컬한 소리를 내며 지하철의 플랫폼을 느릿느릿 걸어가고 있었던 것이다. 어느 누구도 그들을 보지 못한 사람이 없으리라. 아무도 그들의 숨죽인 웃음소리를 듣지 못한 사람이, 아무도 머리칼에 잔뜩 바른 무거운 포마드 냄새를 맡지 못한 사람이 없으리라……. 아니, 어쩌면 아무도 그들을 전혀 보지 못했을지도 모른다. 그들은 역사적 시간의 바깥에 있는 사람들이었고, 그들은 손닿지 않는 곳에 있는 사람들이었으며, 그들은 '형제애'를 신봉하지 않을뿐더러 들어보지도 못했을 게 뻔한 사람들이었으니까. 아니면 클립턴처럼 불가사의하게 형제애의 불가사의를 거부해버릴 사람들일지도 모르니까. 움직일 줄 모르는 얼굴을 가진 이 과도기의 인간들은 말이다.

나는 자리에서 일어나 그들의 뒤를 따라갔다. 그들이 지나가는 곳에 장 꾸러미를 든 여인들과 밀짚모자를 쓰고 청백 줄무늬가 있는 리넨 옷을 입은 성미 급한 남자들이 줄지어 서 있었다.

그때 나는 문득 이런 생각을 했다. 저들은 다른 사람들을 묻으려고 오는 것일까, 생명을 주려고 오는 것일까? 다른 사람들에게는 저들이 보이는 걸까, 저들에 대한 생각을 하는 것일까? 하다못해 말을 걸 수 있을 만큼 가까운 거리에 선 저 사람들이라도 말이다. 그런데 저들이 혹 말대꾸를 한대도 저 관습적인 옷을 입은 성급한 사업가들이나 짐 꾸러미를 든 지쳐빠진 가정주부들이 그 말을 이해나 할까? 저들은 무슨 말을 할까? 저 사내애들은, 물론 그 한결같은 고색창연한 꿈들을 가지고 있긴 하겠지만, 시골 멋이 물씬 풍기는 과도기적 은어로 말하고 과도기적 생각으로 생각할 텐데 말이다. 그들은, 형제애를 발견하지 못하는 한, 시대의 바깥에 머무는 사람들이었다. 시대 밖의 사람들, 머지않아 사라져 잊힐 사람들…….

그러나 누가 알랴(그때 나는 너무나 격렬하게 몸이 떨리기 시작하여 쓰레기통에 몸을 의지하지 않으면 안 되었다). 그들이 구원자이며, 진정한 지도자이며, 귀중한 무엇인가의 소유자인지 누가 알랴? 불편하고 짐스러운 어떤 것의 관리자인지를. 역사의 영역 밖에 머물러 있기 때문에 자기들의 가치에 대해 박수를 쳐줄 사람을 갖지 못하고 그들 자신도 그것을 이해하지 못하며, 그 때문에 그들은 그 짐을 싫어하지만 말이다. 브라더 잭이 잘못된 것이라면 어떻게 되는 걸까? 역사가 연구실 실험에서 이용되는 힘이 아니고 하나의 도박꾼이라면, 그리고 저 사내애들이 만일의 경우에 쓰일 역사의 으뜸패라면 어찌 될까? 만약 역사가 분별 있는 시민이 되지 못하고 편집증적 교활에 가득 찬 미치광이였고 저 사내애들이 그의 대리인들이며 예기치 못한 경우에 사용되는 도구라면 어찌할 것인가! 역사 자신을 향해 앙갚음할 존재들이라면! 저들은 바깥에 있기 때문에, 춤추는 종이 인형 샘보와 함께 어둠 속에 있기 때문에, 그리고 거기서 쓰러진 내 형제 토드 클립턴(토드, 토드)〔'토드'는 '죽음'이라는 뜻이다〕과 함께 샘보를 데리고 억세게 맞서 대항할 줄은 모르고 역사의 힘들을 피해 달아나고 있기 때문에 말이다.

전철이 한 대 도착했다. 나는 그들을 따라 안으로 들어섰다. 자리가 많이 남아서 세 사내애들은 한자리에 앉았다. 나는 전철의 가운데 기둥을 붙들고 서서 차 안의 저편까지 쭉 훑어봤다. 한쪽에는 검은 옷을 입은 백인 수녀가 염주를 헤아리고 있었고 통로 건너편 문 앞에는 온통 새

하얀 옷차림의 또 한 수녀가 서 있었다. 흑인이며 검은 발에 양말을 신지 않았다는 사실만 빼놓고는 그녀의 모습은 또 한 사람의 수녀와 너무나도 흡사했다. 두 수녀는 서로 상대방을 보지 않은 채 십자가만을 들여다보았다. 별안간 나는 웃음이 터져 나왔고 오래전 내가 황금시절에서 들었던 어느 시구가 머릿속에서 선명히 이해되며 떠올랐다.

빵과 포도주
빵과 포도주
네 십자가는 내 것만큼은
무겁지 않아…….

두 수녀는 계속 고개를 숙인 채 가고 있었다.

나는 사내애들을 봤다. 그들은 걸어 다닐 때와 마찬가지로 격식을 차리고 앉아 있었다. 그들 중 하나가 가끔 창문에 비친 자기 모습을 바라보며 모자 챙을 휙 잡아당기곤 했고 나머지 둘은 잠자코 그를 바라보면서 빈정대듯 서로 눈짓을 주고받고는 정면을 바라보곤 했다.

차가 맹렬히 내달리는 바람에 나는 비틀거리면서 머리 위의 선풍기들이 몰아붙이는 뜨거운 공기를 쐬고 있었다. 이 사내애들과 내가 무슨 관계가 있단 말인가 하고 나는 생각했다. 우연일 거야, 더글러스처럼 말이지. 아마 1백 년쯤마다 이애들 같은 인간이, 그리고 나 같은 사람들이 사회에 나타나 떠돌다 가는 거겠지. 하지만 모든 역사적 논리로 보아 우리는, 나는, 19세기 초반경에 이미 사라졌어야 했고 현재는 존재하지 않아야 타당한 일이었다. 그들처럼 나도 격세 유전으로 태어난 존재요, 이미 몇백 년 전에 죽었으면서도 다만 광선 덕분에 아직 살아남은 아득한 곳의 조그만 운석인지도 몰랐다. 광선이란 너무 엄청난 속도로 우주를 달려가기 때문에 자기가 출발했던 물체가 이미 납덩이로 변해버린 줄도 모르니까 말이다……. 이런 어리석은 생각들이라니. 나는 사내애들은 바라봤다. 한 사내가 다른 사내애의 무릎을 톡톡 두드리니 그 사내애는 안주머니에서 둘둘 만 세 권의 잡지를 꺼내 두 권은 돌리고 한 권은 자기가 가졌다. 다른 사내애들은 말없이 잡지를 받아들고 골똘히 읽기 시작했다. 한 사내애는 잡지를 얼굴 앞까지 높이 들어 올리고 읽었다. 그때 나에게는 언뜻 하나의 생생한 장면이 눈앞에 떠올랐다. 빛나는 레일. 소화전. 쓰러진 경관. 곤두박질하는 새들. 그리고 땅바닥 가운데로 푹 꼬꾸라지는 클립턴. 그러고는 만화책의 표지가 눈에 들어왔다. 나는 생각했다. 클립턴이 나보다 그들을 더 잘 알았을 것이라고. 그는 그들을 항상 잘 알고 있었다. 나는 그들을 계속 자세히 뜯어보았다. 마침내 그들은 차에서 내려 떠났다. 어깨를 흔들며, 전철이 멈춘 그 짤막한 정적 속으로 어렴풋하고 은밀한 메시지처럼 무거운 구두 뒷굽을 따각따각거리며.

나는 지하철에서 나와서 뜨거운 열기 속으로 힘없이 걸어 나갔다. 무거운 돌덩이를 짊어진 듯, 양 어깨에 산 같은 무게가 느껴졌다. 새 신발 때문에 발이 쓰라렸다. 이제 125번가를 따라 인파 속을 헤쳐가며 나는 다른 남자들도 아까 그 사내애들과 마찬가지 방식으로 옷을 입고 여자들은 또 짙은 이국적 색깔의 스타킹에 중심가 스타일을 초현실적으로 변형한 옷들을 입고 다닌다는 사실을 깨닫고 괴로웠다. 그들이 항상 거기 있었는데도 나는 어떻게 된 건지 그들을 보지 못했던 것이다. 내가 그들을 보지 못했던 것은 내 활동이 한창 성공적이었을 때도 마찬가지였다. 그들은 역사의 상궤 바깥에 존재했다. 나의 임무는 그들 모두를 안으로 끌어들이는 일이었다. 나는 그들의 얼굴 모양을 유심히 관찰해 봤다. 내가 남부에서 알던 사람과 닮지 않은 얼굴형은 하나도 없었다. 잊었던 이름들이 잊었던 꿈속의 장면들처럼 머릿속에서 아우성치며 지나갔다. 나는 인파와 어우러져 걸음을 옮겼다. 땀이 샘솟듯 솟구쳐 올랐다. 차량의 지끈거리는 소음과, 레코드 확성기에서 점점 시끄럽게 울려 나오는 느린 블루스 음악에 귀를 기울였다. 나는 걸음을 멈췄다.

이것이 기록될 수 있는 것의 전부일까? 당대의 진정한 역사는 이것이 유일한 것일까? 트럼펫, 색소폰, 드럼들이 울려대는 하나의 분위기, 과장되고 부적절한 어휘로 이루어진 하나의 가사가? 내 정신은 물결처럼 흘렀다. 나는 마치 이 짧은 블록 안에서 내가 알던 모든 사람들을 지나쳐 가야 하는 것 같았다. 그런데 아무도 웃거나 내 이름을 부르는 사람은 없었다. 아무도 나를 눈여겨보지 않았다. 나는 열병 같은 고립감에 사로잡힌 채 걸어갔다.

길모퉁이 근처에 이르렀을 때 갑자기 두 사내애가 구멍가게에서 막대 사탕을 한 움큼씩 거머쥐고 쏜살같이 뛰쳐나와 그것들을 길바닥에 뚝뚝 떨어뜨리며 달아났다. 그 뒤를 남자 하나가 바짝 쫓아 달려갔다. 애들은 나 있는 곳으로 달려와 헐레벌떡 지나갔다. 나는 뒤쫓는 남자의 다리를 걸고 싶은 충동을 간신히 억눌렀다. 그런데 그때 저만큼 떨어져 있던 어느 노파가 한 다리를 쭉 내지르며 무거운 가방을 휘두르는 것을 보고 더욱 당황하지 않을 수 없었다. 달려가던 남자가 인도 위로 쭈욱 미끄러졌고 노파는 의기양양하여 고개를 내흔들었다. 죄의식이 나를 무겁게 억눌러왔다. 나는 인도의 가장자리에 서서 사람들의 무리가 금방이라도 남자에게 덤벼들 것 같은 광경을 바라보았는데, 이윽고 경찰관이 하나 나타나 군중을 해산시켰다. 물론 이 경우에는 누구에게도 별 뾰

족한 수가 없다는 것은 알았지만 어쩐지 나는 내게 책임이 있는 것 같은 느낌이었다. 우리의 활동은 지금까지 전부 미미하기 짝이 없는 것이었다. 큰 변화라고는 전혀 이루지 못한 상태였던 것이다. 그건 전적으로 내 잘못이었다. 나는 운동에 너무 매료당한 나머지 그것이 어떤 결과를 가져올지 따져보는 것을 잊고 있었다. 나는 잠이 든 채 꿈을 꾸었던 것이다.

21

사무소로 돌아왔을 때 몇 명의 단원들이 농담을 하다 말고 나를 반갑게 맞아주었지만 차마 그 소식을 전할 수가 없었다. 나는 그저 고개만 한 번 끄덕이고 그들 사이를 지나 사무실로 들어가서 소리가 들리지 않도록 문을 닫고 자리에 앉아 창 밖의 나무들을 물끄러미 내다보았다. 한때 싱싱하고 푸르렀던 나무들이 이제 다들 거무튀튀하게 말라가는 중이었고 저 아래 어딘가에서는 빨랫줄 행상이 종을 딸랑거리며 소리를 질러대고 있었다. 그때, 잊어버리려고 했는데도 그 광경이 다시 눈앞에 떠올랐다—죽음의 광경이 아니라 인형을 팔던 광경이었다. 왜 나는 제정신을 잃고 인형에 침을 뱉었던 것일까? 모를 일이었다. 클립턴은 나를 보았을 때 어떤 느낌이 들었을까? 인형을 파느라고 떠벌리는 중에도 그는 나에게 증오감을 품었던 게 분명했을 텐데도 나를 그냥 모르는 체했다. 그래, 그리고 그는 내 정치적 우둔성을 보고 재미있어 했을 게 틀림없었다. 나는 인형의 의미를, 그를, 그 망측한 생각을 힐난하고 그 기회를 잡아 군중을 교육시켜야 했다. 그런데 오히려 분통을 터뜨리고 개인적인 감정대로 행동해버리고 말다니, 우리는 교육을 위해서는 어떤 기회도 놓치지 않았다. 그런데 난 실패하고 만 것이다. 내가 한 일이라고는 군중을 더 커다랗게 웃게 만들어놓은 것뿐이었다……. 나는 사회적인 후진성을 조장하고 방조한 셈이었다……. 눈앞의 광경이 다른 광경으로 바뀌었다. 그가 햇볕에 누워 있었다. 그리고 이번에는 공중에 광고문을 쓰던 비행기가 남긴 한 줄기 연기가 아직도 그대로 하늘에 머물러 있는 것이 보였고 짙은 초록색 옷을 입은 커다란 몸집의 여자가 내 가까이 서서 "어머나, 어머나" 하고 소리쳤다.

나는 돌아앉아 지도를 마주보며 주머니에서 인형을 꺼내 책상 위에 던졌다. 뱃속이 들끓어 올랐다. 그 따위 일로 죽다니! 찜찜한 기분으로 나는 인형을 집어 들어 주름 장치가 된 종이를 바라보았다. 마분지를 덧붙여 만든 발이 내려뜨려져 탄력성 있는 주름을 잡으면서 종이 다리를 잡아당겼다. 얇은 종이와 마분지와 풀로 만든 공작품이었다. 그런데도 무슨 살아 있는 것이나 보듯이 어떤 증오감이 느껴졌다. 어떻게 했길래 그것이 춤추는 듯이 보였을까? 마분지로 만든 손은 접혀 주먹이 되었고 손가락은 오렌지색 페인트로 윤곽이 그려져 있었다. 나는 이 인형이 얼굴을 두 개나 가지고 있다는 사실을 깨달았다.

마분지 양쪽에 얼굴이 하나씩 있었는데 둘 다 웃는 모습이었다. 춤을 추게 만들 때는 어떻게 하라고 떠벌리던 클립턴의 목소리가 들려왔다. 나는 인형의 발을 잡고 목을 잡아 늘어뜨렸다. 인형은 쭈그러들어 앞으로 미끄러졌다. 나는 반대편 얼굴을 앞으로 돌려놓고 다시 한번 해보았다. 인형은 지쳐빠진 듯 한차례 몸부림치며 몸을 흔들더니 풀썩 나자빠지고 말았다.

"자, 해봐. 나를 즐겁게 해보란 말이야. 넌 사람들을 즐겁게 했잖아."

나는 인형을 잡아 늘이며 말했다.

나는 인형을 돌려세웠다. 이쪽 얼굴도 다른 쪽 얼굴이나 마찬가지로 웃고 있었다. 그 녀석은 앞의 얼굴로는 군중을 향해 웃고 뒤로는 클립턴을 향해 웃고 있었던 셈이었다. 그러고 보니 군중을 즐겁게 한다는 것이 결국 그의 죽음을 초래하고 만 꼴이었다.

내가 침을 뱉는 바보 같은 짓을 했을 때도 녀석은 여전히 웃어댔고 클립턴이 나를 못 본 체했을 때도 녀석은 계속 웃었다. 그런데 그때 가느다란 검정색 실 한 오라기가 눈에 띄었다. 나는 주름 종이 인형에 달린 그 실을 잡아당겼다. 끝에 고리 하나가 묶여 있었다. 그것을 손가락에 끼워 넣고 서서 실을 팽팽하게 잡아당겼다. 이번에는 인형이 춤을 추어댔다. 클립턴은 내내 그런 식으로 인형을 춤추게 했는데 그 검정 실은 눈에 보이지 않았던 것이다.

왜 그를 때려 눕히지 못했을까? 하고 나는 나 자신에게 물었다. 왜 그의 턱주가리를 부숴놓지 않았을까? 왜 상처를 입혀서 그를 구하지 못했을까? 한바탕 싸움을 벌여놓으면 두 사람 다 체포되어 총을 맞는 따위의 일은 없었을 것 아닌가? ……그런데 아무튼 그는 왜 경관에게 반항을 했을까? 그는 전에도 체포된 경험이 있었다. 그래서 경찰에게는 어떻게 처신하면 된다는 것 정도는 알았다. 경관이 뭐라고 했길래 그가 제정신을 잃을 정도로 화를 냈던 것일까? 문득 이런 생각이 떠올랐다. 그는 경관에게 대들기 전에, 아니 그 경관을 보기도 전에, 이미 화가 나 있었을지도 모른다고. 나는 숨이 차올랐다. 힘이 쭉 빠지는 것 같았다. 혹 내가 배신했다고 그가 믿었다면? 메스꺼운 생각이었다. 나는 내 몸뚱이가 붕괴되어버리기라도 할 것 같은 기분으로 몸을 조아리고 앉아 있었다. 잠시 동안 그 생각을 요모조모 따져보았으나 아무래도 그건 내게 너무 엄청난 것이었다. 나는 살아 있는 사람들에 대해서만 책임을 질 수 있을 뿐이지 죽은 사람에 대해서는 책임질 수 없었다. 내 마음은 그 생각에서 물러섰다. 그 사건은 정치적인 사건이었다. 나는 인형을 바라보면서, 그런 유 오락의 정치적 등가물이란 죽음이라는 생각을 했다. 하지만 그건 너무 넓은 정의다. 그것의 경제적 의미는? 한 인간의 생명이 25센트짜리 종이 인형의 값과 같다는 것……. 그러나 그것은 나의 분노가 그의 죽음을 재촉했다는 생각을 씻어주지는 못했다. 그래도 내 마음은 여전히 그 같은 생각과 싸웠다. 내가 도대체 왜 그의 온전한 삶을 붕괴시켜버린 위기와 관계가 있단 말인가? 무엇보다 그가 인형 장사를 하는 것과 내가 무슨 관계가 있단 말인가? 결국 나는 그 생각도 집어치우지 않으면 안 되었다. 나는 탐정이 아니었다. 그리고 정치적인 면에서 보면 개인이란 의미가 없었다. 지금 그에게 남아 있는 것이라고는 총을 맞았다는 사실뿐이었다. 클립턴은 역사의 바깥으로 뛰쳐나가는 길을 택했던 것이다. 내 마음의 눈앞에 떠오르는 그 광경을 제외하고는, 그 같은 뛰쳐나간다는 행위 밖에는 기록된 게 없었고 그것만이 유일하게 중요한 일이었다.

나는 또 그 총소리가 들려오기를 기다리기라도 하듯 빳빳하게 긴장하고 앉은 채 온몸을 끌어내리는 것 같은 무거운 압박감과 싸웠다. 빨랫줄 행상인의 종소리가 들려왔다……. 신문에 그 이야기가 나면 위원회에 뭐라고 말할 것인가? 빌어먹을 위원회. 인형 문제는 어떻게 설명한단 말인가? 하지만 내가 또 왜 무슨 말을 해야 하는가? 우리가 맞서 싸워 나가려면 어떻게 해야 하나 하는 것, 내 걱정은 바로 '그것'이었다. 종소리가 다시 아랫마당에서 조종처럼 땡그랑거렸다. 나는 인형을 바라보았다. 나는 클립턴이 인형 장사를 한 사실에 대해서는 아무런 정당성을 발견해낼 수 없었다. 그러나 그에게 사회장(社會葬)을 치러주는 데는 충분한 정당성이 있었다. 나는 그 착상이 나를 구원해줄 수 있기라도 하듯 얼른 거기에 매달렸다. 인도 위에 구겨져 누웠던 클립턴의 몸뚱이를 외면하고 싶었듯이 그러한 발상을 외면하고 싶긴 했지만 말이다. 그러나 그러한 나약함을 갖기에 우리의 조건은 너무 불리했다. 우리는 정치적 효과가 있는 무기라면 무엇이든지 동원하여 그자들에게 대항하지 않으면 안 되었다. 클립턴도 그 점을 이해하고 있었다. 그에게 장례를 치러주어야 했다. 그런데 그의 친척은 아무도 몰랐다. 누군가 그가 땅속에 묻히도록 돌봐주어야 했다. 그래, 인형들은 망측했고 그의 행위는 일종의 배신이었다. 그러나 그는 결국 한 세일즈맨에 불과했고, 발명가는 아니었다. 따라서 우리는 그의 죽음의 의미가 그 사건이나 그 사건을 일으킨 물건보다 더 중대하다는 사실을 알려야 했다. 그의 한을 풀어주는 수단으로서뿐만 아니라 그 같은 또 다른 죽음을 막기 위한 수단으로서……. 그래, 그리고 잃은 단원들을 다시 대열에 복귀시키기 위한 수단으로서 말이다. 비정한 일이 될지 모르겠지만, 그건 형제애를 위한 비정함이 되리라. 왜냐하면 상대가 엄청난 힘을 가지고 있는데도 우리에게는 오직 정신과 몸뚱이뿐이니까 말이다. 우리는 우리가 가진 것을 최대한 이용하는 수밖에 없었다. 그들은 먼저 클립턴의 온전한 인격을 붕괴시키기 위해서, 그리고 그다음에는 그를 죽이려는 구실로서 종이 인형을 이용할 힘이 있었으니까. 좋다. 그러니 우리도 그의 파괴된 온 자아를 되찾기 위해 그의 장례를 이용하리라—그게 바로 그가 가진 것, 그가 원하는 것의 전부일 테니까. 이제 인형의 모습은, 눈앞에 어른어른하게밖에는 보이지 않았다. 눈물 방울들이 종이 인형 위로 뚝뚝 떨어져 스며들었다.

내가 몸을 굽히고 물끄러미 인형을 들여다보던 그때 문을 두드리는 소리가 났다. 총소리라도 난 듯 나는 벌떡 일어나 재빨리 인형을 호주머니 속에 쓸어 넣고 황급히 눈물을 닦았다.

"들어오시오."

나는 말했다.

천천히 문이 열렸다. 한 무리의 청년 단원이 우글우글 들어섰다. 다들 무얼 묻는 듯한 표정이었다. 여자 단원들은 울고 있었다.

"사실입니까?"

그들이 물었다.

"그 사람이 죽은 것 말입니까? 사실입니다. 사실이에요."

그들을 바라보며 나는 말했다.

"하지만 무슨 까닭으로……?"

"일종의 도발이고 살인 행위였습니다!"

내가 말했다. 나의 감정은 분노로 변하기 시작했다.

단원들은 여전히 묻는 태도로 그 자리에 서 있었다.

"그이는 죽었어요. 죽었어."

한 여자 단원이 말했다. 그 목소리에는 확신이 없었다.

"하지만 그 사람이 행상을 하고 있었다는데 그건 무슨 말입니까?"

키가 큰 청년 하나가 물어왔다.

"글쎄요. 내가 알고 있는 건 그 사람이 사살되었다는 것뿐입니다. 비무장 상태에서. 여러분의 심정을 압니다. 나는 그 사람이 쓰러지는 걸 직접 봤어요."

"절 집에 데려다주세요."

한 여자 단원이 비명을 질렀다.

"집에 데려다줘요!"

나는 앞으로 걸어 나가 그녀를 붙들었다. 발목까지 오는 짧은 양말을 신은 갈색 피부의 자그마한 여자였다. 나는 그녀를 바짝 끌어당겼다.

"안 돼요. 우린 집에 갈 수 없소. 아무도 갈 수 없소. 우리는 싸워야 합니다. 나도 밖에 나가 바람이나 쐬면서 될 수만 있으면 그 일을 잊고 싶소. 우리에게 필요한 건 눈물이 아니라 분노요. 우리는 지금 이 순간 우리가 투사들이라는 사실을 잊어선 안 됩니다. 그리고 그 같은 사건들을 통해서 우리는 우리가 투쟁하는 의미를 발견해야 합니다. 반격해야 해요. 나는 여러분 모두가 가능한 한 전 단원들을 불러 모아주길 바랍니다. 우리는 응수를 해주어야 합니다."

여자 단원이 다른 사람들이 나갈 때까지도 여전히 처량하게 울어댔지만 단원들의 행동들은 기민했다.

"자, 셜리."

그들은, 그녀를 내 어깨에서 떼어내며 말했다.

나는 본부와 연락을 취해보았다. 그러나 이번 역시 아무와도 연락을 취할 수 없었다.

'지하신'으로 전화를 걸어보았지만 거기서도 받는 사람이 없었다. 그래서 나는 할렘 구역의 중심 단원들로 이루어진 위원회를 소집하여 우리 나름대로 서서히 활동을 진행시켜 나갔다. 나는 클립턴과 함께 있던 청년을 찾아보았으나 그는 이미 어디론가 없어지고 난 후였다. 단원들이 장례비 모금을 위해 모금 통을 들고 거리에 배치되었다. 나이든 여자 세 사람으로 구성된 위원회가 시체의 인도를 요구하기 위해 시체 공시소로 갔다. 우리는 검은 테를 두른 전단을 배포하며 경찰국장을 탄핵했다. 또한 목사들에게 통고하여 신자들로 하여금 시장에게 항의 서한들을 보내도록 했다. 클립턴의 사진을 흑인 신문사에 보내고, 그것이 신문에 실렸다. 사람들은 동요했고 분노했다. 가두 집회가 계획되었다. 그리하여, 나는 우유부단에서 (행동에 의해) 벗어나 장례식 준비에 내가 가진 모든 것을 내바쳤다. 일종의 멍한 가사 상태에서 움직이기는 했지만 말이다. 나는 이틀 낮 이틀 밤을 잠자리에 들지 않고 책상 앞에서 고양이 잠을 잤다. 음식도 별로 입에 대지 않았다.

장례는 최대의 인원을 끌어 모으도록 준비되었다. 장례식은 교회나 예배당에서 치르지 않고 마운트 모리스 공원에서 갖기로 했다. 그리고 이전의 단원들에게도 장례 행진에 참가해 달라는 호소가 나갔다.

장례식은 토요일 오후의 뜨거운 폭염 속에서 거행됐다. 엷은 구름이 하늘에 끼었고 몇백 명 사람들이 떼지어 행렬을 이뤘다. 나는 지시를 내리기도 하고 격려를 하기도 하며 몽롱한 흥분 상태에서 이리저리 왔다 갔다 돌아다녔다. 그런데 그럼에도 나는 그 모든 것을 한쪽으로 비켜서서 멀리서 바라보는 듯한 느낌이었다. 내가 할렘으로 돌아온 뒤 한 번도 볼 수 없었던 남녀 단원들이 나타났다. 중심가 지역, 교회 지역 단원들도 나왔다. 나는 그들이 모여드는 것을 놀라서 지켜보았다. 그리고 행렬이 이루어지기 시작했을 때 그들의 슬픔이 그처럼 큰 것을 보고 놀람을 금할 수 없었다.

반기(半旗)와 검은 기들이 동원되어 있었다. 테를 두른 폿말들도 있었는데 거기에는

우리의 희망
토드 클립턴 형제, 총탄에 쓰러지다

라고 쓰여 있었다. 고용된 고수대가 상장(喪章)을 단 북을 들고 나왔다. 서른 종류의 악기로 구성된 밴드가 동원되었다. 차는 없었고 조화도 별로 없었다.

행렬은 느릿느릿 행진해갔고 밴드는 슬프고 로맨틱하게 군대 행진곡

을 연주했다. 밴드가 연주를 그치자 고수대가 소리를 죽이도록 천으로 감싼 북채로 박자를 맞추어 북을 두들겼다. 얼마나 뜨거운지 폭발해버릴 것 같은 날씨였다. 배달부들은 이 지역을 피했고 경찰 부대는 수가 증원됐다. 아래고 위고 할 것 없이 거리마다 사람들이 아파트 창문으로 밖을 내다보았고 남자들이나 사내애들은 옥상 위로 올라가 엷은 구름에 가린 태양 아래서 내려다보았다. 나는 연로한 할렘 지역 지도자들과 함께 선두에서 걸어갔다. 행진은 느렸다. 가끔씩 뒤를 돌아보자면 주트 복장〔어깨가 넓고 길이가 긴 상의와 아랫자락이 좁고 통이 넓은 하의로 된, 1940년대에 유행한 남성복〕을 한 청년들이며 멋쟁이 건달들, 그리고 작업복 차림의 남자들과 도박장의 노름꾼들이 행진에 끼어드는 것이 보였다. 이발소에서 이발하던 사람들이 얼굴에 비누 거품을 칠하고 목 수건을 걸친 채 밖으로 나와 구경을 하면서 뭐라고 낮은 소리로 이야기를 했다. 나는 이상스런 생각이 들었다. 저 사람들이 다 클립턴의 친구들이란 말인가? 아니면 그저 구경거리 때문에, 저 느린 템포의 음악 때문에 나온 사람들인가? 뜨거운 바람이 등 뒤에서 발정기의 암캐가 내는 암내 같은 달큰하면서도 구역질나는 냄새를 싣고 불어왔다.

나는 뒤를 돌아보았다. 해가 모자를 쓴 무수한 머리 위로 내리쬐었고, 국기와 깃발과 반짝이는 악기들 위로 값싼 잿빛 관이 키가 제일 큰 클립턴의 친구들 어깨 위에서 높이 움직이는 것이 보였다. 그들은 가끔 한 번씩 관을 다른 어깨로 가볍게 옮겨놓곤 했다. 그들은 클립턴을 쳐들어 메고 당당하게 날랐고 그들의 눈에는 분노에 찬 슬픔이 어렸다. 관은 짐을 무겁게 실은 배가 해협을 떠가듯 아래로 숙여 가라앉은 머리들 위로 천천히 굽이쳐 돌아갔다. 천으로 감싸 소리를 죽인 북들에서 꾸준히 북소리가 울려나왔다. 그 밖의 모든 소리는 침묵 속에 중단되었다. 뒤에서는 저벅거리는 발자국 소리가 들려왔고 앞으로는 몇 블록을 연이어 연석을 메운 군중의 모습이 보였다. 눈물, 소리 죽인 흐느낌, 충혈된 엄숙한 수많은 눈들. 우리는 앞으로 행진해 나갔다.

우리는 먼저 슬픔의 검은 상징과도 같은 최빈민가를 구불구불 돌았다. 그다음엔 7번가로 들어갔고, 그다음엔 계속 레녹스 가 쪽으로 내려갔다. 그러고 나서 나는 지도자급 형제들과 함께 택시를 잡아타고 공원으로 달렸다. 공원 사무소에 근무하던 단원이 망대를 이미 열어놓았다. 그리고 널빤지로 짠 엉성한 연단과 여러 개의 톱질 모탕들이 검은 쇠줄 밑에 줄줄이 서 있었다. 그래서 행렬이 공원으로 들어설 즈음 우리는 높은 곳에 서서 기다릴 수 있었다. 우리의 신호에 따라 그가 종을 울렸다. 지난날의 그 공허하고, 창자를 뒤흔드는 듯한 댕 댕 댕 소리가 고막을 울려왔다.

아래를 내려다보니 소리를 죽인 북소리에 맞추어 사람들이 거대한 무리를 지어 위로 구불구불 올라가고 있었다. 어린애들이 풀밭에서 놀라 멈춰 서서 물끄러미 바라보았고 근처 병원에서 근무하는 간호사들이 옥상으로 나와 구경을 했다. 이제 구름에서 빠져나온 햇빛을 받고 그들의 흰 가운이 백합처럼 반짝였다. 군중이 사방팔방에서 공원으로 몰려들었다. 소리를 죽인 북들이 강하게, 혹은 은은하게 둥둥거리며 죽음 같은 정적을 대기에 울려 퍼뜨려놓았다. 무명 용사를 위한 기도였다. 아래를 내려다보며 나는 무언가 허전한 느낌을 가졌다. 저 사람들은 무엇 때문에 이곳에 나온 것일까? 왜 우리를 찾아왔을까? 클립턴과 아는 사이라서? 아니면 그의 죽음을 통해 그들이 항의할 수 있는 기회를 붙잡아서? 한자리에 모여 몸을 비비대고 서서 땀을 흘리고 숨을 헐떡이고 다 같이 한 방향을 바라볼 수 있는 시간과 장소가 주어져서? 그 두 가지 중 어느 하나라도 본질적으로 적합한 설명이 될 수 있을까? 이것은 사랑을 의미하는 것일까 아니면 정치화된 증오를 의미하는 것일까? 정치는 사랑의 표현이 될 수 있을까?

느리고 나직한 북소리와 보도를 저벅거리는 발소리에서부터 정적이 공원 전체에 번져 나갔다. 그때 행렬 어디선가에 구슬픈 남자 노인의 노랫소리가 떠올랐다. 그 소리는 처음에 정적 속에서 떨리고 더듬거렸는데 이윽고 밴드 가운데서 유포늄〔튜바 비슷한 금관 악기〕 하나가 음율을 더듬어 찾더니 마침내 가락을 붙잡자 하나가 다른 하나를 뒤쫓아 솟아올랐고 다른 하나는 그 뒤를 따랐으며, 그때 두 마리의 검은 비둘기가 해골같이 하얀 창고 위로 치솟아 올랐다가 곤두박질하곤 다시 적요한 푸른 하늘로 솟아올랐다. 유포늄의 맑고 고운 음정과 노인의 쉰 듯한 저음이 무덥고 무거운 고요 속에서 몇 소절을 듀엣으로 노래 불렀다. 〈많고 많은 사람 갔으니〉라는 노래였다. 공원 전체를 굽어보며 높이 서 있노라니 무언가 내 목구멍으로 자꾸만 치솟아 나오려는 것 같았다. 그것은 지난 시절의 노래였다. 학교 다니던 시절의, 그보다 더 오랜 된 고향 시절의 흘러간 노래였다. 이제 군중 가운데 나이든 사람들 일부가 노래에 끼어들었다. 전에는 그 노래가 행진곡일 줄은 몰랐다. 그런데 지금 보니 그 노래의 느린 리듬에 발을 맞춰 사람들이 언덕을 오르고 있었다. 나는 유포늄을 연주하는 사람을 찾아보았다.

호리호리한 흑인이 하늘로 얼굴을 추켜들고 하늘을 향한 악기의 나발을 통해 노래를 불어댔다. 몇 야드 뒤로 관을 둥둥 올려 메고 가는 청년들 옆을 따라 나는 아까 노래를 부르기 시작했던 그 노인의 얼굴을 바라보고 사무치는 부러움을 느꼈다. 노인의 얼굴은 야위고, 늙은, 누런 얼굴이었고 눈은 감겨 있었다. 노인이 목을 뽑아 노래를 부를 때 나는 추켜든 그의 목둘레에 난 칼자국을 보았다. 노인은 온몸으로 노래를 불렀다. 노래의 구절구절을 그지없이 자연스럽게 걸음에 맞춰 끊으면서, 그는 누구보다도 목청을 높여 투명한 유포늄 소리와 어우러들게 했다. 노인을 바라보는 내 눈은 어느새 축축해졌다. 햇빛이 내 머리 위로 뜨겁게 쏟아져 내렸다. 노래를 부르는 군중을 보며 나는 놀라움을 금할 수 없었다. 마치 그 노래가 전부터 늘 그들 사이에 있어서 노인이 그걸 알고 불러일으킨 것만 같았다. 나는, 나 자신도 그 노래를 알았지만 막연하고 이름붙일 수 없는 어떤 수치심이나 두려움 때문에 터뜨려 내놓지는 못했다는 사실을 알았다. 그런데 노인은 그 노래를 알았을 뿐 아니라 노래를 불러일으키기도 했다. 백인 남녀 단원들조차 노래에 합세했다.

나는 노인의 얼굴을 유심히 바라보며 그 비밀을 헤아려보려고 했으나 얼굴에서는 아무것도 알아낼 수 없었다. 관과 행진하는 사람들을 바라보며 노랫소리에 귀기울이고 있었지만 사실은 내가 내 안의 무엇인가에 귀기울이고 있다는 사실을 깨달았다. 한순간 나는 심장이 산산조각 나듯 고동치는 소리를 들었다. 무엇인가 사무치는 것이 군중을 뒤흔들어놓았다. 노인과 유포늄 연주자가 그래 놓은 것이었다. 그들은 항의나 종교보다도 더 깊은 무엇인가를 건드려놓았던 것이다. 물론 억눌리고 잊혀졌던 분노와 함께 그때 내가 다녔던 모든 교회의 집회 광경들이 떠오르기는 했다. 그러나 그건 지나간 일이었다. 더욱이 저 무수한 사람들, 이제 산꼭대기에 이르러 빽빽하게 무리를 이루어 흩어진 저 무수한 사람들이 다 나처럼 그것을 경험한 건 아니었다. 그리고 그 중에는 다른 나라에서 태어난 사람들도 있었다. 그런데도 그들은 모두가 한결같이 감명을 받았다. 그 노래가 우리 모두의 감명을 불러일으킨 것이었다. 가사 때문은 아니었다. 가사는 모두 옛날 노예제도 시대의 것 그대로였다.

노인의 가사 밑에 깔린 감정을 바꿔버린 것 같았다.

그러면서도 옛날의 그 그리움과 체념 어린 초연한 감정이, '형제애'의 이론으로서는 도저히 이름 붙일 수 없는 그 무엇인가에 의해 이제 더욱 심오해진 채 여전히 위에서 감돌았다. 내가 그곳에 서서 그 감정을 견뎌내려고 애쓸 때 사람들이 토드 클립턴의 관을 메고 망대에 들어서 천천히 나선형의 계단을 올랐다. 그들이 관을 연단 위에 내려놓자 나는 그 보잘것없는 회색 관의 모양을 바라보았다. 내가 기억할 수 있는 것이라고는 그의 이름이 가진 음향뿐이었다.

노래는 멈췄다. 이제 작은 산꼭대기에는 깃발들이며 악기들이며 추켜든 얼굴들이 빽빽하게 들어찼다. 내가 선 자리에서는 5번가에서 125번가까지가 똑바로 내려다보였다. 그곳 거리에는 줄줄이 늘어선 핫도그 수레와 굿 휴머 수레들 뒤로 경찰들이 연이어 늘어서 있었다. 수레들 가운데, 가로등 아래에 땅콩 장사가 있었고 그 가로등 주위로 비둘기들이 모여드는 것이 보였다. 보니 그는 막 손바닥을 위로 하여 두 팔을 내뻗었고 그러다가 향연을 벌이려는, 푸드덕거리는 비둘기 때문에 순식간에 머리며 어깨며 내뻗친 팔이며 할 것 없이 온통 뒤덮이고 말았다.

누군가 옆구리를 찔러 나는 움찔 놀랐다. 고별사를 해야 할 순서였다. 그러나 나는 아무런 말도 준비해둔 게 없었다. 형제애단의 장례식에 참석해본 적도 전혀 없었기 때문에 의식에 대해서는 아무것도 몰랐다. 사람들은 그러나 기다리고 있었다. 나는 홀로 그곳에 서 있었다. 나를 도와줄 마이크도 없었고 내 앞엔 흔들거리는 목수용 모탕의 등 위에 놓인 관뿐이었다.

나는 내리쬐는 햇볕을 받고 선 군중의 얼굴들을 내려다보며, 할 말을 찾았다. 그러나 이 모두가 허망하게 느껴지면서 울컥 분노가 치밀어 올랐다. 이것을 위해 수천 명의 사람들이 모여들었다니! 저들은 무슨 말을 들으려고 기다리는 것일까? 저들은 무엇 때문에 왔을까? 클립턴이 땅바닥으로 쓰러지는 것을 보았을 때 그때 그 볼이 붉은 그 소년을 흥분하게 만들었던 것, 바로 그것과 어떤 점에서 다르단 말인가? 저들은 무엇을 원하고 무엇을 할 수 있을까? 왜 그들은 이 모든 것을 막을 수 있었을 때 나타나지 않았던가?

"여러분은 제가 무슨 말을 하기를 기다리고 계십니까?"

나는 갑자기 소리를 질렀다. 이상하게도 바람 없는 허공으로 목소리가 뚜렷이 울려 나갔다.

"이게 무슨 소용이 있습니까? 이건 장례식이 아니고 명절 축제라고 말한들 어떻겠습니까? 여러분은 어슬렁거리는데 악대가 〈빌어먹을, 재미는 다 봤다〉는 곡을 연주하고 끝장낸다, 그런들 어떻겠습니까? 아니면 여러분은 무슨 마술이라도 보기를 기대하십니까? 죽은 사람이 다시 일어나 걸어가는 마술을? 집으로 돌아가십시오. 언젠가 죽을 목숨, 그는 지금 죽어 있습니다. 그것은 이미 날 때부터 예정된 종말입니다. 두 번은 없습니다. 기적은 없을 것입니다. 설교를 할 사람이 여기엔 한 사람도 없습니다. 돌아가십시오. 그리고 그를 잊으십시오. 그는 얼마 전에 죽어 지금 이 상자 속에 누워 있습니다. 돌아가시고 그에 관한 생각은 하지 마십시오. 그는 죽었고 여러분에게는 저마다 생각할 일들이 잔뜩 쌓여 있습니다."

잠시 말을 멈췄다. 사람들은 웅성거리며 위를 쳐다보았다.

나는 고함을 질렀다.

"돌아가시라고 했는데 그냥 그대로 서 계시는군요. 여기 이렇게 뙤약볕 속에 서 있으면 뜨겁다는 걸 모르십니까? 시시껄렁한 제 이야길 들겠다고 기다리신들 무슨 일이 생깁니까? 21년 간 쌓아 올린 것이 20초 만에 끝장났는데 그 이야길 제가 20분 만에 할 수 있겠습니까? 무엇을 기다리고 계십니까? 제가 말씀드릴 수 있는 것이라고는 그의 이름뿐인데 말입니다. 설령 무슨 말씀을 드린다 한들 그의 이름 말고는, 모르던 것을 얼마나 알게 되겠습니까?"

사람들은 열심히 들었다. 그런데 그들은 나를 바라보는 게 아니라 대기 속에 번지는 내 목소리의 파문을 바라보는 것 같았다.

"좋습니다. 뙤약볕 속에서 들으십시오. 저도 뙤약볕 속에서 말해보겠습니다. 그러고는 돌아가서 잊으십시오. 잊어버려요. 그의 이름은 클립턴이었습니다. 그들이 그를 쏘아 죽였습니다. 이름은 클립턴, 그는 키가 컸습니다. 그를 미남이라고 생각하는 사람도 있었습니다. 본인 자신은 그렇게 생각지 않았지만 저도 그가 미남이었다고 생각합니다. 이름은 클립턴이었습니다. 얼굴은 검었고 머리카락은 굵었으며 바짝 말려 올라간 고수머리였습니다. 흔히들 곱슬머리라고 하지요. 그는 지금 무관심 속에 죽어 누워 있습니다. 몇몇의 아가씨들에게는 예외겠지만 그의 죽음은 대수로울 것 없는 일입니다…….

아시겠습니까? 그가 어떤 사람이었는지 아시겠어요? 여러분의 형제나 사촌 존을 생각하시면 됩니다. 입술은 두툼했고 양 가장자리가 위로 굽어 올라가 있었습니다. 잘 웃었죠. 좋은 시력과 잽싼 두 손을 가지고 있었습니다. 그에겐 인정이 있었습니다. 그는 늘 세상일을 생각했고 생각이 깊었습니다. 그를 고결한 사람이라고는 하지 않겠습니다. 그런 말이 우리와 무슨 관계가 있겠습니까? 그의 이름은 클립턴…… 토드 클립턴이었습니다. 그도 누구나와 마찬가지로 여자에게서 태어나 잠시 살다가 쓰러져 죽었습니다. 그게 조금도 틀림없는 그의 내력입니다. 그의 이름은 클립턴이었으며, 우리 가운데서 잠시 동안 살면서 청년들에게 얼마간 희망을 불러일으켜주었고, 그를 알던 우리는 그를 사랑했습니다. 그리고 그는 죽었습니다. 그런데 무엇 때문에 여러분은 기다리고 계십니까? 여러분은 들을 것은 다 들었습니다. 왜 아직도 기다리고 계십니까? 제가 할 수 있는 거라고는 반복하는 것뿐인데 말입니다."

그들은 그대로 서서 들었고 아무런 기색도 내보이지 않았다.

"좋습니다. 또 말씀드리죠. 그의 이름은 클립턴이었습니다. 그는 젊은이었고 지도자였으며, 그가 쓰러졌을 때 그의 양말 뒤꿈치엔 구멍이 뚫려 있었습니다. 그리고 그가 앞으로 쓰러져 사지를 내뻗었을 때, 그는 서 있을 때만큼 커 보이지 않았습니다. 그렇게 그는 죽었습니다. 그리하여 그를 사랑했던 우리가 애도를 표하기 위해 지금 이렇게 모였습니다. 너무나 간단하고 너무나 단순한 이야기입니다. 그의 이름은 클립턴이었고, 그는 흑인이었으며, 그는 사살당했습니다. 그 말이면 충분하지 않습니까? 더는 알아야 될 게 있습니까? 그것이면 극적 사건을 갈망하는 여러분은 갈증을 해소시키고 집으로 돌아가 잠을 자고 잊어버리게 하기에 충분치 않습니까? 가서 한잔 하시고 잊어버리십시오. 아니면 《데일리 뉴스》지 기사를 읽으십시오. 그의 이름은 클립턴이었고 그들이 그를 사살했습니다. 그리고 저는 현장에서 그가 쓰러지는 것을 직접 목격했습니다. 그래서 저는 그 일을 아주 잘 아는 것입니다.

사실은 이러합니다. 그는 서 있었습니다. 그러다 쓰러졌습니다. 그는 쓰러져 무릎을 꿇었습니다. 무릎을 꿇고 피를 흘렸습니다. 그는 피를 흘리고 죽었습니다. 그는 어느 누구나처럼 푹 꼬꾸라졌고 그의 피는 어느 누구나의 피처럼 쏟아져 흘렀습니다. 누구나의 피처럼 '붉었고', 누구나의 피처럼 축축했으며, 하늘과 건물과 새와 나무들을 비쳤습니다. 여러분이 그 흐릿해져가는 거울 속을 들여다보았더라면, 여러분의 얼굴도 비쳤을 것입니다……. 그의 피는 햇볕 속에서 말랐습니다. 피란 마르는 것이니까요. 그뿐입니다. 그들이 그에게 피를 흘리게 해서 그는 피를 흘렸습니다. 그들이 그를 넘어뜨리자 그는 죽었습니다. 피는 인도 위를 흘러 괴어 한동안 반짝이다가 잠시 후엔 흐릿해졌고 그다음엔 흙과 섞이고 이윽고 말라붙었습니다.

이것이 이야기의 전말입니다. 이것이 이야기의 끝입니다. 낡아빠진 얘기지요. 그동안 피를 너무 많이 흘렸기 때문에 이제 피라고 해도 여러분은 보통입니다. 더욱이 피는 산 사람의 혈관을 채우고 있어야 중요할 따름입니다. 이런 이야기들 넌더리나지 않습니까? 피라고 하면 지겹지도 않습니까? 그런데 왜 듣고 있습니까? 왜 가지 않습니까? 여기는 바깥이라 날씨가 뜨겁습니다. 시체 방부액 냄새가 납니다. 술집에 가보십시오. 시원한 맥주가 있습니다. 사보이 호텔에 가보십시오. 색소폰 소리가 간장을 녹일 것입니다. 이발소에, 미장원에 가보십시오. 재미있는 우스갯소리가 얼마든지 있습니다. 시원한 저녁나절에는 2백여 개나 되는 교회에서 설교를 할 것입니다. 영화관에 가서도 얼마든지 웃을 수 있습니다. 가서 〈아모스와 앤디〉를 듣고 잊어버리십시오.

여기선 그 똑같은 케케묵은 이야기밖엔 들을 수 없습니다. 이곳에서는 그를 위해 눈 붉혀 애도해줄 젊은 아내 하나 없습니다. 이곳에는 아무것도 불쌍히 여길 것 없고 쓰러져 울부짖을 사람 하나 없습니다. 그 좋았던 옛날의 무서움에 떨던 감정을 여러분께 일으켜줄 것은 하나도 없습니다. 너무 간단하고 너무 단순한 이야기입니다. 그의 이름은 클립턴, 토드 클립턴이었습니다. 그는 비무장이었습니다. 그리고 그의 죽음은 허망한 그의 인생만큼이나 무의미한 것이었습니다. 하고많은 길모퉁이에서 그는 '형제애'를 위해 싸웠습니다. 그럼으로써 그는 자신이 더 인간답게 되리라고 생각했던 것입니다. 그러나 그는 길바닥에서 개처럼 죽었습니다."

나는 절망적인 기분을 느끼며 소리 질렀다.

"좋습니다. 좋아요."

내가 원한 것은 이런 식이 아니었다. 이건 정치적인 것이 아니었다. 브라더 잭은 아무래도 이런 방식을 찬성하지 않을 것이다. 하지만 가는 데까지 가보는 수밖에 없었다.

"이 위에, 이른바, 산이라는 곳에 선 제 말씀을 좀 들어보십시오."

나는 소리쳤다.

"사실대로 말해보겠습니다. 그의 이름은 클립턴이었습니다. 그는 환상에 가득 찬 사람이었습니다. 기껏 토드 클립턴에 지나지 않으면서도 그는 자기가 인간이라고 생각했습니다. 하나의 단순한 판단 착오 때문에 그는 총을 맞아 피를 흘렸고, 피는 말라붙었으며, 곧 군중의 발길이 그 자국을 없애버렸습니다. 누구나 저지를 수 있는 정상적인 판단 착오였습니다. 그는 자신을 인간이라 생각했던 것이고 인간은 이래라 저래라고 호령당하는 것이 아니라고 생각했습니다. 그러나 그때 중심가는 뜨거웠습니다. 그래서 그는 자신의 내력을 잊고 말았습니다. 그는 시간과 장소를 잊고 말았던 것입니다. 그는 현실에 대한 이해력을 상실하고 말았습니다. 경관이 있었고 자기를 기다리는 관중이 있었습니다.

그러나 그는 토드 클립턴에 지나지 않았고 경찰은 어디나 있게 마련인 것입니다. 그 경관 말입니까? 어떤 사람이었냐고요? 한 사람의 경관이었죠. 선량한 시민이었습니다. 한데 그 경관은 손가락이 간질간질했습니다. 방아쇠라는 말과 운(韻)이 맞아떨어지는 말을 찾고 있었습니다

〔방아쇠trigger와 깜둥이nigger는 운이 맞아떨어지는 말〕. 그래 클립턴이 쓰러졌던 것은 그가 그 운 맞는 말을 찾아낸 때였습니다. 경찰 신문 호외에 운 맞추기 글이 나왔는데 이제 비로소 운이 맞아떨어진 것입니다. 여러분 주위를 좀 돌아보십시오. 그가 만들어놓은 것을 보십시오. 여러분의 내부를 들여다보시고 그의 무서운 힘을 느끼십시오. 그것은 그지없이 자연스럽게 이루어졌습니다. 피는 마치 만화책에 나오는 세계에서, 만화책에 나오는 날에, 만화책에 나오는 도시의, 만화책에 나오는 거리에서, 만화책에 나오는 살인에서 흘리는 피처럼 흘렀습니다.

토드 클립턴은 시대에 부응한 인물이었습니다. 하지만 그게, 이 무더위 속, 저 구름에 가린 해 아래 서 있는 여러분과 무슨 관계가 있겠습니까? 이제 그는 역사의 일부가 되고 말았습니다. 이제 그는 진정한 자유를 부여받았습니다. 그자들이 그의 이름을 규격 종이첩에 써 갈기지 않았습니까? 이렇게 말입니다. 인종 : 유색! 종교 : 미상. 침례교 출신일지도 모름. 출생지 : 미합중국, 남부 도시. 최근친 : 미상. 주소 : 미상. 직업 : 무직. 사망 원인(구체적으로) : 뜨거운 오후, 도서관과 지하철 사이 42번가 노상에서 체포하려던 경관의 손에 쥐어진 38구경 연발 권총이라는 현실에 저항하여 3보 거리에서 발사된 세 발의 총알로 입은 총상으로 인함. 한 발은 심장 우심실에 들어가 박히고 한 발은 척추 신경을 절단한 후 아래로 내려가 골반에 박히고 또 한 발은 등을 관통한 후 어디로 갔는지 알 수 없음.

그것이 짧고도 쓰라린 토드 클립턴 형제의 생애였습니다. 이제 그는 빗장으로 단단히 죄어진 채 이 상자 속에 들어가 있습니다. 그는 지금 이 상자 속에 들어 있으며 우리도 지금 그와 함께 이 안에 들어 있습니다. 이제 제가 이 말씀을 드리고 나면 여러분은 돌아가셔도 좋습니다.

이 상자 안은 깜깜하고 비좁습니다. 여기엔 쩍쩍 갈라진 천장이 있고 복도엔 막힌 변소가 있습니다. 쥐와 바퀴벌레가 들끓습니다. 너무나 비싼 거처입니다. 공기는 나쁜 데다가 올 겨울엔 추울 것입니다. 토드 클립턴에게는 비좁아서 운신할 여지가 필요합니다. 여러분이 그의 말을 들을 수 있다면 그는 이렇게 말할 것입니다. '이자들을 상자 밖으로 나가라고 하라'고 말입니다. '이자들을 상자 밖으로 나가게 해서 경찰들에게 그 맞추기 놀이는 잊어버리라고 이르도록 시키라. 경찰들이 방아쇠와 운을 맞추기 위해 여러분을 깜둥이라고 부르면 총이 거꾸로 발사되리라고 가르쳐주도록 하라'고 말입니다.

자, 여러분, 이제 아실 건 다 아셨습니다. 몇 시간 후면 토드 클립턴은 땅속에 묻혀 싸늘한 뼈가 될 것입니다. 그러나 속지 마십시오. 이 뼈들은 다시 일어나지 않습니다. 여러분과 저는 그대로 상자 속에 남을 것입니다. 토드 클립턴에게 영혼이 있는지 어쩐지 전 모릅니다. 제가 아는 것은 오직 제 가슴속의 고통과 상실감뿐입니다. 여러분에게 혼이 있는지 어쩐지도 저는 모릅니다. 제가 아는 것은 다만 여러분이 피와 살을 가진 사람들이라는 것, 그리고 피가 흘러나오면 살이 싸늘하게 식으리라는 것뿐입니다. 모든 경찰관들이 시인인지 어쩐지도 저는 모릅니다. 그러나 저는 모든 경찰관들이 방아쇠가 달린 총을 차고 다닌다는 사실을 압니다. 그리고 우리가 어떤 이름으로 불리는 존재인지도 압니다. 그래서, 클립턴 형제의 이름으로 말하거니와, 부디 방아쇠를 조심하십시오. 집으로 돌아가서 몸을 시원하게 건사하시고 뙤약볕 없는 데서 안전하게 계십시오. 그를 잊어버리십시오. 그가 살아 있었을 때는 우리의 희망이었습니다. 그러나 죽어버린 희망에 무엇 때문에 연연합니까? 이제 드릴 말씀은 한 가지밖에 남지 않습니다. 물론 그것도 이미 한 말입니다. 그의 이름은 토드 클립턴이었다는 것, 그는 형제애를 신봉했다는 것, 그는 우리에게 희망을 불러일으켰다는 것, 그리고 그는 죽었다는 것, 그것입니다."

나는 더는 얘기를 계속할 수가 없었다. 군중은 손과 손수건으로 저마다 햇빛을 가리고 아래에서 그대로 기다렸다. 한 목사가 올라와 성경에서 무슨 구절인가를 낭독했다. 나는 낭패감을 느끼며 군중을 바라보고 서 있었다. 나는 기회가 그냥 지나가도록 두고 만 셈이었다. 도저히 정치적인 문제를 끌어들일 수가 없었다. 사람들은 뙤약볕 속에 땀으로 멱을 감고 서서 내가 이미 알려진 사실을 되풀이해 말하는 것을 듣고 있었다. 이제 목사의 순서도 끝났다.

누군가 밴드 마스터에게 신호하자 장엄한 음악이 울려 퍼지고 관을 나르는 사람들이 관을 들고 나선식 계단을 내려갔다. 우리가 천천히 군중 사이를 걸어 나가는 동안 군중은 조용히 서 있었다. 나는 그 엄청난 것을, 그 미지의 것을, 슬픔인지 분노인지는 알 수 없으나 억눌려 있는 그 어떤 긴장이 느껴졌다. 아무튼 우리가 군중 사이를 통과하여 영구차를 향해 언덕을 내려가는 동안 나는 그 긴장을 느꼈다. 군중은 고동치는 가슴으로 땀을 흘리면서 서 있었다. 말 없는 가운데서도 많은 것들이 그들의 눈을 통해 나에게 쏠렸다. 연석 가에 영구차와 몇 대의 자동차들이 대기하고 있었다. 몇 분 후 관이 실리고 사람들이 올라탔다. 토드 클립턴을 싣고 우리가 그곳에서 떠날 때도 군중은 여전히 서서 바라보았다. 내가 마지막으로 그들을 다시 한번 바라봤을 때 내가 본 것은 한 군중의 무리가 아니라 남녀 하나하나의 굳은 얼굴들이었다.

우리는 자동차를 계속 몰았다. 자동차들이 움직임을 멈춘 곳에 묘소가 있었고, 우리는 그를 그 속에 안치했다. 아일랜드 사투리를 쓰는, 무덤 파는 사람들은 땀을 뻘뻘 흘리며 능숙하게 일을 했다. 순식간에 그들이 구덩이를 메우고 나자 우리는 그곳을 떠났다. 토드 클립턴을 땅속에 남겨둔 채.

거리를 거쳐 돌아왔을 때 나는 무덤을 나 혼자 파기나 한 듯 몸이 피곤했다. 착잡하고 노곤한 기분을 지닌 채 군중 사이로 걸음을 옮겼다. 군중은 거리를 따라 무슨 안개 같은 것에 휩싸여 들끓는 것 같았다. 엷고 습한 구름이 어느새 짙어져 바로 머리 위에 내려와 앉은 듯했다. 아무 데나, 아무런 생각 없이 쉴 수 있는 시원한 곳으로 가고 싶었다.

그러나 할 일이 아직 태산같이 남아 있었다. 계획을 세워야 했다. 군중의 감정을 조직화해야 했다. 나는 싸구려 운동복과 여름옷들의 빨갛고 노랗고 파란, 어지러운 색깔들 때문에 가끔씩 눈을 감으며, 남부 같은 날씨 속에서 남부 같은 거리를 기듯이 걸어갔다. 인파는 들끓어대며 땀을 흘리며 헐떡였다. 여자들은 장바구니들을 들었고 남자들은 반짝이는 구두를 신었다. 남부에서도 그들은 늘 구두를 닦았다. "구두 닦아요. 구두 닦아요" 하는 소리가 머릿속에서 울려왔다. 8번가에 이르니 물건 파는 수레들이 도로 가에 바퀴를 맞대고 줄줄이 늘어서 있었다. 임시 방편의 차양들이 시들어가는 과일이며 채소 들을 가려주었다. 썩은 배추 냄새가 코를 찔렀다. 수박 장수 하나가 자기 손수레 옆 그늘에 서서 속살이 오렌지빛으로 익은 기다란 수박 한 조각을 들고 쉰 목소리로 수박을 사라고 외쳤다. 그 호소는 향수를, 어린 시절의 추억을, 푸른 녹음과 서늘한 여름에 대한 기억을 불러일으켜주었다. 귤과 야자열매와 악어배가 조그만 판매대 위에 가지런히 쌓여 있었다. 나는 천천히 움직이는 군중 사이를 이리저리 뚫고 그곳을 지나갔다. 시내에서 퇴짜맞은, 시들어 처진 꽃들이 어느 수레 위에서 뜨겁게 타올랐다. 마치 구멍 뚫린 과일

주스 깡통에서 나오는 헛된 포말 아래 곪아가는 매력적인 넝마 조각 같았다. 사람들은 마치 세탁기 안에서 김 서린 유리를 통해 내다본 양, 들끓는 형상으로 보였다. 거리마다 경찰 기마대가 서서 지켜보았다. 그들의 눈은 반들거리는 짧은 모자 챙 아래서 무표정했고, 그들의 몸은 앞으로 비스듬히 기울어졌으며, 고삐는 느슨하게 쥐어져 있었다. 육신을 가진 사람과 말이 돌로 만든 사람과 말을 흉내내고 있었다. 토드 클립턴의 '토드' 하고 나는 생각했다. 장사꾼들은 오가는 차들의 소리보다 더 높이 목청을 돋우어 소리를 질렀다.

내게는 그들의 소리가 멀리서 들려오는 듯, 무슨 말인지 알아들을 수가 없었다. 어느 샛길에 이르니 찌그러진 세발자전거를 탄 아이들이 '우리의 희망 토드 클립턴, 총탄에 쓰러지다'라고 쓴 폿말을 들고 인도를 행진해갔다.

그리고 안개 속에서 나는, 다시금 그 긴장을 감지할 수 있었다. 그걸 부인할 수가 없었다.

그것은 안개 속에 감돌았고 그것이 열기 속에 부글부글 끓다 날아가 버리기 전에 무언가 대책이 있어야 했다.

22

그들이 셔츠 차림으로 다리를 꼬고 무릎을 두 손으로 감싸쥔 채 몸을 앞으로 기울여 앉아 있는 것을 보았을 때 나는 놀라지 않았다. 당신들 반갑군, 이 일은 감상을 배제하고 사무적으로 할 거요 하고 나는 속으로 말했다. 여기서 만날 줄 알았기나 한 듯한 기분이었다. 마치 꿈속 방의 무차원 공간 저편에서 나를 바라보는 할아버지를 만나는 그런 꿈에서처럼 말이다. 꿈속에서도, 놀라는 것이 정상적인 반응이고 놀라지 않는 태도는 의심을 자아내게 마련이며 일종의 경고를 주는 셈이라는 것을 알기는 했지만, 나는 놀라지 않고, 무감정하게 돌아보았다.

방에 막 들어선 자리에 서서 나는 웃옷을 벗으며 그들을 바라보았다. 그들은 조그만 테이블에 둘러앉아 있었고 테이블 위에는 물주전자가 하나, 유리컵이 하나, 그리고 두 개의 재떨이가 놓여 있었다. 방의 반가량은 침침했고 테이블 바로 위에 전등이 딱 하나 켜져 있었다. 그들은 잠자코 나를 바라보았다. 브라더 잭은 입술 위에만 살짝 웃음을 띤 채 머리는 옆으로 갸우뚱하고 꿰뚫는 듯한 눈으로 나를 뜯어보았고, 다른 사람들은 모두 무표정한 얼굴에 아무런 내색도 하지 않겠다는 듯한 눈길로, 그리고 막심한 불안을 일으키겠다는 듯한 눈길로 나를 바라보았다. 그들이 감정을 완벽하게 억누르고 앉아 기다리는 사이 담배 연기는 그들의 담배에서 빙빙 돌아 올랐다. 그래, 결국은 다들 나타나셨군 하고 생각하며 그들 쪽으로 걸어가 빈 의자에 털썩 주저앉았다. 나는 한 팔을 테이블 위에 올려놓았다. 테이블은 서늘했다.

"그래 어떻게 됐소?"

브라더 잭이 깍지 낀 손을 테이블 위로 내밀며 고개를 한쪽으로 갸우뚱하고 나를 바라보면서 물었다.

"군중 보셨죠. 우리는 마침내 그들을 끌어냈습니다."

내가 말했다.

"아니, 우린 못 봤소. 어땠소?"

"움직였습니다. 마음이 움직인 사람들이 굉장히 많았어요. 하지만 그 이상은 모르겠습니다. 그들은 우리와 한마음이었습니다. 어느 정도였는지는 모르겠습니다만……."

한순간 나는 천장이 높다란 고즈넉한 홀에 울리는 내 목소리를 들을 수 있었다.

"그래서요! 훌륭하신 전술가께서 우리에게 하실 말씀은 그게 전분가요?"

토빗 형제가 말했다.

"군중이 어떤 방향으로 마음이 움직였소?"

나는 그를 쳐다봤다. 내 감정이 마비되어 있는 것을 의식했다. 그들은 너무 오래, 너무 깊이 외곬으로 빠져들어갔다.

"그건 위원회가 따질 문제죠. 군중은 분기했고 그게 우리가 할 수 있는 일의 전부였소. 우리는 지시를 받으려고 위원회와 여러 번 연락을 시도해봤지만 할 수 없었습니다."

"그래서요?"

"그래서 내가 개인적으로 책임지기로 하고 일을 진행시켰죠."

브라더 잭은 눈을 가느다랗게 떴다.

"무슨 말이오? 당신이 어떻게 하기로 했다고요?"

그가 물었다.

"개인적으로 책임지기로 하고 말입니다."

"개인적으로 책임지기로 했답니다."

브라더 잭이 말했다.

"형제들, 들었습니까? 내가 들은 게 분명합니까? 그런 생각이 어떻게 들었소, 형제? 놀라운 일이오. 그런 생각이 어떻게 들었소?"

"그건 당신의……."

나는 입을 떼다가 간신히 억눌렀다.

"위원회로부터요."

나는 말했다.

잠깐 침묵이 흘렀다. 나는 그를 쳐다봤다. 그의 얼굴이 벌겋게 달아올랐다. 나는 정신을 가다듬으려고 애썼다. 위장 한가운데서 신경이 부르르 떨렸다.

"안 나온 사람이 없었습니다."

나는 그 말로 침묵을 메워 넣으며 말했다.

"우리가 기회를 놓쳐 유감스럽다는데요."

브라더 잭이 말했다. 그는 손을 들어 올렸다. 그의 손바닥에 깊이 파인 손금들이 보였다.

"개인적 책임을 떠맡은 훌륭하신 전술가께서 우리가 불참한 걸 서운해하고 계십니다……."

이 사람이 내 기분을 모르나 하고 나는 생각했다. 내가 왜 그랬는지 몰라? 무얼 하려는 거야? 토빗은 멍청이라고 쳐두지만 왜 자기가 이 일을 들고 나선단 말인가?

"여러분은 다음 조치를 취할 수도 있었습니다."

나는 그 말에 힘을 주어 말했다.

"우리는 하는 데까지 했죠……."

"당신의 개인적인 책임 하에 말이죠."

브라더 잭은 그 말에 박자라도 맞추듯 고개를 숙이며 말했다.

나는 이제 그를 찬찬히 바라봤다.

"난 우리의 추종자들을 다시 끌어들이라는 지시를 받았소. 그래서 지시대로 하려고 했던 거요. 내가 아는 유일한 방법으로 말이오. 무얼 비판하고 있는 겁니까? 뭐가 잘못됐죠?"

그는 우아한 원을 그리듯 주먹을 움직여 눈을 비비더니 말했다.

"그래 이제 훌륭하신 전략가께서 뭐가 잘못됐느냐고 묻습니다. 무슨 일이 잘못될 수도 있냐고요. 그의 말이 들립니까, 형제들?"

헛기침 소리가 났다. 누군가 유리컵에 물을 따랐고 나는 물이 컵에 빠른 속도로 차오르는 소리를 들었다. 마지막 물줄기가 작은 시냇물처럼 빠르게 주전자 주둥이에서 떨어져 유리컵 속으로 들어갔다. 나는 그를 쳐다보며 마음속으로 일이 어떻게 돼가는 판국인지 초점을 찾으려고 애썼다.

"그러니까 저 형제가 잘못을 저질렀을 가능성을 인정한다는 뜻입니까?"

토빗이 물었다.

"순전히 겸손이죠, 형제. 그지없는 겸손입니다. 우리는 여기 비범한 전술가 한 분과 같이 있습니다. 전략과 개인적인 책임이라는 면에서 나폴레옹과 같은 인물이죠. '쇠뿔은 단김에 빼라'는 게 이분의 모토입니다. 그리고 '기회는 재빨리 움켜쥐어라', '눈의 흰자위를 겨냥하라', '놈들을 모두 내쫓아버려라, 모두' 등등이죠."

나는 일어섰다.

"이거 어떻게 된 판인지 모르겠소, 형제. 도대체 무슨 말을 하려는 거요?"

"이제 좋은 질문이 나왔습니다, 형제들. 자, 앉으시오. 이분은 지금 우리가 무슨 말을 하려는지 알고 싶어합니다. 우리는 여기 비범한 전술가이자 표현의 묘미를 아는 분과 같이 있습니다."

"그렇소. 빈정대는 말도 좀 아오. 그 말이 잘됐을 경우에는."

내가 말했다.

"그리고 규율에 대해서도? 앉으시오. 덥소……."

"규율에 대해서도 좀 아오. 그리고 명령과 협의가 가능할 경우엔 그것도."

내가 말했다.

브라더 잭은 빙긋 웃었다.

"앉아요. 앉아……. 인내심에 대해서는?"

"졸리지 않고 지치지 않을 때는, 그리고 지금처럼 열만 나지 않는다면."

나는 대꾸했다.

"배우게 될 거요."

그는 말했다.

"배우게 되면 그런 상태에서도 참는 법을 익히게 될 거요. 특히 그런 상태에서 말이오. 그게 인내의 가치요. 그게 그것을 인내로 만들어주오."

"맞아요. 안 그래도 지금 배워가는 중인 것 같소."

나는 말했다.

"지금 말입니다."

"형제."

그는 냉담하게 말했다.

"당신은 당신이 얼마만큼 배웠는지 모르고 있소. 자, 앉으시오."

"좋습니다."

나는 다시 앉으며 말했다.

"하지만 나 개인의 교육은 잠시 미뤄두고 여러분에게 한 가지 일깨워 드리고 싶은 게 있습니다. 민중은 요즘 우리를 별로 참지 못한다는 겁니다. 우리는 이 기회를 더 유리하게 이용할 수가 있을 거요."

"나도 정치인들은 개인적인 사람이 아니라고 말할 수 있소."

브라더 잭이 말했다.

"하지만 하지 않겠소. 우리가 이 기회를 어떻게 더 유리하게 이용할 수 있겠소?"

"민중의 분노를 조직화하는 거죠."

"그래서 다시 한번 우리의 훌륭하신 전술가께서는 짐을 벗으셨습니다. 오늘 이분은 몹시 바쁩니다. 처음엔 브루터스의 시체 앞에서 웅변을 하느라고, 그리고 지금은 흑인 민족의 참을성에 대해서 강론을 하느라고 말입니다."

토빗은 혼자 재미에 겨워 있었다. 담배에 불을 붙이려고 성냥을 켜는 그를 보니 담배가 입술 사이에서 떨렸다.

"이분은 말을 팸플릿에 싣기를 요청합니다."

그가 손가락으로 턱을 문지르며 말했다.

"그러면 자연스런 현상을 일으키겠죠……."

이쯤에서 끝장내는 게 좋겠다고 나는 생각했다. 머리가 점차 가뿐해지면서 가슴은 팽팽해지는 것 같았다.

"보십시오."

나는 말했다.

"무기도 없는 한 인간이 살해되었습니다. 우리 형제가, 우리의 지도자급 단원이 경찰에게 사살당했어요. 우리는 할렘 지역에서 신망을 잃었소. 난 민중을 규합시킬 기회를 발견했고, 그래서 행동을 했습니다. 그게 잘못된 판단이었다면 나는 잘못을 했습니다. 그러니 쓸데없이 비비 꼬지 말고 똑바로 말해보시오. 밖에 있는 저 군중을 다루려면 빈정대는 말 정도로는 안 될 것이오."

브라더 잭은 얼굴이 벌게졌다. 다른 사람들도 눈짓을 서로 주고받았다.

"신문도 안 읽은 모양이군."

누군가 말했다.

"무슨 말씀. 읽을 필요가 어디 있었겠소? 현장에 있었는데."

브라더 잭이 말했다.

"그렇소. 난 현장에 있었소. 살해 사건 이야기라면 말이오."

내가 말했다.

"그래, 보십시오. 이 사람은 현장에 있었습니다."

브라더 잭이 말했다.

토빗 형제가 손바닥으로 테이블 모서리를 밀어냈다.

"그래 거기다가 당신은 그 장례식이라는 여흥까지 획책했다는 말이오!"

내 코가 실룩거렸다. 나는 일부러 그쪽으로 얼굴을 돌리고 억지로 웃음을 지어 보였다.

"당신 같은 인기 스타 없이 어떻게 여흥을 할 수 있었겠소. 당신이 있었어야 25센트 입장료를 받았을 텐데. 25센트 형제〔토빗은 25센트라는 투비트와 발음이 유사함〕! 장례식이 뭐 잘못됐소?"

"이제 진전을 보이고 있군요."

브라더 잭이 의자 위에서 꼬았던 다리를 풀며 말했다.

"전략가께서 아주 흥미 있는 물음을 제기하셨소. 뭐가 잘못됐냐고 묻는 거요. 좋습니다. 내가 대답하죠. 당신의 지휘 아래 반(反)흑인, 반 소수 민족 고집쟁이의 비열한 앞잡이 노릇을 하는, 변절한 장사치 하나가 영웅적인 장례식을 치렀소. 아직도 뭐가 잘못됐냐고 묻겠소?"

"하지만 변절자에 대해선 아무것도 한 것이 없소."

내가 말했다.

그는 의자 등을 움켜쥐고 엉거주춤 일어섰다.

"우린 당신이 그걸 인정하는 걸 다 들었소."

"우리는 비무장 흑인이 사살된 사건을 극적으로 만든 것이오."

그는 양손을 들어 올렸다. 빌어먹을 자식 하고 나는 속으로 내뱉었다. 빌어먹을 자식. 그는 한 사람의 인간이었다!

"당신이 말하는 그 흑인은 변절자였소. 변절자."

브라더 잭이 말했다.

"변절자란 게 뭐요, 형제?"

나는 손가락을 헤아리면서 분노와 함께 재미를 느끼며 물었다.

"그는 인간이었고 흑인이었소. 인간이었고 형제였소. 인간이었고, 당신 말마따나 변절자였소. 그리고 이제 그는 한 사람의 죽은 인간이 되었소. 살아서나 죽어서나 그는 모순에 가득 찬 존재였소. 얼마나 모순에 가득 찬 인간이었던지 그는 할렘 주민의 반이 우리의 부름에 호응하도록 밖으로 나와 뙤약볕 속에 서 있게 만들었소. 그래, 변절자란 게 뭐요?"

"이제 후회하고 있군."

브라더 잭이 말했다.

"이 사람을 보십시오, 형제들. 우리 운동이 한 사람의 변절자를 흑인들에게 억지로 떠맡기는 입장이 되게 해놓고서 변절자가 뭐냐고 묻고 있습니다."

"그렇소."

나는 말했다.

"그래요. 그리고 당신 말대로, 그건 정당한 질문이오, 형제. 어떤 사람들은 내가 중심가에서 활동해왔다고 해서 나더러 변절자라고 하오. 어떤 사람들은 내가 방구석에 처박혀 앉아 잠자코만 있어도 그렇게 부를 것이오. 물론, 나도 클립턴이 한 일을 고려해보았소……."

"이제 변호까지 하는군!"

"변호를 하려는 건 아니오. 나도 여러분처럼 혐오감을 느꼈소. 하지만, 제기랄. 무기를 안 든 인간을 쏘아 죽인 사실이 그냥 망측한 인형들을 팔았다는 사실보다 정치적으로 더 중요하지 않소?"

"그래서 개인적인 책임을 행사했군요."

잭이 말했다.

"그럴 수밖에 없었소. 난 전략 회의에 소집되지도 않았소. 아시겠죠."

"당신이 무슨 장난을 하는지 몰랐소? 당신은 당신 민족에 대해 존경심도 없소?"

토빗이 물었다.

"당신에게 기회를 줬던 게 위험한 과오였소."

다른 사람 중 하나가 말했다.

나는 그를 건너다봤다.

"원하시면 위원회에서 그걸 철회해도 좋소. 그건 그런데 왜 다들 이렇게 뒤집혀 있소? 민중의 10분의 1만 우리가 보는 식으로 인형을 본다 해도 우리 일은 훨씬 쉬워질 거요. 인형은 아무것도 아니에요."

"아무것도 아니라. 그 아무것도 아닌 것이 우리 면전에서 폭발할지도 모르오."

잭이 말했다.

나는 한숨이 나왔다.

"여러분의 얼굴은 안전합니다, 형제. 민중은 그처럼 추상적인 말로 생각지 않는다는 사실을 모르시오? 추상적인 말로 생각한다면 아마도 새 프로그램은 실패하지 않았을지도 모르죠. 형제애단은 흑인 민족이 아니오. 어떤 조직도 마찬가지요. 여러분은 클립턴의 죽음을 통해 그것이 오로지 형제애단의 신망에 해가 될지도 모른다는 사실만 봅니다. 그를 오로지 변절자로서만 보는 거죠. 하지만 할렘은 그런 식으로 반응하지 않아요."

"이제 이 사람은 우리에게 흑인 민족의 조건 반사에 대해 강의하고 있군."

토빗이 말했다.

나는 그를 쳐다봤다. 몹시 피곤했다.

"그래 당신이 우리 운동에 이바지한 그 훌륭한 공헌의 원천은 무엇이오, 형제? 익살극으로 출세한 것? 또 흑인에 대한 당신의 심오한 지식의 원천은 뭐요? 당신은 과거 대농장을 소유했던 가문에서 출생했소? 당신의 유모가 밤마다 꿈에 발을 끌고 나타나오?"

그는 물고기처럼 입을 쫙 벌렸다가 다물었다.

"내가 훌륭하고 머리 좋은 흑인 아가씨와 결혼할 몸이라는 걸 알려줘야만 되겠군."

그는 말했다.

그래, 그래서 당신은 너무 건방지단 말이야 하고 생각하며 나는 전등불이 그를 비스듬히 비쳐 그의 코 아래 쐐기 모양의 그림자를 만들어놓은 것을 보았다. 그래 맞아……. 내가 이 안에 여자가 있다는 걸 어떻게 짐작했겠나?

"형제, 사과하오."

나는 말했다.

"내가 당신을 잘못 봤소. 당신은 우리편이군요. 사실 당신은 흑인이나 다름없는 것 같소. 그런데 이쪽에서 빠져든 것이었소, 아니면 그쪽에서 들어온 것이었소?"

"자, 여길 보시오."

그는 의자를 뒤로 밀어젖히며 말했다.

해볼 테면 해봐 하고 나는 생각했다. 조금만 움직여보라지. 조금만 더 움직여봐.

"형제 여러분."

잭이 내게 눈길을 주며 말했다.

"논의에서 벗어나지 맙시다. 난 흥미를 느낍니다. 그래 무슨 말을 하던 중이었소?"

나는 토빗을 바라봤다. 그는 눈을 부릅떴다. 나는 싱긋 웃었다.

"내가 하려던 말은, 여기 있는 우리는 경찰들이 클립턴의 사상 따윈 안중에도 없었다는 사실을 안다는 거요. 그는 흑인이었기 때문에, 그리고 반항했기 때문에 사살당했소. 하지만 흑인이라는 이유가 더 컸소."

브라더 잭이 미간을 찌푸렸다.

"또 인종 이야길 들고 나오는군……. 하지만 경찰은 인형에 대해 어떻게 생각하오?"

"인종 이야길 들고 나오지 않을 수 없으니까 들고 나오는 거요."

내가 말했다.

"그리고 인형에 관해선, 경찰들 생각으로는 클립턴이 악보를 팔았을지도 모른다고 알고 있소. 성경책이라든가 누룩 넣지 않은 빵이라든가 말이오. 그가 백인이었더라면 죽지 않았을 것이오. 아니면 하라는 대로 하기만 했더라도……."

"흑인이니 백인이니, 백인이니 흑인이니."

토빗이 말했다.

"우리가 이런 인종주의자의 돼먹지 않은 이야길 꼭 듣고 있어야 합니까?"

"그럴 필요 없소, 흑인 형제."

내가 말했다.

"당신은 당신 소스에서 직접 얻은 당신 나름의 정보가 있지 않소. 그거 혼혈 소스요, 형제? 아, 대답은 필요 없소……. 딱 한 가지 잘못된 건 당신의 소스가 너무 협소하다는 거요. 사실 당신은 클립턴이 형제애단의 단원이기 때문에 오늘 군중이 나왔다고 생각지 않죠?"

"그래 군중은 왜 나왔소?"

잭이 금방이라도 튀어나올 듯한 자세로 말했다.

"우리가 그들에게 감정을 표현하고 자신을 긍정할 수 있는 기회를 주었기 때문이오."

브라더 잭은 눈을 비볐다.

"당신은 완전히 이론가가 되어버렸어. 그걸 아오? 놀라워."

그가 말했다.

"그럴까요, 형제. 하지만 사람을 생각하게 만들려면 고립시키는 방법만 한 것도 없는 것 같소."

내가 말했다.

"그렇소. 그건 맞소. 우리의 가장 훌륭한 사상의 일부가 옥중에서 이루어진 것들이었소. 당신만 투옥된 경험이 없소, 형제. 그리고 당신은 생각을 하라고 고용된 게 아니었소. 그걸 잊었소? 그렇다면 들어보시오. 당신은 생각을 하라고 고용된 게 아니었소."

그는 아주 신중하게 말했다. 그래서 나는 생각했다. 그래…… 그래. 이거군. 속을 다 내놓고 보니 낡아빠지고 썩어빠졌어. 그래, 이제 노골적으로 까놓는군…….

"그래 이제 내 위치를 알겠소."

나는 말했다.

"그리고 누구나……."

"내 말을 왜곡하지 마시오. 내 말은 우리 모두를 대신해서 위원회가 생각을 한다는 뜻이오. 우리 모두를 대신해서 말이오. 그리고 당신은 말을 하라고 고용됐소."

"맞아요. 나는 고용된 몸이었소. 너무들 형제같이 대해주셔서 처지를 깜박 잊었소. 하지만 내가 아이디어를 하나 말하고 싶다, 그러면 어떻게 되오?"

"우리가 모든 아이디어를 제공하오. 우리는 몇 가지 예리한 아이디어들을 가지고 있소. 아이디어는 우리가 다루는 기구의 일부요. 적시에 적합한 아이디어만이 존재하오."

"시기를 잘못 판단하는 경우에는?"

"그런 일이 있더라도 당신은 잠자코 있으시오."

"내가 옳은 경우에도 말이오?"

"위원회에 통과되지 않는 말은 하지 마시오. 통과되지 않았을 경우 당신은 맨 나중에 지시받은 말만 반복하면 되오."

"우리 민족이 나더러 말을 하라고 요구할 때두요?"

"위원회가 답변할 것이오!"

나는 그를 쳐다봤다. 실내는 무더웠고, 조용했고, 연기가 자욱했다. 다른 사람들이 나를 이상한 눈으로 쳐다봤다. 누군가 초조하게 유리 재떨이에 담배를 짓이겨 끄는 소리가 들려왔다. 나는 의자를 뒤로 밀어젖히며 숨을 깊이 들이마시고 감정을 억눌렀다. 나는 위험한 길목에 들어서 있었다. 클립턴을 생각하며 이 대목을 벗어나려고 애썼다. 아무 말도 하지 않았다.

갑자기 잭은 웃음을 띠며 슬쩍 아버지 역할로 되돌아갔다.

"전략의 이론과 실무를 다루기로 합시다."

그가 말했다.

"우리는 경험이 많소. 우리는 졸업생이오. 그런데 당신은 머리 좋은 신입생이어서 몇 학년을 뛰어넘어버렸소. 한데 그건 중요한 학년이었소. 특히 전략적 지식을 얻는 데에 말이오. 전략적 지식을 얻기 위해서는 상황을 전체적으로 볼 줄 알아야 하오. 그냥 눈에 비치는 것만 있는 게 아니오. 긴 안목, 짧은 안목, 전체적 안목을 고루 마스터하면 당신도 아마 할렘 주민의 정치적 의식을 비방하진 않을 것이오."

실정을 말해주려는데 이 사람은 그걸 모른단 말인가 나는 생각했다. 내가 단원이니까 할렘에 대해 무슨 생각도 갖지 말란 말인가.

"좋습니다."

나는 말했다.

"당신 좋을 대로 하시오, 형제. 다만 할렘의 정치 의식에 관해선 나도 좀 아는 분야요. 그거야말로 주민들이 날 월반시키지 않을 과목이니까. 난 내가 아는 현실의 일부를 설명하는 거요."

"그게 바로 제일 문제가 되는 발언이오."

토빗이 말했다.

"압니다."

나는 엄지손가락으로 테이블의 가장자리를 쓸어내리며 말했다.

"당신의 비밀 소스가 당신에게 틀리게 말해주는 거요. 역사란 밤에 이루어지잖소? 형제?"

"당신에게 경고를 했소."

토빗이 말했다.

"형제로서 형제에게 하는 말이지만, 형제."

나는 말했다.

"더 좀 돌아다녀보도록 하시오. 할렘 주민들이 우리 호소에 귀를 기울이게 된 것은 몇 주일 만에 오늘이 처음이라는 걸 알게 될지도 모르니까. 그리고 한마디 덧붙이겠소. 만약 우리가 오늘 이루어진 것을 토대로 끝까지 밀고 나가지 않으면 이게 아마 마지막……."

"그래, 마침내 미래를 예언하게끔까지 되었구먼."

브라더 잭이 말했다.

"그럴 가능성이 있소……. 안 그러기를 바라지만."

"접신을 하는 모양이야. 흑인 신하고."

토빗이 말했다.

나는 그를 쳐다보고 빙긋 웃었다. 그는 회색 눈을 가졌고 홍채가 아주 컸다. 턱에는 근육이 불거져 나왔다. 내가 그의 수비를 무너뜨려놓았기 때문에 그는 이제 마구잡이로 덤벼들었다.

"신하고 접하는 건 아니오. 당신 부인하고 접하는 것도 아니고, 형제."

내가 그에게 응수했다.

"나는 둘 다 만난 적이 없소. 하지만 나는, 여기 이곳 사람들 가운데서 일해왔소. 당신 부인더러 싸구려 바라든가 이발소, 술집, 교회 같은 델 데려다 달라시오, 형제. 그래, 그리고 머리를 볶는 토요일엔 미장원에도 말이오. 그러면 기록되지 않은 전 역사를 들을 수 있게 되오. 믿지 않으시겠지만 사실이오. 부인더러 밤에 허름한 셋집 통로에 데려다 달라고 해서 거기 서서 무슨 말들이 들리는지 들어보시오. 부인을 길모퉁이로 내보내 사람들이 무엇을 내려놓고 가던가를 물어보시오. 이걸 알게 될 거요. 많은 사람들이 우리가 자기들을 행동으로 이끌지 못했다고 분개한다는 걸 말이오. 나는 그 사실을 바탕 삼아 행동할 것이오. 내가 보고 느끼는 것, 그리고 내가 들은 것, 그리고 내가 아는 것을 바탕 삼아 행동하듯이."

"안 되오."

브라더 잭은 벌떡 일어서며 말했다.

"당신이 바탕 삼아 할 것은 위원회의 결정이오. 이 문제에 대해선 충분히 이야기했소. 위원회가 당신 대신 결정을 내려준단 말이오. 민중의 그릇된 생각에 부당한 중요성을 부여하는 것은 위원회가 하는 일이 아니오. 당신의 규율 의식은 어떻게 됐소?"

"규율에 대해 이러쿵저러쿵하는 것이 아니오. 도움이 되어볼까 해서 이러는 것이지. 나는 위원회가 보지 못한 것 같은 어떤 현실의 일부를 지적해주려는 것이오. 단 한 번의 시위면, 우리는……."

"위원회는 이미 그러한 시위를 부결했소."

브라더 잭이 말했다.

"그런 방법은 이제 효과가 없소."

무언가 내 아랫도리에서 빠져나가는 것 같았다. 나는 곁눈으로 문득 방의 어두운 쪽에 무슨 물체들이 있다는 것을 의식했다.

"하지만 오늘 일어난 일을 아무도 보지 않았단 말이오?"

나는 말했다.

"그건 뭐였소, 꿈이었나요? 그 군중이 뭐가 어때서 효과가 없었다는 겁니까?"

"그런 군중은 우리의 원료에 불과하오. 우리 프로그램에 맞춰 모양을 갖춰야 할 원료의 하나란 말이오."

나는 테이블을 돌아보며 머리를 가로저었다.

"군중이 날 욕하고 우리를 배신자라고 비난하는 것도 무리가 아니지……."

갑자기 동요가 일어났다.

"다시 한번 말해보시오."

브라더 잭이 앞으로 걸어 나오며 말했다.

"사실이오. 다시 말하겠소. 오늘 오후까지 사람들은 형제애단이 그들을 배신했다고 말하고 있었소. 난 지금 내가 직접 들은 말을 하는 거요. 그리고 클립턴도 그 때문에 사라져버렸소."

"그건 옹호해줄 수 없는 거짓말이오."

브라더 잭이 말했다.

나는 이제 천천히 그를 바라보며 생각했다. 이런 식이라면, 이런 식이라면…….

"그런 식으로 말하지 마시오."

나는 부드럽게 말했다.

"누구든 내게 그런 식으로 말하지 말아요. 난 내가 들은 바대로 말한 것뿐이오."

내 한 손은 그때 주머니 속에 들어가 타프 형제의 족쇄를 움켜쥐고 있었다. 나는 그들을 한 사람 한 사람 바라보며 자신을 제어하려고 애썼으나 자꾸만 걷잡을 수 없이 되어가는 것 같았다. 마치 초음속 회전 목마를 탄 듯 머리가 빙글빙글 돌았다. 잭은, 새로이 흥미 있다는 눈빛을 띠고 몸을 앞으로 기울이며 나를 바라보았다.

"그래, 그런 말을 들었단 말이죠. 좋아요. 그럼 이제 내 말을 들어보시오. 우리는 시정인들의 그릇되고 유치한 생각에 맞춰 우리의 정책을 세우진 않소. 우리가 하는 일은 그들에게 무슨 생각을 하냐고 묻는 일이 아니라 그들에게 지시를 하는 일이오!"

"전에도 그런 말 했소."

나는 대꾸했다.

"그걸 직접 그들에게 이야기해보시지그래요. 그런데 그건 그렇다 치고. 당신은 누굽니까, 위대하신 백인 아버지?"

"아버지가 아니고 지도자요. 당신의 지도자이기도 하고. 그 점을 잊지 마시오."

"나의 지도자라는 것은 좋소. 한데 당신의 그들에 대한 정확한 관계는 뭐요?"

그의 붉은 머리털이 꼿꼿이 곤두섰다.

"지도자요. 형제애단의 지도자로서 그들의 지도자이기도 하오."

"하지만 스스로도 그들의 위대한 백인 아버지가 아니라고 확신합니까?"

말하며 나는 그를 찬찬히 뜯어보았다. 뜨거운 침묵이 느껴졌다. 발끝에서 다리로 스쳐가는 긴장을 느끼며 나는 테이블 밑으로 얼른 발을 끌어당겼다.

"오히려 잭 주인님이라고 부르는 게 낫지 않을까요?"

"자, 여길 봐요."

그는 그렇게 입을 열며 벌떡 일어나서 테이블 위로 몸을 기울였다. 그가 테이블 가장자리를 움켜쥐고 나와 전등 사이로 몸을 불쑥 디미는 바람에 나는 의자 뒷발로 의자를 반쯤 돌려 앉았다. 그가 침을 튀기며 외국어로 떠들어대고 숨을 헐떡이고 기침을 하며 머리를 내젓자, 나는 발끝으로 몸을 가누며 뛰쳐나갈 태세를 취했다.

머리 위로는 그가 있었고 그의 뒤로 다른 사람들이 있었는데, 그때 갑자기 무엇인지가 그의 얼굴에서 터져나가는 것 같았다. 헛것이 보이기 시작하는구나 하고 생각하는 참인데, 그것이 테이블에 땅 하고 부딪혀 굴러가는 소리가 들려왔다. 그때 그가 팔을 불쑥 내뻗어 커다란 유리구슬만 한 무슨 물건을 냉큼 집어 들더니 그것을 자기 유리컵 속에 풍덩! 떨어뜨렸다. 나는 물줄기가 사방으로 빗살 모양으로 튀어 올라 반지르르한 테이블 바닥 저편에 날렵한 작은 물방울로 떨어져 내리는 것을 보았다. 방 안이 쫙 내리깔리는 듯했다. 나는 사람들 머리 위 높은 고원으로 솟구쳐 올랐다 내려앉았다. 의자 다리가 바닥을 치면서 척추 끝이 격심하게 흔들렸다. 회전 목마는 속도가 더 빨라졌다. 그의 목소리가 들려왔으나 나는 더는 듣고 있지 않았다. 나는 유리컵을 응시했다. 불빛이 유리를 뚫고 테이블의 짙은 나뭇결 위로 투명하면서도 뚜렷한 홈들이 파인 그림자를 던져놓았다.

유리컵 바닥에 눈이 하나 놓여 있었다. 유리 눈이었다. 광선 때문에 모양이 일그러진 우윳빛 도는 하얀 눈, 우물 속의 껌껌한 물 속에서 내다보는 듯 나를 뚫어지게 노려보는 눈.

이제 나는 내 머리 위에 선 그를 바라보았다. 불빛이 방의 어두운 편에 그의 윤곽을 그려놓았다.

"……규율을 지켜야 해. 결정을 받아들이든지, 나가든지 하시오."

나는 분노가 치밀어오르는 것을 느끼며 그의 얼굴을 노려보았다. 그의 왼쪽 눈이 꺼져 들어가 있었다. 한 가닥 빨간 선이 있는 곳에서 눈꺼풀이 감기지 않으려고 용을 썼다.

그의 시선은 위력을 상실했다. 나는 그의 얼굴을 보고 나서 유리컵을 보면서 생각했다. 이자가 날 당황하게 만들 셈으로 제 눈알을 후벼낸 거겠다……. 다들 전부터 알고 있었어. 이 사람들은 놀라지도 않는다. 나는 유리 눈을 노려보았다. 잭이 빽빽 소리를 지르며 왔다 갔다 하는 것을 의식하면서.

"형제, 내 말을 알아듣겠소?"

그는 발을 멈추고 키클롭스(그리스 신화에 나오는 외눈 거인)처럼 약이 올라서 나를 한 눈으로 째려보며 다시 물었다.

"무슨 일이오?"

나는 대답을 못하고 그를 물끄러미 올려다 보았다.

그러자 그는 알아차리고 심술궂게 웃으며 테이블로 다가왔다.

"그래, 그거요. 그래서 당신은 불편한 것 아니겠소? 당신은 감상주의자요."

그는 유리컵을 번쩍 추켜들었다. 그 바람에 눈알이 물 속에서 뒤집혀 이제 둥근 유리컵 밑바닥에서 나를 내려다보는 것 같았다. 그는 웃으며 컵을 텅 빈 눈구멍 높이까지 들어 올려 빙빙 돌렸다.

"당신 이걸 모르고 있었죠?"

"그렇소. 알고 싶지도 않았소."

누군가 웃었다.

"봐요. 그것만 봐도 당신이 우리와 얼마 동안이나 같이 일했는지 알 수 있소."

그는 컵을 내렸다.

"난 임무를 수행하다 눈을 잃었소. 어떻게 생각하오?"

그는 자랑스럽게 말했으나 그것이 나를 더더욱 화나게 만들었다.

"당신이 그걸 숨기고 다니는 한 그걸 어떻게 잃었든 알 바 아니오."

"그건 당신이 희생의 의미를 이해하지 못하기 때문이오. 나는 어떤 목적을 완수하라는 명령을 받았소. 그리고 그것을 완수했소. 알겠소? 그 임무 중에 비록 눈을 잃어야 했지만……."

그는 유리컵 속에 든 눈을 마치 훈장이나 되는 것처럼 들어 올리며 이제 슷제 빙글거렸다.

"배신자 클립턴과는 좀 다르죠?"

토빗이 말했다.

다들 재미있어하는 눈치였다.

"좋습니다."

나는 말했다.

"좋아요! 영웅적 행위였소. 그것이 세계를 구하고 이제 땀 흘리는 상처를 감춰주고 있소!"

"과대 평가하지 마시오."

잭이 이제 한결 차분하게 말했다.

"영웅이란 죽는 사람들이오. 이건 아무것도 아니었소……. 지나고 나니 말이오. 규율에 관한 하나의 조그만 교훈일 뿐이었소. 그래, 이제 규율이 뭔지 알겠소? '개인적인 책임', 형제? 그건 희생이고, 희생이며, 희생이오!"

그는 유리컵을 테이블 위에 쾅 내려놓았다. 내 손등으로 물이 튀었다. 나는 사시나무 떨 듯 후들후들 떨렸다. 그래 그게 규율의 뜻이란 말이지 하고 생각했다. 희생이……. 그래, 그리고 장님이 되는 것이. 이 사람은 날 못 봐. 날 보지도 못해. 이 작자 목을 졸라버릴까? 모르겠다. 이 자는 아무래도 보진 못해. 난 아직도 모르겠어. 그래! 규율은 희생이다. 그래, 그리고 장님이 되는 것이다. 그래, 그래서 나는 여기 앉아 있고 이 자는 나를 협박하려 드는 거지. 맞아. 망측하게 앞 못 보는 유리 눈을 가지고 말이야……. 내가 그 사실을 안다는 것을 이자에게 보여줄까? 그래야 되지 않겠어? 이자도 알아야 되지 않을까? 어서! 보여줘야 되잖아? 자, 저걸 봐. 아주 잘 만들었소. 영락없이 진짜처럼 보이는군……. 거의 완벽한 모조품이야……. 그래야 될까, 그렇지 않아? 이자도 아마 자기가 떠벌렸던 그 외국어를 배운 곳에서 그걸 구했는지 모르지. 보여줘야 되지 않을까? 이자더러 모르는 말을, 미래의 언어를 말하도록 시켜봐. 넌 어떻게 된 거지? 규율. 배우는 것이라고 했던가? 그런가? 내가 일어서나? 넌 여기 앉아 있어, 그렇지? 넌 계속 버티고 앉아 있어, 그렇잖아? 이자가 배울 거라고 했고 그래서 넌 배우는 중이야. 그래 이자는 내내 그걸 알았어. 이자는 수수께끼를 푸는 사람이야. 우리 이자에게 보여줘야 되지 않을까? 그래 가만히 앉아 있을 도리밖에 없지. 그리고 배워. 유리 눈 따위는 신경 쓰지 말고. 죽은 눈이니까……. 그래 좋다. 이자를 봐. 이제 돌아서고 있다. 왼쪽으로, 오른쪽으로, 짧은 다리 걸음으로 내게 다가온다. 보라. 영차! 영차! 애꾸눈 등대. 좋다, 좋아……. 영차! 영차! 짧은 다리 조합장. 좋다. 이자를 못박아라! 속임수를 쓰는 변증법적 조합장……. 좋아. 자, 그래 지금 넌 배워가는 중이야……. 참아라……. 인내심을 가져……. 그래…….

나는 처음 보는 사람처럼 다시 한번 그를 쳐다봤다. 이마가 높고 둥글고 생눈구멍 위로는 눈꺼풀이 잘 덮이지 않으려는, 당닭같이 땅딸막한 사람이 하나 눈앞에 있었다. 나는 이제 그를 찬찬히 바라보았다. 붉은 반점들이 조금씩 희미해지면서 막 꿈에서 깨어나는 듯한 기분이 들었다. 나는 부메랑처럼 어딘가를 빙 돌아온 것 같았다.

"당신 기분을 잘 알고 있소."

그는 이제 막 극 중의 한 역을 끝내고 다시 본래의 음성으로 돌아온 배우처럼 말했다.

"내가 이렇게 된 걸 처음 알았던 때를 기억하고 있소. 즐거운 기분이 아니었지. 또 예전 눈을 다시 찾고 싶지 않은 것도 아니오."

이제 그는 물 속에 손을 집어넣어 눈을 찾았다. 매끈매끈한 반구체의, 반무정형의 형체가 손가락 사이에서 미끈덕 빠져나가 탈출할 길을 찾는 듯 유리컵 안에서 용을 쓰고 돌아다니는 것이 보였다. 이윽고 그는 눈알을 집어 들고 물을 털어내 입으로 불어대며 방의 어두운 쪽으로 걸어갔다.

"하지만 누가 알겠소, 여러분?"

그는 등을 돌린 채 말했다.

"우리가 일을 성공적으로 해 나가면 새로운 사회가 내게 진짜 눈을 하나 주게 될지. 전혀 공상적인 이야기는 아니오. 내가 꽤 오랫동안 눈 없이 살아왔지만 말이오……. 그런데 몇 시나 됐소?"

하지만 어떤 종류의 사회가 와야 그가 나를 보게 될까 나는 생각했다. 토빗의 목소리가 들렸다.

"6시 15분이오."

"그럼 지금 일어서는 게 좋겠소. 우린 아주 멀리 여행해야 하니까."

이렇게 말하며 그는 방을 가로질러 왔다. 이제 그는 눈을 제자리에 박아 넣고 웃음을 띠고 있었다.

"어떻소?"

그는 내게 물었다.

나는 고개를 끄덕였다. 몹시 피곤했다. 나는 그냥 고개만 끄덕였다.

"좋소."

그는 말했다.

"당신에게는 이런 일이 일어나지 않기를 진심으로 바라오. 진심으로."

"만약의 경우엔 당신 안과 의사를 천거해주시겠죠."

나는 말했다.

"그럼 나는 남들이 나를 보지 못하듯 나 자신을 보지 못하게 될지 모르니까."

그는 야릇한 눈초리로 쳐다보더니 웃음을 터뜨렸다.

"보시오, 형제들. 이 사람이 농담을 하오. 다시 형제지간의 기분을 느끼는 거요. 하지만 아무튼 당신이 이런 걸 필요로 하지 않기를 바라오.

시간이 나면 햄브로우에게 가보시오. 그가 계획을 대충 설명해주고 지시를 내려줄 것이오. 오늘은, 일이 돼가는 대로 그냥 둡시다. 가능하기만 하면, 중요한 것은 발전이오. 그렇지 않으면 잊혀지고 마오."

그러면서 그는 웃옷을 걸쳤다.

"그게 최선이라는 걸 알게 될 거요. 형제애단은 반드시 하나의 공동협력 단위로서 행동해야 하오."

나는 그를 쳐다봤다. 몸에서 냄새가 난다는 사실이 차츰 다시 의식되었다. 목욕을 해야 했다. 다른 사람들은 이제 다들 일어서 문 쪽으로 갔다. 나도 일어섰다. 셔츠가 등에 착 달라붙었다.

"마지막으로 한 가지."

잭이 내 어깨에 손을 얹으며 조용히 말했다.

"그 성질을 조심하시오. 그것도 규율이오. 상대방 형제를 사상으로, 논쟁술로 깨뜨리는 법을 배우시오. 급한 성질은 적들에게 사용하는 거요. 아껴뒀다가 적들에게 사용하시오. 그럼 가서 좀 쉬도록 하시오."

나는 몸이 부르르 떨리기 시작했다. 그의 얼굴이 다가왔다가 물러가고 물러갔다가 다가오는 것 같았다. 그는 고개를 내저으며 기분 나쁜 웃음을 지었다.

"기분은 알겠소."

그는 말했다.

"그렇게 애쓴 일이 허사가 돼서 참 안됐소만, 그것도 그 자체가 일종의 수련이오. 나는 지금 내 경험을 이야기하는 거요. 나는 당신보다 나이가 훨씬 더 들었소. 잘 있으시오."

나는 그의 눈을 쳐다보았다. 그래 내 기분을 안단 말이지. 어느 게 안 보이는 눈이냐?

"잘 가시오."

나는 말했다.

"잘 계시오, 형제."

토빗만 빼놓고는 다들 인사를 보냈다.

좋은 말이지만 잘 계시지는 못할 거요 하고 생각하며 나는 마지막 인사를 건넸다.

"잘 가시오."

그들이 떠나가고 나자 나는 웃옷을 집어 들고 나와 내 책상 앞에 가서 앉았다. 그들이 층계를 내려가는 소리, 아래층의 문이 닫히는 소리가 들려왔다. 마치 형편없는 코미디를 구경하고 난 다음 같았다. 다만 그것은 현실이었다. 나는 그 현실을 살고 있었고 그것은 내가 살 수 있는 유일하게 역사적인 의미를 가진 삶이었다. 그것을 떠나선 끝장이리라. 클립턴처럼 죽어버린 존재가, 무의미한 존재가 되리라. 어둠 속에서 나는 인형을 더듬어 집어 들어 책상 위에 떨어뜨렸다. 아무튼 그는 죽었다. 그리고 이제 그의 죽음에서는 아무것도 나오지 않을 것이다. 그는 이제 쓰레기 치우는 일에도 쓸모가 없게 되고 말았다. 그는 너무 오랫동안 기다렸던 것이고 그러는 사이에 그에 대한 지시가 변해버렸던 것이다. 그는 장례식도 간신히 치른 셈이었다. 단 며칠간의 문제에 지나지 않았지만 그는 시기를 놓치고 말았고 나는 속수무책이었다. 그러나 아무튼 그는 죽었고 이곳에서 벗어난 셈이었다.

한참 동안 나는 그렇게 앉아 있었다. 점점 더 미칠 것 같았고 이 생활에 분통이 터졌다. 그만둘 수는 없었다. 싸우기 위해서는 접촉을 계속해야 했다. 하지만 앞으로는 전 같지 않을 것이다. 절대로. 오늘 밤 이후 나는 절대 전 같지 않을 것이고 전처럼 생각하지 않을 것이다. 어떻게 될지는 알 수 없으되 지금의 나로 되돌아올 수는 없었다—대단할 것 없는 처지니까—정말이지 나는 지금의 내가 되기 위해 얼마나 많은 것을 상실했던가 말이다. 토드 클립턴과 함께 나의 일부도 아울러 죽어버렸다고 할 수 있었다. 그래 햄브로우를 만나리라, 무슨 쓸모가 있든 간에.

나는 자리에서 일어나 아까의 홀로 나갔다. 유리컵이 아직도 테이블 위에 놓여 있었다. 그걸 방 저쪽으로 쓸어내버리자 어둠 속에서 데굴데굴 굴러가는 소리가 들렸다. 그러고 나서 나는 아래층으로 내려갔다.

23

아래층 바는 무더운 데다 사람들로 북적대고 있었다. 그리고 클립턴의 죽음을 놓고 열띤 논쟁이 벌어지고 있었다. 나는 입구 가까운 데 서서 버번을 한 잔 시켰다. 그때 누군가 나를 알아보았는지 다들 나를 이야기에 끌어들이려고 했다.

"미안하지만 오늘 저녁은 안 되겠습니다."

나는 말했다.

"그는 내 가장 친한 친구 중 하나였습니다."

"아, 알겠소."

그들은 말했다. 나는 버번 한 잔을 더 마시고 그곳에서 나왔다.

125번가에 이르렀을 때, 시민의 자유 수호단원 한 무리가 문제 경찰관의 파면을 요구하는 탄원문을 돌리며 내게 다가왔다. 한 블록을 더 가자 항상 보는 그 거리의 여자 전도사조차 큰 소리로 죄 없는 사람들의 학살에 대한 설교를 하고 있었다. 생각보다 훨씬 더 많은 사람들이 그 사건으로 동요되어 있었다. 잘됐어 하고 생각했다. 어찌 됐든 이건 그냥 사그라들지 않을지도 몰라, 오늘 저녁에 햄브로우를 만나는 게 좋겠다.

몇 명씩 무리를 지은 사람들이 길가에 끊이지 않고 모여 있었다. 나는 점점 걸음을 빨리 했다. 그러다 보니 어느새 7번가에 이르러 있었다. 그곳 가로등 아래 가장 많은 군중에 에워싸인 사람이 있었는데 보니 훈계자 라스였다—세상에서 제일 만나기 싫은 사람이었다. 그래서 막 발길을 돌리려는 참인데 그가 깃발 사이로 몸을 수그리면서 이렇게 소리쳤다.

"저길 보시오, 저길. 흑인 여러분! 저기 형제애단의 대표가 가고 있소. 이 라스가 바로 본 겁니까? 저 양반이 우리를 슬쩍 지나치려고 하고 있소? 저 사람에게 그 일에 관해 물어보시오. 당신네는 무얼 기다리고 계시오? 당신네는 당신네 조직 때문에 죽은 우리 흑인 청년 사건을 두고 어떻게 하고 있소?"

사람들이 돌아서서 나를 쳐다보더니 내게로 다가왔다. 그 중 일부는 내 뒤로 와서 나를 군중 사이로 떠밀어 넣으려고 했다. 훈계자는 몸을 아래로 수그리고 푸른 신호등 아래서 나를 가리켰다.

"신사 숙녀 여러분, 저 사람들이 이 사건을 두고 어떤 일을 하는지 물어보시오. 겁을 집어먹었을까요……. 아니면 백인들과 흑인 꼭두각시들이 서로 손을 맞잡고 우리를 배신하고 있는 걸까요?"

"손 치우시오."

나는 누군가 다가와서 팔을 붙들자 소리쳤다.

어디선지 나직하게 욕하는 소리가 들렸다.

"저 형제에게 대답할 기회를 주시오!"

누군가 말했다.

사람들의 얼굴이 내 위로 덮쳐왔다. 나는 웃음이 나왔다. 문득 내게 배신자의 요소가 있었는지 없었는지 나 자신이 분간을 못하고 있다는 사실을 깨달았던 것이다. 그러나 군중은 웃을 분위기가 아니었다.

"신사 숙녀 여러분, 형제 자매 여러분."

나는 말했다.

"그런 식의 공격에 대해선 유치해서 대답하지 않겠소. 여러분은 모두 저를 알고 제가 하는 일을 하고 있소. 그러니 대답할 필요가 없을 것 같습니다. 하지만 우리 중에 가장 유망한 젊은이의 불행한 죽음을, 그 같은 만행을 종식시키고자 노력해온 한 조직체를 공격하는 구실로 삼는 것은 대단히 명예스럽지 못한 일인 것 같소. 이 죽음을 두고 맨 먼저 항의의 행동을 일으킨 조직체가 어떤 조직체였습니까? 형제애단이었소. 맨 먼저 민중을 분기시킨 것은 또 누구였고? 형제애단이었소. 누가 언제나 맨 먼저 민중의 대의를 주장하고 나섭니까? 그것도 역시 형제애단이오.

우리는 행동해왔소. 그리고 앞으로도 늘 행동할 것이오. 제가 여러분께 다짐합니다. 물론 행동은 우리 나름의 규율에 따라서 합니다. 우리는 적극적으로 행동할 것이오. 우리는 조급하고 그릇 판단된 행동으로 우리와 여러분의 힘을 낭비하기를 거부합니다. 우리는 모두 아메리카인입니다. 흑인이든 백인이든, 저 사다리 위에 올라선 사람이 뭐라고 하든, 우리는 아메리카인입니다. 그런데 우리는 저 위에 있는 양반이 죽은 사람의 이름을 헛되어 부르는 것을 허용하고 있습니다. 형제애단은 그의 형제를 잃은 것을 슬퍼하며 가슴 깊이 애통합니다. 그래서 우리는 그의 죽음을 깊고도 영속적인 변화의 시발점으로 삼을 것을 결의하고 있습니다. 장례가 무사히 끝나기를 얼쩡거리며 기다렸다가 나중에야 사다리 위에 올라서서 고인이 신봉하던 기억 속의 모든 것을 깡그리 먹칠하기는 아주 쉽습니다. 하지만 그의 죽음에서 무언가 영속적인 것을 창조해내는 작업은 시간과 면밀한 계획을 필요로 합니다……."

"이보시오."

라스가 소리쳤다.

"논점을 피하지 마시오. 당신은 지금 내 물음에 대답하지 않았어. 당신네는 사살 사건을 두고 어떤 일을 하고 있느냔 말이오?"

나는 군중의 가장자리 쪽으로 움직였다. 이런 식으로 더 나갔다가는 위험할지도 몰랐다.

"당신 개인의 이기적 목적 때문에 죽은 사람을 욕되게 하지 마시오."

나는 말했다.

"죽은 사람은 편히 쉬게 둡시다. 시체 난도질은 그만두시오!"

나는 라스가 욕설을 퍼붓는 사이 군중을 헤치고 나왔다.

"대답을 하라!"

"무덤 강도야!"

고함 소리가 들렸다.

훈계자는 두 손을 휘저으며 날 가리키고 외쳤다.

"저자는 백인 노예주 밑에서 돈 받고 일하는 꼭두각시요! 우리 흑인 애들과 여자들이 고생을 하던 지난 몇 달 동안 저자는 어디 있었느냔 말이오……."

"죽은 사람을 편히 쉬게 두시오."

나는 소리 질렀다. 누군가의 외침 소리가 들렸다.

"이보라고, 아프리카로 돌아가. 다들 그 형제를 안다고."

좋아 하고 나는 생각했다. 좋아. 그때 등 뒤에서 무슨 발소리가 나 휙 돌아보니 두 사내가 우뚝 멈춰 서 있었다. 라스의 부하들이었다.

"이보시오. 들어봐요."

나는 위에 대고 라스에게 말했다.

"당신 신상에 뭐가 이로운지 알거든 당신 깡패들을 불러 가시지 그래. 깡패 두 사람이 날 따라오고 싶은 모양이니까."

"그런 새빨간 거짓말 집어치워!"

그가 소리쳤다.

"내게 무슨 일이 나면 여기 증인들이 있소. 사람이 묻히기 바쁘게 시체를 파내려는 자가 무슨 짓이든 못할까? 하지만 경고하건대……."

일부 군중 사이에서 성난 고함 소리가 터졌고 나는 두 사내가 증오심을 품은 눈으로 나를 지나가서 군중을 떠나 길모퉁이를 돌아 사라지는 것을 보았다. 라스는 이제 다시 형제애단을 비난하기 시작했고 다른 사람들이 군중 속에서 그와 맞장구를 쳤다. 나는 계속 걸음을 옮겨 다시 레녹스 가 쪽으로 향하면서 어느 극장 앞을 지나치려는데, 갑자기 그자들이 나타나 나를 움켜잡고 주먹질을 하기 시작했다. 그러나 이번에는 그들이 장소를 잘못 고른 셈이었다. 극장 문지기가 끼어드는 바람에 놈들은 라스네 가두 집회가 있는 곳으로 달아나버리고 말았다. 나는 문지기에게 고맙다는 말을 하고 계속 걸어 나갔다. 운이 좋았다. 놈들이 나를 해치지는 못했던 것이다. 하지만 라스는 다시 대담해지고 있었다. 사람들이 덜 붐비는 길에서였다면 그자들이 무슨 해를 입혔을지도 모를 일이었다.

레녹스 가에 이르러 나는 길가로 나가 택시에 손짓을 했다. 택시는 그냥 지나가버렸다.

앰뷸런스가 지나가고 그다음엔 또 한 대의 택시가 빈 차 표지판을 내린 채 지나갔다. 나는 뒤를 돌아봤다. 놈들이 길거리 저쪽 어디선가 나를 지켜보는 것 같은 느낌이 들었지만 보이지는 않았다. 왜 택시가 오지 않나! 얼마 있으니 말쑥한 크림빛 여름 양복을 차려입은 세 사람이 길가에 있는 내 옆으로 와 섰다. 그런데 그들의 차림새를 보니 무언가 머리를 망치처럼 후려치고 가는 것이 있었다. 그들은 모두 색안경을 쓰고 있었다. 나는 그런 차림새를 무수히 봐왔다. 그런데 할리우드식 유행의 속빈 모방이라고 생각해왔던 그것이 갑자기 개인적인 중요성을 띠고 부각되어왔다. 못할 게 뭐야 나는 생각했다. 못할 게 뭐야 하면서 나는 냉큼 길을 건너가 냉방이 된 서늘한 잡화점으로 뛰어 들어갔다.

나는 그것이 햇볕 가리개며, 머리 그물이며, 고무 장갑, 인조 속눈썹 등과 함께 진열장 여기저기에 널려 있는 것을 보았다. 나는 눈에 띄는 것 중에서 가장 짙은 렌즈를 집어 들었다. 녹색 알의 안경이었는데, 어찌나 짙은지 검은색으로 보일 지경이었다. 나는 당장 그것을 끼고 어둠 속으로 뛰어들어 밖으로 걸어 나갔다.

앞이 잘 보이지 않았다. 거의 어스름 무렵이었다. 거리가 흐릿한 초록색으로 우글거렸다. 나는 천천히 길을 건너 지하철 입구 근처에 서서 눈이 익숙해지기를 기다렸다. 그 불길한 불빛을 내다보고 있자니 야릇한 흥분의 물결이 안에서 끓어올랐다. 그때 지하의 뜨거운 바람을 뚫고 사람들이 몰려나왔고 나는 전철들이 인도를 진동시키는 것을 느꼈다. 택시가 한 대 굴러와 손님을 내려놓았다. 그 택시를 막 잡으려는 참인데 그 여자가 계단을 올라와 웃으며 내 앞에 섰다. 이거 뭔가 하고 생각하며 나는 착 달라붙는 여름옷을 입고 서서 웃는 그 여자를 보았다. '크리스마스 나이트' 향수 냄새를 풍기는 덩치 큰 젊은 여자였다. 그녀가 바짝 다가섰다.

"라인하트, 자기, 당신이잖아?"

그녀가 말을 걸었다.

라인하트라니. 그래 효과를 보는군. 그녀는 내 팔에 손을 얹었고, 나는 미처 생각할 짬도 없이 "당신이야, 자기?" 하고 대답하고는 숨을 죽이고 기다렸다.

"그래 처음으로 시간을 지켰군요."

그녀가 말했다.

"그런데 모자도 안 쓰고 뭐 하는 거예요. 제가 사준 새 모자 어쨌죠?"

나는 웃음이 나왔다. 그때 '크리스마스 나이트' 냄새가 나를 감싸 돌았다. 그녀는 얼굴을 점점 가까이 갖다 대더니 눈이 휘둥그레졌다.

"아니, 이봐요, 라인하트 씨가 아니잖아요. 무슨 짓을 하려는 거죠? 말씨도 그이와 달라. 무슨 속셈이에요?"

나는 웃으면서 뒤로 물러났다.

"둘 다 사람을 잘못 본 것 같습니다."

나는 말했다.

그녀는 핸드백을 끌어안고 뒷걸음질을 치며 얼떨떨한 얼굴로 나를 바라봤다.

"나쁜 생각은 정말 없었소. 미안합니다. 절 누구로 잘못 보신 거죠?"

내가 말했다.

"라인하트요. 그런데 그이 흉내 내는 걸 그이에게 들키지 않는 게 좋을 거예요."

"무슨 말씀."

나는 말했다.

"하지만 어찌나 반가워하시는지 아니라고 할 수가 있어야죠. 그분, 아주 행운아시오."

"그런데 전 댁이 아주 영락없이……. 여보세요, 댁 때문에 제 입장 난처해지기 전에 빨리 딴 데로 가세요."

그녀는 옆으로 비켜서서 말했고 나는 그곳에서 떠났다.

참 이상한 일이었다. 하지만 그 모자에 관한 건 근사한 아이디어였어

하고 생각하면서 나는 이제 걸음을 서두르며 라스의 똘마니들이 어딘가 있지 않나 주의하며 갔다. 그런데 그건 시간 낭비나 마찬가지였다. 나는 눈에 띈 첫 번째 모자 가게에 들어가 제일 챙이 넓은 모자를 사 썼다. 이걸 쓰면 눈보라 속에서도 영락없이 눈에 띌 거다……. 딴 사람이라고 여기겠지만 말이지 하고 나는 생각했다.

그러고는 다시 길로 나와 지하철 쪽으로 걸음을 옮겼다. 눈은 금방 안경에 익숙해졌다. 세상이 강한 암록빛을 띠어 보였고, 자동차의 불빛들은 별빛처럼 번쩍였으며, 사람들의 얼굴은 신비로우리만큼 몽롱했다. 극장의 휘황한 간판들은 은은한 빛으로 누그러져 불길하게 빛났다. 이렇게 해서 진짜 테스트를 해보는 것이다. 효과가 있으면 더는 말썽 없이 햄브로우의 집까지 갈 수 있을 것이었다. 앞으로 분노가 폭발하는 시기가 오더라도 나는 바깥을 돌아다닐 수 있으리라.

두 사내가 성큼성큼 활달한 걸음으로 인도를 독차지하며 다가왔다. 걸을 때마다 그들의 묵직한 실크 스포츠 셔츠가 몸 위에서 리드미컬하게 펄럭거렸다. 그들도 색안경을 썼고 모자는 머리 위에 높이 얹어 쓴 채 모자 챙은 아래로 내려뜨리고 있었다.

재즈장이 패로군 하고 생각하는 참인데 그들이 말을 걸었다.

"어이, 잘돼가?"

그들이 말했다.

"라인하트, 이 친구. 뭐 그리 못마땅한 거야."

그들이 말했다.

아이구, 제기랄, 또 그자 친구들인 모양이군 하고 생각하며 나는 손을 내젓고는 그냥 계속 걸어 나갔다.

"자네가 뭘 하는 줄 안다고, 라인하트."

그 중 하나가 소리쳤다.

"침착하게 하라고, 이봐. 침착하게."

나는 농담을 알아듣겠다는 듯 손을 흔들었다. 그들이 뒤에서 웃어젖혔다. 나는 이제 땀에 젖어 그 블록의 끄트머리에 다다랐다. 이 라인하트란 자는 누구고 그자가 지금 무엇을 못마땅해한다는 건가? 오인을 피하려면 그자에 대해 좀 더 알아야 할지 몰랐다…….

차 한 대가 라디오를 요란하게 켠 채 지나갔다. 앞에서는 훈계자가 군중을 향해 듣기 싫게 고함을 질러대는 소리가 들려왔다. 이윽고 나는 가까이 다가서서 행인들이 군중 사이로 지나갈 수 있도록 터놓은 자리에 눈에 띌 테면 띄라는 듯 걸음을 멈추었다. 뒤쪽으로 가게 유리창 뜰 앞에 군중이 두 줄로 늘어서 있었다. 내 앞으로는 청중이 초록빛 어스름 속에 잠겨갔다. 훈계자는 격렬한 제스처로 형제애단을 비난하고 있었다.

"행동할 시기가 왔습니다. 우리는 그자들을 할렘에서 몰아내야 합니다."

그는 외쳤다. 한순간, 그가 쓰윽 휘둘러보았을 때 나는 그가 날 보지나 않았나 생각하고 바짝 긴장했다.

"라스는 그자들을 몰아내라고 했습니다. '훈계자' 라스에서 '파괴자' 라스가 되어야 할 시깁니다!"

찬동의 고함 소리가 일이었다. 뒤를 돌아다보니 날 따라왔던 사내들이 보였다. 나는 생각했다. 파괴라니, 무슨 뜻일까? 하고.

"또 다시 말합니다. 흑인 신사 숙녀 여러분. 행동할 시기가 왔습니다! 나, 파괴자 라스가 다시 말합니다. 시기가 왔습니다!"

나는 흥분감으로 몸을 떨었다. 그들은 날 못 알아보았다. 효과가 있다고 나는 생각했다. 날 보는 게 아니라 모자를 본다. 마술이 있는 모자다. 저자들 바로 코앞에서 날 숨겨주니 말이다……. 그러다 문득 나는 확신이 서지 않았다. 라스가 할렘에서 흰 것이면 깡그리 파괴하라고 부르짖는 판에 누가 날 제대로 알아보겠는가 말이다. 좀 더 확실한 테스트가 필요했다. 내 계획을 이행할 수 있으려면……. 계획이라니? 제길, 모르겠다. 자…….

나는 군중을 이리저리 뚫고 나와서, 그곳을 떠나 햄브로우 집으로 향했다.

주트 복장을 한 한 패가 지나가면서 알은체를 했다.

"헤이, 어떠슈?"

그들이 소리쳤다.

"어이, 어때요?"

어떤 특정한 방식의 옷차림이나 걸음걸이를 함으로써 나는 마치 무슨 사교회 같은 데 가입을 한 것 같았다. 척 보고도 다 나를 알아보는 것이었다. 용모로가 아니라 옷차림이나 제복이나 걸음걸이로 말이다. 그런데 그것이 또 다른 불안을 불러일으켰다. 나는 주트 복장을 한 건달이 아니고 말하자면 정치인이 아닌가. 아니, 그렇긴 그런가? 진짜 테스트를 해보면 어떻게 될까? 졸리 달라에서 아주 무례하게 굴었던 그 친구들은 어떨까? 그런 생각을 했을 즈음 나는 8번가의 중간쯤에 와 있었다. 나는 오던 길을 되밟아 변두리 행 버스를 타려고 뛰어갔다.

많은 단골 손님들이 바를 죽 둘러싸고 있었다. 실내는 붐볐고 배럴하우스가 나와 일하고 있었다. 모자를 비스듬히 기울이고는 사람들을 헤치고 바 쪽으로 가는데 안경테가 콧마루를 파고드는 것이 느껴졌다. 배럴하우스가 나를 무뚝뚝하게 바라보고는 입술을 삐죽 내밀었다.

"오늘 저녁엔 뭘 드시려우, 왕초씨?"

그는 물었다.

"밸런타인으로 주슈."

나는 내 목소리 그대로 말했다.

그가 맥주를 내 앞에 갖다놓고는 돈을 달라고 그 커다란 손으로 바를 철썩 내리쳤을 때 나는 그의 눈을 유심히 들여다봤다. 그러고는 가슴을 두근거리며, 내가 돈을 낼 때 늘 하던 버릇으로 동전을 바 위에서 빙글 돌려 건네고는 기다렸다. 동전은 냉큼 그의 주먹 속으로 사라져버렸다.

"고맙소, 형씨."

그는 그냥 계속 일을 보았다. 얼떨떨했다. 말하는 투로 봐서는 알은 체를 하는 것 같았는데, 그렇다고 나를 알아본 것 같지는 않았기 때문이다. 그는 나를 "왕초"라든가 "형씨"라고 불러본 적이 한 번도 없었다.

효과가 있다, 아주 썩 효과가 있어 하고 나는 생각했다.

분명 무엇인지가 내게 일어나고 있었다. 그것도 엄청난 변화를 일으키면서 말이다. 그런데도 나는 거리낄 것 없는 기분이었다. 날씨가 찌는 듯했다. 아마 그것일지도 몰랐다. 찬 맥주를 들이켜면서 나는 방 뒤쪽의 칸막이 좌석을 돌아다봤다. 한 떼거리의 남녀가 담배 연기 같은 푸르스름한 아지랑이 속에서 악몽 속의 형상들처럼 빙빙 휘돌았다. 주크박스가 시끄럽게 울려댔다. 마치 컴컴한 동굴 저 깊숙한 곳을 들여다보는 것 같았다. 그때 누군가 옆으로 움직였다. 그러자 오르내리는 머리와 어깨들 너머로 곡선을 그리고 있는 바 저쪽에 '화염의 용광로'의 흉몽처럼 불을 켠 채 악을 쓰는 주크박스가 보였다.

젤리, 젤리

젤리

그러나 그래도 하고 나는 노름판 운영인이 손님에게 돈을 내주는 것을 지켜보며 생각했다.

이곳은 분명히 형제애단이 침투해 들어갔던 곳이다. 햄브로우에게 그것도 물어봐야 할 것이다. 다른 것도 물론 다 물어봐야겠지만.

잔을 비우고 이제 나가려고 돌아섰다. 그때 저 건너편 간이 식탁에 앉은 마세오 형제가 눈에 띄었다. 나는 반가운 김에 변장도 잊어버리고 대뜸 그쪽으로 갔다. 그러다 바로 그 앞 가까이까지 가서야 간신히 마음을 진정시키고 변장을 다시 한번 시험해보기로 했다. 나는 그의 어깨너머로 거칠게 손을 내밀어 설탕 통과 고춧가루 병 사이에 놓인 기름때 묻은 차림표를 집어 들고 색안경을 쓴 채 그걸 읽는 척했다.

"갈비 맛이 어때요, 형씨?"

나는 물었다.

"좋수다. 딴 건 몰라도 지금 내가 먹고 있는 건 좋아요."

"그래요? 갈비에 대해서 얼마나 아시는데?"

그는 천천히 머리를 들어 올리더니 건너편 전기 오븐의 야트막한 푸른 불꽃 앞에서 꼬챙이에 꿰인 채 빙글빙글 돌아가는 통닭들을 바라보았다.

"댁만큼은 알고 있지 않을까 싶은데."

그가 말했다.

"더 알지도 모르지. 댁보다는 아마 내 몇 년 더 먹어봤을 테고 먹어본 곳도 몇 군데 더 많을 테니까. 그건 그런데 도대체 무슨 생각으로 여기 끼어들어서 나랑 같이 먹겠다는 거요?"

그는 고개를 돌려 내 얼굴을 정면으로 쳐다보며 대들고 들었다. 아주 기세가 등등했다. 나는 웃음이 나왔다.

"아니, 뭘 그러슈. 사람이 뭘 물어보지도 못하나?"

나는 소리 질렀다.

"다 알고 물어보는 것 아냐."

그는 이제 등받이 없는 의자에서 완전히 돌아앉았다.

"자, 이제 칼을 뺄 준비가 됐겠지."

"칼이라니? 누가 언제 칼 애기를 꺼냈소?"

나는 웃음이 나오려고 했다.

"당신 생각하는 게 그거 아냐? 누가 언짢은 이야길 하면 당신 같은 자들은 으레 재크나이프를 꺼내지 않나? 그래 좋아. 어서 빼라고. 늘 그러겠지만 언제라도 죽을 준비가 되어 있으니까. 자, 보자고. 어서!"

그는 이제 설탕 통으로 손을 뻗쳤다. 나는 그 자리에 선 채 내 앞에 있는 이 노인이 마세오 형제가 아니라 다른 사람이 변장을 하고 나를 헛갈리게 하는 게 아닌가 하는 생각이 퍼뜩 들었다. 색안경이 너무나 효과를 잘 발휘했다. 이 형제 참 팔팔해 하고 나는 생각했다. 하지만 이래서는 좋을 게 못 되었다.

나는 그의 접시를 가리켰다.

"난 저 갈비 맛을 물었지 댁의 갈비 이야길 한 게 아닌데. 누가 칼 이야기를 꺼냈소?"

나는 말했다.

"딴청 부리지 말고 어서 빼라고."

그가 응수했다.

"좀 보자고. 내가 등을 돌리기를 기다리는 건가? 좋아. 이렇게 하지.

등을 돌렸어."

그는 의자 위에서 대뜸 다시 돌아앉았다. 그의 팔은 설탕 통을 던질 태세였다.

손님들이 뒤돌아보며 슬슬 자리를 비켰다.

"웬일이야, 마세오?"

누군가 물었다.

"아무것도 아냐. 이 배짱 좋은 자식이 끼어들어 겁을 주잖아……."

"흥분하지 마, 노인네. 입을 나불거리다 골통 다칠 짓은 말라고."

나는 말했다.

그러면서 나는 내가 왜 이런 식으로 말을 하나 생각했다.

"그런 걱정은 필요 없어, 이 새끼야. 칼을 빼!"

"혼내줘, 마세오. 그 제기랄 자식."

나는 그 목소리의 위치를 귀로 점찍어두고 선동자인 마세오 쪽을 돌아보았다. 손님들이 입구를 막고 있었다. 주크박스도 어느새 멈췄다. 나는 순식간에 위험이 고조되는 것을 느끼고 앞뒤 생각할 겨를도 없이 펄쩍 뛰어들어 재빨리 맥주병 하나를 집어 들었다. 몸이 부르르 떨렸다.

"좋아."

나는 말했다.

"네놈들이 그런 식으로 나오겠다면 좋아. 어느 놈이든 또 멋대로 지껄이면 이걸 안겨주겠다."

마세오가 몸을 움직였고 나는 병으로 치려는 시늉을 했다. 그가 몸을 피하며 설탕 통을 던지려는 것을 내가 몸을 덮쳐 밀어 막았다. 작업용 멜빵 바지를 입고 챙이 기다란 회색 천 모자를 쓴 흑인 노인의 모습이 푸른 안경을 통해 꿈결처럼 보였다.

"던져, 어서."

나는 이 미친 짓에 사로잡혀 소리쳤다. 애초에는 친구에게 변장을 시험해보려고 왔다가 이젠 당장 때려눕혀야 할 처지가 되고 만 셈이었다. 원해서가 아니고 장소와 상황 때문이었다. 좋다, 좋아. 우스꽝스러운 일이지만 현실은 현실이고 당장 위험하다. 그러니 그가 움직이면 인정사정 볼 것 없이 한 대 먹여줄 수밖에 없다. 내가 살려면 불가피한 일이지. 안 그러면 술꾼들이 한꺼번에 덤벼들 것이다. 마세오는 자세를 갖추고 나를 싸늘하게 바라보았다. 그때 난데없이 누군가 버럭 소리를 질렀다.

"내 집에서 싸움 좀 안 할 수 없나!"

배럴하우스였다.

"당신들 그것 다 내려놔요. 그게 다 돈이야."

"제길, 배럴하우스, 싸우게 둬!"

"싸울 테면 말이지 길에서 싸워. 내 집에선 말고……. 여봐, 당신들!"

그가 소리쳤다.

"여길 봐요……."

이제 보니 그는 커다란 손에 권총을 들고 몸을 앞으로 기울이면서 그걸 천천히 바 위에 내려놓았다.

"자, 그걸 다 내려놔요."

그는 침통하게 말했다.

"내 재산을 내려놓으라고 부탁했소."

마세오 형제가 내 얼굴을 보다가 배럴하우스를 봤다.

"내려놓으시지, 노인네."

내가 말했다. 이건 진짜 내가 아닌데 왜 나는 지금 체면을 세우려고 하는 것일까 생각하며.

"네 것을 내려놓아라."

그는 말했다.

"둘 다 내려놔요. 그리고 당신 라인하트."

배럴하우스는 말하며 총으로 내게 손짓했다.

"내 집에서 나가서 들어오지 말아요. 여기 우리 집에서 당신 돈은 필요 없으니까."

내가 따지고 들기 시작했으나 그는 손을 들어 올렸다.

"그래 당신, 난 괜찮아, 라인하트. 날 오해하지 말라고. 하지만 난 말썽은 못 참아요."

배럴하우스가 말했다.

마세오 형제는 이미 설탕 통을 내려놓은 뒤였다. 나는 맥주병을 내려놓고 문간으로 돌아갔다.

"그리고 라인!"

배럴하우스가 말했다.

"총을 뺄 생각도 말아요. 여기 이 총엔 총알이 들어 있고 난 총기 면허가 있으니까."

나는 머리 가죽이 욱신거리는 것을 느끼며 두 사람을 지켜보며 문간으로 돌아갔다.

"다음번엔 알고 싶지도 않은 것 따위를 묻지 말아."

마세오가 말했다.

"그리고 이 시비를 끝장내고 싶으면 이리로 오라고."

바깥 바람은 폭발하듯 나를 에워쌌다. 문간을 막 나와서 나는 다시 장난스런 기분이 되살아나 갑자기 마음이 놓이면서 웃음이 터져 나왔다. 나는 챙이 긴 모자를 쓴, 그 굽힐 줄 모르는 노인과 사람들의 어리둥절한 눈을 다시 떠올려보았다. 라인하트, 라인하트 하고 나는 생각했다. 라인하트란 자는 도대체 어떠한 자인가? 다음 블록에서 한 떼의 사람들 옆에서 서서 신호등을 기다리고 있을 때까지도 나는 계속 낄낄거렸다. 그들은 모퉁이에 서서 서로 싸구려 술을 주고받으며 클립턴의 죽음을 두고 이야기를 주고받았다.

"필요한 건 총이야."

한 사람이 말했다.

"눈에는 눈으로 맞서야 돼."

"두말하면 잔소리지. 기관총이 있어야 해. 거 술 좀 돌려, 머클로이."

"이 동네에 설리번 법이 없다면 뉴욕은 온통 사격 연습장이 되고 말 걸."

또 한 사람이 말했다.

"여기 술 받아. 한데 술병 속에서 안식처를 찾을 생각은 말라고."

"이게 내 유일한 안식처세, 머클로이. 이걸 내게서 뺏어가고 싶나?"

"이봐, 마시고, 그 빌어먹을 병 좀 돌려."

나는 그들 가까이 걸어갔다. 그랬더니 한 사람이 이렇게 말했다.

"어떠슈, 라인하트 씨. 당신 연장은 어때요?"

여기서도 마찬가지군 하고 생각하며 나는 걸음을 서둘렀다.

"묵직하우다."

그 말에는 대답할 말을 알고 있었으므로 나는 대꾸했다.

"아주 묵직해요."

그들은 웃었다.

"그래도 아침엔 가뿐해질 거요."

"그런데 이봐요, 라인하트 씨. 나 일자리 하나 안 주시려우?"

한 사람이 다가오며 말했다. 나는 손을 내저으며 길을 건너서 버스 정류장을 향해 8번가를 서둘러 걸어갔다.

잡화점이며 식료품 가게들은 이제 다 깜깜했고 어린애들이 어른들 사이를 요리조리 들락거리며 인도 위를 내달리기도 하고 고함을 질러대기도 했다. 안경을 통해 보이는 사물의 형상들이 액체처럼 흐무러지는 것을 보고 놀라며 나는 걸음을 옮겼다. 라인하트에게는 세상이 정말 이런 식으로 보이는 걸까? 검은 안경을 쓴 사람들에겐 죄다 이럴까?

"지금 우리는 검은 유리를 통해 보듯이 보나 앞으로는…… 앞으로는……."

그다음 부분은 생각이 나지 않았다.

그 여자는 장 꾸러미를 들고 사뿐사뿐 걸어가고 있었다. 그 여자가 내 팔을 건드리기 전까지, 나는 그 여자가 혼자 중얼거리는 줄 알았다.

"이봐요, 실례지만 젊은이, 오늘 밤은 날 그냥 지나치려는 것 같은데. 끝 수가 뭐죠?"

"수요? 무슨 수 말이죠?"

"뭘, 아시면서 그래요."

그 여자는 엉덩이에 두 손을 얹고 앞을 보면서 목소리를 높여 말했다.

"오늘의 마지막 번호 말이에요. 도박장 운영하는 라인 아니에요?"

"도박장 운영하는 라인?"

"네에, 숫자 도박판의 라인하트, 누굴 놀리려고 하세요?"

"그건 제 이름이 아닌데요, 부인."

나는 가능한 한 똑똑하게 발음해 말하고는 그 여자에게서 떨어졌다.

"잘못 보셨습니다."

그 여자는 입을 쩍 벌렸다.

"아니에요? 어쩜, 그런데 왜 그렇게 그 사람을 닮았죠?"

그 여자는 아무래도 못 믿겠다는 투로 말했다.

"이거 참 별일이 다 있군. 집에 가야겠네요. 꿈대로만 되면 그 악당 같은 작자를 찾아가 봐야지. 여기선 그 돈도 필요한 판이니까."

"따기를 바랍니다. 그 사람도 돈을 주기를 바라고요."

나는 그 여자를 똑똑히 보려고 애쓰면서 말했다.

"고마워요, 젊은이. 그 사람은 돈을 줄 거예요. 이제 보니 젊은인 라인하트가 아닌 걸 알겠어. 붙잡아서 미안해요."

"괜찮습니다."

나는 말했다.

"댁의 구두를 봤으면 알았을 텐데……."

"왜요?"

"도박장의 라인은 구두코가 둥근 걸 신는 걸로 유명하니까."

나는 그 여자가 시온의 옛 배처럼 흔들흔들 뒤뚱거리며 걸어가는 것을 지켜보았다. 그자를 모르는 사람이 없는 게 무리도 아니지 하고 나는 생각했다. 그런 직업을 가지면 세상에 다 얼굴이 팔리게 마련이니까. 나는 클립턴이 총에 맞아 죽은 이래 비로소 처음으로 내가 검고 흰 구두를 신고 있다는 사실을 깨달았다.

경찰차가 방향을 바꿔 길가로 다가와서 내 곁에서 천천히 굴러갈 때 나는 그 경관이 입을 열기도 전에 그가 무슨 말을 할지 알고 있었다.

"어이, 이봐, 라인하트, 자네 아냐?"

운전대를 잡지 않은 경관이 말했다. 그는 백인이었다. 방패 모양의 기장이 모자 위에서 번쩍번쩍 빛났으나 번호는 잘 보이지 않았다.

"아닌데요."

내가 말했다.

"뭐라고? 무슨 수작을 부리려는 거야, 반항하겠다는 건가?"

"사람을 잘못 보셨어요. 라인하트가 아닙니다."

차가 멈추고 손전등 불빛이 내 초록빛 렌즈 속에서 환히 빛났다. 그는 길 위에 침을 탁 뱉었다.

"그래, 아침까진 라인하트가 되는 게 좋을걸."

그는 말했다.

"그리고 우리 몫을 가지고 늘 오던 데로 나오란 말이야. 도대체 자네가 뭔데 그래?"

차가 속력을 내어 떠나는데 그는 소리를 질렀다.

그러고는 막 돌아서려는 참이었다. 그때 한 떼의 사내들이 길모퉁이 도박장에서 우르르 뛰어나왔다. 한 사람은 손에 권총을 들고 있었다.

"저 새끼들이 무슨 수작을 부리려고 했소, 형씨?"

그가 말했다.

"아무것도 아니에요. 딴 사람으로 잘못 본 거지."

"누구로 잘못 봤는데?"

나는 그들을 쳐다봤다. 범죄자들일까, 아니면 그냥 단순히 클럽턴 사건 때문에 흥분한 사람들일까?

"라인하트란 자였소."

나는 말했다.

"라인하트…… 어이, 다들 들었나?"

총을 가진 사내가 코웃음을 치며 말했다.

"라인하트래. 그 자식들 이제 아주 눈이 멀어가나 봐. 누가 봐도 라인하트가 아닌걸."

"아니, 라인과 정말 닮았는데."

다른 사내가 두 손을 바지 주머니에 찌른 채 나를 유심히 바라보며 말했다.

"꼭 빼다박았어."

"웃기는 소리. 라인하트는 밤 이맘때쯤이면 캐딜락을 타고 다닐 거란 말이야. 도대체 무슨 소릴 하는 거야?"

"이봐요, 형씨."

총을 든 사내가 말했다.

"누가 시켜도 라인하트 흉내를 내고 다니진 말아요. 구변 좋아야지, 인정사정없고 못하는 일 없어야 한다니까. 하지만 그 친구들이 또 귀찮게 굴거든 우리한테 말해요. 그자들의 못된 짓을 막는 게 우리의 목적이니까."

"그러죠."

내가 말했다.

"라인하트, 거 개자식 아냐?"

그가 다시 말했다.

그들은 돌아서 뭐라고 떠들며 도박장으로 돌아갔고 나는 서둘러 그 동네에서 빠져나왔다. 햄브로우에게 가야 한다는 것을 잠시 잊고 나는 서쪽으로 가지 않고 동쪽으로 갔다. 안경을 벗고 싶었지만 그러지 않기로 했다. 라스의 부하들이 아직도 노리고 있는지도 모를 일이었다.

이제 한결 고즈넉해졌다. 거리는 신비스러운 초록 빛깔 속에서 소용돌이치는 행인들로 온통 붐볐지만, 아무도 내게 별다른 주의를 기울이지 않았다. 이제야말로 그자의 영역에서 벗어난 모양이군 생각하며 라인하트가 도대체 어떤 사람인지 이리저리 궁리해봤다. 그자는 늘 내 근처에 있었지만 나는 늘 다른 쪽을 보고 있었다. 그는 근처에 있었고 그와 비슷한 자들이 근처에 있었지만 나는 계속 그를 지나쳐보다가 클립턴이 죽은 것(아니 라스였던가?)을 계기로 비로소 의식하게 되었다. 도대체 사물의 외면 뒤에는 무엇이 숨겨져 있단 말인가? 색안경과 흰 모자가 나의 전체를 그처럼 신속하게 지워버릴 수 있다면 누가 실제로 누구란 말인가?

이국적인 향수 냄새가 등 뒤에서 보도 위를 떠도는 것 같았다. 나는 한 여자가 내 뒤에서 우연히 내 방향으로 천천히 걸어오는 것을 느꼈다.

"당신이 저를 알아볼 때까지 내내 기다렸어요."

누군가의 목소리가 말했다.

"당신을 얼마나 기다렸다고요."

약간 허스키한 데가 있고 졸음이 담뿍 담긴 달콤한 목소리였다.

"이봐요, 제 말이 안 들려요?"

그녀는 말했다. 그래서 나는 돌아보려고 했다. 그러자 목소리가 들려왔다.

"아니, 돌아보진 마세요. 영감이 혹 낌새를 맡고 따라오고 있을지도 모르니까. 만날 장소를 말씀드릴 테니까 그냥 제 옆에서 계속 걸어가세요. 전 정말 당신이 안 오실 줄 알았죠. 오늘 밤에 저와 만나줄 수 있겠어요?"

그녀는 이제 내 곁으로 바짝 다가왔고 갑자기 나는 손 하나가 내 웃옷 주머니를 더듬는 것을 느꼈다.

"좋아요. 자기, 제게 너무 그러실 것 없어요. 여기 있어요. 이제 절 보실래요?"

나는 우뚝 걸음을 멈추며 그녀의 팔을 붙들고 그녀를 바라봤다. 푸른 안경으로 보아도 이국적으로 보이는 여자가 웃음을 띠고 날 바라보고 있다가 갑자기 웃음을 싹 거두었다.

"라인하트, 자기, 왜 그래요?"

그래, 여기서도 또 시작이군 하고 생각하며 그녀를 꼭 붙들었다.

"난 라인하트가 아니오, 아가씨. 그리고 오늘 밤 처음으로 정말 미안하오."

나는 말했다.

"아니, 이봐요……. 라인하트! 당신 설마 절 거절하시려는 건 아니겠죠? 내가 어쨌길래 그러시죠?"

그녀는 내 팔을 붙들었고 우리는 인도 한가운데서 얼굴을 맞대고 선 꼴이 되었다. 난데없이 그녀가 비명을 질러댔다.

"오오우우! 정말 아니군요. 그런데 나 좀 봐, 그이 돈을 당신에게 주려고 하다니. 저리 가세요. 이런 우둔한 양반 봤나, 썩 비켜요!"

나는 뒤로 물러났다. 그녀는 얼굴을 일그러뜨리고 하이힐로 쿵쿵 땅을 굴러대며 소리를 질렀다. 등 뒤에서 누가 "여봐요, 무슨 일이오?" 하는 소리가 들렸고 잇달아 뛰어오는 발소리가 들려와서, 나는 재빨리 뛰어 달아나 모퉁이를 돌아 비명 소리가 안 들리는 곳으로 갔다. 참 멋진 아가씨였어 하고 생각했다. 참 멋진 아가씨야.

서너 블록을 더 가서 숨이 차 걸음을 멈췄다. 재미있기도 하고 화가 나기도 했다. 사람들이 그렇게 어리석을 수가 있을까? 갑자기 다들 돌대가리가 됐나? 주위를 돌아보았다. 거리는 환했고 인도는 사람들로 가득 차 있었다. 나는 숨을 돌리려고 연석 위에 섰다. 거리 저쪽에 십자가를 세운 네온사인이 인도 위에서 훤히 빛났다.

성스러운 중간 역
살아 계신 하느님을 보라.

글씨들은 암록빛으로 빛났다. 그것이 안경의 렌즈 때문인지 네온의 실제 색깔이 그래서인지 알 수 없었다. 술 취한 사람 둘이 비틀거리며 지나갔다. 나는 햄브로우의 집을 향해 걸으며 무릎 사이에 머리를 처박고 길가에 앉은 사람 하나를 지나갔다. 차들이 지나갔다. 계속 걸음을 옮겼다. 근엄한 얼굴을 한 어린애 둘이 무슨 전단을 나눠주며 지나갔다. 처음에는 받지 않으려고 했지만 나중엔 다시 가서 그걸 받아 들었다. 아무튼 지역 내에서 일어나는 일들은 알아두어야 했으니까. 나는 전단을 들고 가로등 옆으로 바짝 다가가서 그것을 읽어보았다.

보이지 않는 것을 보라.
그대의 뜻이 이루어지리라, 오 주여!
나는 모든 것을 보고, 모든 것을 말하고, 모든 것을 치료하나니.
너희는 미지의 경이들을 보리라.

—심령술사 B. P. 라인하트 목사

옛것은 항상 새롭다.
뉴올리언스 중간 역들, 신비의 고향
버밍햄, 뉴욕, 시카고, 디트로이트, 로스앤젤레스.

하느님에게는 어려운 문제가 없도다.

중간 역으로 오라
보이지 않는 것을 보라!
매주일에 세 번씩 우리의 예배와 기도회에 참석하라.
지난 시대 종교의 새로운 계시 속에 함께 참여하라!

보이면서 보이지 않는 것을 보라.
보이지 않는 것을 보라!
너희들 지친 자들이여 집으로 오라!

나는 너희가 이루고자 하는 바를 이루노라! 망설이지 마라!

나는 전단을 하수구에 집어던지고 다시 걸음을 옮겼다. 아직도 숨이 가빠서 천천히 걸음을 옮겼다.

"그럴 수가!"

곧 나는 네온사인 있는 곳까지 다다랐다. 그것은 교회로 개조한 어느 상점 위에 걸려 있었다. 나는 좁다란 로비로 걸어 들어가 손수건으로 얼굴을 훔쳤다.

학교를 떠난 뒤로는 들어본 적이 없는, 구식 기도의 오르락내리락하는 소리가 등 뒤에서 들려왔다. 그런 기도는 초빙된 시골 목사들에게 부탁했을 때에만 들을 수 있던 기도였다. 그 목소리는 리드미컬하고 꿈결같이 오르내리며 읊조렸다……. 어찌 들으면 신도들이 겪는 이승의 시련을 나열하는 것 같기도 했고, 어찌 들으면 목소리의 기교를 황홀하게 전시하는 것 같기도 했고, 어찌 들으면 신에게 하소연하고 있는 것 같기도 했다. 계속 얼굴의 땀을 닦으면서 창문 뒤에 그려져 있는 조잡한 성서 내용의 그림들을 힐끔 쳐다보는데, 그때 나이 든 부인 둘이 내게로 다가왔다.

"안녕하세요, 라인하트 목사님?"

그 중 하나가 말했다.

"날씨도 더운데 목사님은 어떠십니까?"

아이구, 이게 뭐야 하는 생각이 들었으나 부인하는 것보다는 시치미를 떼는 게 덜 시끄러울 듯해서 나는 이렇게 말했다.

"안녕하세요, 자매님들."

소리를 죽이느라고 손수건을 갖다 대니 손에서 아까 그 아가씨의 향수 냄새가 났다.

"여기 이분은 해리스 자매예요, 목사님. 우리의 작은 모임에 참석하려고 오셨어요."

"하느님의 축복이 있기를 바랍니다, 해리스 자매."

나는 그녀가 내미는 손을 잡으며 말했다.

"그런데요 목사님, 몇 년 전에 목사님의 설교를 들은 적이 있어요. 버지니아에 계셨을 때인데, 목사님은 겨우 열두 살의 소년이었죠. 그런데 여기 북부에 와서 보니, 은혜로우시게도 아직도 복음을 설교하시고 하느님의 사업을 하고 계시군요. 여기 이 사악한 도시에서 옛 종교를 아직도 설교하고 계세요……."

"저, 해리스 자매."

다른 여자가 말했다.

"들어가서 우리, 자리를 잡읍시다. 목사님께서도 할 일이 있으신 것 같으니까. 그런데 목사님, 조금 일찍 나오시지 않으셨나요?"

"그렇습니다."

나는 손수건으로 입을 토닥거리며 말했다. 그들은 남부의 전형적인 어머니 타입의 나이 든 여자였다. 갑자기 알 수 없는 절망감 같은 것이 느껴졌다. 나는 그들에게 라인하트는 협잡꾼이라고 말해주고 싶었다. 그런데 그때 갑자기 교회 안에서 무슨 외침 소리와 함께 음악이 터져나왔다.

"들어봐요, 해리스 자매. 저게 바로 제가 말씀드린, 목사님께서 우리를 위해 만드신 새로운 종류의 기타 음악이에요. 성스럽지 않아요?"

"하느님께 찬미를, 하느님께 찬미를."

해리스 자매가 말했다.

"실례합니다, 목사님. 전 건축 기금으로 모금한 돈 문제 때문에 저킨스 자매를 만나봐야겠어요. 그리고 목사님, 어젯밤 목사님의 감동적인 설교를 녹음한 테이프를 열 개 팔았습니다. 또 제가 일해드리는 백인 부인에게도 한 개 팔았고요."

그때 문이 열렸다. 그들의 머리 너머로 나는 접이의자에 앉은 남녀 신도들로 꽉 찬 조그만 방을 보았다. 앞쪽을 보니 암적색 의상을 걸친 호리호리한 여자가 피아노로 정열적인 부기우기를 연주하고 남자는 앰프기타로 반복 악절을 퉁기고 있었는데, 기타는 흰빛과 금빛으로 휘황하게 빛나는 설교단 위쪽 천장에 걸린 확성기에 연결되어 있었다. 붉고 우아한 추기경 복장에 높은 레이스 칼라를 단 남자가 커다란 성서에 기대어 서서 우렁차게 찬송가를 선창하기 시작하자 회중은 알 수 없는 말로 그것을 소리 높이 따라 불렀다. 그의 뒤쪽 벽 높은 곳에는 다음과 같은 금색 글자들이 활 모양으로 붙어 있었다.

빛이 있으라!

그 광경 전체가 초록빛깔 속에서 희미하고 신비롭게 떨리고 있었다. 그러자 문이 닫히고 소리가 작아졌다.

내게 그것은 너무나 벅찬 일이었다. 나는 안경을 벗고 흰 모자를 벗어 조심스럽게 옆구리에 끼고 그곳에서 걸어 나왔다. 이럴 수가 하고 나는 생각했다. 정말 이럴 수가 있을까? 물론 나는 그것이 사실이라는 것을 알고 있었다. 전에 이에 관해 들은 적이 있었다. 그러나 이처럼 가까이 와보기는 처음이었다. 하지만, 그렇더라도 어떻게 그자는 그 전부가 될 수 있는가 말이다. 도박판 운영인 라인, 노름꾼 라인, 뇌물 먹이는 라인, 정부(情夫) 라인, 목사 라인하트가? 그자는 껍질도 될 수 있고 알맹이도 될 수 있단 말인가? 어쨌든 무엇이 진짜일까? 하지만 어떻게 그걸 의심할 수 있으랴. 그는 폭넓은 인간이었고 세상이 다 아는, 재능 있는 인사였다. 안 끼는 데가 없는 라인하트. 그것은 나의 존재가 사실이듯 사실이었다.

그의 세계는 가능성의 세계였고 그는 그걸 알았다. 그는 나보다 몇 년이나 앞선 자였고 나는 바보였다. 나는 분명 정신을 잃은 채 맹목적이었다. 우리가 사는 세계는 가없는 세계였다. 뜨겁게 들끓는 거대한 유동의 세계였다. 그런데 악당 라인에게는 그게 제 집이었다. 악당 '라인'만이 그 세계를 제 집같이 알고 있는지 몰랐다. 믿어지지 않는 일이었지만 어쩌면 믿어지지 않는 것만을 믿을 수 있는지도 몰랐다. 진리는 언제나 거짓인지도 모르니까.

모든 게 책의 유리 눈알에서 떨어지는 물방울처럼 내게서 떨어져 나갈지도 모른다고 나는 생각했다. 나는 올바른 정치적 분류법을 찾아내어 라인하트와 그의 상황을 분류하고 규정하고 나서 그걸 재빨리 잊어버려야 하리라. 나는 서둘러 교회에서 떠났다. 얼마나 서둘렀던지 나는 사무실에 오고 나서야 내가 햄브로우에게 가는 중이었다는 사실을 기억해냈다.

나는 울적하기도 하고 홀린 기분이기도 했다. 나는 라인하트를 알고 싶었다. 그러나 하고 나는 생각했다. 그자를 알 필요가 없다는 사실을 아니까 기분이 언짢았다. 그의 존재를 알아간다는 것, 그자로 오인받는다는 것만으로도 라인하트가 실재한다는 것을 확인하기에 충분해. 그럴 수 있을까 싶긴 했지만 사실은 사실이니까. 더욱이 그것은 미지의 것이기 때문에 있을 수 있는 현실이다. 잭은 그런 가능성은 상상도 못할 것이다. 그리고 엄밀한 성격의 토빗도 마찬가지일 것이고. 알려진 것은 너무 적었고 너무 많은 것이 어둠에 싸여 있었다. 나는 클립턴과 잭에 관해서 생각해보았다. 사실 그 둘에 관해 알려진 게 얼마나 되는가? 나에 관해 알려진 것은 또 얼마나 되는가? 내 과거를 아는 어느 누가 내게 도전해온 적이 있었던가? 따지고 보면 나도 이제야 겨우 잭에게 한쪽 눈이 없다는 사실을 알게 된 것 아닌가 말이다.

온몸이 근질근질해오기 시작했다. 마치 깁스를 막 풀고 아직 자유로운 몸 움직임에 익숙하지 않은 상태 같았다. 남부에서는 다들 다 안다. 그러나 북부로 온다는 것은 미지의 세계로 뛰어든다는 의미다. 아는 사람 하나 만나지 않고도 이 큰 도시 거리에서 얼마나 여러 날 여러 밤 동안 걸어 다닐 수 있었던가? 이곳에서는 정말 전혀 새로운 사람이 될 수 있었다. 그런 생각을 하니 섬뜩한 기분이 들었다. 세상이 이제 눈앞에서 물결처럼 흐르는 듯 보였다. 모든 경계가 허물어졌다. 자유는 필연의 인식이자 가능의 인식이었다. 그곳에서 떨며 앉아 나는 라인하트의 다양한 개성이 제시한 가능성을 언뜻 엿보고는, 얼른 외면해버렸다. 그것은 너무나 광대하고 복잡해서 찬찬히 들여다볼 수가 없었다. 반짝이는 안경알들을 바라보며 나는 소리내 웃었다. 변장 수단으로 이용하려 했던 것뿐인데, 그것은 정치적 도구가 되어버린 셈이었다. 라인하트가 그걸 자기 사업에 이용할 수 있다면 나도 내 사업에 이용할 수 있을 테니 말이다. 너무 단순한 생각인지 몰랐지만 그 안경은 이미 내게 새로운 현실의 단면 하나를 열어 보여준 셈이었다.

위원회가 그걸 알면 뭐라고 말할까? 그들의 이론이 그러한 세계에 대해 그들에게 뭐라고 말해줄까? 나는 어느 구두닦이 소년의 말이 생각났다. 항상 쓰던 돕스 모자나 스테트슨 모자〔챙이 넓고 운두가 높은 카우보이 모자. 상표명〕를 쓰지 않고 흰 터번을 쓰기만 해도 남부에선 최고의 대접을 받았다는 것이었다. 나는 웃음을 터뜨렸다. 그런 상황이 존재한다는 암시만 해도 잭은 격분할 것이다. 그러나 거기에는 진실이 있었다. 그것이야말로 그가 설명하려고 했던 그 진정한 혼돈이었다. 이제 아주 오래전의 일이 되어버린 것 같지만……. 형제애단에서 벗어나면 우리는 역사의 바깥으로 나와버린 셈이었다. 그런데 그 안에서도 그자들은 우리를 보지 못했다. 빌어먹을 상황이었다. 우리는 그 어디에도 존재하지 않았던 것이다. 나는 형제애단에서 다시 나오고 싶었지만 그래도 그 문제를 상의하고 싶었고, 누구든 그것이 일순간의 감정적인 환상에 불과하다고 말해줄 사람과 이야기하고 싶었다. 내게는 세계를 밑에서 떠받쳐줄 지주가 필요했다. 그래서 나는 이제 정말 햄브로우를 만나볼 필요가 느껴졌다.

가려고 일어서면서 나는 벽 지도를 보다가 콜럼버스가 눈에 띄어 웃음이 나왔다. 뭐 인도를 발견했다고? 막 복도를 지나가려다 생각이 나서 다시 돌아와 모자를 쓰고 안경을 꼈다. 거리를 지나자면 그것들이 필요했다.

나는 택시를 잡아탔다. 햄브로우는 웨스트 에이티즈 구역에서 살았다. 현관 안으로 들어서서는 모자를 옆구리에 끼고 안경을 타프 형제의 족쇄며 클립턴의 인형과 함께 주머니 속에 집어넣었다. 주머니는 점점 불룩해졌다.

나는 햄브로우의 안내를 받아 책들이 진열된 작은 서재로 들어갔다. 다른 방에서 〈험프티 덤프티〉를 부르는 어린애의 목소리가 들려왔다. 그걸 들으니 내가 맨 첫 번째 부활절 행사 때 교회 신도들 앞에서 말을 까먹었던 창피한 기억이 떠올랐다…….

"내 아이라오."

햄브로우가 말했다.

"잠을 자지 않으려고 장기 전술을 펴고 있는 거지. 저 녀석 꼭 따지기 좋아하는 선원 같아."

어린애가 〈히코리, 디코리, 도크〉를 아주 빠르게 불러대기 시작하자 햄브로우는 문을 닫았다. 어린애에 대해 그가 뭐라고 말하는 중에 나는 갑자기 짜증이 나서 그를 바라보았다. 마음속에는 라인하트 문제를 가지고 있으면서 내가 왜 여기 왔을까? 햄브로우는 워낙 커서 다리를 꼬고 앉아도 두 발 모두 방바닥에 닿았다. 내가 교육받던 시절에 그는 내 선생이긴 했지만 이제 생각하니 공연히 왔다 싶은 생각이 들었다. 햄브로우의 변호사다운 정신은 지나치게 편협하리만큼 논리적이었다. 그는 라인하트를 단순한 범죄자로 볼 게 틀림없었고 나의 강박관념을 순수 신비주의에 빠진 것으로 볼 게 분명했다……. 이 사람이야 그런 식으로 보리라고 생각해두는 게 낫지 하고 나는 생각했다. 그래서 나는 변두리 지역 형편에 대해서만 물어보고 가기로 마음먹었다…….

"그런데요, 햄브로우 형제."

나는 입을 열었다.

"제 지역 문제는 어떻게 해야 하죠?"

메마른 웃음을 띠고 그는 나를 바라봤다.

"내가 자식들 이야기만 너무 잔뜩 늘어놓는 따분한 사람이 되고 말았나?"

"아니, 그런 말이 아닙니다."

내가 말했다.

"오늘 아주 힘들어서요. 신경이 곤두서 있습니다. 클립턴이 죽고 할렘 지역 형편이 나쁘게 돌아가서, 제 생각엔……."

"그야. 한데 왜 그렇게 할렘 걱정을 하오?"

그는 여전히 웃음을 띠고 말했다.

"일이 걷잡을 수 없이 되어가니까요. 라스네 부하들이 오늘 밤에 제게 폭행을 하려고 했죠. 우리 세력이 점차 엉망이 되어가는 판이에요."

"그것 유감스러운 일이로군요."

그가 말했다.

"하지만 그에 대해선 무슨 수가 없을 것 같소. 잘못하면 더 큰 계획을 망쳐놓을지도 모르니. 안됐소만 형제, 당신네 단원들이 희생을 해야죠."

멀리 떨어져 있는 어린애도 어느새 노래를 그친 뒤여서 이제 주위는 쥐죽은 듯 고요했다.

나는 침착한 그의 네모난 얼굴을 쳐다보며 그의 말에서 진실성을 찾고 있었다. 무엇인가 깊은 변화를 감지해냈다. 라인하트를 발견한 사실이 그와 나 사이에 심연을 열어놓은 것만 같았다. 그래서 비록 서로 닿을 정도로 가까이 앉긴 했지만, 우리 목소리는 그 심연을 거의 건너가지 못하고 메아리도 없이 그대로 잦아들어버리는 듯했던 것이다.

나는 그런 생각을 떨쳐버리려 했으나, 그 거리는 서로가 상대방의 감정적 어조를 파악하지 못할 만큼 엄청나서, 여전히 그대로 남아 있었다.

"희생해야 한다고요? 아주 쉽게 말씀하시는군요."

내 목소리였다.

"어차피 떠나는 사람은 모두 소모품으로 생각해야 하오. 새로운 지시는 엄격하게 준수되어야 합니다."

현실감이 없었고 화답송처럼 주고받는 장난 같았다.

"하지만 왜요?"

나는 물었다.

"제 구역에선 전에 쓰던 방식이 필요한데 왜 지시를 바꿔야 합니까? ……하필 지금 말입니다."

웬일인지 나는 그 절박한 필요성을 말로 표현할 수가 없었다. 속에서 라인하트에 관한 생각이 온통 나를 괴롭혔던 것이다. 그것은 내 정신의 껍질 바로 밑을 투창처럼 찔러 들었다. 그것은 나 자신과 밀접하게 관계된 그 어떤 것이었다.

"간단한 거요, 형제."

햄브로우가 말했다.

"우리는 지금 다른 정치적 집단과 일시 동맹을 맺고 있소. 단원 일부의 이익은 전체 단원의 이익을 위해 희생되어야 하오."

"왜 저에겐 그런 말이 없었지요?"

나는 물었다.

"머지않아 위원회에서 이야기해줄 거요……. 현재는 희생이 필요하다오……."

"희생이란 자기가 하는 일이 무엇인지 아는 사람들에 의해서 자발적으로 이루어져야 하는 것이 아닙니까? 우리 단원들은 자기들이 왜 희생을 당하는지 모릅니다. 지금 희생을 당하고 있다는 사실조차도 모르고요……. 적어도 우리에 의해 희생을 당하는지는 모른단 말입니다……."

하지만 하고 내 생각은 계속되었다. 그들이 라인하트에게 그러듯이 형제애단에게도 기꺼이 속으려 한다면 어찌할 것인가.

나는 그런 생각을 하며 몸을 곧추세웠다. 내 얼굴에 이상한 표정이 떠올랐던 게 분명했다. 의자의 팔걸이에 팔을 얹고 손가락 끝을 마주 대고 있던 햄브로우가 내가 말을 계속하기를 기대하듯 눈썹을 치켜들었다. 이윽고 그가 말했다.

"훈련을 받은 단원들은 이해를 할 것이오."

나는 타프가 준 족쇄를 주머니에서 꺼내 주먹에 끼워 움켜쥐었다. 그는 그걸 알아채지 못했다.

"우리에겐 이제 훈련받은 단원들이 조금밖에 없다는 사실을 모르십니까? 오늘 장례식에 몇백 명 사람들이 나오긴 했지만 그들은 우리가 끝까지 밀고 나가지 않는다는 사실을 알면 금방 흩어져버릴 사람들입니다. 그리고 이제 우리는 거리에서도 공격을 받는 실정입니다. 이해하시겠어요? 다른 단체들은 탄원문을 돌리고 라스는 폭력을 호소하고요. 위원회에서 이 사태가 그냥 잠잠해지리라고 여긴다면 그건 잘못 생각한 것입니다."

그는 어깨를 으쓱했다.

"그건 우리가 감수해야 할 하나의 모험이오. 우리 모두는 전체의 이익을 위해 희생해야 합니다. 변화는 희생을 통해 이루어집니다. 우리는 현실의 법칙을 따르고, 따라서 희생을 합니다."

"하지만 할렘 주민은 평등한 희생을 요구하고 있습니다. 우리는 결코 특별 대우를 요구한 적이 없어요."

나는 말했다.

"그렇게 간단하진 않습니다, 형제. 우린 우리가 얻은 것을 지켜야 합니다. 어떤 사람들이 다른 사람들보다 더 큰 희생을 하는 것은 불가피해요……."

"그 '일부'가 우리란……."

"이 경우엔 그렇습니다……."

"그럼 약자가 강자를 위해 희생을 해야 하나요? 그렇습니까, 형제?"

"아니죠. 전체의 일부가 희생당하는 겁니다……. 새로운 사회가 건설될 때까지 일부가 계속 희생당하는 거죠."

"전 이해를 못하겠습니다. 아무래도 못하겠어요. 민중이 우리를 따르도록 온몸을 내던져 일하다가 정작 그들이 따라오고, 정작 사건과의 관련을 알게 되면 그들을 떨쳐버린다는 말인데, 전 모르겠습니다."

햄브로우는 어렴풋이 웃었다.

"흑인들의 공격성을 걱정할 필요는 없어요. 새로운 시대에도 다른 시대에도. 사실 우리는 그들을 위해서라도 그들의 행동을 억제시켜야 합니다. 그것이 과학적인 필연성입니다."

나는 그를, 길고 광대뼈가 튀어나온, 마치 링컨같이 생긴 그의 얼굴을 바라봤다. 내가 이자를 좋아했는지도 몰라 하고 나는 생각했다. 이 사람은 정말 친절하고 성실한 사람 같아 보인다. 그런데도 이런 말을 내게 할 수 있을까…….

"그래, 그걸 진심으로 믿고 계시군요."

나는 나직이 말했다.

"더없이 온전하게."

그가 말했다.

일순 웃음이 나오려고 했다. 아니, 타프의 족쇄를 내던지고 싶은 생각이 들었다. 온전하게! 내게 온전성을 운운하다니! 나는 허공에 원을 그린 셈이었다. 나는 형제애의 역할을 토대로 내 온전성을 세우려고 했다. 그런데 이제 그건 물거품이 되고 말았다. 온전성이란 게 무엇인가. 라인하트라는 자의 존재가 가능하고 그가 성공을 거둘 수 있는 세상에서 그건 도대체 무엇과 관계가 있는 것이란 말인가?

"하지만 뭐가 변했죠?"

나는 물었다.

"그들의 공격성을 자극시키려고 저를 불러들인 게 아니었던가요?"

나의 목소리는 우울하고 절망적으로 처져 내렸다.

"특정한 기간을 위해서였소."

햄브로우는 몸을 약간 앞으로 기울이며 말했다.

"그 기간만을 위해서 말이오."

"그럼 이제 어떻게 되죠?"

나는 물었다.

그는 담배 연기를 동그랗게 내뿜었다. 푸르스름한 고리가 분출하듯 솟아올라 들끓는가 했더니 잠시 맴돌다 한 가닥 실로 풀어져 흐트러졌다.

"기운을 내요!"

그는 말했다.

"우리는 전진합니다. 다만 지금은 그들을 더 천천히 이끌어야 합니다……."

이 사람을 녹색 렌즈를 통해 보면 어떻게 보일까 생각하며 말했다.

"지금 말씀하시는 것이 분명히 그들을 억제해야 된다는 의미는 아니지요?"

그는 싱긋 웃었다.

"자, 들어보시오. 나를 변증법으로 괴롭히지 마시오. 난 형제요."

그는 말했다.

"그러니까 낡아빠진 역사의 바퀴에 제동을 걸어야 된다는 말씀인가요, 아니면 그건 바퀴 안의 작은 바퀴들인가요?"

그는 정색을 했다.

"내 말은 그들을 좀 더 천천히 이끌어가야 한다는 것뿐이오. 그들이 기본 계획의 템포를 그르쳐놓게 해서는 안 됩니다. 타이밍이 아주 중요해요. 게다가 당신에겐 할 일이 있소. 이번에는 더욱 교육적인 것이 되겠지만."

"그럼 사살 사건은 어떻게 하고요?"

"불만인 사람들은 떨어져나갈 것이고 남는 사람들만 가르치게 될 것입니다……."

"전 할 수 있을 것 같지 않습니다."

"왜요? 그것도 똑같이 중요한 일인데."

"그들이 우리에게 대항하고 있으니까요. 더욱이 저는 라인하트 같은 느낌이 들거든요……."

그 말이 나도 모르게 미끄러져 나왔고 그는 나를 쳐다보았다.

"누구 같다고요?"

"사기꾼 같다는 거죠."

나는 말했다.

햄브로우는 웃었다.

"그 문제에 관해선 배웠으리라고 생각하는데, 형제?"

나는 그를 힐끗 바라봤다.

"무엇에 대해서 말입니까?"

"민중을 이용하지 않는 건 불가능하다는 것 말이오."

"그건 라인하트식이죠……. 냉소주의적입니다……."

"뭐라고요?"

"냉소주의적이라고요."

나는 말했다.

"냉소주의가 아니라…… 현실주의죠. 요령은 그들의 최선의 이익을 위해 그들을 이용하는 것입니다."

나는 의자 위에서 몸을 앞으로 기울이고 앉아 있었는데, 갑자기 대화가 비현실적이라는 생각이 들었다.

"하지만 누가 판단합니까? 잭이? 위원회가?"

"과학적인 객관성의 함양을 통해 우리가 판단합니다."

그는 웃음이 담긴 목소리로 말했다.

별안간 눈앞에 병원의 기계가 보였다. 그곳에 다시 갇힌 느낌이었다.

"스스로를 기만하지 마십시오. 유일한 과학적 객관성은 기계입니다."

나는 말했다.

"훈련이지 기계가 아니오."

그는 말했다.

"우리는 과학자들이오. 우리는 우리의 과학에, 그리고 우리의 성취 의지에 모험을 걸어야 하오. 신을 부활시켜 책임을 떠맡기고 싶소?"

그는 고개를 흔들었다.

"아니요, 형제. 우리는 우리 스스로 결정을 내려야 합니다. 때로 사기꾼으로 보일지라도 말이오."

"놀랄 일들을 거쳐야겠군요."

나는 말했다.

"그럴 수도 있고 그렇지 않을 수도 있소. 어쨌든, 전위대에 속한 우리의 의지를 통해서 우리는 최대 다수의 민중이 그들 자신의 이익을 위한 일을 향해 전진할 수 있도록 필요한 일들을 하고, 말해야 합니다."

갑자기 나는 참을 수가 없었다.

"절 보십시오. '절' 봐요."

나는 말했다.

"이제까지 가는 곳마다 누군가 나 자신의 이익을 위해서 나를 희생하라고 했습니다. 이익을 보는 자는 항상 그들뿐이었죠. 그런데 이제 우리는 그 낡아빠진 희생의 회전 목마에 올라탔어요. 어디서 우리는 멈추는 겁니까? 이게 새롭게 진정한 정의(定義)입니까? '형제애'가 약자를 희생시키는 일입니까? 그렇다면 어디쯤에서 우리는 멈추는 겁니까?"

햄브로우는 마치 내가 눈앞에 보이지 않는 듯이 바라보았다.

"적당한 시기가 되면 과학이 우리에게 멈추도록 할 것이오. 물론 우리는 개개인으로서 동정심을 가지고 우리 자신의 정체를 드러내야 합니다. 그래 봐야 별 소용이 없지만. 그러나 그렇게 되면."

그는 어깨를 으쓱했다.

"너무 지나치게 그 방향으로 가다 보면 감히 지도자가 될 수 없게 될 것입니다. 자신을 잃게 되는 거지요. 다른 사람들을 이끌어나갈 때 자신의 올바름을 충분히 믿지 못하게 됩니다. 그러니 당신은 당신을 지도하는 사람들을 신뢰해야 합니다. 형제애의 집단적인 지혜를 말입니다."

나는 올 때보다도 더 심란한 기분이 되어 그곳에서 나왔다. 몇 개의 건물을 지났을 때 햄브로우가 뒤에서 부르는 소리를 들었다. 나는 그가 어둠 속에서 가까이 오는 것을 보았다.

"모자를 놓고 갔소."

그는 모자를 건네주며 새 계획의 윤곽이 설명된, 등사한 지시서들을 함께 주었다. 나는 모자와 그를 번갈아보며 라인하트와 불가시성에 관한 이야기를 꺼내볼까 생각했다. 그러나 그는 그 이야기에서 현실감을 느끼지 못하리라는 것을 알고 있었다. 작별 인사를 건네고 나는 뜨거운 거리를 지나 센트럴 파크 웨스트로 해서 할렘 쪽으로 걸음을 옮겼다.

희생과 지도. 그에게는 그게 간단한 일이었다. '그들에게는' 그게 간단했다. 하지만 제기랄, 나는 둘 다 아닌가. 희생시키는 자와 희생을 당하는 자. 그 처지에서 벗어날 수가 없었다. 햄브로우는 그 문제를 처리할 필요가 없었다. 그런데 그것 역시 현실이었다. 그건 나의 현실이었다. 그는 칼날을 자신의 목에 댈 필요가 없었던 것이다.

'자기가' 바로 희생자라면 그는 무어라고 말할까?

나는 깜깜한 공원 길을 걸어갔다. 차들이 지나갔다. 이따금 사람들의 목소리와 킥킥거리는 웃음소리 등이 나무와 생울타리 너머에서 솟아올랐다. 햇볕에 탄 풀 냄새가 코를 찔렀다. 비행기가 표시등을 반짝이며 지나가는 하늘엔 여전히 구름이 끼어 있었다. 나는 잭과, 장례식에 나왔던 군중과, 라인하트를 생각했다. 그들은 우리에게 빵을 원했지만 우리가 줄 수 있었던 것은 기껏 하나의 유리 눈알뿐—앰프 기타조차도 줄 수 없었다.

걸음을 멈추고 벤치에 털썩 주저앉았다. 나가야 해 하고 생각했다. 그것이 정직한 행동이리라. 아니면 나는 그들에게 희망을 가지라고 말하고 귀를 기울이는 자들에게 매달릴 수밖에 없었다. 라인하트도 그런 입장일까? 말하자면 사람들이 기꺼이 대가를 치르는 희망의 원리 같은 것. 그렇지 않다면 배신밖에는 없었다. 그리고 그것은 돌아가서 블레드소우와 에머슨을 섬긴다는 의미였고 부조리의 냄비에서 우스꽝스러움의 불 속으로 뛰어드는 격이었다. 그리고 어느 길을 택해도 그건 자기 배반이었다. 나는 탈퇴할 수가 없었다. 나는 잭이며 토빗과 화해를 해야 했다. 클립턴과 타프와 다른 사람들 때문에라도 그래야 했다. 나는 매달려야 했다……. 그런데 그때 어떤 생각이 떠올라 나를 엄청난 충격으로 떨게 했다. 넌 민중을 걱정할 필요가 없다. 그들이 라인하트를 허용한다면 그들은 그걸 잊을 것이고 그들과 함께 있을 때도 넌 보이지 않는다. 이런 생각이 스쳐간 것은 한 순간이었다. 나는 곧 그 생각을 지워버렸다. 그러나 그 생각은 내 정신의 어두운 밤하늘을 번뜩이며 지나갔다. 사정은 바로 그러했다. 그들은 이전의 일을 알지 못했기 때문에, 그리고 나의 희망과 좌절을 몰랐기 때문에 그 문제가 중요하지 않았다. 나의 야심이라든가 온전성 따위는 그들에게 아무것도 아니었다. 나의 좌절도 클립턴의 것만큼이나 무의미한 것이었다. 내내 그런 식이었다. 우리 같은 자들을 위한 기회는 형제애단 안에만 존재하는 듯이 보였다. 그런데 그것은 아물거리는 빛살에 불과했다. 앞에서 보면 반짝이고 인간적으로 보였던 잭의 눈 뒷면에는 무정형의 형태와 거칠고 붉은 날것이 있지 않았던가 말이다. 그런데 그것도 나에게가 아니고는 아무런 의미도 없었다.

그래, 나는 '존재했으나' 보이지 않았다. 근본적인 모순은 그것이었다. 나는 존재했으나 눈에 보이지 않았다. 소름끼치는 일이었다. 나는 거기에 앉아 또 하나의 소름끼치는 가능성의 세계를 느낄 수 있었다. 나는 이제 잭과 생각을 같이 하지 않으면서도 맞장구칠 수 있다는 사실을 알았기 때문이었다. 그리고 할렘 사람들에게 희망이 없는데도 희망을 가지라고 말할 수도 있었다. 나는 참된 것의 기초를 발견할 때까지, 그리고 그들을 역사의 단계로 계속 이끌어나갈 행동의 어떤 단단한 토대를 발견하기까지 그들에게 희망을 가지라고 말할 수 있을 것 같았다. 그러나 그때까지 나는 스스로 동요하지 않고 그들을 움직여야 했다……. 나는 라인하트 같은 인물이 되어야 하는 것이었다.

나는 공원의 돌담에 기대어 잭과 햄브로우와 그날의 일들을 생각하고 분노로 치를 떨었다. 순전히 사기였다. 새빨간 사기였다! 그들은 감히 세상을 설명하는 자들임을 자처했다. 우리에 대해서 뭘 알길래 말이다! 우리가 수가 많다는 것, 어떤 직업에 종사하고 있다는 것, 유권자가 많다는 것, 그들의 항의 행진 같은 데 많은 사람들을 동원시켜준다는 것 외에 뭘 아느냔 말이다. 그곳에 기대앉아 있는 동안 그들에게 망신을 주고 그들을 반박해주고 싶은 마음이 들끓어올랐다. 이제 지난날의 모든 굴욕들은 내 체험의 귀중한 일부가 되었고, 나는 맨 처음으로 그 무더운 밤 돌담에 기대어 나의 과거를 받아들이기 시작했으며, 과거를 받아들이자 지난날의 추억이 가슴속에서 솟아오르는 것을 느낄 수 있었다. 갑자기 나는 모퉁이들을 돌아보게 된 것 같았다. 지난날 굴욕적인 일들의 영상이 머릿속에서 희번득거렸고, 나는 그것들이 서로 동떨어진 체험들만은 아니라는 사실을 깨달았다. 그것들은 바로 나 자신이었다. 그것들은 나를 규정지어주는 것이었다. 나는 나의 체험이었고 나의 체험은 나였다. 그 어느 맹목적인 인간들도, 그들이 제아무리 강해진다 한들, 또 그들이 세상을 정복한다 한들, 그걸 빼앗아갈 수는 없는 것이며, 단 하나의 가려움, 비웃음, 웃음, 외침, 상처, 고통, 분노도 바꿔놓을 수 없는 것이었다. 그들은 소경이었다. 자기들 목소리의 반향에 의해서만 움직이는 박쥐처럼 그들은 눈먼 자들이었다. 그들은 눈이 멀었기 때문에 자멸할 것이고 나는 그들을 도와줄 작정이었다. 나는 웃었다.

나는 그들이 피부색을 중시하지 않아서 나를 받아들였다고 생각했다. 피부색을 중시하지 않았던 것은 그들이 피부색도 사람도 보지 못했기 때문이었지만 말이다……. 그들의 관심사가 무엇이든 우리는 가짜 투표 용지에 휘갈겨 쓰여진 무수한 이름들이었고 자기들의 필요에 따라 이용되고 필요하지 않을 때는 철(綴)해서 치워버리는 신세였다. 웃기는 일이었다. 터무니없이 웃기는 일이었다. 이제, 내 마음의 한 귀퉁이를 돌아보니 잭과 노턴과 에머슨이 한 사람의 백인 형상으로 뒤얽히는 것이 보였다. 그들은 거의 비슷비슷한 사람들이었다. 그들은 제각기 자기들이 보는 현실의 모습을 내게 강요하려 했고, 사물들이 내게 어떻게 보이는가에 대해서는 전혀 관심이 없었다. 나는 이용될 하나의 재료, 하나의 천연 자원에 불과했다. 나는 노턴과 에머슨의 그 오만한 불합리로부터 잭과 형제애단의 그것으로 옮겨갔던 것이고 결과는 마찬가지였다. 다만 이제 나는 내가 보이지 않는 인간이란 사실을 깨달았을 뿐이었다.

그래, 나는 내 불가시성을 받아들이리라. 라인하트처럼 껍질과 알맹이를 철저히 탐색하리라. 두 발로 그것에 뛰어들리라. 그러면 그들은 구역질을 할 것이다. 아니, 구역질은 안 할 것이다. 나는 할아버지가 말씀하신 뜻이 무엇인지는 모르지만 그의 충고를 시험해볼 것이다. 그저 예예 하며 그들을 이겨내고, 웃으면서 그들의 발밑을 파리라. 나는 죽든지 파멸하든지 그들에게 맞장구치리라. 그래, 나는 그들이 결국 입을 쫙 벌리고 토해놓을 때까지 나를 삼키게 하리라. 그들이 안 보는 것을 보게 하여 구역질이 나게 하리라. 그것을 보고 숨이 막히도록 하리라. 그거야말로 그들이 계산에 넣지 못한 한 가지 위험일 것이다. 자기네들 철학으로는 꿈도 못 꿔본 위험일 것이다. 그뿐인가, 규율 따지다가 망할 수도 있다는 사실을 그들은 모를 것이다. '예'라는 말이 그들을 파멸시킬 수도 있다는 사실을 모를 것이다. 그래, 나는 그들에게 예, 예, 할 것이다. 그렇다고 그것은 내가 예, 예, 하는 것이 아니다. 나는 그들에게 예, 예, 함으로써 그들을 토하게 하고 토해놓은 것 위에서 뒹굴게 할 것이다. 그들이 내게서 원하는 것은 오직 한 마디 긍정일 테니까 나는 그걸 큰 소리로 말해주리라. 예! 예! 예! 다들 우리에게서 원하는 것은 그것뿐이었다. 우리가 말소리로 들려야지 보일 필요는 없다는 것. 다시 말해 우리란 존재는 이예, 이예, 이예! 하는 한 가락의 우렁차고 낙관적 합창 소리로 들려와야 하는 것이었다. 좋다. 나는, 예예, 위, 위, 시, 시. 온갖 언어로 긍정할 것이며 그들을 또한 보리라. 그리고 나는 징 박은 구두를 신고 그들의 오장육부 속을 걸어 다니리라. 위원회 회의에서 한 번도 보지 못한 초거물급 인사들도 마찬가지다.

그들은 하나의 기계를 원하는 것일까?

좋아. 나는 그들의 그릇된 생각에 반응하는 초고감도의 확인 기계가 되리라. 그리고 그들의 신뢰를 얻기 위해서 시대의 올바른 일부가 되려는 척하리라. 정말이다. 나는 그들을 잘 섬기리라. 그리고 내가 보이지 않는다면 보이지 않는 것이 느껴지게끔 하리라. 그러면 그들은 그게 썩어가는 시체처럼, 스튜 속의 상한 고기 조각처럼 불결한 것일 수 있다는 사실을 알게 될 것이다. 그런데, 그러다 내가 다치면? 그래도 좋다. 더욱이 그들은 희생의 가치를 믿지 않는가? 그들은 명민한 사고가들이다. 이것은 배신일까? 배신이라는 말이 보이지 않는 인간에게도 적용이 될까? 그들은 보이지 않는 것에서의 선택을 알아볼 수 있을까……?

생각하면 할수록 나는 그 가능성에 대한 일종의 병적인 마력에 빠져들어갔다. 왜 그걸 더 일찍 발견하지 못했을까? 내 삶이 얼마나 많이 달라질 수 있었을까? 얼마나 끔찍하게 달라졌을까? 왜 나는 그런 가능성들을 보지 못했을까? 만약 어느 소작인이 여름에 사환이나 직공, 혹은 악사로서 일을 해서 대학에 다니고, 그러고는 졸업을 해서 의사가 될 수 있다면 왜 그런 모든 일들이 한꺼번에 이루어질 수 없는 것일까? 그런데 저 늙은 노예는 손에 모자를 들고 서서 늙은 몸으로 망측하게 굽실거리면서도 과학자가 아닌가? ……아니면 적어도 과학자라고 불리고 과학자라고 인식되고 있지 않는가! 맙소사! 참 얼마나 별의별 가능성들이 존재하는가? 그리고 그 나선식의 진행이라는 것, 그 진보라는 메스꺼운 감상! 누가 그 모든 비밀들을 알까? 나는 이름을 바꾼 이후 한 번도 그걸 의심받아본 적이 없지 않았던가? 그리고 성공이 위를 향해 올라가는 것이라는 그 거짓말. 얼마나 싸구려 거짓말로 그들은 우리를 다스려왔던가? 우리는 성공을 향해 위로 올라갈 수도 있고 아래로 내려갈 수도 있지 않은가 말이다. 위로도 아래로도, 앞으로도 뒤로도, 옆으로도 십자 모양으로도. 원을 그리며 빙 돌면서 왔다 갔다 하는 옛날의 자신을 다시 만나기도 하는 것이 아닌가 말이다. 어쩌면 그 모든 것이 동시에 이루어지는지도 몰랐다. 어떻게 나는 그 사실을 그처럼 오래 모르고 있었을까? 나는 노름하는 정치인들, 밀주업하는 판사들, 강도질하는 보안관들 사이에서 자라나지 않았던가? 그래, 나는, 목사들이며 인도주의적 단체의 회원들이기도 한 KKK 단원들 사이에서 성장하지 않았던가? 빌어먹을, 그리고 블레드소우는 그게 어떻게 돼먹은 일인지 말해주려고 하지 않았던가? 나는 살아 있다기보다는 죽은 것 같았다. 참 대단한 하루였다. 내가 늘 아버지라고 불렀던 사람이 알고 보니 나와 아무런 관계도 없는 사람이란 사실을 알았다 해도 마음이 그보다 더 산산이 조각날 수 없었을 것 같은 하루였다.

나는 아파트로 돌아와 옷을 벗지도 않고 그대로 침대에 걸쳐 누웠다.

무더운 날씨였다. 선풍기는 뜨거운 열기를 납덩이같이 무거운 바람결로 휘저어놓는 게 고작이었지만, 나는 그 밑에 누워 색안경을 빙글빙글 돌리며 최면을 걸듯 번뜩이는 안경알들을 바라보면서 장차의 계획을 세우려고 해보았다. 분노를 숨기고 그들을 달래 잠재우자. 할렘이 그들의 계획에 전적으로 찬동하고 있는 것처럼 믿게 하자. 그리고 그 증거로 단원 카드를 가공의 이름으로 채워 넣어 출석 기록을 가짜로 만들자. 단비(團費) 문제가 나올지 모르니까 물론 다 실업자들로 한다. 그래, 그리고 밤이나 위험할 때는 흰 모자와 검은 안경을 쓰고 나다니기로 하자. 그걸 생각하니 지겨운 앞날이다. 하지만 그건 그들을 파멸시킬 한 수단이니까. 적어도 할렘에서는 말이다. 분파 활동을 조직할 수 있는 가능성은 없을 것이다. 다음 단계가 어떻게 될 것이냐 하는 문제가 있기 때문이다. 우리는 어디로 갈 것인가? 우리가 동등한 관계로 동맹을 결속할 수 있는 상대는 없었다. 또 우리 자체의 전체적인 계획을 짜낼 시간도 이론가도 없었다. 라인하트와 불가시성 사이 어딘가에 뭔가 굉장한 가능성이 있을 것 같기는 했지만 말이다. 그러나 우리에겐 돈도 없고, 정부나 실업계나 노동 조합 같은 데 정보망도 없다. 동조해주지 않는 신문들이나, 먼 도시에서 지방 소식을 가져오는 얼마 되지 않는 풀먼식 차량〔침대 설비가 있는 특별 차량. 상표명〕 포터들, 그리고 자기 고용주들의 재미없는 사생활을 전해주는 한 무리의 하인들을 통하는 길 외에는 우리 민족과 대화를 나눌 수 있는 통로가 없었다. 우리에게 진정한 친구들이 좀 있기만 하다면! 자기들 욕망을 이루는 데 사용할 편리한 도구 이상으로 우리를 보는 사람들이 있다면! 하지만 제기랄! 하고 나는 생각했다. 나는 이대로 잘 수련 받은 낙관주의자가 되어 그들이 즐거운 기분으로 망하는 것을 도와주리라. 내가 그들을 도와 그들이 우리들 삶의 현실을 보게끔 돕지 못한다면 나는 그들을 도와 그들이 그 현실을 무시하게끔 하여 그 현실이 그들의 면전에서 폭발하게 하리라.

한 가지 일이 마음을 괴롭혔다. 위원회의 회의에서 놈들의 진정한 목적이 밝혀진 적 없다는 사실을 일단 내가 안 이상 나는 무엇이 그들의 운동을 사실상 주도하는가를 알아낼 정부의 채널이 필요했다. 하지만 어떻게? 내가 중심가로 옮겨갈 때 반대만 했더라도 할렘의 충분한 지지를 받아 그들에게 본색을 밝히라고 주장할 수 있었을 것이다. 그래, 그러나 내가 그곳으로 가지 않았더라면 난 지금도 환상의 세계 속에 살고 있을지도 모를 일이다. 그러나 일단 현실의 실마리를 발견해낸 이상 어떻게 환상에 계속 매달릴 수 있겠는가? 놈들은 길목마다 나를 막아 서서 어둠 속에서 자기들과 싸우게끔 만들어놓은 것 같았다.

이윽고 나는 안경을 침대 저편에 내던지고 깜박 잠에 빠져들었다. 꿈속에서 지난 며칠 동안 일어난 사건들을 나는 그대로 다시 겪었다. 행방불명된 것이 클립턴이 아니라 나 자신이었다는 점만 다를 뿐이었다. 나는 맥이 빠지고 땀에 젖어 눈을 떴다.

향수 냄새가 났다.

나는 엎드린 채 얼굴을 손등에 얹고 생각했다. 이 냄새는 어디서 나는 것일까? 그러고는 안경이 눈에 띄자 곧 내가 라인하트의 애인 손을 잡았던 것이 떠올랐다. 나는 그 자리에 꼼짝도 않고 누워 있었다. 그녀가 침대 위에 걸터앉은 것 같았다. 마치 반들거리는 머리와 풍만한 가슴을 가진, 번쩍이는 눈의 한 마리 새처럼. 나는 숲속에 있었는데 그 새가 놀라 날아갈까 저어했다. 이윽고 잠이 완전히 깨자 새는 어디론가 날아가고 소녀의 영상만이 마음속에 남았다. 내가 그녀를 꾀었더라면 무슨 일이 일어났을까? 얼마나 갈 수 있었을까? 그런 근사한 아가씨가 라인하트와 어울리다니. 이제 나는 숨을 죽이고 앉아 스스로에게 물어보았다. 어떻게 라인하트는 정보 문제를 해결할 수 있었을까. 그러자 대답이 즉각 선명하게 떠올랐다. 여자가 필요했다. 어느 지도자의 부인이나 여자 친구, 혹은 비서, 나와 격의 없이 이야기할 수 있는 여자가 말이다. 내 마음은 얼른 내가 운동에 참여했던 초기의 체험으로 되돌아갔다. 사소한 사건들이 기억 속으로 튀어올랐고 집회가 끝난 뒤나 파티에서 만났던 여자들의 웃는 모습들과 몸짓들이 떠올랐다. '지하신'에서 엠마와 춤을 추었던 기억. 내게 지그시 몸을 밀착시켜오던 그녀. 욕정이 순식간에 뜨겁게 집중되었던 것. 한쪽 구석에서 열변을 토하던 잭이 눈에 띄자 당황스러웠던 기억. 나를 꽉 껴안던 엠마. 나를 짓눌러오던 그녀의 동여맨 젖가슴. 장난스런 눈빛으로 바라보며 "아, 유혹" 하고 말하던 일. 내가 세련된 대답을 찾느라고 쩔쩔매다 겨우 "아, 하지만 유혹이란 항상 있는 거죠" 하고 대꾸하던 일. 그러자 내 말에 나 자신도 놀라고 그녀가 "한 방 얻어맞았군요. 언제 오후에 오셔서 나와 한번 겨뤄봐야겠어요" 하고 웃던 일. 그게 바로 초기에 있었던 일이었다. 그때만 해도 나는 엄격한 제한을 의식하고 있었고 엠마의 대담성이나 내가 할렘 지도자 역할을 맡으려면 내 피부색이 더 검어야 한다고 했던 그녀의 생각에 분개하던 때였다. 이제는 어떠한 제한도 남지 않았다. 그건 위원회나 알아서 했던 것이었으니까. 그녀는 잡아도 괜찮은 사냥감이었고, 그녀도 따지고 보면 내가 충분히 검다는 사실을 알게 될 것이다. 또 내일은 잭의 생일이라 회의가 끝나고 '지하신'에서 파티가 있을 예정이었다. 그리되면 나는 가장 유리한 상황에서 양면 공격을 개시할 수 있었다. 너희들이 내게 라인하트 방식을 사용하게끔 만들고 있으니, 과학자들이여, 나올 테면 나오라!

24

다음날 나는 그들의 말에 그저 예, 예, 하는 것으로 시작했다. 시작은 근사했다. 할렘 지역은 이은 데가 계속 터져 나갔다. 조그만 일에도 걸핏하면 사람들이 모여들었다. 상점의 유리창들이 박살나고 아침에는 버스 운전사들과 승객들 간에 서너 번씩 충돌이 있었다.

신문들은 간밤에 터진 그와 유사한 사건들을 주워댔다. 125번가 어느 상점들은 전면의 거울이 박살났다. 그곳을 지나가노라니 한 떼의 사내들이 들쭉날쭉 깨진 거울 앞에서 팔짝팔짝 뛰며 일그러져 비치는 자기들의 모습을 구경하고 있었다. 한 무리의 어른들이 경찰의 명령에도 아랑곳없이 구경을 하면서 웅성웅성 클럽턴 일을 이야기하고 있었다. 나는 일이 되어가는 꼴이 탐탁하지 않았다. 위원회가 당황해하는 꼴을 보고 싶긴 했지만.

사무소에 도착했을 때 단원들은 할렘 지역의 다른 곳에서 일어난 충돌 사건들을 보고하려고 나와 있었다. 나는 그게 도대체 마음에 들지 않았다. 폭력은 무의미한 일이었을뿐더러, 라스의 부채질에 의해, 다름 아닌 할렘 지역이 폭력의 대상이 되는 꼴이었다. 그러나 권한이 침해당했다는 느낌이 들긴 했지만 나는 사태 진전에 기분이 좋아서 내 계획을 계속 밀고 나갔다. 나는 단원들을 내보내 군중 사이에 섞여 들어서 더는 폭력을 사용하지 못하도록 권하게 하고 각 신문사에 공개 서한을 보내 사소한 사건을 '왜곡'하고 침소봉대하는 것을 비난했다.

그날 오후 늦게 나는 본부에서 사태가 가라앉고 있으며 우리는 할렘 주민의 과반수로 하여금 청소 운동에 관심을 갖도록 했다고 보고했다. 청소 운동을 통해 모든 뒷마당, 건물 사이의 통로, 쓰레기를 버리는 빈 터를 말끔히 치우게 하여 주민들의 마음을 클립턴으로부터 돌려놓을 작정이라고 했다. 그런데 그건 너무나 뻔뻔스런 수작이어서 나는 그들 앞에 서 있을 때 하마터면 내 불가시성에 대해 자신을 잃어버릴 뻔했다. 그러나 그들은 그것을 만족스럽게 받아들였고 내가 가짜 신입 단원 명단을 제출했을 때는 열렬한 반응을 보이기까지 했다. 그들은 자기들의 생각이 옳다는 것을 입증받은 셈이었다. 계획은 틀림없고, 사태는 그들이 예정해둔 방향으로 진전되고 있으며, 역사는 그들 편이고, 할렘은 그들을 사랑한다는 사실을 말이다. 나는 거기 앉아 속으로 웃으면서 보고에 뒤따르는 그들의 말에 귀를 기울였다. 내가 맡아야 할 역할이 잭의 빨간 머리칼만큼이나 똑똑히 보였다. 의식했거나 무시한 내 지난날의 사건들이 한꺼번에 마음속으로 튀어 올랐다. 마치 길모퉁이를 돌아보는 것 같은 아이러니컬한 의식의 도약이었다. 나는 정당화하는 역을 맡아야 했다. 내 임무는 모든 할렘 주민들의 예측 불가능한 인간적 요소를 부정하고, 그것이 어떤 식으로든 이들의 계획을 방해할 경우 주민들로 하여금 그 인간적 요소를 무시하게끔 만드는 일이었다.

나는 항상 이들 앞에 하나의 밝고, 수동적이고, 너그럽고, 수용적이며, 항상 이들의 모든 계획을 기꺼이 받아들이는 민중의 상을 유지해야 했다. 어떤 사람들이 의분하여 들고 일어서는 상황이 발생할 경우에도 나는 우리가 냉정하고 평정을 잃지 않고 있다고 할 작정이었다(우리를 분노하게 하는 것이 이들에게 이롭다면 이들의 선전을 통해 우리가 분노해 있다고 말함으로써 우리를 분노하게 하기는 아주 쉬웠다. 사실이란 중요하지도 않고 현실적이지도 않으니까). 또 어떤 사람들이 이들의 책략을 이해하지 못하고 당황한다 할지라도 나는, '우리가' 엑스레이 같은 통찰력으로 진실을 꿰뚫어보고 있다고 믿게 해줄 작정이었다. 또 어떤 무리가 부자가 되고 싶은 생각을 가지고 있을 때도 나는 형제애 단원들과 다른 지역의 의심 많은 단원들에게, '우리는' 부를 타락한 것으로, 그리고 본질적으로 저열한 것으로 업신여기고 있다고 믿게 해줄 작정이었다. 또 어떤 소수 민족들이 불만을 가지고 있으면서도 나라를 사랑하는 경우에는 나는 위원회로 하여금 이렇게 믿게 할 작정이었다. 우리는 그처럼 불합리하게 인간적이고 혼란된 반동에 면역되었기 때문에 그러한 것을 전적으로 증오한다고 말이다.

그리고 무엇보다도 가장 얼토당토않은 말이 되겠지만, 그들이 미국의 상황을 부패하고 타락했다고 비난할 경우 나는 우리가 비록 미국적인 삶의 혈관과 근육에 떼려야 뗄 수 없이 얽혀 있다 해도 기적적으로 건강을 유지하고 있다고 말할 것이다. 예스 써, 예스 써! 보이지는 않더라도 나는 그들의 부정을 확신시켜주는 목소리가 되리라. 나는 토빗의 수법으로 토빗보다 한 수 더 뜰 것이고, 그 악당 같은 레스트럼은…… 글쎄, 그 자리에 앉아 듣고 있자니까 위원 중 하나가 내 가짜 단원 명부를 가지고 전국적인 의미가 있다는 둥 과대 평가를 했다. 하나의 환상이 그와 대응하는 또 하나의 환상을 만들어내는 중이었다. 이것이 언제 끝날까? 그들은 자기네들의 선전을 믿고 있는 것일까?

회의가 끝나고 '지하신'에 가니 옛날 기분이 그대로 났다. 잭의 생일은 샴페인을 터뜨릴 만한 경사여서인지 이날 뜨거운 복날 저녁은 여느 때보다도 훨씬 더 들뜬 분위기였다. 나는 자신만만했지만 이곳에서 내 계획이 약간 틀어지고 말았다. 엠마는 아주 쾌활했고 반응도 좋았다. 그러나 그녀의 엄격하고 잘생긴 얼굴은 어쩐지 내게 지나치지 말라고 경고하는 듯했던 것이다. 그녀는 기꺼이 몸을 내맡길 수도 있겠지만(자신의 만족을 위해) 너무나 약고 음모에 능숙해서 내게 중요한 비밀을 누설하여 잭의 정부로서의 위치를 위태롭게 하지는 않으리라는 것을 알았다. 그래서 엠마와 춤을 추고 말을 주고받으면서도 나는 제2의 인물을 물색하느라 파티장을 둘러보았다.

우리는 우연히 바에서 만나게 되었다. 이름은 시빌이었는데, 그녀는 여성 문제에 대한 내 강연이 단순한 정치적인 지식 이상의 개인적인 지식에 입각해 있다고 생각하고 나를 더 잘 알고 싶다는 뜻을 서너 차례 내비쳤던 여자 중의 하나였다. 그때마다 나는 늘 못 알아듣는 척했다. 왜냐하면 그러한 종류의 내 첫 경험은 그런 상황을 피해야 한다는 것을 가르쳐주었을 뿐 아니라 '지하신'에 나올 때마다 그녀는 으레 약간씩 얼근히 취해서 뭔가를 아쉬워하는 듯한 태도를 보였기 때문이었다. 영락없이 소문 안 좋은 유부녀 타입이어서 설사 관심이 간다고 하더라도 역병처럼 피해 다녔을 여자였던 것이다. 하지만 이제 이 여자는 그녀의 외로운 처지와, 명사의 부인이라는 점 때문에 내 물색 대상으로서는 최적이었다. 그녀가 썩 외로웠던 덕분에 일은 아주 순조롭게 진행되었다. 생일 파티는 소란스러워서—다음날 저녁에는 또 공적인 축하연이 있을 예정이었다—우리는 별로 남들의 주의를 받지 않았다. 그날 저녁은 그녀가 꽤 일찍 파티장을 떠났기 때문에 나는 그녀를 집까지 바래다주었다. 그녀는 늘 도외시당하고 있다는 생각을 품었고 남편은 늘 바빴다. 그녀와 헤어지면서 나는 다음날 저녁 내 아파트에서 다시 만나기로 약속을 했다. 그녀의 남편 조지는 생일 축하연에 나갈 것이고 부인이 나가지 않는다 해도 굳이 찾지 않을 사람이었다.

뜨겁고 건조한 8월의 저녁이었다. 동편 하늘에서 번개가 번득였고 습기 찬 대기에 숨가쁜 긴장이 감돌았다. 준비를 하느라 오후를 다 보내고는 나는 생일 축하연에 빠지기 위해 아프다는 핑계를 대고 사무실에서 나왔다. 나는 욕정도 일지 않았고 욕정을 일으킬 만한 에칭화도 가지고 있지 않았다. 하지만 거실에 중국 나라꽃을 꽂은 화병을 놓아두었고 침대 곁 테이블 위에는 송이가 큰 미국 장미를 꽂은 화병을 하나 더 놓아두었다. 그리고 포도주며, 위스키 리쾨르, 그리고 각 얼음, 각종 과일, 치즈, 호두, 캔디, 그 밖에 벤돔에서 나온 맛있는 것들을 마련해두었다. 요컨대 나는 라인하트라면 이랬겠다 싶은 대로 이것저것 준비해보았던 것이다.

그러나 나는 처음부터 일을 망치고 말았다. 술을 너무나 독하게 탔고—그건 그녀가 아주 좋아했다—초저녁부터 너무 일찍 정치 이야기를 끄집어냈던 것이다. 그녀는 정치 이야기는 질색이었다. 항상 이데올로기 속에서 살면서도 정치에는 흥미가 없었고, 남편이 밤낮으로 골몰하는 계획에 대해서는 아무것도 몰랐다. 그보다 그녀는 술에 관심이 있었다. 그래서 나는 그녀와 주거니 받거니 하지 않을 수 없었다. 그리고 그녀는 조 루이스(미국의 흑인 권투 선수. 헤비급 챔피언을 지냈으며 갈색 폭격기라는 별명으로 불렸다)와 폴 로브슨이라는 인물들 주위에서 일어나는 자잘한 드라마들을 공상해내기 좋아했다. 그래서 나는 키도, 기질도 그 두 사람 역의 어느 쪽과 같지 않았지만 〈올드 맨 리버〉를 부르면서 마냥 껑충껑충 걸어 다니거나 근육을 가지고 별 희한한 묘기를 보여주어야 했다. 나는 얼떨떨하기도 하고 재미있기도 했는데, 급기야는 정말 경쟁이 되어버렸다. 나는 우리 두 사람이 계속 현실과 접촉을 유지하도록 하려고 했고 그녀는 나에게 환상극 속의 역을 맡겨 '무엇이든지-해내는-터부-형제'가 되게끔 했던 것이다.

이제 시간이 이슥해져서 내가 술을 한 잔씩 더 따라 들고 방으로 들어가자 그녀는 머리칼을 내려뜨리고 금 머리핀을 입에 문 채 침대에 걸터앉아 내게 손짓을 했다.

"엄마에게 와요, 미남."

"부인 잔입니다."

나는 그녀에게 잔을 건네면서, 한 잔 더 마시고 나면 이제는 그녀에게 새로운 착상들이 떠오르지 않기를 바랐다.

"이봐요, 이리 와요."

그녀는 수줍어하며 말했다.

"묻고 싶은 게 있어요."

"뭔데요?"

"귀엣말로 해야 되는 말이에요, 미남."

내가 침대에 걸터앉자 그녀의 입술이 귀로 다가왔다. 별안간 그녀는 나의 뻣뻣한 태도를 대뜸 허물어뜨려놓고 말았다. 나는 몸을 잡아 뺐다. 그녀가 앉은 자세에는 어딘가 얌전 빼는 구석이 있었다. 그런데도 그녀는 방금 자기와 함께 몹시 혐오스러운 의식을 한번 가져보자고 은근히 제의를 해왔던 것이다.

"뭐라고 하셨죠?"

내가 말하자 그녀가 되풀이해 말했다. 인생이 갑자기 정신 나간 서버〔제임스 서버. 미국의 작가·풍자 만화가. 자신이 창조하지도 않았고 이해할 수도 없는 세계에 당혹감을 느끼고 공상 속으로 도피하는 도시인의 모습을 주로 그렸다〕의 만화처럼 되어버렸단 말인가?

"제발 날 위해서 그렇게 해주시겠죠, 미남?"

"진정으로 말하는 겁니까?"

"그럼요, 그럼요."

그녀의 표정에는 때 묻지 않은 청순함이 깃들어 있었고 그 때문에 나는 더욱더 당황스러웠다. 그녀는 농담을 하는 것이 아니었고 모욕을 주려는 것도 아니었다. 나는 그녀의 그런 무서운 말이 단순히 천진함 때문에 나온 것인지, 다시 말해 오늘 저녁의 저열한 계획에 때 묻지 않고 우러나온 천진함 때문에 나온 것인지 아닌지 알 수가 없었다. 내가 알 수 있었던 건 일이 온통 잘못되었다는 것뿐이었다. 그녀는 아무런 정보도 가지고 있지 않았다. 무서운 일이든 천진한 일이든 내가 분명히 일을 치러야 할 처지가 되기 전에 그녀를 집에서 내보내야겠다고 마음을 굳히면서 나는 그것을 계속 농담으로 받아들이는 척했다.

라인하트 같으면 이런 일을 어떻게 처리할까 생각하며, 나는 방법을 깨닫고 그녀가 나로 하여금 폭력을 사용하도록 자극하지 못하게 하기로 결심했다.

"하지만, 시빌, 제가 그런 사람이 아니란 걸 알 수 있잖습니까. 당신은 상냥하고 보호자 같은 정열을 가진 것 같군요……. 봐요, 여기 이 안은 완전히 한증막 같아요. 옷을 입고 센트럴파크로 산책이나 나가는 게 어떻습니까?"

"하지만 전 그게 필요해요."

그녀는 꼬고 있는 허벅다리를 풀며 진지하게 허리를 펴고 앉았다.

"당신은 할 수 있어요. '당신에겐' 쉬울 거예요, 미남. 내가 말을 듣지 않으면 죽이겠다고 위협하세요. 아주 난폭하게 말을 해봐요, 미남. 내 친구가 그러는데 그 사내는 이렇게 말했대요. '팬티를 벗어'……그러고는……."

"뭐라고 했다고요?"

"정말 그렇게 말했대요."

나는 그녀를 바라봤다. 그녀는 얼굴을 붉혔다. 그녀의 볼이, 아니 주근깨가 있는 그녀의 젖가슴까지도 빨갛게 홍조를 띠었다.

"그래서요?"

그녀가 다시 눕자 나는 말했다.

"그래서 어떻게 됐습니까?"

"음…… 그러고는 그애에게 상스러운 소리를 했대요."

그녀는 수줍어하며 머뭇머뭇 말했다. 그녀는 자연스런 웨이브의 밤빛 머리칼을 가진, 가죽처럼 튼튼해 보이는 나이든 여자였다. 머릿결이 베개 위에 부챗살처럼 펼쳐졌다. 그녀는 새빨갛게 얼굴을 붉히고 있었다. 이건 나를 흥분시키기 위한 것일까, 아니면 무의식적인 혐오감의 표현일까?

"정말 상스러운 말이었대요."

그녀는 말했다.

"정말 그 사내는 짐승같이 크고 이빨이 희었대요. '수말' 같았나 봐요. 그리고 이렇게 말했대나요. '쌍년아, 팬티를 벗어'라고요. 그러고는 그렇게 했대요. 내 친구는 예쁘장하게 생겼죠. 얼굴빛이 딸기 크림 같은 아주 우아한 애예요. 누가 그애에게 그런 상소리를 했으리라고 상상하겠어요."

그녀는 이제 몸을 일으켜 세우고 베개에 팔꿈치를 괴고 내 얼굴을 들여다보았다.

"그런데 어떻게 됐나요. 그자를 붙잡았나요?"

내가 물었다.

"아니, 물론 아니죠, 미남. 그애는 우리 둘만 빼놓고는 아무에게도 그 얘길 안 했는걸요. 남편 귀에 들어가면 안 되니까요. 그 사내는…… 음, 얘기가 아주 길어요."

"끔찍하군. 당신 생각엔 우리가 가서……?"

"하긴 그렇죠? 그 앤 몇 달 동안이나 심경이……."

그녀의 표정이 흔들리는 듯하더니 종잡을 수 없는 상태가 되었다.

"왜 그래요?"

나는 그녀가 울음을 터뜨릴까 걱정되어 물었다.

"아니, 그저 그애의 기분이 정말 어땠을까 생각해본 것뿐이에요. 정말이에요."

갑자기 그녀는 알쏭달쏭한 표정으로 나를 쳐다보았다.

"당신에게 진짜 비밀을 하나 말해도 될까요?"

나는 일어나 앉았다.

"그게 당신이었다는 이야긴 아니겠죠?"

그녀는 웃었다.

"아니, 아니에요. 그건 내 친한 친구 얘기예요. 하지만 아세요, 미남?"

그녀는 은근하게 몸을 기울이며 말했다.

"난 아무래도 색정광인가 봐."

"당신이? 무슨 말씀!"

"아하, 이따금씩 그런 생각도 하고 공상도 하는걸요. 하긴 거기에 빠지진 않지만. 하지만 난 정말 그런 생각이 들어요. 나 같은 여자는 아주 강철 같은 수양을 해야 할 거야."

나는 속으로 웃었다. 이 여자는 머지않아 이중 턱이 되고 세 겹의 거들을 입을 땅딸막한 여인네가 될 것이다. 굵어가는 발목에 가느다란 금줄이 둘려 있었다. 그러나 나는 점점 그녀에게 어딘지 모르게 따뜻하면서도 격렬한 여성다움이 있음을 느꼈다. 나는 손을 뻗어 그녀의 손을 어루만졌다.

"왜 자기가 그렇다는 생각을 하죠?"

나는 물었다. 그녀는 몸을 일으켜 베개 한 귀퉁이를 쥐어뜯더니 거기서 얼룩덜룩한 깃털을 하나 끄집어내어 깃대에서 잔털을 뜯어냈다.

"억압 때문이죠."

그녀는 아주 세련된 티를 부리며 말했다.

"남성들이 우리를 너무 많이 억압해왔어요. 우리는 너무 많은 인간적인 일들을 백안시해야 한다고 되어 있는 거예요. 한데 또 하나 비밀이 있는데 아세요?"

나는 고개를 숙였다.

"얘길 계속해도 되겠어요, 미남?"

"그럼요, 시빌."

"음, 아주 어린 처녀 시절이었는데도 처음 그 이야길 들었을 때부터 나는 그런 일이 내게도 일어나주었으면 하고 바랐죠."

"당신 친구에게 일어났다는 그 일이 말입니까?"

"아하."

"이런, 시빌, 그런 말 누구 다른 사람에게도 했소?"

"물론 안 했죠. 감히 그런 용기가 안 난걸요. 놀라셨나요?"

"약간. 그런데 시빌, 왜 그런 말을 내게 하죠?"

"아, 그건 당신은 믿을 만하니까요. 당신이 이해하리라는 걸 알고 있었어요. 당신은 다른 남자들 같지 않으니까. 우린 어딘가 비슷한 데가 있어요."

그녀는 이제 웃으면서 손을 내밀어 나를 가볍게 떠밀었다. 그래서 나는, 또 시작이군 하고 생각했다.

"드러누워요. 하얀 침대 위에 누운 당신 좀 보게. 당신은 잘생겼어요. 늘 그렇게 생각해왔죠. 새하얀 눈 위의 따뜻한 흑단 같다고 할까……. 당신은 정말 놀라워요. 내게서 시가 나오게 하고. 새하얀 눈 위의 따뜻한 흑단. 어때요, 시적이지 않아요?"

"난 예민한 성격입니다. 놀리지 말아요."

"정말인걸요. 당신과 함께 있으면 마음이 그렇게 편할 수 없어요. 당신은 모르실 거예요."

나는 브래지어 때문에 붉게 눌린 자국을 보며 생각했다. 누가 누구에게 복수를 하는 것일까? 하지만 그건 이 여자들이 평소 듣는 이야기니 놀랄 것도 없지. 그것이 막강한 힘으로 화하고 이들은 모든 유형의 힘을 숭배하도록 배우고 있으니 말이다. 조심하라고 아무리 주의를 받아도 그걸 스스로 해보기를 원하는 사람들이 반드시 있게 마련 아닌가. 정복자들이면서 정복당하는 것이다. 어쩌면 많은 사람들이 그걸 은밀히 원하는지도 몰라. 가능성이 거의 없을 경우에 비명을 지르는 이유도 그 때문인지 모르고…….

"그거예요."

그녀는 얼른 말했다.

"그런 식으로 날 보세요. 날 갈가리 찢고 싶다는 표정으로요. 당신이 날 그런 식으로 보는 게 난 좋아요!"

나는 웃으면서 그녀의 턱을 어루만졌다. 그녀는 내게 요령을 가르쳐주고 있었다. 나는 취기가 거나해 있었다. 그래서 원하는 대로 할 수도 없었고 그렇다고 화를 낼 수도 없었다.

나는 그녀에게 우리 사회에서는 잠자리를 같이하는 사람에게 마땅히 존경심을 가져야 한다고 설교해줄까도 생각했지만, 내가 그런 사회를 안다거나 그 사회의 어느 곳에 위치해 있는지 안다거나 하는 망상을 이제 더는 갖고 있지는 않았다. 더욱이 이 여자는 너를, 말하자면 즐겁게 해주는 자로 생각하고 있어. 그건 또 이 사람들이 배우는 또 다른 거지 하고 나는 생각했다.

나는 잔을 들어 올렸다. 그러자 그녀도 같이 한 잔을 더 들며 바짝 다가왔다.

"할 거죠, 미남?"

그녀는 말했다. 이제 화장이 지워진 맨 입술이 어린애처럼 삐죽이 앞으로 나왔다. 그래, 즐겁게 해주지 못할 것도 없지. 신사답게 굴어줘. 아니면 뭐라고 생각하든 그게 되어주라고……. 이 여자는 너를 어떻게 생각하고 있을까? 길들인 강간자, 그래, 틀림없어. 여성 문제의 전문가라고 생각하겠지. 아마 바로 그게 너인지도 몰라. 여성들의 쾌락을 위해 집 안에서 길들여진, 편리한 언어의 누름 단추 장치를 가진 존재. 그래, 이 함정은 내가 스스로 파놓은 것이 아닌가.

"이걸 받아요."

나는 그녀의 손에 또 한 잔의 술을 디밀었다.

"한 잔 더 들고 나면 나을 겁니다. 더 현실적이 될 테니."

"아, 그래요. 멋질 거예요."

그녀는 술을 받아들고 무슨 생각을 하는 듯 나를 올려다봤다.

"난 내가 사는 방식이 아주 지겨워졌어요, 미남. 이제 곧 늙을 거구

내겐 아무런 일도 일어나지 않겠죠? 그게 무얼 의미하는지 아시겠어요? 남편은 여성의 권리에 대해 이러쿵저러쿵 떠드는 게 많죠. 하지만 여성이 필요로 하는 게 무엇인지 그이가 알까요? 그 양반은 40분간 허풍을 떨고 10분간은 수선을 떨어요. 정말 당신은 당신이 내게 무얼 해주고 있는지 몰라요."

"당신도 마찬가지죠, 시빌."

나는 다시 잔을 채우며 말했다. 마침내 마셔댔던 게 소식이 오기 시작했다.

"과음하지 말아요, 미남. 우리 집 그이는 많이 마시면 늘 기운을 못써요."

"걱정하지 말아요. 난 취해도 강간 솜씨가 기가 막히니까."

그녀는 놀라는 표정을 지었다.

"어머…… 그럼 한 잔 더 따라줘요."

그녀는 펄쩍 뛰면서 말했다. 그녀는 어린애처럼 기뻐하며 자신의 술잔을 얼른 내밀었다.

"지금 여기서 무슨 일이 벌어지고 있는 거죠?"

나는 말했다.

"한 국가의 새로운 탄생?"

"뭐라고, 미남?"

"아무것도 아니에요. 엉터리 농담이오. 잊어버려요."

"난 당신의 그런 점이 좋아, 미남. 당신은 저속한 농담을 한마디도 하지 않았잖아. 어서요, 미남."

그녀는 말했다.

"따라요."

나는 한 잔 또 한 잔 그녀에게 거푸 술을 따랐다. 아니, 실은 두 사람의 잔에 적지 않게 따른 셈이었다. 나는 아득히 먼 곳에 있는 것 같았다. 지금 이 일이 내게나 그녀에게 일어나는 것 같지 않았다. 느끼기 싫은, 어떤 묘하고 알 수 없는 연민의 정 같은 것이 느껴졌다. 그때 그녀는 반짝이는 눈을 가늘게 뜨면서 나를 바라보는가 했더니 몸을 일으키며 내 급소를 쳤다.

"어서, 자기, 날 때려줘……. 이 큰 흑인 깡패. 왜 그렇게 꾸물대는 거야."

그녀는 말했다.

"빨리 날 때려눕혀! 날 원하지 않아?"

나는 부대끼다 못해 그녀를 찰싹 때려주었다. 그녀는 얼굴을 붉히며 적극적으로 받아들이려는 자세로 누웠다. 그녀의 배꼽은 잔 모양이 아니라 지진을 일으키는 땅 위에 팬 구덩이처럼 팽팽하고 넓게 주름을 만들며 구부러졌다. 그녀가 말했다.

"어서, 어서!"

그래서 나는 "그래, 그래" 하면서 주위를 휘둘러보고 나서는 그녀의 몸에 술을 부어대기 시작했다. 그러다가 테이블 위에 놓인 그녀의 립스틱이 눈에 띄어 나는 감정에 메인 채 손을 멈추었다가 립스틱을 덥석 집어 들고 "그래, 그래" 하면서 몸을 구부리고 취기로 생긴 영감(靈感)으로 그녀의 배 위에 사납게 다음과 같이 내갈겼다.

시빌, 너는 강간당했다.
나는
산타클로스.

놀랐지.

그러고는 손을 멈추고 침대에 무릎을 갖다 댄 채 그녀의 위에서 몸을 부르르 떨었고, 그녀는 안절부절못한 채 나를 기다렸다. 그것은 자줏빛 금속질 색깔의 립스틱이었는데, 그녀가 기대감에 부풀어 숨을 헐떡이는 동안 글씨들은 길게 늘어나서 바르르 떨기도 하고 솟구쳐 올라 언덕을 이루었다 다시 내려앉아 골짜기를 만들기도 했고, 그녀의 몸뚱이는 빛을 내는 간판처럼 환히 불 밝혀 있었다.

"빨리, 미나암, 빨리."

그녀는 헐떡였다.

나는 그녀를 바라보며 생각했다. 이 여자 남편이 저걸 볼 때까지 그냥 내버려둘까……. 조지가 혹시라도 어쩌다 저걸 보게 된다면 그 사람은 전에는 생각지도 못했던 여성 문제의 일면을 주제로 하여 강연을 하겠지. 그녀는 한동안 내 눈 아래에서 무명의 존재로 누워 있었다.

그러다 이윽고 나로서는 충족시켜줄 수 없는 감정으로 이루어진 그녀의 얼굴이 눈에 들어왔고, 나는 속으로 불쌍한 시빌 하고 중얼거렸다. 그녀는 어른의 일에 아이를 택했어. 그러니 아무것도 생각대로 되지 않았지. 흑인 깡패도 그 일엔 안 돼. 그녀는 이제 술을 이겨내지 못했다. 나는 불쑥 몸을 수그려 그녀의 입술에다 키스를 했다.

"쉬이, 조용히."

나는 말했다.

"이럴 땐 그러는 게 아니에요……."

그러자 그녀는 키스를 더 하려고 입술을 불쑥 내밀었다. 다시 그녀에게 키스를 하면서 진정시켜주자 그녀는 끄덕끄덕 졸기 시작해서 나는 이제 이 광대극을 그만 끝장내야겠다고 다시 마음먹었다. 이러한 놀이는 라인하트에게나 어울리지 나에게는 어울리지 않았다. 나는 비틀비틀 걸어 나가 물에 적신 수건을 가져와서 내가 저지른 범죄의 증거를 문질러 닦기 시작했다. 그것은 죄악처럼 끈적거려 시간이 한참이나 걸렸다. 물로는 안 될 것 같고, 위스키는 냄새가 날 것 같아 나는 마침내 벤젠을 찾아나서야 했다. 다행히도 그녀가 일어났을 즈음에는 일이 거의 끝날 무렵이었다.

"그거 했어, 미나암?"

그녀가 말했다.

"그럼, 하고말고. 그걸 원하지 않았어?"

"그래요. 그런데 기억이 안 나는걸……."

나는 그녀를 바라보면서 웃음이 나올 것 같았다. 그녀는 날 보려고 했지만 눈에 초점이 잡히지 않았고 머리가 자꾸 한쪽으로 기울어졌다. 그러면서도 그녀는 정말 안간힘을 썼다. 별안간 마음이 홀가분해지는 것 같았다.

"그런데 말이지."

나는 그녀의 머리칼을 만지작거리며 말했다.

"부인, 이름이 뭐죠?"

"시빌이야."

그녀는 화를 내며 울먹일 듯이 말했다.

"미나암, 내가 시빌인 걸 알잖아."

"당신을 붙들 땐 몰랐지. 그땐 몰랐어."

그녀의 눈이 휘둥그레지더니 웃음이 얼굴 위로 흔들리며 지나갔다.

"맞아요. 알 수가 없었겠지. 그렇죠? 당신은 날 한 번도 본 적이 없으니까.”

그녀는 기뻐했다. 나는 그녀의 심중에서 생각이 형성되어가는 것을 볼 수 있을 것만 같았다.

“그렇지.”

나는 말했다.

“난 느닷없이 담벼락에서 뛰쳐나왔으니까. 난 아무도 없는 그 로비에서 당신을 덮쳐 눌렀어……. 생각나? 난 당신이 기겁을 하고 비명을 질러대는 걸 틀어막았어.”

“그래 내가 반항을 잘하던가요?”

“영락없이 새끼를 보호하려는 암사자 같더군.”

“하지만 당신이 너무 짐승처럼 억세고 커서 난 별수 없이 당했어요. 난 원하지 않았지, 미나암? 난 싫은데 당신이 강제로 한 거야.”

“물론이지.”

나는 비단 옷가지 하나를 집어 들었다.

“당신이 내 안의 짐승 같은 마음을 불러일으킨 거야. 내가 당신을 힘으로 덮쳐 누른 거지. 하지만 내가 뭘 할 수 있었겠어?”

그녀는 잠시 찬찬히 생각해보더니 일순 다시 울듯이 얼굴을 찡그렸다. 그러나 또 한차례 웃음이 얼굴에서 환히 피어올랐다.

“그래, 나, 근사한 색광 아니었어요? 정말 안 그랬어요?”

그녀는 나를 찬찬히 살펴보며 말했다.

“당신은 짐작도 못할 만큼. 조지가 당신을 감시하는 게 좋겠어.”

내가 말했다.

그녀는 화가 난 듯 이쪽저쪽으로 몸을 비틀었다.

“아이, 엉터리! 그 양반 조지는 색광하구 같이 잠자리에 들어도 알아보길 해야지."

"당신 참 멋진 사람이오."

나는 말했다.

"조지 이야기 좀 해봐요. 사회 개혁의 저 위대한 지도자에 대해서 말이오."

그녀는 물끄러미 바라보며 미간을 찌푸렸다.

"누구? 조지 말이에요?"

그녀는 흐릿한 한쪽 눈으로 나를 쳐다보며 말했다.

"조지는 땅속의 두더쥐라 그런 건 하나두 몰라요. 그런 거 들어본 적 있어요? 15년 동안? 아니, 왜 웃고 있는 거예요, 미나암?"

"나 때문이오."

나는 큰 소리로 웃어대기 시작했다.

"나 때문이야."

"당신처럼 웃는 사람 처음이에요, 미나암. 참 멋져!"

내가 그녀의 옷을 머리 위로 뒤집어씌우자 그녀의 목소리는 이제 산둥(山東) 비단옷을 통해 조그맣게 새어나왔다. 그러고는 옷을 엉덩이 있는 데까지 잡아 내리니 새빨개진 그녀의 얼굴이 옷의 목 부분을 통해 흔들리며 나왔고 머리칼이 다시 뒤엉켜 흘러내렸다.

"미나암."

그녀는 큰 소리로 말했다.

"언제 또 해줄래요?"

나는 한 발짝 물러나며 그녀를 바라봤다.

"뭐라고요?"

"부탁이에요, 멋쟁이 미나암. 부탁이야."

그녀는 불안정한 웃음을 띠며 말했다. 나는 웃어대기 시작했다.

"그야 물론, 물론이죠……."

"언제? 미나암, 언제?"

"아무때나. 매주 목욕일 9시 어때요?"

"오오오오…… 미이나암."

그녀는 옛날 식으로 나를 껴안으며 말했다.

"당신 같은 사람 처음이에요."

"정말이오?"

나는 말했다.

"정말이에요. 처음이야. 미나암…… 맹세코…… 내 말 믿어요?"

"그럼요. 누가 보면 좋겠어. 한데 이제 가야겠어요."

나는 그녀가 막 침대에 주저앉으려는 걸 보며 말했다.

그녀는 입을 삐죽 내밀었다.

"난 밤술을 좀 해야 해요, 미남."

"이미 많이 했어요."

"아이, 미나암, 딱 한……."

"좋아요. 그럼 딱 한 잔만."

우리는 다시 한 잔씩 들었다. 그녀를 바라보노라니 다시 가련한 생각과 자기 혐오가 되살아나 기분이 울적해졌다.

그녀는 머리를 한쪽으로 갸웃하고 심각한 표정으로 나를 쳐다보았다.

"미나암, 당신은 시빌 누나가 뭘 생각하는지 알아? 당신이 시빌을 처치해버리려고 할지도 모른다고 생각하고 있어."

나는 깊은 공허감 속에서 그녀를 바라보며 그녀의 잔과 내 잔에 다시 술을 채웠다. 난 그녀에게 무엇을 했고 무엇을 하도록 허락한 것일까? 그 모든 일이 다 내게로 스며든 것일까? 내 행위…… 내—그 고통스러운 말이 그녀의 불안정한 웃음만큼이나 두서없이 떠올랐다—내 책임이? 그 모든 것이? 나는 보이지 않는 인간이다.

"자, 들어요."

나는 말했다.

"당신도, 미나암."

그녀가 말했다.

"그러죠."

그녀는 내 팔 안으로 다가들었다.

깜박 잠이 들었던 모양이었다. 유리 잔 속에서 얼음이 딸그락거리는 소리가 들려왔고 벨소리가 요란하게 울렸다. 나는 그지없이 서글펐다. 그 시간에 겨울이 와버린 것 같았다.

그녀는 밤빛 머리칼을 내려뜨린 채 드러누워 눈꺼풀이 무겁게 드리운, 아이섀도를 칠한 푸른 눈으로 나를 바라보고 있었다. 멀리서 또 다른 소리가 새로이 울려왔다.

"받지 말아요, 미나암."

그녀는 말했다. 그녀의 목소리는 난데없이 튀어나와 입놀림과 맞아들지 않았다.

"뭐라고요?"

나는 말했다.

"받지 말고 그냥 울리게 둬요."

그녀는 말하며 빨간 매니큐어를 칠한 손가락을 내뻗었다.

나는 이제 영문을 알아차리고 그걸 그녀의 손에서 빼어들었다.

"받지 마, 미나암."

그녀는 말했다.

그것은 이제 다시 한번 내 손아귀 속에서 울려댔다. 까닭 모르게 유년 시절의 온갖 기도 문구들이 여울처럼 내 마음속에 쏟아져 흘러갔다. 나는 "여보세요" 하고 말했다.

할렘 지구에서 걸려온, 누구의 목소리인지 알 수 없는 다급한 목소리였다.

"형제, 지금 곧 이리로 나와주시는 게 좋겠소……."

목소리가 말했다.

"몸이 아픈데, 무슨 일이오?"

"사고요, 형제. 당신이 있어야만……."

"무슨 사곤데 그래요?"

"골치 아픈 사고요, 형제. 그놈들이……."

그때 요란하게 유리 깨지는 소리가 났다. 멀리서 산산조각이 나는 소리였다. 뒤이어 쿵 하는 소리가 나고 전화가 끊겨버렸다.

"여보세요."

나는 말했다. 시빌이 내 앞에서 몸을 내저으며 입술로 "미나암" 하고 불렀다.

다이얼을 돌려보았지만 통화 신호만이 파동쳐올 뿐이었다. 아멘-아멘-아멘. 아, 멘, 하며 나는 잠시 그 자리에 앉아 있었다. 무슨 계략이 아닐까? 이 여자가 나와 같이 있는 걸 그자들이 안 게 아닐까. 나는 수화기를 내려놓았다. 그녀가 푸른 아이섀도를 칠한 눈꺼풀 사이로 나를 바라보고 있었다.

"미이……."

나는 이제 자리에서 일어나 그녀의 팔을 끌어당겼다.

"갑시다, 시빌. 변두리 지구에서 내가 필요하대요."

그때서야 나는 비로소 내가 갈 것이라는 사실을 깨달았다.

"안 돼요."

그녀는 말했다.

"하지만 가야 돼요. 갑시다."

그녀는 버티다가 침대 위로 쓰러졌다. 그녀의 팔을 놓아주고 주위를 휘둘러보았다.

머리가 찌뿌드드했다. 이 시간에 무슨 사고란 말인가? 왜 내가 가야 하나? 그녀는 나를 바라보고 있었다. 그녀의 눈이 푸른 아이섀도 속에서 반짝였다. 나는 울적했고 더없이 서글펐다.

"이거 봐요. 미나암."

그녀가 말했다.

"아니에요. 바람을 좀 쐽시다."

나는 말했다.

그러면서 나는 빨간 매니큐어를 칠한 그 반들반들한 손톱을 피해 팔목을 거머쥐고 그녀를 끌어 일으켜 문간으로 데리고 갔다. 우리는 비틀거렸다. 문간에서 서로 몸이 흔들려 그녀의 입술이 내 입술을 스쳤다. 그녀가 내게 착 달라붙었고 한순간 나도 그녀에게 달라붙으며 형언할 수 없는 슬픔을 느꼈다. 그때 그녀가 딸꾹질을 해댔고 나는 멀거니 방을 뒤돌아보았다. 불빛이 우리가 마신 술잔 속의 호박색 액체에 비쳐 들었다.

"미나암, 인생이 아주 달라질 수도 있을 것 같아."

그녀는 말했다.

"하지만 절대 달라지지 않아요."

내가 말했다.

"미나암."

선풍기가 윙윙 돌아가고 있었다. 방 한구석에는 내 서류 가방이 추억처럼 먼지 얼룩에 덮인 채 놓여 있었다. 집단 난투전을 벌이던 날 밤이 떠올랐다. 나는 그녀의 뜨거운 숨결을 느끼고는 그녀를 가만히 떠밀어 문틈에 기대어놓았다. 그러고는 아까 기도 문구들이 떠올랐던 만큼이나 충동적으로 방을 건너가 서류 가방을 집어 들고 다리에 먼지를 문질러 털고는 뜻밖의 무게를 느끼면서 그걸 옆구리에 끼었다. 무엇인가 안에서 덜그덕 거렸다.

그녀는 나를 잠자코 바라보다가 내가 팔을 붙들자 눈을 빛냈다.

"어때요, 시빌?"

나는 물었다.

"가지 마오, 미나암."

그녀가 말했다.

"조지더러 하라고 해요. 오늘 밤엔 연설 없어요."

"이리 와요."

나는 그녀의 팔을 꽉 붙들어 끌어당겼다. 그러자 그녀는 한숨을 내쉬며 안타까워하는 얼굴로 나를 올려다봤다.

우리는 아무 일 없이 거리로 내려갔다. 머리가 아직도 띵했다. 그리고 어둠의 거대한 공허를 내려다보니 눈물이 나올 것만 같았다……. 변두리 지구에서 무슨 일이 일어나고 있단 말인가? 왜 내가 관료적인 인간들, 소경 같은 인간들을 걱정해야 한단 말인가? 나는 보이지 않는 인간이다. 나는 고요한 길거리를 물끄러미 내려다보았다. 그녀가 내 옆에서 비틀거리며 조그맣게 노랫가락을 흥얼거렸다. 신선하고 순박하고 태평한 것, 시빌. 너무-늦게-너무-빨리 발견한 내 사랑……. 아! 목이 벌떡거렸다. 거리의 열기가 바짝 밀려들었다. 택시를 찾았으나 한 대도 지나가지 않았다. 그녀는 옆에서 노래를 흥얼거렸고 그녀의 향수는 이 밤에 비현실적인 느낌을 주었다. 다음 블록까지 걸어갔으나 택시는 여전히 잡을 수 없었다. 그녀의 하이힐이 인도 위에서 불안스럽게 또각거리는 소리를 냈다. 나는 그녀를 멈춰 세웠다.

"가엾은 미남."

그녀는 말했다.

"제 이름도 모르고."

나는 얻어맞기나 한 듯 돌아섰다.

"뭐라고?"

"무명의 짐승, 그리고 잘생긴 수말."

그녀의 입가에 어슴푸레한 웃음이 감돌았다.

나는, 하이힐을 신고 조심스럽게 인도 위를 또각또각 걸어가는 그녀를 바라보았다.

"시빌."

나는 그녀에게라기보다는 나를 향해 말했다.

"그게 어디서 끝날까?"

무언가 내게 가라고 하는 것 같았다.

"아하."

그녀가 웃었다.

"침대에서요. 가지 말아요. 미나암. 시빌이 당신 잠자리를 봐줄게."

나는 머리를 내저었다. 별들이 저 높고 높은 곳에서 휘돌았다. 눈을 감자 별들은 내 눈꺼풀 안에서 빨갛게 흘러갔다. 이윽고 약간 마음을 가다듬고 나는 그녀의 팔을 붙들었다.

"이봐요, 시빌. 여기 잠시 서 있어요. 5번가에 가서 택시를 잡아올 테니까. 바로 여기서 꼼짝 말고 서 있어야 돼."

우리는 창문이 깜깜한 고색창연한 건물 앞을 비틀비틀 지나갔다. 건물 전면에 미로 같은 무늬가 새겨진 돌 위로 거대한 그리스식 원형 부조들이 점점이 켜진 불빛에 드러나 보였다. 나는 돌에 새긴 괴물상이 있는 현관에 그녀를 기대놓았다. 그녀는 머리칼을 풀어 헤치고 그곳에 기댄 채 가로등 불빛 아래 나를 바라보며 웃었다. 그녀의 얼굴이 한쪽으로 마냥 처져 내렸고 그녀의 오른쪽 눈은 요지부동으로 감겼다.

"그러지, 미나암, 그래."

그녀가 말했다.

"금방 오겠소."

나는 물러나며 말했다.

"미나암, 내 미나암."

그녀가 소리 질렀다.

저 진정한 애정의 소리를, 부기 베어의 애모의 소리를 들어봐 하고 생각하며 그곳을 떠났다. 그녀는 나를 미남이라고 부르는 걸까? 검둥이라고 부르는 걸까?〔여인이 취기가 올라 boo'ful 정도로 부르는 소리를 beautiful(미남)인지 boogieful(검둥이)인지 묻고 있다〕 아니면 아름답다고 하는 것일까, 숭고하다고 하는 것일까? ……아무튼 그게 다 무슨 의미가 있겠는가? 나는 보이지 않는 인간인데…….

이 길을 다 가기 전에 택시가 지나가기를 바라며 나는 밤늦은 시간의 고즈넉한 거리를 걸어갔다. 5번가 저 위로 불빛이 환히 밝혀졌고 몇 대의 차들이 거리의 딱 벌린 아가리를 가로지르며 쏜살같이 내달렸다. 그 위, 그리고 저편에는 나무들이…… 거대하고, 시꺼멓고, 드높게 솟아 있었다. 무슨 일이 일어난 것일까. 왜 이 밤중에 나를 불러낸 걸까……. 누굴까? 나는 걸음을 서둘렀다. 걸음이 흔들렸다.

"미나암."

그녀가 뒤에서 소리 질렀다.

"미나아아암!"

나는 돌아보지 않고 손을 내저었다. 이제 다시는, 더는, 더는 없다. 나는 계속 걸어갔다.

5번가에서 차가 한 대 지나갔다. 나는 소리 질러 붙잡으려고 했으나 누군가의 소리가 솟아오르는 듯하더니 그 유쾌한 소리는 그냥 흘러 지나가버리고 말았다. 나는 차를 찾으려고 불이 켜진 거리 저쪽을 바라보았다. 그때 난데없이 끼익 하고 브레이크를 밟는 소리가 나서 돌아보니 차가 서 있었고 하얀 손이 손짓을 했다. 차는 후진하여 가까이 굴러오더니 펄쩍 튀어오르며 멈췄다. 나는 웃었다. 시빌이었다. 나는 비틀비틀 차의 문을 향해 걸어갔다. 그녀가 내다보며 웃고 있었다. 차창의 창틀 속에서 그녀의 머리는 아직도 한쪽으로 쳐져 있었고 머리칼은 흘러내린 채였다.

"타요, 미나암. 그리고 날 할렘으로 데려다줘요……."

나는 머리를 내저었다. 머리가 무겁고 슬펐다.

"안 돼요. 난 할 일이 있어요, 시빌. 집으로 돌아가시오."

"아냐, 미나암. 날 데려다줘요."

나는 차 문에 손을 댄 채 운전사를 돌아보았다. 그는 작은 체구에 검은 머리칼을 가진 사내였는데, 못마땅해하는 눈치였다. 붉은빛이 그의 코끝을 붉게 물들였다.

"이봐요, 이분을 댁으로 모셔드리세요."

나는 말했다.

나는 주소를 말해주고 마지막 남은 5달러 지폐를 건네주었다. 그는 못마땅한 듯 뚱하게 그걸 받아쥐었다.

"안 돼, 미나암."

그녀는 말했다.

"난 할렘으로 가고 싶어. 당신과 같이 있고 싶어요."

"잘 가십시오."

나는 연석에서 뒤로 물러나며 말했다.

그것은 블록의 중간쯤 되는 곳이었다. 나는 차가 떠나는 걸 보았다.

"안 돼."

그녀가 말했다.

"안 돼, 미나암. 가지 말아요……."

눈이 사나워지고 창백해진 얼굴이 차창으로 보였다. 나는 그 자리에 서서 운전사가 쏜살같이, 경멸어린 속도로 내달려 시야에서 사라지는 것을 지켜보았다. 후미등이 그의 코끝처럼 빨갰다.

나는 둥둥 떠가는 기분으로 정신을 가다듬으려 애쓰며 눈을 감고 걸었다. 이윽고 눈을 뜨고 자갈길을 따라 공원 쪽으로 건너갔다. 저 위로는 자동차들이 차도를 계속 빙빙 돌아 내달렸다. 헤드라이트가 비수처럼 어둠 속을 찔렀다. 모든 택시가 손님을 태우고 도심지로 달려가고 있었다. 중력의 중심으로, 나는 터벅터벅 걸어갔다. 머릿속이 회오리쳤다.

이윽고 110번가에 가까이 이르렀을 때 나는 그녀를 다시 만났다. 그녀는 손을 흔들며 가로등 아래서 기다리고 있었다. 나는 놀라지 않았다. 나는 숙명론자 같은 기분이었다. 천천히 다가가노라니 그녀의 웃음소리가 들렸다. 그녀가 내 앞으로, 꿈속에서처럼 맨발로 아무렇게나 내닫기 시작했다. 비틀거리면서도 쏜살같이 달려, 나는 깜짝 놀라 따라잡지도 못하고, 납덩이 같은 다리로 앞서 가는 그녀를 보며 "시빌, 시빌!" 하고 부르며 공원 가를 따라 달렸다.

"어서 와요, 미나암."

그녀는 뒤돌아보고 소리치며 비틀거렸다.

"시빌을 잡아요……, 시빌을."

시빌은 맨발로, 허리띠도 매지 않고 공원 가를 달렸다.

나도 달렸다. 옆구리에 낀 서류 가방이 무거웠다. 무엇인가 내게, 사무실로 가야 한다고 말했다.

"시빌, 기다려요!"

나는 소리쳤다.

그녀는 내달렸다. 그녀의 옷 빛깔이 어둠 속의 밝은 곳에서 불꽃처럼 너울거렸다. 살랑거리는 움직임이랄까. 두 다리가 아래서 되통스럽게 움직였고, 하얀 구두는 번쩍였으며, 스커트는 높이 들쳐 올라갔다. 그냥 가게 두자고 나는 생각했다. 그러나 그녀는 이제 미친 듯이 거리를 달려 건너편 연석 위에 털썩 주저앉았다. 그러는가 했더니 다시 일어섰고 그러다 다시 털썩 엉덩방아를 찧고 주저앉았다. 이제 기세를 잃고 그녀는 완전히 몸을 가누지 못했다.

"미나암."

내가 다가가자 그녀가 말했다.

"빌어먹을, 미나암, 날 떠미는 거야?"

"일어나요."

나는 화를 내지 않고 말했다.

"일어나."

나는 그녀의 나긋나긋한 팔을 붙들었다. 그녀는 일어서서 껴안을 듯 두 팔을 쫙 벌렸다.

"안 돼. 목요일이 아니오. 난 가봐야겠어요……. 그 사람들이 날 어떻게 할 셈이지, 시빌?"

"누가, 미남?"

"잭과 조지…… 토빗 같은 사람들 말이오."

"당신은 날 따라왔어, 미나암."

그녀는 말했다.

"그이들은 잊어버려요. 돌대가리…… 멍청이들…… 알잖아, 우리가 이 냄새 고약한 세상을 만든 게 아니잖아, 미나암, 잊어버려요……."

때마침 택시가 눈에 띄었다. 택시는 모퉁이를 돌아 쏜살같이 다가왔고, 또 이층 버스 한 대가 두 블록 뒤에서 어슴푸레 모습을 나타냈다. 택시 운전사는 창 밖으로 고개를 내밀고 내다보더니 재빨리 방향을 돌려서 이쪽으로 다가왔다. 그의 얼굴은 놀라 못 믿겠다는 표정이었다.

"자, 이제 시빌."

나는 말했다.

"이젠 장난은 말고."

"죄송합니다만, 손님."

운전사가 걱정스러운 목소리로 물었다.

"여자 손님을 할렘으로 데려가시려는 건 아니겠죠?"

"아니요. 이분은 시내로 갈 거요."

나는 말했다.

"타요, 시빌."

"미남은 독재자야."

그녀는 운전사에게 말했다. 운전사는 잠자코 나를 쳐다봤다. 미친 놈이 아니냐는 듯이.

"굉장한 양반이군."

그는 중얼거렸다.

"아주 굉장한 양반이야!"

그러나 그녀는 올라탔다.

"정말 지독한 독재자야, 미나암."

나는 운전사에게 말했다.

"이봐요. 이분을 곧장 댁으로 모시고 가시오. 그리고 차에서 내리지 못하게 해요. 이분이 할렘을 뛰어다니면 안 되니까. 귀하고 고명하신 부인이시오……."

"알았습니다. 댁 탓이 아니죠."

그는 말했다.

"거기서 지금 일이 빵빵 터지고 있는 중이니까."

"무슨 일이 났소?"

내가 소리쳤을 때 차는 벌써 굴러가고 있었다.

"개판을 만들어놓구 있어요."

그는 기어의 굴대 소리보다 더 크게 외쳤다. 나는 그들이 떠나는 것을 바라보다 버스 정류장 쪽으로 걸어갔다. 이번엔 확실히 해야지 생각하며 나는 길로 걸어 나가 손을 흔들어 버스를 멈춰 세우고 올라탔다. 그녀가 또다시 온대도 내가 가버리고 없는 걸 알겠지. 서둘러야겠다는 생각이 더 들었지만 여전히 머릿속이 몽롱해서 온전히 정신을 가다듬을 수가 없었다.

나는 서류 가방을 움켜쥐고 눈을 감은 채 앉아서 버스가 쏜살같이 달려가는 것을 발밑으로 느끼고 있었다. 이제 7번가가 되리라. 시빌, 용서해 하고 나는 생각했다. 버스는 달려갔다.

그러나 눈을 떠보니 버스는 강변도로로 접어들었다. 그 사실도 나는 냉정하게 받아들였다. 이날 밤은 온통 모든 게 뒤죽박죽이었다. 술을 너무 많이 마셨다. 시간이 물결처럼, 보이지 않게, 슬프게 흘러갔고, 밖을 내다보니 배 한 척이 강을 거슬러 올라오는 것이 보였다. 달리는 배의 불빛들이 밤중의 환한 점으로 빛났다. 서늘한 바다 내음이 밀어닥쳤다. 빠른 속도로 드러나 보이는 정박한 배들의 흐릿한 모습들과 검은 물결, 스쳐 지나가는 불빛 사이로 냄새가 계속 짙게 풍겨왔다. 강 건너편이 저지 시(市)였다. 내가 할렘으로 들어오던 때가 생각났다. 오래전, 아주 오래전 일이다 하고 나는 생각했다. 나는 마치 강물 속에 빠져 있는 느낌이었다.

내 오른쪽 앞으로 교회의 첨탑이 높이 치솟았고 그 꼭대기에는 붉은 표시등이 달려 있었다. 이제 버스는 영웅 묘지〔남북 전쟁 당시 북군의 총사령관이었던 그랜트 장군의 묘지〕를 지나갔고 나는 그곳을 방문했던 기억을 떠올렸다. 계단을 올라가서 안으로 들어가 저 아래쪽을 내려다보면 거기 그가 국기에 덮여 영원히 잠들어 있는 것이 보인다.

125번가는 금방이었다. 나는 비틀비틀 차에서 내려 강물을 마주하고 서서 버스가 떠나는 소리를 들었다. 산들바람이 좀 부는가 싶더니 이젠 그 바람도 자버리고 무더위가 다시 되돌아와 끈적끈적 몸에 달라붙었다. 어둠 속 저 앞에 기념을 위해 세운 다리가 보였다. 밧줄처럼 늘어선 불빛이 어두운 강을 건너질렀다. 그보다 가까이에는 강변 위로 우뚝 펠리세이즈 암벽이 그 혁명적 고뇌를 롤러코스터의 요란한 불빛 속에 파묻은 채 서 있었다. '시대는 이제……'라는 말로 강 건너의 네온사인은 시작했으나, 역사는 징 박은 구둣발로 나를 짓밟고 있으니 시대가 무슨 걱정이야 하고 나는 웃으면서 생각했다.

나는 길을 건너 분수식 수도가 있는 데로 갔다. 물은 서늘하게 흘러내렸다. 나는 손수건을 적셔 얼굴과 눈을 훔쳤다. 물은 쫙 흩어지기도 하고 꿀럭꿀럭 나오기도 하고 물보라를 흩뿌리기도 했다. 나는 얼굴을 갖다 대고 그 축축하고 서늘한 감촉을 느끼며 어린애처럼 즐거운 소리를 내는 분수 소리를 들었다. 그때 다른 소리가 들려왔다. 그건 강물 소리도 아니었고, 어둠 속을 내달리며 커브를 꺾는 자동차 소리도 아니었고, 먼 곳에서 들려오는 군중의 고함 소리 같기도 하고 범람하는 강물의 여울물 소리 같기도 했다.

나는 앞으로 걸어가다 층계를 발견하고 그곳으로 내려가기 시작했다. 다리 밑에는 단단한 돌의 강을 이룬 길이 뻗어 있었다. 한순간 나는 물결을 이룬 자갈들을 보고 그게 물이 아닌가, 그리고 위에 있는 분수도 이곳에서 물을 끌어내는 것이 아닌가 생각했다. 어쨌든 나는 그곳을 질러서 할렘으로 갈 작정이었다. 층계 아래로 트롤리 전차의 레일이 강철빛으로 희번덕거렸다. 나는 걸음을 서둘렀다. 그 소리는 점점 다가왔다. 수많은 소리가 웅성거리며, 비탈진 길을 내려가는 나를 감싸면서 대기를 얼얼하게 마비시켰다. 그 소리는 짹짹 소리처럼, 구구구 소리처럼, 가라앉은 함성 소리처럼 들려와 내게 뭔가를 말하고, 내게 무슨 소식을 전하려는 것만 같았다. 나는 걸음을 멈추고 주위를 둘러보았다.

다리의 교각들이 리드미컬하게 어둠 속을 행진해 사라져 들어가고,

자갈돌 위에는 붉은 불빛들이 빛났다. 이윽고 나는 다리 밑에 이르렀다. 그런데 그들은 마치 나를 기다렸던 것 같았다. 다른 사람 아닌 바로 나를 말이다—나에게 봉헌되고 나를 위해 아껴둔 것처럼—영원히 기다렸던 것 같았다. 나는 마음속으로 날개의 영상을 떠올리며 고개를 들어 소리가 나는 쪽을 바라보았다. 그때 무언가 내 얼굴을 치며 흘러내렸다. 더러운 냄새가 났고 연발 사격에 포위된 것을 볼 수 있었으며 그것이 내 웃옷으로 흘러내리는 걸 느낄 수 있었다. 나는 서류 가방을 머리 위로 추켜들고 달리면서 그것이 사방에서 빗발처럼 떨어지며 튀어오르는 소리를 들었다. 나는 그 빗발처럼 떨어지는 것들 아래를 뛰어 달리며 생각했다. 새까지, 비둘기까지, 참새까지, 빌어먹을 갈매기까지! 나는 분노와 절망과 거친 웃음으로 뒤끓어오르며 정신없이 내달렸다. 새들에게서 달아나 어디로 갈 것인지, 나는 알 수 없었다. 나는 달렸다. 도대체 나는 왜 여기 있는 것일까?

나는 밤을 뚫고 달렸다. 나 자신의 안을 달렸다. 달렸다.

25

모닝사이드에 도착했을 때 총소리가 마치 먼 곳에서 독립기념일 축제라도 벌어진 듯 들려왔다. 나는 걸음을 서둘렀다. 성 니콜라스에 이르자 가로등이 전부 꺼져 있었다. 쿵쾅거리는 우레 같은 소리가 나서 보니 네 명의 남자가 인도를 독차지하고 뭔가를 밀면서 이쪽으로 달려오고 있었다. 밀고 오는 것은 금고였다.

"이봐요."

내가 말을 걸었다.

"비켜!"

나는 펄쩍 비키면서 길바닥으로 뛰어내렸다. 그러자 그때 마치 마지막 도끼질이 끝나고 거목이 쓰러지기까지 순간처럼, 요란한 소음이 나고 뒤이어 요란한 정적이 뒤따르는, 갑작스럽고도 휘황한 시간의 정지가 이루어졌다. 그리고 나는 집집의 문간과 연석 위에 웅크린 사람들의 모습을 보았다. 이윽고 정지됐던 시간이 터졌다. 나는 길바닥에 있었는데 의식은 멀쩡하나 일어설 수가 없어 길 위에서 어기적거렸고, 뒤쪽 길모퉁이에서 발사되는 총의 반짝이는 불길이 보였으며, 왼쪽으로는 아까 그 사내들이 아직도 덜거덕덜거덕 인도 위로 금고를 밀고 가는 것을 알 수 있었고, 등 뒤 길 저쪽에서는 검은 셔츠 차림 때문에 거의 모습이 보이지 않는 두 명의 경관이 권총을 내밀고 불을 뿜었다. 금고의 바퀴 하나가 앞으로 툭 퉁겨져 날아가고 다른 총탄이 멀리 모퉁이 저쪽 자동차 타이어에 맞자, 터져 나오는 공기가 거대한 짐승의 신음 소리처럼 비명을 질러댔다.

나는 이리저리 털썩털썩 부딪히며 몸을 굴려 연석 가까이 기어가려고 했으나 불가능했고, 갑자기 얼굴에 뜨뜻하고 축축한 것이 느껴졌다. 금고가 사정없이 교차로를 향해 치닫고 사내들이 모퉁이를 돌아 타다닥 뛰어 사라지는 모습이 보였다. 그들이 사라져버리고 나자 길바닥을 스치고 달려가던 금고는 갑자기 방향을 바꾸더니 교차로를 향해 쏜살같이 뛰어들어 3번 레일 위에 들이박혔고, 그러자 불티가 너울처럼 튀어 올라 거리 전체를 푸르스름한 꿈속처럼 밝혀놓았다. 그것은 내가 꾸는 꿈이었고 그 꿈속에서 나는 경관들이 사격장에서처럼 발을 앞으로 내밀고 버티고 서서 팔은 허리에 갖다 댄 채 신중하게 조준을 하여 총을 쏴대는 모습을 볼 수 있었다.

"비상 대책을 취하라!"

경관 하나가 소리쳤다. 나는 그들이 몸을 돌려, 둔중하게 번뜩이는 트롤리 전차 레일이 어둠 속으로 사라져 들어가는 쪽으로 사라지는 것을 보았다.

갑자기 거리가 살아 움직이기 시작했다. 샛길에서 몸을 일으킨 듯한 사람들이 내 위편의 상점 안으로 우르르 달려 들어갔다. 그들의 목소리가 흥분된 어조로 치솟았다. 이제 보니 내 얼굴에는 피가 흐르고 있었다. 간신히 몸을 움직여 무릎으로 일어서려고 하니 사람들 사이에서 누군가 나를 부축하여 일으켰다.

"이보우, 다쳤소?"

"약간…… 모르겠어요……."

나는 그들의 모습을 잘 볼 수 없었다.

"빌어먹을, 머리에 구멍이 났군!"

누군가의 목소리가 말했다.

불빛이 내 얼굴 위로 번쩍이더니 가까이 다가왔다. 누군가의 딱딱한 손이 내 머리를 만져보고 지나갔다.

"제길, 그냥 스친 것뿐이야."

누군가 말했다.

"놈들의 45구경에 새끼손가락만 맞아도 그냥 나자빠지는걸."

"그런데, 여기 있는 사람이 맨 나중에 넘어진 사람이야."

누군가 인도에서 소리쳤다.

"이 사람을 깨끗하게 명중시켰어."

나는 얼굴을 훔쳤다. 머리가 윙윙 울렸다. 무언가 없어진 물건이 있었다.

"고맙습니다."

나는 흐릿하고 푸르스름한 사람들의 형상을 들여다보며 말했다. 죽은 사내를 내려다봤다. 그는 얼굴을 앞으로 내밀고 쓰러져 있었고 사람들이 그의 주위를 오락가락했다. 나는 문득 저기 웅크리고 있는 게 나였을 수도 있다는 생각을 했다.

또 나는 그를 전에, 오래전에, 환한 대낮에 한번 본 적이 있었던 것 같은 느낌도 들었다……. 언제였던가? 이름은 알고 있었지 하고 나는 생각했다. 갑자기 무릎이 앞으로 휘청했다. 나는 그 자리에 주저앉았다. 서류 가방을 움켜쥔 손이 길바닥에 쓸리고 머리가 앞으로 푹 수그러졌다. 사람들이 내 옆을 돌아가고 있었다.

"이봐요, 발 좀 밟지 말아요. 밀지 마오. 많으니까 모두 돌아가."

소리가 들렸다.

나에겐 해야 할 일이 있었다. 그걸 잊고는 있었으나 정말 잊었던 것은 아니라는 사실을 나는 알았다. 잊었다고 생각한 어떤 꿈의 자세한 내용을 우리가 정말 잊은 것이 아니라 다만 기억을 회피한 것뿐이라는 사실을 다 알듯이 말이다. 나는 알고 있었다.

그래서 나는 마음속으로 저 푸른 휘장이 금고 저편의 거리를 가리고 있듯 내 눈 속에 불투명하게 드리워진 듯한 잿빛 너울을 꿰뚫어보려고 애썼다. 현기증이 사라지자 나는 서류 가방을 끌어안고 손수건을 머리에 댄 채 가까스로 일어났다. 거리 저 위에서 커다란 유리창들이 쨍그랑거리며 깨지는 소리가 들려왔고, 어둠의 푸른 신비 속에서 보도가 깨진 거울처럼 어른어른 빛났다. 거리의 네온사인들은 모두 꺼졌고 낮의 모든 음향들이 그들의 안정된 의미를 잃었다. 어디선가 도난 경보기가 부질없는 소음을 터뜨렸고 잇달아 약탈자들의 환성이 터져 나왔다.

"자, 갑시다."

누군가 옆에서 소리쳤다.

"어이, 갑시다."

나를 부축했던 사람이 말했다. 그는 내 팔을 붙들었다. 큰 자루를 어깨에 멘 마른 사내였다.

"보아하니 댁을 이 근방에 그냥 두고 가선 안 되겠어. 하는 것이 꼭 취한 사람 같으니."

"어디로 가잔 말입니까?"

"어디로라고? 젠장, 이봐요. 아무 데로나 가야지. 어디로든지 간에 움직여야 해요……. 헤이, 뒤프레!"

그는 소리쳤다.

"왜, 이봐…… 빌어먹을! 내 이름은 큰 소리로 부르지 말라고. 여기 있어. 나 여기 있단 말이야. 작업복을 좀 챙기는 중이야."

누군가의 목소리가 말했다.

"내 것도 좀 챙기게, 듀."

사내는 말했다.

"알았어. 하지만 난 자네 아비가 아냐."

대답이 들려왔다.

나는 그 마른 사내를 바라보며 우정이 뭉클 치솟는 것을 느꼈다. 그는 모르는 사람이었고 나를 돕는 것은 순수한 동기에서였다.

"헤이, 듀, 우리 그거 하는 거야?"

그가 소리쳤다.

"제길, 그래. 이 옷만 챙기고 당장."

군중은 마치 쏟아진 설탕 주위에 우글거리는 개미들처럼 상점들로 들락날락했다.

때때로 유리창 깨지는 소리와 총소리가 들려왔고 먼 데서 불자동차 소리도 들렸다.

"기분이 어때요?"

사내가 물었다.

"아직도 띵 하고 기운이 없어요."

내가 말했다.

"피가 멎었나 봅시다. 됐어요. 괜찮을 거요."

그의 목소리는 분명하게 들려왔으나 모습은 흐릿하게 보였다.

"그럼요."

나는 말했다.

"이봐요, 죽지 않은 게 다행이오. 이 새끼들 이제 진짜 쏘아대고 있어. 저기 레녹스에선 공중에다 대고 쏴댔다고. 내게 라이플 한 자루만 있으면 본때를 좀 보여줄 텐데. 자, 이거 근사한 스카치가 있으니 한잔 하슈."

그는 윗주머니에서 1쿼트짜리 술병을 끄집어내며 말했다.

"저기 술 파는 상점에서 집어왔소. 한 상자 통째로 쟁여뒀지. 저리루 가면 숨만 들이켜도 취한다니까. 취한다고. 보증 딱지가 붙은 위스키 1백 병이 하수구로 쏟아져 넘치고 있으니까."

나는 술을 한 모금 들이켰다. 위스키가 몸 안으로 내려가자 몸서리가 쳐졌지만 정신이 번쩍 나 고마운 생각이 들었다. 주위에선 사람들이 푸른 화염 속의 검은 형상들처럼 바글대기도 하고 흩어지기도 하며 움직였다.

"저 사람들 저걸 가지고 가는 것 좀 봐요."

그는 검은 모습으로 움직이는 군중을 응시하며 말했다.

"난 이제 지쳤어. 댁은 레녹스에 있었소?"

"아뇨."

나는 대답을 하며 한 여인네가 털 뽑은 닭 여남은 마리를 새 빗자루대에 목을 꿰어 줄줄이 매달아 들고 천천히 지나가는 걸 보았다.

"제길, 저걸 봐야 돼. 죄다 박살이 나버렸어요. 이제 여자들이 깨끗이 주워가는 거야. 아까 보니 어느 할머니가 소 옆구리 한 짝을 통째로 짊어지고 가더군. 이봐요, 그 노인네는 그걸 집으로 가져가느라고 허리를 못 펴고 옥은 다리가 되어 있더라니까……. 어, 뒤프레가 이제 오는군."

그러더니 그는 입을 다물었다.

작고 단단해 보이는 사내가 상자를 몇 개 들고 사람들의 무리 밖으로 빠져나왔다. 그는 머리 위에 모자를 세 개나 얹어 썼고 여러 개의 멜빵을 어깨에 덜렁덜렁 걸쳤다. 이제 우리 쪽으로 가까이 오는 그를 보니 번들거리는, 엉덩이까지 올라오는 새 고무 장화를 신고 있었다. 주머니는 불룩 튀어나왔고, 어깨에 멘 자루가 등 뒤에서 묵직하게 흔들렸다.

"제길, 뒤프레."

내 친구가 그의 머리를 가리키며 말했다.

"내 것도 하나 있겠지? 어떤 거야?"

뒤프레는 걸음을 멈추고 그를 쳐다봤다.

"거기엔 모자들 천진데 내가 돕스 모자 아닌 걸 가지고 나오겠나? 이봐, 자네 미쳤어? 죄다 새 거고 색깔이 근사한 돕스 모자야. 어서, 경찰이 오기 전에 가자고. 망할! 저 불길 좀 봐!"

나는 휘장처럼 드리운 푸른 불길 쪽을 바라봤다. 불 속에서 흐릿한 형상들이 소용돌이쳤다. 뒤프레가 소리를 지르자 몇몇 사내들이 군중 사이에서 나와 길 위의 우리와 한패를 이루었다. 우리는 움직이기 시작했고 내 친구(다들 그를 스코필드라고 불렀다)가 나를 데리고 갔다. 내 머리는 벌떡거렸고 여전히 피가 흘렀다.

"당신도 약탈물이 좀 있는 것 같군."

그가 내 서류 가방을 가리키며 말했다.

"별로."

대꾸하며 나는 생각했다. 약탈물? 약탈물? 그런데 그때 불현듯 나는 가방이 왜 무거운가를 깨달았다. 메리 아줌마네의 깨진 저금통과 동전들 때문이었던 것이다. 이제 나는 서류 가방을 열고 내 모든 문서들을—내 형제애단 신분증이며, 그 익명의 편지, 그리고 클립턴의 인형 등을—그 속에 집어넣었다.

"이봐요, 가방을 채우라고요. 부끄러울 거 뭐 있소. 우리가 전당포를 한 군데 조져놓을 테니 기다려요. 저 듀라는 친구는 목화 따는 자루에 물건을 아주 꽉꽉 챙겼어. 저 친구도 이제 장사 밑천 잡은 거지."

"아이구, 죽겠군."

나의 다른 편에 있던 사내가 말했다.

"난 또 저게 목화 자루인 줄만 알았지. 저건 어디서 났나?"

"남부에서 올라올 때 가져온 거지."

스코필드가 말했다.

"저 친구 늘 장담하는 소리가 있어. 내려갈 땐 저기다 10달러짜리를 가득 채워가겠다는 거야. 망할, 오늘 밤이 지나 봐. 저 친구 저 물건 모두 간수하려면 창고가 하나 있어야 할 거야. 이봐요, 당신도 그 가방을 좀 채우라고. 뭣 좀 챙겨요!"

"괜찮아요. 난 벌써 이 안에 충분히 있으니까."

나는 말했다.

그런데 그때 어디로 가려고 집을 나왔던가 아주 똑똑히 생각났지만 이 일행을 떠날 수 없었다.

"하긴 그럴지도 모르겠군."

스코필드가 말했다.

"난들 알 수 있나. 거기다 보석 같은 걸 잔뜩 챙겨 넣었을지도 모르니까. 사람이 욕심이 많아선 안 돼요. 아무리 이런 일이 일어나는 때라도."

우리는 계속 걸음을 옮겼다. 이들과 헤어져 지구 사무소 있는 곳으로 가까이 가봐야 할까? 생일 축하연에 나갔던 자들은 지금쯤 어디 있는 것일까?

"이게 죄다 어떻게 시작된 겁니까?"

내가 물었다.

스코필드는 놀라는 기색이었다.

"이봐요, 내가 어떻게 알겠소. 경찰이 여잘 하나 쏘았다던가."

다른 한 사내가 우리 쪽으로 가까이 왔고 그때 어디선가 묵직한 강철 조각이 뎅그렁 떨어지는 소리가 들렸다.

"웬걸, 그렇게 시작한 게 아냐."

그가 말했다.

"그자 때문이었지. 이름이 뭐더라……?"

"누구 말이오? 이름이 뭔데?"

내가 물었다.

"그 젊은 친구 말이오!"

"있잖아. 다들 그 일 때문에 제정신이 아니라고."

클립턴이구나 하고 나는 생각했다. 클립턴 때문이다. 클립턴의 밤이다.

"어, 이 사람, 그렇지 않아."

스코필드가 말했다.

"내 눈으로 직접 봤는걸. 8시경이었는데 레녹스 가와 123번가가 만나는 데서 백인 경관이 베이비 루스 과자 하나를 훔쳤다고 어느 애를 때렸지. 그러자 그애의 어머니가 대들었고 이자가 또 그 여자를 때린 거야. 그래서 이 난리가 터지기 시작했지."

"그 자리에 있었소?"

내가 물었다.

"지금 내가 여기 있는 것과 마찬가지로. 어떤 사람 말로는 그애가 백인 여자 이름이 붙은 과자를 훔쳐가서 그 백인 작자가 화가 났다더군."

"내가 들은 건 그런 게 아닌걸. 내가 갔을 때는 사람들 말이 어느 백인 여자가 흑인 여자의 남자를 뺏으려다가 일이 터졌다는 거야."

또 한 사내가 말했다.

"염병할, 누가 시작했든 난 이 난리가 좀 오래갔으면 좋겠어."

뒤프레가 말했다.

"백인 여자라는 건 맞아. 그런데 그렇게 된 건 아니었지. 그 여자가 취해 있었다는 거야……."

또 다른 목소리가 말했다.

하지만 시빌은 아니었겠지 하고 나는 생각했다. 일은 이미 그 이전에 터져 있었으니까.

"당신들, 그래 누가 일을 터뜨렸는지 알고 싶나?"

쌍안경을 든 사내 하나가 전당포 창문에서 소리쳤다.

"정말 알고 싶어?"

"그야 물론."

나는 말했다.

"그럼, 더는 이야기할 것도 없어. 그건 저 위대한 지도자 파괴자 라스가 일으킨 거니까!"

"그 술주정뱅이가?"

누군가 말했다.

"들어봐, 이 작자야! 어떻게 터진 건지는 아무도 몰라."

뒤프레가 말했다.

"누군가 알아야겠지."

내가 말했다.

스코필드가 내게 위스키를 내밀었다. 나는 사양했다.

"제길, 날씨가 덥다 이거야."

"그 젊은 친구 일 때문에 다들 제정신이 아니라니까. 그래, 이름이 뭐라든가……."

우리는 그때 어떤 빌딩 앞을 지나가고 있었는데 누군가 미친 듯이 외쳐대는 소리가 들려왔다.

"흑인 상점이야! 흑인 상점!"

"그럼 간판을 걸어, 염병할 자식아."

한 목소리가 내뱉었다.

"너도 아마 딴 놈들하고 똑같이 썩었을 거야."

"저 자식 말하는 것 좀 봐. 평생 딱 한 번 흑인인 걸 좋아하는군."

스코필드가 말했다.

"흑인 상점."

그 목소리는 기계처럼 되뇌었다.

"어이, 자네 분명히 백인 피가 섞인 건 아니겠지?"

"천만의 말씀!"

그 목소리가 대답했다.

"저 자식 버릇 좀 고쳐줄까?"

"뭐 하러? 쥐뿔도 가진 게 없는데, 저 염병할 자식 그냥 두자고."

몇 건물의 입구를 지나자 철물점이 나타났다.

"이봐들, 여기가 첫 번째 정류장이야."

뒤프레가 말했다.

"이제 뭘 하는데?"

내가 물었다.

"당신 누구요?"

그는 세 개의 모자를 겹쳐 쓴 머리를 번쩍 들어 올리며 물었다.

"누구긴, 그냥 젊은 사람이지……."

나는 말을 꺼냈다.

"분명히 나 아는 사람이 아니란 소린가?"

"그럼요."

나는 말했다.

"이 사람 괜찮아, 듀. 경찰 놈들이 이 사람을 쐈지."

스코필드가 참견했다.

뒤프레는 나를 쳐다보며 뭔가를 퍽 걷어찼다—버터 덩어리였다. 버터는 날아가 뜨거운 거리 저편으로 사라졌다.

"해야 할 일은 할 거니까 먼저 다들 손전등을 구하는 거야……. 그러곤 무슨 조직을 만들자고. 다들 서로 치고 부딪치고 해서는 안 되니까. 자, 가자고."

그는 말했다.

"어이, 가세."

스코필드가 말했다.

나는 그들을 앞장설 필요도, 두고 떠날 필요도 느끼지 않았다. 나는 그냥 기꺼이 따라갔다. 그러면서 그들이 결국 어디로 가서 무슨 일을 할지 몹시 알고 싶었다. 한편으로는 지구 사무소로 가봐야 한다는 생각이 한시도 나를 떠나지 않았다. 우리는 상점 안으로, 쇠붙이로 번쩍이는 어둠 속으로 들어갔다. 일행은 신중하게 움직였다. 나는 그들이 물건들을 뒤져 그것들을 바닥으로 쓸어내리는 소리를 들을 수 있었다. 현금 등록기가 따릉 하는 소리를 냈다.

"여기 손전등이 있다."

누가 소리쳤다.

"몇 개야?"

뒤프레가 물었다.

"많아."

"됐어. 하나씩 나눠줘. 전지도 들었나?"

"아냐. 하지만 그것도 많이 있어. 여남은 상자 되겠다."

"좋아. 전지 넣어서 내게 하나 달라고. 양동이를 찾아봐야겠어. 그러면 다들 손전등 하나씩 갖는 거야."

"여기 양동이가 있다."

스코필드가 말했다.

"그럼 이제 다들 기름 둔 곳을 찾기만 하면 돼."

"기름?"

내가 물었다.

"석유 말일세. 그리고 어이, 자네들 말이야."

그가 소리 질렀다.

"여기서 아무도 담배 피워선 안 돼."

나는 스코필드 옆에 서서 그가 양동이들이 쌓인 곳에서 그것들을 일행에게 나눠주는 소리를 들었다. 이제 상점 안은 번쩍이는 손전등 불빛과 어른거리는 그림자들로 갑자기 살아 움직였다.

"손전등을 바닥으로 비추라고."

뒤프레가 소리쳤다.

"남들이 우리가 누구란 걸 알게 되면 좋을 거 없어. 자, 양동이를 다 받았으면 줄을 서. 내가 채워줄 테니."

"듀 말대로 그걸 내려놔요……. 저 친구 망할 자식 아냐? 항상 이래라 저래라 하기 좋아한단 말이야. 그래서 항상 날 고약하게 만들어."

"뭘 하려는 거죠?"

내가 물었다.

"두고 보면 알아요."

뒤프레가 말했다.

"어이, 거기 자네, 거기 카운터 뒤에서 나와 이 양동이 받아. 그 현금 등록기엔 아무것도 없다는 걸 모르나? 있었다면 내가 벌써 가져갔게?"

갑자기 양동이들이 쿵쾅거리는 소리가 멎었다. 우리는 뒷방으로 들어갔다. 손전등 불빛으로 보니 연료통들이 시렁 위에 줄줄이 쌓여 있었다. 뒤프레는 새 장화를 신은 채 일행의 앞에 서서 양동이에 하나하나 기름을 채워주었다. 우리는 줄을 지어 천천히 움직였다. 다들 양동이를 채운 뒤 줄을 지어 거리로 나갔다. 어둠 속에 서서 주위에서 들려오는 일행의 소리를 듣고 있자니 나도 점점 흥분되어가는 것을 느낄 수 있었다. 이건 어떤 의미를 가진 일일까? 나는 이 일을 어떻게 생각하고 어떻게 행동해야 하는 것일까?

"이것들을 가지고 길 한복판으로 가는 게 낫겠어. 바로 길모퉁이 돌면 있어."

뒤프레가 말했다.

이윽고 우리가 걸음을 옮기기 시작했을 때 한 떼의 사내애들이 우리들 사이를 뚫고 뛰어 지나갔다. 일행이 손전등을 켜자 금발의 가발들을 쓰고 훔쳐 입은 연미복의 꼬리를 펄럭이고 치달리는 사내애들의 모습이 드러났다. 그들 위로는, 육해군용품점에서 훔친 장난감 총들로 무장한 또 한 패가 죽어라 뒤쫓고 있었다. 나는 다른 사람들과 함께 웃어대면서 생각했다. 클립턴의 성스러운 축일이다 하고.

"불을 꺼!"

뒤프레가 명령했다.

등 뒤에서 외침 소리와 웃음소리가 들려왔다. 앞에서는 뛰는 사내애들의 발자국 소리가, 그리고 먼 곳에서는 소방차 소리와 총성이 들려왔고 그 사이사이의 고요한 짬으로는 유리창 깨지는 소리가 끊임없이 스며들었다. 양동이에서 석유가 넘쳐 길바닥에 철벅철벅 떨어질 때마다 석유 냄새가 났다.

느닷없이 스코필드가 내 팔을 움켜쥐었다.

"맙소사, 저길 봐요."

한 떼의 사람들이 보던 우유 운반차를 끌고 달려오고 있었다. 우유 차 위에는 깅엄 천 원피스를 입은 거구의 여자가 죽 늘어선 철도 신호등에 둘러싸인 채 자기 앞에 놓인 술통에서 맥주를 퍼마시고 앉아 있었다. 사내들은 몇 걸음씩 미친 듯이 달리다가 멈추고는 수레의 손잡이 사이에서 쉬었다가 또다시 몇 걸음 달렸다가 또 쉬면서 소리를 지르고 웃어대면서 큰 잔으로 술을 들이켜곤 했는데, 위에 있는 여자가 머리를 뒤로 홱 젖히더니 블루스 가수와 같은 음색으로 목청을 다해서 정열적으로 고함을 질러댔다.

심판이 없었더라면
조 루이스는
짐 제퍼리를 죽였을 거야.
공짜 맥주야!

그러면서 그녀는 술잔 사방으로 맥주를 흘렸다.

우리는 아연하여 옆으로 비켜섰다. 그녀는 서커스 행렬 같은 데 나오는 술 취한 뚱보 여인처럼 좌우를 향해 우아하게 머리를 숙였다. 술잔이 그녀의 커다란 손아귀 속에서 마치 고기 국물 푸는 숟갈처럼 보였다. 그러더니 그녀는 웃으며 술을 쭈욱 들이켰고, 놀고 있는 한 손을 뻗어서는 태평스럽게 우유를 길바닥으로 철벅철벅 쏟아 붓는 것이었다. 그러는 동안 사내들은 유리 조각들 위로 우유 차를 끌고 뛰어갔다. 내 주위에서 웃음소리와 함께 못마땅해하는 고함 소리가 터져 나왔다.

"누가 저 바보짓거리를 막는 게 좋겠어."

스코필드가 골이 나서 말했다.

"저걸 보고 지나치다고 하는 거야. 빌어먹을, 저렇게 맥주를 잔뜩 처마시게 두면 도대체 누가 어떻게 저 여잘 끌어내리겠다는 거야? 누가 대답 좀 해봐. 어떻게 저 여잘 끌어내리겠어? 사방에 저 좋은 우유를 다 쏟아버리고 말이야!"

그 거구의 여자를 보고 나니 나는 기운이 다 빠져버리는 것 같았다. 우유와 맥주……. 슬픔 속에서 나는 우유 차가 뒤뚱뒤뚱 위험스럽게 모퉁이를 돌아가는 것을 지켜보았다. 이제 우리는 허옇게 쏟아진 우유 위로 철썩철썩 석유를 흘리며 깨진 병 조각들을 피해 계속 걸어 나갔다. 일은 대체 어느 정도로 벌어진 것일까? 나는 왜 이처럼 가슴이 찢어지는 것 같을까? 우리는 길모퉁이를 돌아들었다. 머리가 여전히 욱신거렸다.

스코필드가 내 팔을 건드렸다.

"다 왔소."

그가 말했다. 우리는 어느 거대한 임대 건물 앞에 도착해 있었다.

"여기가 어디요?"

나는 물었다.

"여기 있는 사람들 대부분이 사는 곳이오. 자, 갑시다."

그는 말했다. 그러고 보니 바로 그것이었다. 석유가 웬 영문인가 했더니 말이다. 나는 믿을 수 없었다.

이들이 그만한 배짱을 가지고 있으리라고는 생각할 수 없는 일이었다. 창문들 안은 죄다 텅텅 빈 것 같았다. 안에서 일부러 불을 다 꺼버린 것이다. 손전등이나 불길로밖에는 주위를 볼 수 없었다.

"앞으로 어디서 살 건데?"

나는 위를 쳐다보고 또 쳐다보며 말했다.

"이게 어디 사는 거요?"

스코필드가 말했다.

"이걸 없애려면 이 길 밖에 딴 도리가 없어요……."

나는 그들의 흐릿한 모습들에 주저하는 빛이 없나 찾아봤다. 그들은 우리 위로 솟은 그 건물을 바라보고 서 있었다. 석유의 검은 액체는 물통에 비친 희끗희끗 길 잃은 빛살 조각 속에서 둔중하게 들끓었다. 그들의 몸은 앞으로 구부러졌고 어깨는 둥글게 휘어 있었다. 아무도 "안 된다"고 하는 사람은 없었다. 말로써나 행동으로써나 말이다. 나는 이제 머리 위의 깜깜한 창문이며 옥상에서 여자들과 어린애들의 모습을 알아볼 수 있었다.

뒤프레는 건물 쪽으로 다가갔다.

"자, 여길 봐요, 여러분."

그는 말했다. 세 겹 모자를 쓴 그의 머리가 현관의 돌계단 위에 괴이하게 드러났다.

"여자들과 어린애들, 그리고 노인네들과 환자들을 다 내보내주시오. 그리고 석유를 가지고 층계를 올라갈 때는 흘리지 말고 곧장 옥상까지 올라가주어야겠소. 옥상까지 말이오! 옥상에 이르거든 손전등을 사용해서 누구 남은 사람이 없나 방마다 확인해주고 일단 사람들을 전부 내

보낸 다음 석유를 뿌리기 시작하시오. 다 뿌리고 나면 내가 소리를 지르겠소. 세 번 소리를 지르면 성냥으로 불을 붙여요. 그러고 나선 그냥 놔두면 되는 거니까!"

나는 저지할 생각도 물어볼 생각도 나지 않았다. 그들은 이미 계획을 세워두었다. 벌써 여자와 어린애 들이 층계를 따라 내려오고 있었다. 한 어린애가 울음을 터뜨렸다. 그때 갑자기 모든 사람이 움직임을 멈추고 몸을 돌이켜 어둠 속 저쪽을 바라봤다. 가까운 곳 어디선가 다른 소리와는 걸맞지 않는 소리가 어둠을 뒤흔들었고 공기 해머가 기관총 같은 요란한 소리를 냈다. 풀을 뜯는 사슴처럼 예민하게 동작을 멈췄던 이들은 이윽고 일로 되돌아가고 여자와 어린애들이 다시 이동하기 시작했다.

"괜찮소, 여러분, 여자분들은 길 저쪽으로 올라가 식구들에게 가시오."

뒤프레가 말했다.

"그리고 애들 좀 잘 붙들어요."

누군가 등을 두드려 돌아보니 한 여자가 나를 밀고 지나가 층계를 올라가서 뒤프레의 팔을 붙들었다. 두 사람의 모습이 한데 엉기는 듯하더니 가냘프게 떨리는 여자의 절망적인 목소리가 울려왔다.

"제발 뒤프레."

그녀는 말했다.

"제발. 얼마 안 있어서 나는…… 알잖아요……. 당신도 알잖아요. 지금 이러면 나는 어디로 가란 말이에요?"

뒤프레는 몸을 빼내며 한 계단 위로 올라갔다. 그는 여자를 내려다보며 세 겹으로 모자를 쓴 머리를 가로저었다.

"자, 이젠 비켜, 로티."

그는 참을성 있게 말했다.

"왜 이제 와서 새삼스럽게 그래. 그 문제는 이미 다 상의했잖소. 내 생각이 변치 않으리라는 걸 당신도 알 텐데. 그리고 다른 사람들도 다들 들어보시오."

그는 엉덩이까지 닿는 장화의 끄트머리로 손을 집어넣더니 니켈 도금을 한 리볼버를 꺼내 내둘렀다.

"혹시라도 변심하리라고는 생각지 말아요. 그리고 난 더 따지고 싶지 않아."

"당신 말이 옳아, 뒤프레. 우린 당신 편이야!"

"내 애 새끼는 이 죽음의 소굴에서 폐병으로 죽었소. 하지만 앞으로는 이제 아무도 이곳에서 태어나지 않을 거요. 그러니, 자, 로티, 저쪽으로 가서 우리 남자들 일을 시작하게 해줘요."

그녀는 울어대며 돌아섰다. 나는 그녀를 보았다. 그녀는 실내화를 신었고 가슴은 부풀어올라 있었으며 배는 육중하게 불렀다. 군중 속에서 여자들이 손을 내밀어 그녀를 끌고 갔다. 눈물 어린 그녀의 커다란 눈이 힐끔 장화를 신은 남자 쪽을 돌아보았다.

이 사내는 어떤 유형의 사내일까? 잭이라면 이 사내에 대해 뭐라고 말했을까? 잭, 잭? 그런데 그자는 이 난리통에 지금 어디 있을까?

"어이, 갑시다."

스코필드가 나를 찌르며 말했다. 나는 잭에 대해 터무니없는 비현실감을 느끼며, 그를 따라갔다. 우리는 안으로 들어가 손전등을 비추며 계단을 올라갔다. 앞장서 올라가는 뒤프레의 모습이 보였다. 그는 내 생애의 어느 것도 그와 같은 사람들을 만나 이해하고, 존경하기를 가르친 적이 없는 그런 유형의 사내였다. 지금까지의 분류에는 없던 유형의 사내였다. 우리는 사람들이 서둘러 나간 흔적들이 있는 어지러운 방 안으로 들어갔다.

무덥고 답답했다.

"여기는 내 집이오."

스코필드가 말했다.

"그런데 빈대들이 질겁하지 않을까?"

우리는 낡아빠진 매트리스 위며 방바닥이며 사방에 석유를 뿌렸다. 그러고는 손전등을 비추며 복도로 나왔다. 건물 사방에서 온통 발자국 소리, 석유를 끼얹는 소리, 때때로 강제로 쫓겨 나가는 어느 늙은이의 애절한 항변의 소리들이 들려왔다. 사내들은 이제 땅속을 파들어가는 두더지들처럼 말없이 작업을 했다. 시간이 정지해버린 듯했다. 아무도 웃지 않았다. 이윽고 아래쪽에서 뒤프레의 목소리가 들려왔다.

"오케이. 여러분, 이제 죄다 내보냈소. 이젠 맨 위층부터 차례로 성냥불을 붙이기 시작하시오. 조심해요. 몸에 불이 붙지 않도록……."

스코필드의 통에는 아직도 석유가 좀 남아 있었다. 나는 그가 헝겊 조각을 주워들어 그걸 통 안에 집어넣는 걸 보았다. 그러더니 피시식 성냥불 소리가 나고 방이 갑자기 확 불길로 뒤덮였다. 열기가 치솟아 나는 뒤로 물러났다. 그는 붉은 불길 앞에서 검은 실루엣으로 서서 화염 속을 들여다보며 소리를 질렀다.

"이 염병할 썩어빠진 개새끼들아, 네놈들은 내가 이 짓을 하리라고는 생각 못했지……. 이거 봐라. 원상 복구 불능이다. 이제 너희들 상판 좀 보자."

"갑시다."

나는 말했다.

아래서는 사람들이 한꺼번에 대여섯 계단씩 부리나케 뛰어 내려가고 있었다. 그들은 손전등과 화염의 무시무시한 빛 속에서, 꿈속에서처럼 훌쩍훌쩍 도약했다. 지나는 층층마다 연기와 화염이 솟구쳤다. 이제 나는 격렬한 황홀감에 휩싸였다. 이들은 해냈다고 나는 생각했다. 그들은 이 일을 조직화해서 스스로의 힘으로 해냈다. 스스로 결단을 내리고 스스로 행동을 했다. 이들은 독자적인 행동을 할 수 있었던 것이다…….

머리 위에서 요란스런 발자국 소리가 들리더니 누군가 소리쳤다.

"계속 내려가. 위는 난리야. 누가 옥상 문을 열어놔서 불길이 확확 오르고 있어."

"갑시다."

스코필드가 말했다.

나는 몸을 움직이며 뭔가 미끄러져 내리는 것을 느꼈다. 그러고는 다음 층계를 반쯤 내려와서야 내 서류 가방이 사라진 것을 깨달았다. 잠시 나는 머뭇거렸다. 그러나 그처럼 오랫동안 지녀왔던 것을 지금 와서 버릴 수는 없었다.

"자, 가요. 얼쩡거릴 시간 없어."

스코필드가 소리쳤다.

"잠깐만."

나는 말했다.

사람들이 비호같이 달려 지나갔다. 나는 난간을 붙들고, 몸을 구부리고 손전등으로 층계를 하나하나 비춰보며, 어깨로 밀며 층계를 되올라갔다. 천천히 올라가다 나는 그것을 찾아냈다. 가죽 쪽에 으깨진 회반죽 조각과 석유가 묻은 발자국이 찍혀 있었다. 그것을 주워들고 나는 몸을 돌려 다시 뛰어내려왔다. 석유 자국이 쉽게 지워지지 않을 거라고 생각하니 가슴이 찡했다. 하지만 이것이 바로 그것이었다. 내가 이미 알던 것이 내 마음의 어두운 구석구석을 돌아왔다. 알고 있었기 때문에 위원회에 말하려고 했던 것, 그러나 그들이 무시해버리고 말았던 것이. 나는 격렬한 흥분으로 떨며 뛰어 내려갔다.

층계참에서 나는 석유가 반쯤 든 통 하나를 발견하고는 충동적으로 그걸 움켜쥐고 불타는 방으로 내던졌다. 퍽 하고 연기에 둘러싸인 거대한 불길이 문간을 가득 채우더니 문 밖으로 나를 향해 내려왔다. 뛰어 내려가면서 숨이 막히고 기침이 나왔다. 이들은 이 일을 스스로 해냈다고 나는 숨을 죽이며 생각했다……. 이 일을 계획하고, 조직하고, 불을 이용했던 것이다.

나는 바깥으로, 밤의 폭발음 속으로 뛰쳐나갔다. 나는 그 소리가 남자의 소리인지 여자나 아이의 소리인지 알 수 없었지만, 한순간 붉은 현관을 등 뒤로 하고 입구 계단에 서 있었을 때, 내 형제애단 이름으로 나를 부르는 소리를 들었다.

나는 마치 잠 속에서 깨워 일으켜진 것 같았다. 그래서 잠시 그곳에 서서 고함 소리, 비명 소리, 도난 경보기 소리, 사이렌 소리들이 뒤범벅된 시끄러운 소음들 속에 거의 파묻혀버린 그 목소리 쪽을 보며 귀를 기울였다.

"형제, 근사하오."

그 목소리가 외쳤다.

"우리를 앞장서겠다고 하더니, 정말 그렇게 말하더니……."

나는 길로 내려갔다. 천천히 걸음을 옮겼으나 마음속으로는 그 목소리로부터 멀리 떠나버리고 싶은 생각이 간절했다. 스코필드는 어디로 가버렸을까? 불길에 달아오른 어둠 속에서 허옇게 드러난 대부분의 눈길들이 불타는 건물 쪽을 바라보고 있었다.

그런데 그때 누군가 이렇게 말하는 소리가 들려왔다.

"여자분, 금방 누구라고 했소?"

그러자 여자가 자랑스럽게 내 이름을 댔다.

"그자 어디로 갔지. 이봐, 그놈을 잡아. 라스가 찾고 있어!"

나는 사람들 무리 속으로, 천천히, 그리고 슬슬 검은 군중 속으로 걸어 들어갔다. 나는 전신의 피부가 바짝 긴장하고 등이 으스스해지는 것을 느끼며, 물결치듯 움직이면서 땀을 흘리며 억센 사투리로 이야기하고 있는 군중을 바라보며 귀를 기울였다. 그러면서 나는 이제 내가 그들을 알기를 원하고 알 필요가 있게 되자 알 수가 없다는 사실을 깨달았다. 나는 그들을, 어두운 밤중에 움직이는 검은 덩어리를, 검은 땅을 갈라 헤치며 흐르는 검은 강을 느낄 수 있었다. 라스나 타프가 내 옆에서 움직이고 있대도 나는 알 수 없을 것이었다. 나는 그 덩어리와 하나가 되어 군데군데 기름과 우유가 괸 너저분한 거리를 걸어 내려갔다. 내 개성은 무너졌다. 나는 내 위쪽의 군중 속 어디선가에서 그자들의 소리가 나는 것을 들으며 이리저리 피하면서 이윽고 다음 블록까지 와 있었다. 사이렌 소리와 도난 경보기 소리를 들으면서 속도가 더 빠른 군중에 휩쓸려 반은 뛰고 반은 걸으며 연방 뒤를 돌아보았다. 다른 일행은 어디 갔을까 생각하며 계속 움직였다. 이제 뒤쪽에서 총성이 울려왔고 양편에서 군중은 쓰레기통이며 벽돌이며 쇠붙이 등을 판유리 창문들에다 냅다 갖다 던졌다. 나는 거대한 어떤 힘이 폭발 직전에 있는 것 같은 느낌을 갖고 걸어갔다. 그리고 어깨로 사람들을 밀치며 길 옆으로 헤쳐 나가 어느 건물 문간에 서서 군중이 움직이는 것을 바라보았다. 어떤 설욕감 같은 것이 느껴지면서 나를 이곳까지 오게끔 한 전화 내용이 떠올랐다. 누가 나를 불러냈을까? 지구 단원 가운데 하나? 아니면 잭의 생일 축하연에 참석했던 사람들 중의 하나? 이미 너무 늦어버린 마당에 누가 지구 사무소에서 나를 필요로 했을까? 좋다. 지금 그리로 가리라. 훌륭한 어른들께서 지금 어떻게 생각하고 계시는지 알아보리라. 어쨌든 그자들은 어디에 있을까. 그리고 그들은 지금 어떤 심오한 결론을 끌어내는 중일까? 일이 터지고 난 다음에 어떤 역사적 교훈을 배우고 있을까? 그리고 전화로 들었던 그 뭔가 깨지던 소리, 그것이 시작이었을까? 아니면 그냥 잭이 자기 유리 눈알을 떨어뜨린 소리였을까? 나는 취기 속에서 웃음을 터뜨렸다. 웃음을 터뜨리니 머리가 욱신거렸다.

갑자기 총소리가 멎고 잠잠한 가운데 말소리와 발걸음 소리와 작업하는 소리가 뒤섞여 들려왔다.

"어이, 이 친구. 어디 가시오?"

내 옆에서 누군가 말했다.

스코필드였다.

"달아나든지 맞아 나자빠지든지 둘 중 하나요. 당신은 아직 저 뒤에 있는 줄 알았는데."

내가 말했다.

"빠져나왔소. 두 집 건너 어느 건물에 불이 붙어서 소방서에 연락하지 않을 수 없었지……. 제기랄! 이런 소란만 없으면 총소리는 분명히 모기 소리라고 했을 거야."

"조심해요!"

나는 소리 지르며 그를 잡아 끌어당겼다. 거기에는 어느 사내가 부상당한 팔에 지혈대를 죄면서 기둥에 기대어 누워 있었다.

스코필드가 손전등을 비췄다. 언뜻 나는 그 흑인 사내를 보았다. 그의 얼굴은 충격으로 잿빛이 된 채 자신의 피가 울컥울컥 분출하여 길바닥으로 쏟아져 나오는 것을 바라보고 있었다. 그리하여 별수 없이 나는 손을 내밀어 지혈대를 죄면서 피가 뜨뜻하게 내 손 위로 흐르는 것을 느꼈다. 벌컥벌컥 쏟아지던 피가 멈췄다.

"피가 멈췄군요."

젊은 사내가 내려다보며 말했다.

"여기, 이걸 잡아요. 꼭 붙잡아요. 이 사람을 의사에게 데려가시오."

내가 말했다.

"의사가 아니시오?"

"나 말이오? 내가? 미쳤소? 이 사람 살리고 싶거든 여기서 데려가요."

"알버트가 의살 부르러 갔는데. 난 댁이 의산 줄 알았죠. 댁은……."

사내가 말했다.

"아냐."

나는 말하며 피범벅이 된 내 손을 바라봤다.

"아냐. 난 아냐. 의사가 올 때까지 이걸 꼭 붙잡고 있게. 난 두통도 못 고치는 사람이니까."

나는 일어서서 손을 서류 가방에 닦으며 그 큰 사내를 내려다봤다. 그는 눈을 감은 채 등을 기둥에 기댔고 사내애가 번쩍이는 새 넥타이로 만든 지혈대를 필사적으로 붙들었다.

"갑시다."

나는 말했다.

"이봐요! 저기서 어떤 여자가 '형제'라고 부른 게 당신 아니었소?"

그곳을 지났을 때 스코필드가 말했다.

"형제? 아뇨, 다른 친구였겠지."

"그런데 말이지, 이보시오. 전에 어디선가 당신을 본 것 같아. 혹시 멤피스에 없었소? ……아니, 저기 오는 것 좀 봐요."

그는 말하며 손으로 가리켰다. 어둠 속을 바라보니 흰 헬멧을 쓴 경찰 한 소대가 앞으로 공격해 오다가 건물 옥상에서 벽돌장들이 비오듯 쏟아지니 은신처를 찾느라고 잠시 흩어지는 것이 보였다. 흰 헬멧들의 일부는 건물들의 입구로 내달려가 돌아서서 사격을 가했다. 그때 나는 스코필드가 투덜거리며 나자빠지는 소리를 듣고 나도 그의 곁에 납작 엎드렸다. 확 솟구쳐오르는 붉은 화염이 보였고 날카로운 비명 소리가 아치를 그리며 다이빙하듯 위에서 곡선을 그리며 떨어져 마침내 길바닥에 쿵 하고 쓰러지는 소리가 들렸다. 그것은 마치 내 위장 속으로 떨어진 것처럼 메스꺼움을 불러일으켰다. 웅크리고 앉아 바로 내 앞에 누워 있는 스코필드의 건너편을 바라보니 옥상에서 떨어져 으스러진 그 검은 형체가 보였다. 그보다 더 저쪽에는 경관의 몸뚱이가 하나 있었다. 그의 헬멧이 조그만 둔덕처럼 어둠 속에서 하얗게 빛났다.

스코필드가 총에 맞았는지 어쨌는지를 보려고 막 나가려고 했을 때 그는 꿈틀 돌아누우며 쓰러진 경관을 구하려는 경관들에게 욕설을 퍼부어댔다. 그는 납작하게 엎드린 채 미친 듯이 소리 지르며 뒤프레가 내흔들었던 것과 같은, 니켈 도금한 총을 꺼내들고 마구 쏴대기 시작했다.

"이봐, 엎드려."

그는 어깨너머로 빽 고함을 질렀다.

"내 오랫동안 놈들을 박살내고 싶었어."

"안 돼. 그걸 가지곤 안 돼요."

내가 말했다.

"여기서 빠져나갑시다."

"무슨 소리야. 난 이 물건을 쏠 수 있다고."

그가 대답했다.

나는 몸을 굴려 썩고 있는 닭들이 잔뜩 담긴 광주리 더미 뒤로 갔다. 왼쪽으로 너저분한 연석 위에 어느 여자와 사내가 곤두박인 배달 수레 뒤에서 웅크리고 있었다.

"데하트."

여자가 불렀다.

"언덕 위로 올라갑시다. 가서 점잖은 사람들과 같이 있어요."

"언덕? 무슨 소리야! 우린 여기 있는 거야."

사내가 말했다.

"이건 겨우 시작에 불과해. 뭔가 몰라도 이건 인종 폭동이 될 거야. 그래서 난 여기 있고 싶어. 여기 있으면 반격이 있을 거란 말이야."

그 말은 근접한 곳에서 쏘아댄 총알들처럼 나를 강타하며 내 만족감을 깡그리 박살내고 말았다. 그 발언이 마치 이 밤에 의미를 부여한 것만 같았다. 아니, 그의 숨결이 소란한 폭동의 공기에 부딪쳐 조그맣게 진동하는 그 순간, 그 말이 의미를 창조하고 탄생시킨 것 같았다. 그 말은 분노의 정의를 내리고 분노에 조직을 부여함으로써 나를 빙글 되돌려놓는 것 같았다. 나는 마음속으로 클립턴이 죽은 이후의 날들을 돌이켜보았다. 이것이 바로 해답일까? 이것이 위원회가 계획한 것일 수 있을까? 이것이 놈들이 우리의 세력을 라스에게 넘겨준 이유에 대한 해답이 될 수 있을까?

난데없이 엽총의 탁한 총성이 울려왔다. 나는 스코필드의 번득이는 권총 너머로 옥상에서 떨어져 웅크린 사람의 형체를 보았다. 이건 자살 행위였다. 총을 가지지 않고서는 자살 행위나 마찬가지였다. 그 근방에는 전당포에도 내놓고 팔 총이 없었다. 그렇지만, 당장은 무엇보다 인간과 물건들의 충돌—즉 상점이나 시장과의 충돌로 특정 지어지는 그 소란은 금방 인간과 인간의, 각종 총을 가진 쪽과 인원수가 많은 쪽의 충돌로 변할 가능성이 있다는 것을 알았고, 그래서 온몸이 부서지는 듯한 두려움이 느껴졌다. 나는 이제 그것을 알 수 있었다. 그것을 분명히, 점점 더 확실한 의미로 알 수 있었다. 그것은 자살 행위가 아니라 살인 행위였다. 위원회가 그것을 미리 계획한 것이었다. 그리고, 나는 그 일을 도왔고 도구로 이용당했다. 자유의 몸이 되었다고 생각했던 바로 그 순간 나는 도구가 되었다. 맞장구치는 것처럼 하려다가 오히려 그들의 뜻을 따르고 만 셈이었고, 거리의 불길과 총격의 빛에 드러나 보이는 저 웅크린 형체와 이제 밤이 죽음의 준비를 끝내가는 모든 다른 사람들에 대해 나는 책임을 져야 하는 입장이 되어 있었던 것이다.

총알이 부족하다고 욕설을 퍼붓는 스코필드를 뒤에 두고 나는 그곳에서 떠나 무겁게 흔들거리는 서류 가방을 다리에 부딪쳐대며 달렸다. 나는 미친 듯이 달리면서 군중 속에서 튀어나와 덤벼드는 개의 머리를 서류 가방으로 힘껏 휘돌려 쳤다. 개는 깽깽거리며 달아났다. 오른쪽으로 가로수가 들어선 조용한 주택가가 나타나자 나는 그곳으로 들어가 7번가 지구 사무소를 향해 달렸다. 나는 이제 공포와 증오감에 가득 차 있었다. 놈들은 빚을 갚아야 하리라. 빚을 갚아야 해 하고 나는 생각했다. 빚을 갚게 하고 말 테다!

거리는 이제 막 떠오른 달빛 속에서 죽은 듯 고즈넉하게 누워 있었다. 총성도 이젠 희미하게 멀리서 들렸다. 폭동은 딴 나라에서 일어난 일 같았다. 나는 잠시 잎이 무성한 나무 밑에서 걸음을 멈추고 조용한 주택들 앞으로 지나가는, 나무 그림자가 레이스 달린 접시 받침 무늬처럼 드리워진 정연한 보도들을 내려다보았다. 집 안에 사는 사람들이 마치 밀어닥치는 홍수를 피해 피난민들처럼 창문들을 죄다 가려 닫고 집은 조용히 놔두고 달아나버려 아무도 없는 것 같았다. 그때 어둠 속에서 나를 향해 집요하게 다가오는 한 사람의 발소리가 들려왔다. 그 소리는 철썩거리는 괴이한 소리로 들려왔고 뒤이어 뚜렷하고 환각에 빠진 외침 소리가 들려왔다.

시간은 흘러가고
인간은 죽어가나니
주님의 도래가
가까웠도다아아!

마치 그는 몇 날을, 몇 해를 두고 달린 사람 같았다. 그는 내가 서 있는 나무 밑을 총총걸음으로 지나갔다. 그의 맨발이 고요 속에서 철썩철썩 인도에 부딪히는 소리가 들려왔고 몇 걸음을 가더니 다시 그 드높은 환각의 외침이 시작되었다.

내가 큰 거리로 달려 들어갔을 때, 불타고 있는 주류 상점의 불빛에 비쳐 노파 세 명이 치마를 걷어 올려 통조림을 잔뜩 집어 담고 내가 있는 곳으로 허둥지둥 달려오는 모습이 보였다.

"저는 아직 그만둘 수 없나이다. 주여, 자비를 베푸소서."

한 노파가 말했다.

"자비를 예수님, 자비를 베푸소서, 마음씨 좋은 예수님."

나는 계속 앞으로 나아갔다. 알코올과 타르 타는 냄새가 코를 찔렀다. 거리 저 아래 내 왼편으로, 긴 블록이 오른쪽에서 다른 길과 교차하는 곳에 가로등이 딱 하나 켜져 있었다.

나는 군중 한 떼가 이 교차로를 마주보는 어느 상점으로 밀고 들어가는 것을 볼 수 있었다. 통조림, 살라미, 간 소시지, 돼지머리, 창자 등이 바깥에 있는 사람들에게 일제히 던져지고 밀가루 포대 하나가 그들의 머리 위에서 하얗게 터졌다. 그때 사거리의 어둠 속에서 두 명의 기마 경찰이 거대하게 우뚝 솟아 앉은 채 곧장 우글거리는 사람들 무리 속으로 돌격해 들어갔다.

나는 말들이 앞으로 펄쩍 뛰어드는 모습과, 군중이 흩어지면서 파도처럼 뒤로 뒤로 밀려나는 것, 그리고 비명을 지르고 욕설을 퍼붓는 것, 그리고 어떤 사람은 웃어대는 것을 볼 수 있었다. 그들은 밀려났다가 돌아서고 그러고는 비틀거리고 밀어대며 큰 길로 빠져나갔고 말들은 고개를 치켜들고 재갈 물린 입에 거품을 물며 연석을 뛰어넘어 꼿꼿이 다리를 딛고 서려다가 돌진해오던 힘에 밀려 아무도 없는 인도 위로 빙판 위에서 스케이트를 타듯 미끄러지더니 비스듬히 몸을 가누고, 이제 다리를 곧추세운 채 불티를 날리며 다른 군중이 다른 상점을 약탈하는 곳을 향해 달려갔다. 나는 가슴이 팽팽히 당겨오는 것을 느낄 수 있었다. 격랑이 물러난 뒤 먹이를 줍기 위해 해안으로 다시 날아드는 도요새처럼 먼젓번의 군중이 조소의 소리를 지르면서 다시 돌아가 태연히 약탈을 시작했던 것이다.

나는 잭과 형제애단에게 욕설을 퍼부으며 어느 전당포 건물 앞에서 떨어져 나온 쇠창살을 돌아 지나갔다. 그때 기마대가 다시 쏜살같이 달려오는 것이 보였다. 기마 경찰들을 흰 철모를 쓰고 다시 돌격하기 위해 엄숙하고 노련하게 말의 앞발을 치켜세우는가 했더니 돌격이 개시되었다. 이번에는 한 사내가 넘어졌다. 한 여자가 프라이팬을 번쩍 휘둘러

냅다 말 엉덩이를 후려치자 말이 소리를 지르며 내닫는 것이 보였다. 그 놈들, 대가를 치러야 해 하고 나는 생각했다. 대가를 치러야 해. 그들이 내 쪽으로 다가왔고 나는 달아났다. 맥주, 치즈 상자며 엮은 소시지, 수박, 설탕 포대, 햄, 옥수수 가루, 석유 램프 등을 나르는 남자와 여자 들의 무리였다. 여기서 멈출 수만 있다면. 여기서. 다른 한쪽이 총을 가지고 나타나기 전에 여기서 멈춘다면. 나는 뛰었다.

총격은 없었다. 그러나 언제, 언제 또 시작될지 모른다고 나는 생각했다.

"베이컨 한쪽 갖고 가, 조."

한 여자가 소리 질렀다.

"베이컨 한쪽 갖고 가, 조. 월슨네 걸로."

"주여, 주여, 주여."

음울한 목소리가 어둠 속에서 소리쳤다.

나는 계속 뛰었다. 125번가에 이르러 동쪽으로 꺾어들었을 때는 뼈아픈 고립감에 빠져 있었다. 기마대 1개 소대가 쏜살같이 달려 지나갔다. 기관단총을 든 사내들이 한 은행과 커다란 보석상을 지키고 있었다. 나는 거리 한가운데로 나와 트롤리 전차 선로를 따라 뛰었다.

이제 달은 높이 떠올랐고 내 앞에는 박살난 유리 조각들이 범람한 강물과도 같이 거리 위에서 번쩍였다. 나는 모든 걸 운명에게 맡기고 홍수에 떠밀려온 그 이그러진 물체들을 피해 길 위를 마치 꿈속에서처럼 뛰었다. 그때 별안간 나는 푹 가라앉아 밑으로 빨려 들어가는 것 같은 느낌이 들었다. 내 머리 위에 시체가, 허연 알몸의 끔찍한 여자 시체가 가로등에 걸려 있었다. 나는 소름이 끼쳐 홱 돌아섰다. 마치 악몽 같은 공중제비를 넘은 기분이었다. 나는 돌아서서 계속 반사적으로 움직이며 오던 길을 되돌아갔다. 그러다 나는 멈췄다. 보니 시체가 또 있었고 또 있었다. 일곱 구나 있었다—죄다 어느 약탈당한 상점 앞에 걸려 있었다. 휘청거리며 가노라니 발밑에서 뼈들이 부딪치는 소리가 났다. 보니 외과의 표본용 해골이 길 위에 박살나고 두개골이 등뼈에서 떨어져 나가 뒹굴고 있었다.

나는 머리 위에 걸린 그것들이 이상하게 뻣뻣한 것 같아 오랫동안 유심히 살펴봤다. 마네킹들이었다…….

"인형이로구나!"

나는 소리 내어 중얼거렸다. 머리칼이 없는 민대머리 돌계집들, 금발의 가발을 쓴 애들이 떠올라 안도의 웃음을 터뜨리려다가 갑자기 공포심에서가 아니라 오히려 그 유머에 압도당하고 말았다. 하지만 저것들은 진짜가 아니지 않은가 하고 나는 생각했다. 진짜가 아니지 않은가? 하나만, '하나만' 진짜라면? ……시빌이라면? 나는 서류 가방을 끌어안고 뒷걸음질을 하다 뛰었다…….

그들은 막대기와 곤봉과 엽총과 라이플 등을 들고 밀집 대형을 지어 움직이고 있었다. 지휘자는 커다란 흑마에 올라탄, 파괴자 라스가 된 훈계자 라스였다. 그는 아비시니아 추장 의상을 입은, 오만하고 조야한 위엄을 차린 새로운 라스였다. 머리엔 털모자, 팔에는 방패, 어깨에는 무슨 들짐승의 가죽으로 만든 망토를 걸쳤다. 할렘에서 나타났다기보다는, 아니 이 밤의 할렘에서 나타났다기보다는 어떤 꿈속에서 나타난 형상이었다. 그러나 그것은 진짜였고 살아 있었으며 경악을 불러일으켰다.

"그 멍청한 노략질 그만두고 나와."

그는 어느 상점 앞의 사람들에게 소리쳤다.

"우리에게 가담해서 무기고를 폭파하고 총과 탄약을 가져와!"

그의 소리를 듣고 나는 서류 가방을 열어 내 검은 안경을, 라인하트 치장들을 찾았다.

꺼내놓고 보니 조각난 안경알이 길바닥으로 떨어졌다. 라인하트, 라인하트! 생각하며 나는 돌아섰다. 경찰이 내 뒤쪽으로 돌아와 있었다. 총격이 시작되면 나는 꼼짝없이 십자 포화 속에 갇힐 판이었다. 나는 서류 가방 속을 더듬었다. 서류와 저금통의 파편들, 동전들을 더듬다 내 손바닥 아래 타프의 족쇄가 만져졌다. 나는 그걸 주먹 마디 위에 씌우면서 생각해보려고 했다. 뚜껑을 닫고 가방을 잠갔다. 라스가 여태까지 모아본 무리보다도 더 많은 무리의 사람들이 다가오자 나에게는 어떤 새로운 느낌이 엄습해왔다. 나는 묵직한 가방을 끼고 침착하게 앞으로 나아갔다. 그러나 나는 어떤 새로운 자아 의식을 느끼며, 또 그와 함께 안도감이라고도 할 수 있는, 한숨이라고도 할 수 있는 어떤 느낌을 가지고 움직였다. 나는 불현듯 내가 무엇을 해야 할지를 깨달았다. 아니, 나는 그것이 내 심중에서 완전히 형성되기도 전에 알고 있었다.

누군가 "저 봐!" 하고 소리쳤다. 그러자 라스가 말 위에서 굽어보더니 나를 발견하고 다른 것도 아닌 창을 내던졌다. 나는 그의 팔이 움직임과 동시에 앞으로 엎드리면서 곡예사처럼 두 손으로 몸을 지탱했고 그러면서 걸려 있는 인형 하나를 창이 관통하는 소리를 들었다.

나는 서류 가방을 끼고 일어섰다.

"배신자!"

라스가 소리쳤다.

"그 형제다."

누군가 말했다. 사람들은 흥분하여, 그러나 어떻게 할지는 결단을 못

내리고 말 주위로 모여들었다. 나는 그를 마주하고 섰다. 이제 나는 그보다 더 못한 사람도, 더 잘난 사람도 아니란 걸 알았다. 그리고 지난 몇 달 동안의 환각과 이 무질서의 밤은, 단 몇 마디 간단한 말이면, 온순하고 양순하기까지 한 조용한 행동이면, 그 먹구름이 걷히게 할 수 있다는 사실을 알았다. 그리고 그들과 나를 일깨워놓을 수 있다는 사실을.

"난 이제 그자들의 형제가 아니오."

나는 외쳤다.

"그자들은 인종 폭동을 바라지만 난 반대요. 우리가 더 많이 죽을수록 그자들은 더 좋아할 거요……."

"저따위 거짓말은 들을 것도 없다."

라스가 소리쳤다.

"저자를 매달아 흑인 민족에게 교훈을 줘라. 더는 배반자가 없게, 더는 백인의 앞잡이가 안 나오게 하라. 저놈을 저기 저 인형들과 함께 매달아라!"

"하지만 누구라도 알 수 있소."

나는 소리쳤다.

"정말이오. 나는 친구라고 생각했던 사람들에게 배반당했소……. 하지만 그들은 이 사람도 역시 계산에 넣고 있었던 것이오. 그들은 자기네 일을 수행하기 위해 이 '파괴자'를 필요로 했소. 여러분이 절망감 속에서 이자를 따라 파멸에 이르도록 그들은 여러분을 저버렸던 것이오. 그걸 모르겠소? 그들은 여러분이 살인을 저지르고 스스로 희생되기를 바라는 것이오!"

"저놈을 잡아라!"

라스가 소리쳤다.

세 사내가 앞으로 나섰다.

"안 돼!"

나는 나도 모르게 손을 들어 올리며 외쳤다. 실은 거부와 저항의 필사적인 웅변자의 몸짓이었다. 그러나 들어 올린 손이 창에 닿자 나는 그것을 뽑아들어 가운데를 움켜쥐고 앞으로 겨누었다.

"그자들은 이런 일이 벌어지기를 바라고 있다."

나는 말했다.

"그놈들이 이걸 계획한 거다. 놈들은 군중이 기관총과 소총을 들고 주택가로 몰려가길 바란다. 놈들은 거리에 유혈이 낭자하길 바라는 거다. 당신들의 피가, 검은 피와 흰 피가 말이다. 그래서 놈들은 당신들의 죽음과 슬픔과 패배를 선전으로 이용할 작정이다. 그건 간단한 일이다. 여러분은 이미 오래전부터 그걸 알고 있다. '검둥이를 잡으려면 검둥이를 이용하라'는 말이 있다. 그래서 놈들은 여러분을 잡기 위해 나를 이용했고 이제는 나를 제거하고 여러분의 희생을 준비하기 위해 나를 라스를 이용하는 것이다. 그걸 모르겠는가? 뻔한 일이 아닌가?"

"저 거짓말쟁이 배신자를 매달아라."

라스는 소리쳤다.

"뭘 기다리는 거야?"

나는 한 떼의 사람들이 뛰쳐나오는 것을 보았다.

"잠깐."

내가 말했다.

"죽이려거든 나 개인을 이유로, 나의 과오를 이유로 죽여라. 지금 시내에서 계략이 성공한 것을 보고 웃고 있을 그놈들을 이유로 해서 죽이진 말라—."

그러나 그렇게 말하면서도 나는 소용이 없다는 것을 알았다. 내게는 할 말도 없었고, 설득력도 없었다. 라스가 "저놈을 매달아라!" 하고 버럭 고함을 질렀을 때 그들을 마주하고 선 나는 그것이 현실이 아닌 것 같은 기분이 들었다. 나는 그들과 마주 서서 외국인의 옷을 입은 이 미치광이가 현실의 인간이면서도 비현실의 인간이라는 사실을 의식했고 그가 내 생명을 원한다는 것을, 그는 그 모든 밤과 낮과, 모든 고통과, 내가 다스릴 수 없는 모든 것에 대한 책임이 내게 있다고 생각한다는 것을 알았다. 나는 영웅이 아니었다. 다만 약간의 웅변 능력, 그리고 유별나게도 바보가 되는 데는 무한한 능력을 가진 작달막한 검둥이였다. 나는 마침내, 그들은 내가 기대를 저버렸던 사람들이며 지금 바로 이 순간 내가 이끄는 사람들이라는 사실을 깨달았다. 그들보다 앞장서 달리며 다름 아닌 나의 환상을 벗기는 일을 인도하고 있지만 말이다.

나는 말 위의 라스와 몇 자루의 총을 바라보며 이 밤 전체의 불합리성을, 나를 이곳까지 계속 달려오게 한, 희망과 욕망, 공포와 증오의, 그 단순하면서도 어지러울 정도의 배열을 깨달았다. 이제 나는 내가 누구인지 내가 어디에 있는지 알았다. 또 이제 더는 잭이나 에머슨이나 블레드소우, 노턴 같은 사람들을 위해서 달릴 필요가 없다는 사실을, 그들에게서 달아날 필요가 없으며 달아나야 하는 것은 다만 그들의 혼돈과 조급성에서부터, 그리고 자기들의 미국인으로서 정체와 나의 그것이 갖는 아름다운 불합리성을 인정하려 들지 않는 그들의 태도에서부터라는 사실을 알았다. 나는 거기 서서 또 알았다. 죽음으로써, 라스에 의해 이 파괴적인 밤에 이 거리에 매달려 죽음으로써, 그들이 누구이며, 나는 누구이고 누구였던가 하는 것에 대한 정의를 향해 그들로 하여금 피 어린 한 걸음의 몇 분의 일이라도 내디디게 할 수 있을지도 모른다는 것을. 그러나 그 정의는 너무 협소하리라. 나는 보이지 않는 인간이니까. 또 내가 목매달려 죽는다 하더라도 보이는 인간이 되는 것은 아닐 것이다. 그들의 눈에도 말이다. 그들은 나 개인을 이유로 죽이려는 것이 아니라 내가 평생 쫓겨 다녔다는 이유로 죽이려고 하기 때문이다. 내가 달렸던 방식, 내가 달리게 한 방식, 내가 쫓겼던, 조종당했던, 숙청되었던 방식 때문에 말이다……. 물론 그들의 맹목성(그들은 라인하트와 블레드소우를 용납하지 않았던가?)과 내 불가시성이라는 조건이 주어진 마당에 내가 달리 무엇을 할 수 있었으랴만. 더욱이 내가, 가명을 사용하는 일개 왜소한 흑인이, 똑같이 맹목적이라고 알고 있는, 백인들에 의해서 다스려지는 듯한 한 현실의 본질에 대해 증오를 품고 혼란을 느끼는 커다란 흑인 때문에 죽어야 한다는 것은 너무 지나치게, 너무 터무니없이 불합리한 일이었다. 그리고 또한 나는 라스든 잭이든 다른 사람의 불합리성 때문에 죽느니보다는 자신의 불합리성을 가지고 살아남는 게 더 낫다는 사실도 알았다.

그래서 라스가 "저놈을 매달아라!"고 소리 질렀을 때 나는 창을 내던졌다. 한순간 생명을 포기했다가 다시 살아난 듯한 느낌을 가지고 나는 그가 소리를 지르려고 막 고개를 돌리는 순간 창이 양 볼을 꿰뚫는 것을 보았다. 주둥이를 꿰어버린 창을 붙들고 라스가 용을 쓰는 사이 군중은 놀라 주춤했다. 몇몇 사내가 총을 들어 올렸으나 총을 쏘기에는 너무 가까운 거리에 있었다. 나는 첫 놈을 타프의 족쇄로 후려치고 다음 놈은 서류 가방으로 가운데를 쥐어박고 나서 약탈당한 어느 상점 안으로 뛰어들어가, 도난 경보기가 요란히 울려대는 소리를 들으며 흩어진 구두짝이며 뒤집힌 진열장과 의자들 사이를 간신히 헤치고 뒤로 나가 앞뒷문을 통해 달빛이 내다보이는 곳까지 갔다. 그들은 마치 한 줄기 화염처럼 나를 뒤쫓아 왔다. 그래서 나는 그들을 이리저리 끌고 다니다 결국 거리로 나왔다.

그들이 총질을 한다면 나를 잡을 수도 있었겠지만, 그들에게는 나를 목매달고 더 나아가 내게 매질을 하는 것이 더 중요했다. 그것이 그들이 달리는 방식이었고, 달리도록 배운 방식이었으니까. 나는 오로지 교수형을 당해 죽어야 했던 것이다. 교수형만이 문제를 해결하고 맺혔던 한을 풀어주는 듯이 말이다. 그래서 나는 견갑골 사이로, 혹은 뒤통수를 통해 죽음을 예기하며 달렸다. 그리고 달리면서 메리 아줌마네 집으로 가려고 애썼다. 그것은 내가 생각해서 결정한 것이 아니라 끈끈한 길바닥에 괸 우유 위를 뛰어넘고, 멈춰 서서 그 무거운 서류 가방과 족쇄를 휘둘러 그들의 손아귀에서 빠져나오기도 하면서 문득 깨달은 것이었다.

돌아서서 팔을 내리고 "이봐요들, 잠깐 쉽시다. 우리 다 같은 흑인들 아니오……. 아무도 관심을 갖지 않아요" 하고 말할 수만 있다면. 이제 관심을 갖는 것은 바로 우리라는 사실을 알고 있었지만 그들은 결국 행동을 할 만큼은 관심을 갖고 있었다—그렇게 나는 생각했다.

내가 만약 "이봐요, 그자들은 우리에게 계략을 썼던 거요. 그 똑같은 낡아빠진 수법을 약간 바꿔서 말이오……. 이제 달리기를 그만하고 서로 존경하고 사랑하기로 합시다……" 하고 말할 수만 있다면. 만약…… 하고 나는 이제 다른 군중 속으로 뛰어들며 생각했다.

그러고는 이젠 벗어났구나 하고 생각하는데 한 녀석이 고함을 지르며 다가와 펀치를 날리는 바람에 나는 턱을 한 대 얻어맞고 말았다. 그래서 나는 녀석의 머리를 붙들고 족쇄를 휘두르며 앞으로 뛰쳐나갔고, 그러면서도 큰길에서 빠져나와 샛길로 접어들었다가 위에서 떨어지는 듯한 물보라를 맞고 말았다. 그것은 터진 수도관이었는데 어둠 속으로 세차게 휘장 같은 물보라를 내뿜었다. 나는 메리 아줌마네 집으로 향했으나 변두리 주택가 쪽으로 가는 것이 아니라 물이 새는 그 거리를 지나 도심지 쪽으로 갔다. 내가 그 거리를 빠져나갈 즈음 기마 경찰 하나가 물보라 속으로 돌진해 들어갔다. 검은 말은 물을 뚝뚝 흘리며 달려 들어가 거대하고 비현실적인 모습을 어슴푸레하게 드러내더니 히히힝 울어대며 따각따각 포도 위를 가로질러 이제 내 곁으로 달려왔고, 그래서 나는 얼른 무릎을 꿇고 엎드리면서 맥동치는 그 거대한 덩치가 나를 향해 달려와 뛰어넘어 내달리는 것을 보았다. 마치 사방 벽에 스펀지를 댄 방에 아득히 앉아 있는 것처럼 말 발굽 소리와 비명 소리와 거센 물줄기 소리가 아련히 들려오면서 위를 뛰어넘어 거의 지나가는가 싶더니 꼬리털이 불의 채찍처럼 내 눈을 후려갈겼다. 나는 서류 가방을 무턱대고 휘둘러대며 넘어질 듯 빙글빙글 맴돌았다. 혜성의 불꼬리가 아린 내 눈꺼풀을 태우는 것 같았다. 서류 가방과 족쇄를 정신없이 휘두르고 돌면서 속수무책으로 버둥거리는데 다시 질주하기 시작하는 말 발굽 소리가 들렸다. 그러다 이제 온통 맨 힘으로 쏟아지는 물 속으로 직통으로 들어서 축축하고 차가운 펀치처럼 퍽 하고 갈기는 물의 힘을 느끼고는 그곳에서 빠져나오자 그때 막 또 한 마리의 말이 달려들어 물 속으로 들어가는 것이 언뜻 보였다. 장애물을 넘는 사냥꾼 같은 기수는 뒤로 비스듬히 몸을 젖혔고, 말은 솟구쳐오르면서, 솟구쳐오르는 물보라를 맞으며 그 속에 삼켜 들어갔다. 여전히 눈 속에서 혜성의 꼬리를 보면서 나는 뒤뚱뒤뚱 길을 내려갔고, 가다가 눈이 약간 보이기 시작하여 돌아보니 물은 달빛 속에서 미친 간헐천처럼 뿜어 나왔다. 메리 아줌마에게 가야지 하고 나는 생각했다. 메리 아줌마에게.

집 앞에서는 저마다 철책이 죽 늘어섰고 그 뒤에는 나지막한 생울타리들이 받쳐져 있었다. 나는 비틀비틀 어느 철책 뒤로 돌아 들어가 그 세차게 퍼붓던 물을 피해 숨을 헐떡이며 누워 쉬었다. 그런데 삼복의 건조한 생울타리 냄새를 맡으며 막 마음을 놓는 순간 그들이 내가 들어간 집 앞에서 멈추더니 철책에 기대 서는 것이었다. 그들은 술병을 돌리며 술을 마시고 있었다. 그들의 목소리는 격한 감정이 다 소모돼버린 듯이 울려왔다.

"참 대단한 밤이야."

그들 중 하나가 말했다.

"안 그래?"

"별다를 게 없지 뭐."

"왜 그래?"

"온통 욕질, 싸움질, 술 마시고 거짓말하는 것 밖에 더 있나……. 술병 이리 내."

"맞아. 하지만 오늘 밤엔 전에 못 보던 것을 봤단 말이야."

"자네, 뭘 좀 봤다고 생각하는 모양이지? 제길, 두 시간 전쯤에 레녹스 가에 있었어야 했을 걸 그랬어. 자네 그 파괴자 라스 알잖아? 이봐, 그 친구 피를 토하고 있더란 말이야."

"그 미친 친구 말인가?"

"맞아. 커다란 흑마를 타고 모피 모자를 쓰고 어깨에다가는 낡은 사자 가죽 같은 걸 두르고 난장판을 일으키고 있더라고. 그 친구 참 볼 만했어. 늙어빠진 말을 타고 이리저리 뛰어다니는 꼴이라니, 배추 수레 끌고 다니는 그런 말을 타고 말이야. 거기다 카우보이 안장에 커다란 박차까지 차고 있지 않겠나."

"무슨 소리야, 이봐."

"정말이야. 말을 타고 거리를 오르락내리락하면서 소리를 빽빽 지르더라니까. '놈들을 쳐부숴라! 몰아내! 깡그리 불태워버려라! 나, 라스가 명령한다! 알아듣겠느냐?'라고 말이야. '나 라스가 명령한다. 그 썩어빠진 놈들을 한 놈도 남기지 말고 모조리 쳐부숴' 하고 말이지. 그런데 그때쯤인가 억센 조지아 말을 쓰는 어떤 녀석이 창문에서 머리를 내밀고 소리를 지르지 않겠느냐 말이야. '어이, 카우보이. 그놈들 혼내줘. 박살을 내버려.' 그러니까 말이지, 말을 타고 있던 그 미친 새끼가 샌드위치를 먹는 귀신 같은 상판을 하고 손을 아래로 내려 45구경 권총을 꺼내더니 그 창문에 대고 미친 듯이 쏴대기 시작하는 게 아니겠어. 그리고 이봐, 사람들 달아난 건 또 어떻고. 눈 깜짝할 새에 아무도 남지 않더라니까. 사자 가죽을 등짝에 걸치고 말을 탄 라스 혼자만 남겨놓구 말이야. 미쳤지, 딴 놈들은 온통 노략질을 하려 들고 그놈과 그놈 부하들은 피를 노리니."

나는 물에 빠졌다가 건져 올려진 사람처럼 드러누워 귀를 기울였으나 내가 살아 있는지 어쩐지 아직 자신이 없었다.

"나도 거기 있었어."

딴 목소리가 말했다.

"자네, 기마대가 그 친구 혼꾸멍을 낼 때 봤나?"

"아니……. 자, 이거 조금 마셔봐."

"야, 그걸 봤어야 하는데. 그 친구 경찰이 말을 타고 나타나니까 안장 꽁무니로 손을 집어넣더니 옛날 방패 같은 것을 꺼내지 않겠나."

"방패라고?"

"그렇다니까. 가운데 못이 달린 방패더라고. 그런데 그뿐이 아니었지. 그 친구, 경찰을 보더니만 제놈의 부하를 불러서 창을 달라고 소리치더란 말이야. 그러니까 어떤 조그만 녀석이 냉큼 길 가운데로 달려와 창을 건네주더라고. 왜 있잖아, 영화 같은 데 보면 아프리카 토인들이 들고 다니는 것 같은 거 말이야……."

"자네 도대체 어디 있었는데?"

"나 말이야? 길가에 있었지. 어떤 녀석이 가게로 침입해 들어가 창문 밖으로 냉맥주를 팔고 있더군. 장사를 시작했더라니까."

그 목소리가 웃었다.

"난 버드와이저를 마시면서 일 돌아가는 꼴을 감상하고 있었는데 말씀이야……. 그때 길 저쪽에서 경찰들이 카우보이들처럼 척 말을 타고 나타났지. 그러니까 그 라슨가 뭔가 하는 치가 경찰을 보더니만 사자처럼 고함을 지르면서 뒤로 물러나서 퇴근 시간 지하철에 동전 떨어지듯이 재빠르게 말 엉덩이에 박차를 가하는 게 아니겠어. 그런데 제길! 그걸 봤어야지 말이야! 어이, 거기 한 모금 달라고.

고마워. 이제 그 친구가 앞으로 창을 꼬나들고 팔에 방패를 든 채 터버덕터버덕 돌진해오는 거야. 그러고는 아프리카 말인지 서인도 말인지 무슨 묘한 소리를 꽥꽥 질러대면서 그 지랄에 관해서도 뭐나 아는 것처럼 머리를 잔뜩 수그리고 달려드는 거야. 영락없는 자마이카 제5경마장의 얼샌드 모양이더라고. 그 늙어빠진 검정말도 덩달아 울어대면서 제 머리도 잔뜩 수그리고 말이지……. 그 작자 그 말 새끼는 어디서 구했는지 모르겠어……. 하지만 말이야, 이봐, 정말이야. 그놈은 엉덩이에 쇠붙이가 부딪치는 걸 느끼고는 본때를 보여주려는 군함처럼 내달리더라니까. 경찰이 뭐가 뭔지 정신을 못 차리는 사이 라스는 가운데로 뛰어들었고 경관 하나가 창을 뺏으려 드니까 그 친구 라스가 홱 돌아서 골통을 갈겼지. 그러자 그 경관이 나자빠지고 말은 뒷발로 서더라고. 라스란 친구도 제 말을 세우면서 또 딴 경관을 찌르려고 했고 그러니까 다른 말들이 펄쩍펄쩍 뛰어다니는 거야. 라스가 또 딴 경관을 찌르려고 하는데 너무 거리가 가까워서 말이란 놈이 콧바람을 뿜으며 히힝거리며 똥오줌을 질질 갈기는 거야. 그래서 쌍방이 서로 빙빙 돌게 되고 경관이 권총을 휘두르는데, 휘두를 때마다 라스는 한 팔로 방패를 들어 올려 막고 한 팔로는 창을 휘저으며 달려드는 게 아니겠어. 그런데 말이지, 권총이 그 방패에 부딪치는 소리를 들으니까 말이지, 그건 영락없이 누가 12층 창문에서 쇠바퀴를 떨어뜨리는 소린 거야. 그러다가 라스란 친구가 너무 거리가 가까워 창질을 할 수 없다는 걸 알고서 말을 빙글 돌려서 약간 달려가더니 홱 돌아서 다시 돌진해 들어가더라고. 피를 보겠다고 말이야. 그런데 이번에는 경찰들이 그 작자에게 짜증이 났는지 한 명이 총을 쏴댔지. 그게 결정타였어. 라스는 제 총을 뺄 겨를이 없자 냅다 창을 던지는 거야. 그러고는 말이지, 뭐라고 투덜투덜 그 경관의 집안을 싸잡아 욕하더니만 말을 몰아 냅다 달아나는 거야. 죽어라 하구 말이야."

"이봐, 무슨 소리야."

"정말이야. 내 이렇게 오른손을 들지."

그들은 생울타리 밖에서 그처럼 웃다가 이제 떠나고 있었다. 나는 온몸에 경련을 일으키며 누운 채였다. 웃음이 나오려고 했으나 라스는 결코 웃을 자가 아니라는 사실을 깨닫고 있었다. 그는 우스운 자면서도 위험스러운 자였고 잘못된 자면서도 정당화될 수 있는 자였고 돈 자면서도 아주 멀쩡한 자였다. 그자들은 왜 그걸 우스꽝스럽게 이야기했을까? 그냥 우스꽝스럽게만 말이다 하고 나는 생각했다. 그러면서도 또 나는 그것이 사실 우스꽝스럽다는 것을 알고 있었다. 그건 우스꽝스럽고 위험스럽고 슬픈 일이었다. 잭은 그걸 알았다. 아니라면 잘못 짚고 그걸 이용하여 희생을 준비하려 했다. 그리고 나는 도구로 이용되어왔다. 할아버지는 그저 예, 예 해서 놈들을 죽음과 파멸로 이끌라고 했는데 그게 틀린 생각이었거나 할아버지 때와는 달리 세상이 너무 많이 변했거나 둘 중 하나였다.

놈들을 파멸시키는 방법은 오직 한 길밖에 없었다. 나는 이울어가는 달빛 속의 생울타리 뒤에서 일어나 뜨거운 공기 속에서 젖은 몸을 부르르 떨고 나서 오던 길을 연방 뒤돌아보며 잭을 찾아나섰다. 나는 멀리서 들려오는 폭동의 소리에 귀를 기울이며, 그리고 깨진 유리컵 바닥에 들어 있는 두 개 눈알의 모습을 마음속으로 떠올리며 거리로 나갔다.

나는 계속 거리의 어두운 쪽을, 그리고 조용한 곳을 택해가면서, 그가 정말 자신의 전략을 숨기고 싶어한다면 이 구역에 나타날 것이라고 생각했다. 확성기를 단 트럭을 타고 레스트럼과 토빗을 동반하고 우정의 충고자 행세를 하면서 말이다.

그들은 사복 차림이었다. 나는 경찰들이로구나 하고 생각했다……. 그러다, 그 야구방망이를 보고 돌아서려는데 "이봐, 당신" 하고 부르는 소리가 들렸다.

나는 머뭇거렸다.

"거기 가방에 뭐가 들었나?"

그들은 물었다. 그들이 다른 걸 물었더라면 그대로 서 있었을지도 몰랐다. 그러나 그렇게 묻는 바람에 굴욕감과 분노가 치밀어올라 치가 떨렸고, 그래서 뛰기 시작했다. 물론 잭을 향해서 말이다. 그런데 그곳은 내가 잘 모르는 구역이었다. 그리고 누군가 무엇 때문인지 맨홀 뚜껑을 열어두어서 나는 몸뚱이가 냅다 밑으로 밑으로 떨어지는 것을 느꼈다. 한참 떨어지다 보니 밑은 석탄 더미였다. 석탄 더미는 구름 같은 먼지를 일으켰다. 나는 더는 달릴 것도, 숨을 것도, 걱정할 것도 없이 이제 검은 석탄 위의 껌껌한 암흑 속에 누워 석탄이 움직이는 소리를 듣고 있었는데 저 위 어디선가에서 그들의 목소리가 흘러내려왔다.

"저놈 떨어지는 것 봤지. 푹! 하고 말이야. 저 자식을 한 대 막 갈겨주려던 참이었는데."

"자네가 쳤나?"

"모르겠어."

"이봐, 조. 저 자식 죽었을까?"

"그랬을지 모르지. 하여간 깜깜한 데 있는 건 분명해. 눈구멍조차 볼 수 없으니 말이야."

"석탄 더미 속의 깜둥이지. 응, 조?"

누군가 구멍 아래로 소리를 질렀다.

"야, 깜둥아. 이리 나와. 가방 속에 뭐가 있나 좀 보자."

"내려와서 잡아봐라."

내가 말했다.

"가방 안에 뭐가 들었지?"

"네가 들었다."

나는 갑자기 웃음을 터뜨리며 말했다.

"어떻게 생각하나?"

"내가 들었단 말이냐?"

"네놈들이 다 들었다."

"네놈 미쳤군."

"그래도 이 가방 속엔 네놈들이 들었다."

"뭘 훔쳤지?"

"안 보이나? 성냥을 켜보지그래."

내가 말했다.

"저 자식 도대체 뭐라는 거야, 조?"

"성냥을 켜봐. 저 껌둥이 자식 돈 녀석이야."

저 위에서 조그만 불꽃이 바지직거리며 빛을 내는 것이 보였다. 그들은 마치 기도를 하듯 고개를 처박고 서 있었으나 석탄 속에 누운 내가 보이지 않는 모양이었다.

"이리 내려와!"

내가 소리쳤다.

"하! 하! 난 너희들을 내내 이 서류 가방 속에 넣고 다녔다. 너희들은 그땐 날 몰랐고 이젠 내가 보이지 않지."

"저 개새끼!"

하나가 화를 벌컥 내며 소리쳤다. 그러더니 성냥불이 켜지고 무엇인가 내 옆 석탄 위로 사뿐히 떨어지는 소리가 들렸다. 그들은 저 위에서 이야기를 하고 있었다.

"저 빌어먹을 깜둥이 새끼!"

하나가 소리 질렀다.

"어디 보자."

그러더니 맨홀 뚜껑이 둔중한 쇳소리를 내면서 닫히는 소리가 들렸다. 그들이 뚜껑을 쿵쿵 내리밟자 흙가루가 우수수 떨어져내렸다. 한순간 나는 기겁을 하고 석탄을 밀어뜨리며 위를 쳐다보였다. 깜깜한 공간을 통해 위를 보니 잠시 희미한 성냥불빛이 쇠 뚜껑의 동그란 구멍들을 통해 새어들어왔다. 그때 나는 생각했다. 언제나 이랬다. 내가 그걸 이제야 깨달은 것뿐이지 하고……. 그러고는 서류 가방을 베고 차분히 누워버렸다. 아침이 되면 열 수 있으리라.

뚜껑을 밀어내면 되리라. 생각해보니 피곤했다. 너무 피곤했다. 정신은 자꾸자꾸 물러가고 두 개의 유리 눈 영상이 녹아 흐르는 납덩어리처럼 서로 합쳐 흘렀다. 이곳에서는 폭동도 사라진 듯했고 나는 잠에 끌려 한 척의 배처럼 검은 수면 위를 출항해 나가는 것 같았다.

이건 일종의 교수형 없는 죽음이다 하고 나는 생각했다. 살아 있는 죽음이었다. 아침이 되면 뚜껑을 열리라……. 메리, 그래, 메리 아줌마 집으로 갔어야 했다. 이제 나는 딱 한 가지 남은 방법으로 메리 아줌마네 집으로 가리라……. 나는 검은 물결 위를 움직여 둥둥 떠가며, 한숨을 지으며…… 보이지 않는 모습으로 잠 속으로 빠져들었다.

그러나 나는 결코 메리 아줌마네 집으로 갈 수는 없었다. 아침이 되면 쇠뚜껑을 열리라는 생각은 지나치게 낙관적이었다. 보이지 않는 거대한 시간의 물결이 내 위로 흘러갔으나 그 아침은 결코 오지 않았던 것이다. 나를 깨워줄 아무런 아침도, 아무런 빛도 없었다. 나는 하염없이 자다가 마침내 배고픔에 못 이겨 깨어났던 것이다. 그러고는 어둠 속에서 몸을 일으켜 사방을 더듬거렸다. 거친 벽이 만져졌고 걸음을 옮길 때마다 석탄이 발 아래서 마치 유사(流砂)처럼 꺼져 내렸다. 나는 위로 손을 뻗쳐 보려고 했지만 그곳에는 한없는, 그리고 꿰뚫을 수 없는 공간뿐이었다. 그래서 나는 그런 맨홀이면 으레 있게 마련인, 밖으로 나가는 사다리를 찾아보았지만 그런 것은 어디에도 없었다. 불이 있어야만 했다. 그래서 나는 서류가방을 꽉 붙들고 네 발로 기면서 석탄을 더듬어 마침내 사내들이 떨어뜨리고 간 접는 성냥을 찾아냈다. 그게 언제 일이었던가? ……그러나 성냥 알은 세 개뿐이어서 나는 그걸 아끼기 위해 불을 붙일

종이를 찾아 석탄 더미 위를 천천히 더듬기 시작했다. 구멍에서 나갈 길을 밝혀줄 수 있는 딱 한 쪽의 종이가 필요했으나 어디고 단 한 쪽 종이도 없었다. 다음에 나는 주머니를 뒤져보았으나 지폐 한 장, 접는 광고지 한 장, 형제애단의 전단 한 장 나오지 않았다. 왜 라인하트의 전단을 없애버렸을까? 그래, 불을 붙이려면 이제 단 한 가지 방법밖에 없었다. 내 서류 가방을 열어야 하리라. 그 안에는 내가 가진 유일한 종이들이 들어 있으니까.

먼저 고등학교 졸업장부터 시작하기로 하고 나는 뭔가 어렴풋한 아이러니를 느끼면서 귀중한 성냥 한 개비를 갖다 댔다. 그러고는 신속하면서도 가냘픈 빛살이 어둠을 밀어내는 것을 보면서 나는 웃음을 흘리기까지 했다. 그곳은 형체 없는 물건들로 가득 찬 깊은 지하실 속이었는데 그 물건들은 볼 수 있는 범위 저 너머까지 한없이 뻗어 있었다. 나갈 길을 밝히려면 서류 가방 속에 든 종이들을 모두 태워야 하리라는 사실을 깨달았다. 나는 가냘픈 횃불들로 길을 밝히며 더 깊은 암흑을 향해 천천히 걸음을 옮겼다. 다음번 차례는 클립턴의 인형이었다. 그러나 그것을 태우는 건 너무 힘이 들었기 때문에 나는 가방 속에 손을 집어넣어 다른 걸 찾았다. 이윽고 나는 연기를 토해내는 인형의 불빛으로 접혀진 종이 쪽을 하나 폈다. 그것은 익명의 편지였다. 그런데 그것이 너무 빨리 타들어가 나는 거기 불이 붙어 있는 동안 얼른 다른 종이를 펴야 했다. 잭이 내 형제애단 이름을 적어두었던 종이 쪽지였다. 축축한 지하실 속에서나마 그것에서 아직도 엠마의 향수 냄새를 맡을 수 있었다. 그런데 타들어가던 불꽃 속에서 두 개의 필적을 보다 나는 그만 손을 데고 말았다. 그러고는 스르르 주저앉아 앞을 노려보았다. 필적이 같았다. 한 대 얻어맞은 것처럼 나는 멍하니 그 자리에 무릎을 꿇고 앉아 불꽃이 그것들을 태워 들어가는 모양을 지켜보았다.

그가, 아니면 어느 누구라도, 그렇게 늦게야 내게 이름을 주고 똑같은 펜을 휘갈겨 나를 달리게끔 만들 수 있었다는 사실은 너무 지나친 일이었다. 나는 별안간 비명을 지르며 어둠 속에서 벌떡 일어나 미친 듯이 사방으로 날뛰며 벽에 머리를 부딪히기도 하고 석탄을 뿌리기도 하며 분노에 못 이겨 내 가냘픈 불빛을 꺼버렸다.

그러나 나는 계속 어둠 속에서 빙빙 돌며 비좁은 통로의 거친 벽에 부딪히기도 하고 머리를 들이박으며 욕설을 퍼붓기도 하며 비틀비틀 걸어 내려가다가, 무슨 칸막이 방 같은 것에 세차게 부딪히고는 기침을 하고 재채기를 하면서 거꾸로 곤두박질하며 또 하나의 크기를 알 수 없는 방으로 떨어져서는 거기서도 계속 분노에 못 이겨 바닥에서 뒹굴었다. 얼마나 오랫동안 그러고 있었는지 나는 모른다. 며칠, 몇 주일이었는지도 몰랐다. 나는 시간 감각을 온통 잃고 말았다. 그리고 쉬려고 몸을 멈출 때마다 분노가 되살아나 나는 다시 발버둥치기 시작하곤 했다. 그러다가 마침내 거의 운신을 못할 지경이 되었을 때 무언가 이렇게 말하는 소리가 들리는 것 같았다. "그걸로 됐다. 스스로 목숨을 끊지 마라. 넌 충분히 달렸다. 넌 결국 그들과 끝장을 냈다" 하고. 그러고는 나는 얼굴을 앞으로 하고 쓰러지고 말았다. 너무 지쳐 눈을 감지도 못하고 이제 더는 기진할 것도 없이 그 자리에 엎어졌다. 그것은 꿈꾸고 있는 상태도 아니고 깬 상태도 아닌 비몽사몽 상태였다. 그 속에서 마치 나는 트루블러드가 말하던, 말벌들에 쏘여 눈만 빼놓고는 온몸이 마비되어버렸다는 어치와 같은 상태가 되어버렸다.

그러나 웬일인지 바닥은 어느새 모래로 변해버리고 어둠은 빛으로 변해 있었다. 그리고 나는 잭과 늙은 에머슨과 블레드소우나 노턴과 라스, 그리고 교육감과 누군지 알 수 없지만 다들 나를 달리게 한 다른 많은 사람들로 이루어진 무리에 붙들려 포로가 되어 누워 있었다. 검은 물의 강가였는데, 그들이 이제 내 주위로 바짝 다가들었다. 강가 가까운 곳에는 철교가 가파른 아치를 그리며 보이지 않는 데까지 뻗어 있었다. 나는 그들이 나를 붙들고 있는 것에 대해 항변했고 그들은 나더러 자기들에게 돌아오라고 요구했는데 내가 거절하자 골을 냈다.

"안 돼."

내가 말했다.

"당신네들의 환상과 거짓말과는 이제 끝장이 났다. 달리는 것도 끝장났다."

"그렇지도 않아."

잭이 다른 사람들의 성난 요구의 목소리들보다 더 크게 소리쳤다.

"하지만 돌아오지 않으면 넌 그렇게 되겠지. 거절한다면 우리가 너를 네 환상으로부터 해방시킬 것이다."

"사양한다. 나는 나 스스로 자유롭게 될 것이다."

나는 살을 에는 듯한 찬 모래 위에서 일어서려고 애쓰면서 말했다.

그러나 이제 그들은 칼을 들고 앞으로 다가와 나를 붙들었다. 나는 선홍빛의 통증을 느꼈고 그들은 두 개의 핏덩어리를 잘라내 다리 너머로 내던졌다. 나는 고통 속에서도 그것들이 곡선을 그리며 날아올라가 곡선을 그린 다리의 아치의 정점 아래 걸려 그곳에 매달린 채 햇빛 사이로 핏방울을 뚝뚝 떨어뜨리는 것을, 그리고 그것들이 검붉은 물 위로 떨어지는 것을 보았다. 다른 사람들이 웃어대는 동안 고통으로 사나워진 내 눈앞에서 온 세상은 서서히 빨갛게 변했다.

"자, 이제 너는 환상에서 해방되었다."

잭이 허공에서 낭비되고 있는 내 정액을 가리켰다.

"환상에서 해방되니 기분이 어떠냐?"

그래서 나는 고통 속에서 위를 쳐다보았는데 얼마나 고통이 극심한지 그 요란한 금속성 소리 때문에 공기가 쩌렁쩌렁 울려대는 것 같았다.

"환상에서 벗어나니 기분이 어떠냐……."

그래 나는 "고통스럽고 공허하다"고 대답했다. 그때 번쩍이는 나비 한 마리가 내 핏빛 붉은 국부를 빙빙 세 번 돌더니 다리의 높은 아치 밑으로 날아올라가는 것이 보였다.

"그러나 보라."

나는 그곳을 가리켰다. 그들은 그쪽을 바라보고 웃어댔다. 나는 불현듯, 만족스러워하는 그들의 얼굴을 보고 깨달은 바가 있어 블레드소우식으로 한바탕 웃어대자 그들은 깜짝 놀랐다. 까닭이 궁금한지 잭이 앞으로 다가왔다.

"왜 웃는 거냐?"

그가 물었다.

"대가를 치른 덕에 전에는 보이지 않았던 것이 보이니까 그렇다."

내가 말했다.

"저놈은 뭐가 보인다고 생각하는 거지?"

그들이 말했다.

그러자 잭이 으름장을 놓으며 가까이 다가왔고 그래도 나는 웃어댔다.

"난 이제 무섭지 않아. 하지만 너희도 보려고 하면 보일 것이다……. 보이지 않는 건 아니니까……."

나는 말했다.

"뭘 본다고?"

그들이 말했다.

"저기에 걸려 물 위로 낭비되고 있는 나의 후손들뿐 아니라……."

그런데 그때 통증이 치솟아 올라 나는 더는 그들을 볼 수 없었다.

"그리고 뭐야? 계속해봐."

그들이 말했다.

"너희들의 태양과……."

"그래?"

"너희들의 달과……."

"저놈 미쳤어!"

"너희들의 세계와……."

"저 녀석이 신비주의 관념론자인 줄 알고 있었지."

토빗이 말했다.

"또한."

나는 말했다.

"너희들의 우주가 있고 너희들이 듣는 저 물 위로 뚝뚝 떨어지는 핏방울 소리는 너희들이 지금까지 이루어온 모든 역사다. 자, 웃어보라. 너희들 과학자들아, 너희들 웃는 소리 좀 들어보자."

그런데 내 머리 위 저 높은 곳에서 이제 다리는 내게 보이지 않는 곳을 향해 로봇처럼, 철제 인간처럼 성큼성큼 걸어가는 것 같았다. 철제 다리는 운명을 저주하듯 쩌렁쩌렁 소리를 내며 움직였다. 그래서 나는 슬픔과 고통에 뒤범벅이 된 채 안간힘 쓰며 일어나며 소리쳤다.

"안 돼. 안 돼. 저걸 못 가게 해야 해!"

그리고 나는 암흑 속에서 눈을 떴다.

이제 완전히 깨어났으나 나는 마비라도 된 양 그 자리에 그냥 누워 있었다. 뭘 해야 할지 다른 것은 전혀 생각이 나지 않았다. 나중에 나갈 길을 찾아보기는 하겠지만 당장은 그냥 바닥에 드러누워 꿈을 되새겨볼 수밖에 없었다. 그들의 얼굴이 어찌나 모두 눈앞에 선한지 마치 스포트라이트를 받고 내 앞에 서 있는 것 같았다. 그들은 모두 저 땅 위 어딘가에서 세상을 난장판으로 만들어놓았다. 그래, 놔두자. 나는 이미 끝장을 냈고 꿈이야 어떻든 난 온전한 몸이니까.

그리고 이제 나는 메리 아줌마네 집으로 돌아갈 수 없다는 사실을, 그리고 내 과거 삶의 어느 부분으로도 되돌아갈 수 없다는 사실을 깨달았다. 나는 다만 바깥쪽에서만 그것에 접근할 수 있었을 뿐이었고 형제애단에 대해서와 마찬가지로 메리 아줌마에게도 보이지 않는 인간이었다. 그렇다. 나는 메리 아줌마에게도, 교정으로도, 형제애단으로도, 고향으로도 돌아갈 수 없었다. 앞으로 움직이든지, 아니면 여기 지하에 그냥 머물러 있든지 할 수밖에 없었다. 그래서 나는 밖으로 쫓겨나게 될 때까지 이곳에 머물러 있을 작정이었다. 여기서는 적어도 세상일을 편안하게 생각해볼 수 있으니까. 아니, 편안하게는 아니더라도 조용하게는 생각해볼 수 있으니까. 나는 지하에 주거를 잡을 작정이었다. 끝은 시작에 이미 있었다.

에필로그

자, 이제 여러분은 중요한 것은 전부 들은 셈이다. 아니면 적어도 '대부분은' 들은 셈이다.

나는 보이지 않는 인간이며 그 때문에 굴 속으로 들어가게 되었다. 아니, 무엇하면 그 때문에 내가 들어 있던 그 굴을 알아보게 되었다고 해도 좋으리라. 그리고 내키지는 않았지만 나는 그 사실을 받아들일 수밖에 없었다. 달리 어쩔 도리가 있었겠는가? 일단 길이 들고 나면 현실이란 몽둥이 같아 맞대들기 불가능한 것이거니와, 나는 그 사실도 눈치채기 전에 몽둥이를 맞고 지하실로 쫓겨 들어가고 말았다. 어쩌면 그러는 수밖에 딴 길이 없었던 것 같다. 모르겠다. 또 그 교훈을 받아들여서 내가 뒤처진 자가 되었는지, 아니면 '전위 대열'에 끼게 되었는지도 모르겠고, 그것은 어쩌면 역사를 위한 교훈이 될지도 모른다. 나는 그러한 결정들은 잭과 그의 일당에게 맡겨두고, 늦은 감은 있지만 내 삶의 교훈을 연구해보려고 한다.

정직하게 말하기로 하겠다. 그런데 말이 나왔으니 말이지만 정직하기란 아주 지난한 묘기 중 하나인 것 같다. 사람이 보이지 않는 인간이 되면 선악이라든가, 정직, 부정직 같은 문제들이 특정한 시간에 누가 자기를 꿰뚫어보고 있느냐에 따라 양자가 혼동되리만큼 가변적인 형태를 띤다는 사실을 알게 된다. 그야, 지금 나는 나 자신을 꿰뚫어보려고 하는 중이다. 그런데 거기에 위험이 있다는 것이다. 나는 정직하려고 했을 때 그보다 더 많은 미움을 받은 적이 없다. 더 나아가 지금처럼 내가 진실이라고 느낀 것을 정확히 말해보려고 했을 때도 마찬가지였다. 아무도 만족하지 못했으니까. 심지어는 나 자신까지도 말이다.

그러면서도 나는 누군가의 그릇된 신념을 '정당화'시키고 긍정하려고 했을 때 그보다 더 많은 사랑과 감사를 받은 적이 없었다. 친구들에게 그들이 듣기를 원하는 부정확하고 불합리한 대답을 해주려고 했을 때도 마찬가지였다. 내 앞에서 그들은 자기들 자신과 이야기하고 맞장구칠 수 있었으며 세계를 못질해두고 그것을 좋아했다. 그들은 안전하다는 느낌을 받았던 것이다. 그러나 문제는 여기에 있었다. 그들을 정당화시켜주느라고 너무나 번번이 나 자신의 멱살을 거머쥐고 숨을 못 쉬게 했기 때문에 급기야 나는 눈알이 튀어나오고 혓바닥이 늘어져 마치 바람 드센 폐가의 문짝처럼 덜렁거렸던 것이다. 그래, 그랬다. 그렇게 하니 놈들은 희희낙락했고 나는 비위가 상했다. 그래 나는 긍정하는 일에, 그리고 내 머리는 말할 것도 없고 내 뱃속에서도 아니라고 하는 걸 "예"라고 말하는 일에 기분이 나빠졌던 것이다.

그런데, 어떤 영역에서는 인간의 감정이 정신보다 합리적일 수도 있다는 사실은 짚고 넘어가기로 하자. 인간의 의지가 동시에 여러 방향으로 끌어당겨질 때의 영역이 바로 그것이다. 여러분은 코웃음을 칠지 모르지만 나는 이제 안다. 나는 기억할 수 없을 정도로 오래전부터 이리저리 끌어당겨졌다. 그런데 나의 문제는 내가 내 방식이 아니라 늘 딴 사람들의 방식을 따르려고 했다는 점이었다. 또 남들은 나를 늘 이 이름 저 이름으로 불러왔으면서도 아무도 정말 내가 직접 나 자신을 부르는 이름을 듣고 싶어 하지는 않았다. 그래서 여러 해 동안 나는 다른 사람들의 의견을 채용하려고 애쓰다가 결국 반항을 하고 말았다. 나는 보이지 않는 인간이다. 그처럼 나는 먼 길을 걸어오다가 내가 원래 도달하기를 갈망했던 그 사회 속의 위치에서 다시 멀리 원위치로 돌아가고 만 것이다.

그래 나는 땅 밑에 몸을 맡기게 되었다. 나는 동면을 했다. 나는 그 모든 것에서부터 벗어났다. 그러나 그것으로는 충분치 않았다. 나는 동면 중에도 가만히 있을 수 없었다. 왜냐하면 빌어먹을, 정신이, '정신'이라는 것이 있기 때문이다. 정신이 나를 가만히 놓아두지 않았다. 진, 재즈, 꿈만으로는 충분치 않았다. 책도 마찬가지였다. 나를 계속 달리게끔 만들었던 그 저열할 농담에 대한 때늦은 이해도 충분치 않았다. 내 정신은 돌고 돌아 다시 할아버지에게 돌아갔던 것이다. 그리고 형제애단에 "예, 예" 하기로 했던 나의 시도가 결국 광대극으로 끝장났는데도 아직도 나는 할아버지가 임종하실 때의 충고 때문에 괴롭기 짝이 없다……. 내가 생각한 것보다 그분은 말하고자 한 뜻을 더 깊이 숨기셨는지도 모른다. 혹은 그분의 노여움 때문에 내가 그 뜻을 간파하지 못한 것인지……. 난 단정을 못 내리겠다. 그분 의중이 혹, 이런…… 제길, 그분은 필경 원칙을 염두에 두셨을 게 '틀림없다'. 사람들을, 아니, 적어도 폭력을 사용한 사람들을 긍정한다는 것이 아니라 이 나라가 세워진 원칙을 긍정해야 한다는 것을 말이다. 그분은 원칙이 인간보다 훌륭하고, 숫자보다도, 사악한 권력보다도, 그리고 그 이름을 타락시키는 데 사용되는 모든 숫자보다도 더 훌륭하다는 걸 알고 계셨기 때문에 "예"라고 말하라고 했던 것일까? 할아버지는 그 원칙을, 백인들 자신이 봉건 시대의 혼돈과 암흑 가운데서 실현되기를 꿈꾸었던 그 원칙을, 그리고 그들 자신이 위반하고 그들의 타락한 정신으로도 불합리하다고 생각될 정도까지 위태롭게 만들었던 그 원칙을 긍정하려고 했던 것일까? 아니면 우리가 그 모든 것에 대한 책임을, 원칙뿐만 아니라 인간에 대한 책임을 떠맡아야 한다는 말을 하시려고 했던 것일까? 우리는 우리의 요구에 맞는 다른 것을 갖고 있지 않으므로 원칙을 이용해야 하는 후계자들이라서? 권력 때문도 아니고 자기 정당화 때문도 아니고 우리가 우리의 출신 성분으로 인해 오로지 그와 같은 방식으로 초월할 수밖에 없었기 때문에? 하필이면 우리가, 우리의 대부분이 그 원칙을, 그럴듯한 미명 하에 우리가 짐승 취급을 받고 희생당하던 그 계획을 긍정해야 했던 것이었을까? …… 그리고 그것은 우리 흑인들이 늘 약자였기 때문이 아니고 또 우리가 겁이 많거나 기회주의적이었던 때문도 아니고 이 세상에서 다른 민족들과 더불어 살아온 세월의 면에서 볼 때, 우리가 그들보다 더 나이 든 민족이기 때문에, 그리고 백인인 그들이 우리 속에 있는 인간의 탐욕과 쩨쩨함을 얼마간—많이는 아니고 얼마간—그래, 그리고 그들을 계속 달리게 만들었던 공포심과 미신을 완전히 탕진시켜버렸기 때문이었을까(그렇다. 그들도 달리고 있었다. 온통 자기들끼리 짓밟으며 달렸다)? 그렇지 않으면, 할아버지께서는 우리가 우리 자신의 과오 때문이 아니고 이 소란스럽고, 떠들썩하고, 반밖에 보이지 않는 세계의 다른 모든 사람들과 연결되어 있기 때문에 원칙을 긍정해야 한다고 하셨던 것일까?

세상을 잭과 그의 동료들은 착취를 위한 기름진 땅으로밖에는 보지 않고, '역사를 이룩하려는' 부질없는 놀이의 단순한 담보물이 되는 데 지겨워진 노턴과 그의 동료들은 선심이라도 쓰는 듯한 겸양의 태도로 보니까 말이다. 할아버지는 그들이 우리를 공격하여 원칙과 우리 자신 모두를 파멸시키지 않도록 그들을 위해서도 그 원칙에 "예, 예" 해야 할 필요가 있다는 사실을 깨닫고 계셨던 것일까?

"놈들의 말에 맞장구쳐서 그들을 죽음과 파멸로 이끌어라" 하고 할아버지는 충고하셨다. 제길, 원칙이 그들과 우리의 안에 모두 살아 있지 않는 한 그들은 바로 자신의 죽음과 자신의 파멸을 초래하는 존재가 아닐까? 그런데 바로 그 농담의 핵심은 이렇다. 즉 우리는 그들과 별개의 존재이면서 '그들의 일부'가 아닐까? 그래서 그들이 죽으면 우리도 죽을 수밖에 없는 것이 아닐까? 나는 그 점을 확인해볼 수가 없다. 아무래도 그것은 나의 판단에서 벗어나 있다. 하지만 내가 진정으로 바라는 것은 무엇일까 하고 나는 나 자신에게 물어왔다. 분명 라인하트 같은 자의 자유나 잭과 같은 자의 권력은 아니다. 그리고 그저 단순히 뛰지 않을 수 있는 자유도 아니다. 아니다. 그러나 나는 다음 단계를 취할 수가 없었다. 그래서 지금까지 나는 땅굴 속에 머물러 있게 된 것이다.

일이 이런 지경인 것에 대해 내가 누구를 탓하는 것이 아니라는 점을 알아주기 바란다. 그렇다고 그저 "내 탓이오"를 외치고 있는 것도 아니다. 사실은 누구나 자기의 병(病)의 일부를 자기 안에 둔 것이 아닌가 말이다. 적어도 보이지 않는 인간인 나는 그렇다. 나는 나의 병을 내 안에 지녀왔다. 오랫동안 나는 그것을 내 바깥 세상에 두려고 애써봤지만 그에 관해 기록해보려는 과정에서 적어도 병의 원인 반은 내 안에 존재한다는 사실을 깨닫고 있다. 병은 아주 서서히 내게 나타났다. 마치 어떤 무서운, 보이지 않는, 광선을 쬔 것처럼 검은 색소가 사라지고 검은 피부가 서서히 흰 피부로 바뀌어가는, 흑인에게 나타나는 그 괴질처럼 말이다.

뭔가 잘못됐다는 걸 알면서도 여러 해를 보내다가 어느 때 문득 공기처럼 투명하게 된 자신을 발견하게 된다. 처음엔 이거 전혀 야비한 우스갯거리라거나 혹은 '정치적인 상황' 탓이라고 혼자 생각해본다. 그러나 마음속 저 깊은 곳에서는 자신 탓이 아닌가 하는 의심을 하게 되고, 그러고는 자기를 보지 못하고 그냥 지나쳐버리는 몇백만의 눈앞에서 벌거벗은 채 부들부들 떨며 서 있게 된다. 그것이야말로 진짜 영혼의 병이다. 옆구리에 찔린 창, 폭도들로 가득 찬 마을에서 목덜미를 붙잡혀 끌려다니는 것, 대종교 재판, 단두대의 처형, 배를 갈라 창자를 쏟아내놓는 것, 위생적이리만큼 청결한 솥에서 끝장나는 독가스실의 여행이다. 그런데도 우둔하게 계속 살아남으려고 하기 때문에 더욱 고약하다. 그러나 살기는 살아야 한다. 그래서 자신의 병을 수동적으로 사랑할 수 있게 되거나 그것을 불사르고 다음 모순의 단계로 옮겨갈 수 있게 된다.

그래, 그렇다면 다음 단계는 무엇인가? 나는 얼마나 자주 그걸 찾아보려고 했던가? 그것을 찾으려고 나는 수없이 여러 번 땅 위로 올라갔었다. 이 나라 다른 사람들이 대부분 그렇듯이 나도 내 나름의 낙관주의를 가지고 출발했던 것이다. 나는 근면과 진보와 실행을 믿었지만 처음엔 사회를 위하는 입장이었다가 다음엔 사회를 '거스르는' 입장이 되어 자신에게 어떠한 계열도, 어떠한 제한도 부여하지 않고 있다. 그러한 태도는 시대의 조류에 상당히 역행하는 것이리라. 그러나 내 세계는 무한한 가능성의 세계가 되었다. 그게 도대체 무슨 말인가? 아니, 적어도 그것은 역시 좋은 말이고 훌륭한 인생관이다. 그리고 인간은 다른 것을 받아들여선 안 된다. 그 정도는 내가 지하에서 배웠다. 어떤 자들이 세상에 스트레이트 재킷을 입혀 옴짝달싹 못하게 하는 데에 성공하기까지는 이 세계에 대한 정의는 가능하다.

우리가 현실이라고 부르는 좁은 경계선 밖으로 발을 내디딘다는 것은 혼돈 속으로 발을 내디딘다는 것이나 마찬가지다. 라인하트에게 물어보라. 그는 그 혼돈에 관해선 도사니까—혹은 상상의 도사니까. 이것도 역시 나는 땅 밑에서 배웠다. 그리고 그렇다고 해서 내 인식 능력이 둔화된 것도 아니다. 나는 보이지 않는 인간이긴 하지만 소경은 아니니까.

아니, 사실 세계는 이전과 마찬가지로 아주 구체적이며, 변변치 못하고 저열하고, 숭고하리만큼 경이롭다. 이제 다만 나는 나의 세계에 대한 관계, 그리고 세계의 나에 대한 관계를 좀 더 잘 이해하게 되었달 뿐이다. 나는 환상에 가득 차서 공적인 삶을 살고, 이 세계는 견고하며 그 속의 모든 관계도 견고하다는 가정 하에서 내 직분은 이제 아주 멀리 떨어져 나온 셈이었다. 이제 나는 인간이 서로 제각기 다르고 모든 인생은 서로 나뉘어 있으며 그처럼 나뉜 데서만이 진정한 건강이 존재한다는 사실을 안다. 그래서 또한 나는 굴 속에 머물러 있다. 왜냐하면 땅 위에서는 한 모양으로 만들어가려는 사람들의 열정이 점차 강해져가기 때문이다. 내가 꾸었던 악몽에서처럼 잭과 그 일당은 칼을 쥐고 기다리다가 조그마한 구실이라도 찾아내면…… 그래, 냉큼 달려들려 하고 있다. 지금 내가 구식 댄스 스텝을 이야기하는 것은 아니다. 비록 그들이 하는 짓이 그 늙은 독수리를 위험스럽게 흔들어대긴 하지만 말이다.

한 모양으로 만들려는 이 모든 열정은 어디서 비롯하는 것일까? ……다양성이 옳은 것이다. 사람에게 여러 가지 역할을 지니도록 해보라. 그러면 독재 국가는 나타나지 않을 것이다. 그러나, 그들이 이 획일화의 사업을 추구해 나간다면 결국 보이지 않는 인간인 내게도 하얗게 되기를 강요하게 될 것이다. 흰빛은 색깔이 아니라 색깔의 결핍이 아닌가 말이다. 내가 무색의 상태가 되고자 노력을 해야 한단 말인가? 그러나 진지하게, 속물성을 배제하고 생각해보라. 그 같은 일이 일어날 경우 이 세계가 무엇을 상실하게 될 것인가를. 미국이란 수많은 실 가닥들로 얽혀 짜여진 나라다. 나는 그것들을 알아볼 수 있을 것이니 미국은 그대로 두어야 할 것이다. "승자는 아무것도 얻지 못한다"는 말이야말로 이 나라의, 아니 모든 나라의 위대한 진리다. 삶이란 살기 위한 것이지 통제당하기 위한 것이 아니다.

인간다움이란 눈앞에 패배가 확실하다 할지라도 계속 승부를 겨룸으로써 획득되는 것이다.

우리의 운명이란 하나가 되는 것이면서도 다수가 되는 것이다—이것은 예언이 아니라, 사실의 기술이다. 그리하여 세계 최대의 익살 중 하나는 백인이 검은 것을 피하느라고 급급하면서도 나날이 더 검어가고, 흑인이 흰 것을 향해 바둥대며 나아가느라고 아주 어중간한 회색이 되어가는 광경일 것이다. 우리 중 어느 누구도 자기가 누구이며 자기가 어디로 가고 있는가를 아는 사람은 없는 것 같다.

그러고 보니 요 전날 지하철에서 일어난 일이 생각난다. 처음에 내가 본 것은 다만 잠시 길을 잃은 노인 한 분이었다. 나는 그 양반이 길을 잃었음을 알 수 있었다. 플랫폼 저쪽을 보니 그가 사람들이 몇몇 있는 데로 가더니 다시 아무 말 없이 돌아섰던 것이다. 길을 잃었군 하고 나는 생각했다. 저 양반 이리로 오다가 날 보게 될 거구, 그러면 길을 묻겠지. 모르는 백인에게 자기가 길을 잃었다는 걸 말하자면 거북살스러울지도 모르겠다. 자기가 어디 있는지에 대한 위치 감각을 상실하게 된다는 것은 자기가 누구인지에 대한 정체 의식도 상실할 위험성이 있다는 것을 뜻할지도 몰라. 분명 그럴 것이다 하고 나는 생각했다……. 방향을 잃는다는 것은 체면을 잃는다는 것이나 마찬가지다. 그래, 여기 그가 길 잃은 존재에게 자기 방향을 물어보려고 온다. 좋아, 나는 방향 없이 사는 법을 배웠으니까. 물어보라지.

그런데 노인이 바로 몇 걸음 앞까지 오고서야 나는 비로소 그가 누구인지를 알아볼 수 있었다. 그는 노턴 씨였다. 노인은 전보다 몸이 더 마르고 주름살이 더 늘었지만 맵시는 여전했다. 그를 알아본 순간 옛날 생활이 일순 한꺼번에 내 안에서 되살아났다. 나는 눈물을 글썽이며 웃어 보였다. 이윽고 그러한 감정은 사라져 무덤덤해졌고 그가 내게 센터 스트리트로 가는 방향을 물었을 때 나는 착잡한 느낌으로 그를 바라보았다.

"저를 모르시겠습니까?"

내가 물었다.

"제가요?"

그가 되풀이었다.

"제가 보입니까?"

나는 그를 찬찬히 지켜보며 말했다.

"그야 물론이죠. 그런데 센터 스트리트로 가자면 어떻게 가는 거죠?"

"그렇군요. 지난번은 황금시절이고 이번엔 센터 스트리트군요. 그동안 몸이 마르셨습니다. 그런데 제가 누군지 모르시겠습니까?"

"젊은이, 난 바쁘오."

그는 잘 안 들리는지 손을 귀에 갖다 대고 말했다.

"내가 어떻게 당신을 알겠소?"

"저는 노인네의 운명인걸요."

"내 운명이라고?"

그는 얼떨떨한 표정으로 나를 응시하며 뒤로 물러났다.

"젊은이, 괜찮소? 내가 무슨 차를 타야 된다고 했소?"

"말씀드리지 않았어요."

나는 머리를 내저으며 말했다.

"그런데 창피하지 않으십니까?"

"창피하지 않냐고? 창피해?"

그는 골이 나서 말했다.

나는 문득 그 생각에 사로잡혀 웃음을 터뜨렸다.

"왜냐하면 말이죠, 노턴 선생님, 당신이 어디에 있는지 모른다면 어쩌면 자기가 누구인지도 모를 테니까 말이에요. 그래서 당신은 창피한 생각이 들어 내게 물으러 왔지요. 당신은 창피하지 않습니까?"

"젊은이, 난 이 세상에서 살 만큼 살아서 이제 창피를 느낄 만한 것이라고는 아무것도 없소. 당신 배가 고파 머리가 이상해진 게 아니오? 내 이름을 어떻게 아오?"

"하지만 난 당신의 운명인걸요. 내가 당신을 만들었죠. 내가 왜 당신을 모르겠습니까?"

나는 말하며 가까이 다가가 기둥을 등지고 선 그를 바라보았다. 그는 마치 막다른 골목에 몰린 짐승처럼 사방을 둘러보았다. 내가 돌았다고 생각하는 모양이었다.

"겁내지 마십시오, 노턴 선생."

나는 말했다.

"플랫폼 저쪽에 역원이 있으니까. 선생은 걱정 없어요. 아무 차나 타십시오. 어느 차든 가는 곳은 죄다 황금시……."

그런데 그때 마침 특급 열차 한 대가 굴러들어와서 노인은 열린 문 가운데 하나로 재빨리 사라져 들어가버렸다. 나는 거기 서서 실성한 듯 웃어댔다. 그리고 땅굴 속으로 돌아오면서 내내 웃어젖혔다.

그러나 그렇게 웃어젖히고는 다시 생각에 잠겼다. 어떻게 이 모든 일들이 일어나게 됐던 것일까? 그리고 나는, 그것이 그냥 우스갯거리로 넘겨버릴 수 있는 일인지 스스로 물어보았으나 대답할 수가 없었다. 그때 이후로 나는 종종 메이슨 딕슨 라인(과거의 남부 노예 주와 북부 자유 주의 분계선)을 건너 그 '어둠 속'으로 다시 되돌아가고 싶은 욕망에 간절히 사로잡히는 때가 있다. 그러나 그때마다 나는 진정한 어둠이란 나 자신의 마음속에 있다는 사실을 스스로에게 일깨운다. 그러면 그 생각도 저절로 어둠 속으로 사라진다. 그런데도 그 욕망은 끈질기게 남아 있다. 때로 나는 그 모든 것을 다시 긍정하고 싶은 욕구를 느낄 때도 있다. 그 모든 불행했던 영역과 그 안에서 사랑받고 사랑할 수 있었던 모든 것을 말이다. 그 모든 것이 나의 일부가 아니었던가. 그러나 지금까지 나는 결국 여기까지밖에 올 수 없었다. 불가시성의 땅굴에서 보는 삶이란 모두 우스꽝스러운 것이니까.

그렇다면 나는 도대체 왜 쓰는가? 왜 고통스러워하면서까지 기록하려고 하는가? 나 자신도 모르는 사이에 내가 무언가를 배웠기 때문이다. 행동의 가능성이 없다면 모든 지식은 '철(綴)해두고 잊어버릴 것'이라는 딱지가 붙은 지식이 되고 말 것이다. 그래서 나는 철해두지도 잊어버리지도 못한다. 게다가 어떤 생각들은 나를 잊어버리지 않는다. 그 생각들은 내 무기력 상태, 자기 만족 상태에서 끊임없이 철을 계속한다. 내가 왜 하필 이러한 악몽을 꾸는 사람이 되어야 하는가? 내가 왜 열심히 봉사하다가 버림받는 자가 되어야 하는가? ……그래 그렇지 않다면 적어도 소수의 사람들에게 그 이야기를 해야 하는가 말이다.

빠져나갈 길은 없는 것 같다. 이곳에서 나는 내 분노를 세계의 면상을 향해 내던지기 시작했다. 그런데 내가 일단 그 모든 일을 기록하려고 하고 보니 어떤 역할을 담당한다는 것에 대해 느꼈던 지난날의 매력이 되살아나고 나는 다시 땅 위로 이끌린다. 그래서 나는 끝마치기도 전에 실패하고 만 것이다(내 분노가 너무 심중한 모양이다. 내가 원래 말쟁이라서 너무 많은 말을 동원했는지도 모른다).

나는 실패하고 말았다. 모든 것을 기록하려는 바로 그 행위가 나를 혼란에 빠뜨렸고 얼마간의 분노를, 얼마간의 통한을 없애버린 것이다. 그래서 이제 난 비난을 하면서도 변호를 하는, 아니 변호를 할 태세가 된 것 같은 지경이 되어버렸다. 나는 단죄하면서도 긍정하며, 노라고 하면서도 예스라고 말하고, 예스라고 하면서도 노라고 말한다. 나는 왜 비난하는가? 그것은, 나도 연루되어 일부 책임이 있긴 하지만, 지옥과 같은 고통을 받을 정도로, 보이지 않는 인간이 될 정도로 깊은 상처를 받아왔기 때문이다. 그러면 나는 왜 변명하는가? 그것은 그 모든 것을 겪었음에도 내가 사랑하고 있다는 사실을 발견하기 때문이다. 내가 겪은 일을 얼마나마 적어두자면 사랑이 없이는 되지 않는다. 나는 여러분을 설득하여 가짜 용서를 얻어내려는 것이 아니다. 나는 이판사판의 인간이다. 그러나 증오뿐만 아니라 사랑을 통해서 삶에 접근하지 않는다면 여러분은 여러분 삶의 너무 많은 부분을, 그 의미를 상실하고 말 것이다. 그래서 나는 분할된 방식을 통해 삶에 다가간다. 그래서 나는 비난하고, 나는 변명하며, 나는 증오하고, 나는 사랑한다.

어쩌면 그 점 때문에 나는 내 할아버지만큼 약간은 인간답게 되는지도 모른다. 한때 나는 할아버지가 인간다움에 대해서는 생각이 미치지 못했다고 생각했는데, 그건 잘못된 판단이었다. 왜 늙은 노예가, 내가 경기장에서 연설하며 말했을 때처럼, "이것과 이것, 혹은 이것으로 인해 나는 더욱 인간답게 되었다"는 따위의 말을 사용해야만 하겠는가 말이다. 빌어먹을. 그분은 자신의 인간다움에 대해서는 전혀 의심하지 않았다. 그리고 그러한 인간다움이 그분의 '해방된' 후손에게 전해졌던 것이다. 그분은 원칙을 받아들였다. 그것은 그분의 것이었고 원칙은 그것의 인간적인, 불합리한 모든 다양성 속에서 계속 살아남았다.

그래서 이제 나는 그것을 기록해보려고 하면서 그 과정을 통해 스스로 무장을 해제해버리고 말았다. 여러분은 내가 보이지 않는다는 사실을 믿지 않을 것이고, 여러분에게 적용되는 원칙이면 어떠한 것도 내게 적용될 수 있다는 사실을 알지 못할 것이다. 여러분이 그걸 알지 못한다면 죽음이 우리 모두를 기다린다고 할지라도 그 사실을 알지 못할 것이다.

그런데도 바로 그와 같은 무장해제는 나로 하여금 하나의 결단에 이르게 했다. 동면은 끝났다. 나는 낡은 껍질을 털어버리고 일어나 새로이 숨 쉬어야 한다. 대기 속에서 지독한 냄새가 나고 있다. 그것을 이 아득한 땅 밑에서 맡으면, 죽음의 냄새 같기도 하고 봄비의 냄새 같기도 하다. 나는 그것이 봄의 냄새이기를 바란다. 하지만 여러분을 굳이 속이지는 않겠다. 봄의 냄새 속에는 분명 하나의 죽음이 있다. 그리고 나의 냄새와 마찬가지로 그대의 냄새 속에도. 다른 건 몰라도 불가시성은 내 후각으로 하여금 죽음의 냄새를 구별하는 법을 가르쳐주었던 것이다.

땅 밑으로 내려오면서 나는 정신을 제외한, 그래, '정신'을 제외한 모든 것을 혹독히 떨쳐 없애버렸다. 그런데 삶에 대한 하나의 설계도를 구상해내는 정신은 혼돈에 대항하기 위해 그 삶의 본을 구상해낸 것이므로 그 혼돈으로부터 결코 눈을 돌려서는 안 된다. 그것은 개인뿐만 아니라 사회에도 해당하는 말이다. 따라서 여러분이 확실하다고 믿는 것들로 이루어진 그 삶의 본 속에 아직도 혼돈이 살아남았으므로 그 혼돈에 본을 부여해주려고 노력해온 나는 밖으로 나가야 한다. 나는 빠져나가야 한다. 그런데도 내게는 여전히 하나의 갈등이 남아 있다. 루이 암스트롱과 함께 나의 반은 "창문을 열고 더러운 공기를 내보내라"고 말하고 또 다른 반은 "그것은 추수 전의 근사한 초록빛 곡식이었다"고 말하는 것이다. 물론 루이의 말은 농담이었다. 그는 그 옛날의 '나쁜 가락'〔air는 '공기'와 '가락'이라는 뜻을 갖는다〕을 내버리지 못했을 것이다. 왜냐하면 옛날의 '나쁜 가락'의 나팔 주둥이에서 흘러나왔던 그 좋은 음악이 훌륭한 것이라면 그것은 음악과 춤을 망쳤을 것이기 때문이다. 과거의 '나쁜 가락'은 여전히 그의 음악, 그의 춤, 그의 다양성과 함께 이곳에 남아 있으며, 나는 나의 나쁜 가락을 지니고 일어나 돌아다닐 것이다. 게다가 아까도 말했지만, 이미 결단은 내려졌으니까. 나는 지금 낡은 살 껍질을 떨쳐버리고 있다. 그것은 이 땅굴 속에 남겨둘 작정이다. 나는 밖으로 나갈 것이다. 과거의 껍질을 벗어버린대서 안 보이지 않게 된다는 것은 아니지만 아무튼 밖으로 나갈 작정이다. 그리고 지금이 아무래도 아주 적당한 시간인 것 같다. 생각해보면 동면이라는 것도 지나칠 수 있는 법이다. 어쩌면 그것이 내 최대의 사회적 범죄일지도 모른다. 지나치게 오래 동면을 한 셈인지도 모른다는 말이다. 보이지 않는 인간에게도 사회적 책임이 부여된, 떠맡아야 할 직분이 있을 수 있는 일이니까.

"아" 하는 여러분의 소리가 들리는 것 같다. "그러니까 이건 저자가 우리를 지겹게 만들 작정으로 돼먹지 않은 소리로 죄다 꾸며댄 것이었구나. 저자가 바란 건 우리가 제 헛소리를 들어주는 것이었어" 하는 소리 말이다. 하지만 그것이 다 맞는 소리는 아니다. 보이지도 않고 실체도 없으며, 말하자면 육체가 없는 하나의 목소리에 불과한 내가 그 밖에 무엇을 할 수 있었겠는가? 여러분의 눈이 나를 못 보고 지나쳐버릴 때 실제로는 무슨 일이 벌어졌던가를 말해주려는 것밖에 말이다. 그런데 나를 섬뜩하게 만드는 것은 다름 아닌 이런 것이다.

내가 저주파수로 여러분을 대변해주고 있는지 누가 아는가?

작품 해설

외국 문학을 하는 사람으로서 서점에 가서 가끔 느끼는 것은 무수히 쏟아져 나오는 책들 가운데서 왜 꼭 있어야 할 책들이 찾으면 없을까 하는 점이다. 좋은 책들이란 어려워서 대중적이지 못한 것일까? 좋은 책이 덜 읽히고 덜 팔린다는 것은 어쩐지 기이하고 비논리적인 말같이 들린다. 하여간 오랫동안 우리는 서점가에서 랠프 엘리슨(Ralph Ellison)의 《보이지 않는 인간(Invisible Man)》을 찾아볼 수 없었다. 1952년 미국 최우수 소설로서 전미도서상(全美圖書賞)을 받고 1965년 《북위크(Book Week)》지가 실시한 조사에서는 2차 세계대전 이후에 나온 책 중에서 가장 훌륭한 책으로 선정되었으며 대다수 비평가들에게 금세기 최고의 책 중 하나로 꼽히는 그 책을 말이다. 역자는 오랫동안 그 책이 우리의 서점가에도 있었으면 하는 생각을 품어왔다. 그러던 중 역자와 똑같은 생각을 가지고 있던 문예출판사가 선뜻 출판을 맡기로 약속해주어 용기를 갖고 이 부피 큰 책을 번역하기 시작했다.

《보이지 않는 인간》은 흑인 작가에 의해 쓰여진, 흑인을 주인공으로 한 소설이다. 이 소설은 일차적으로 소수 집단의 정치적 고발을 담은 항의 소설이기는 하지만, 그렇다고 단순히 '흑인 소설'로서 분류해버리고 말 성질의 책은 아니다. 이 소설이 다루는 이야기의 범위는 더 넓다. 이 소설은 미국 사회 내에서 흑인의 특수한 처지를 빌려 자신의 인간됨을 주장하지 못하는 모든 인간, 그래서 살아 있으면서도 인간의 모습으로 보이지 않는 모든 인간의 정황과 그들의 실존적 고뇌를 이야기하고 있다. 여기서 흑인이란 하나의 비유라고도 할 수 있는 것이다.

보이지 않는 인간의 이미지는 어둠 속에 서 있는 흑인의 이미지다. 남부에서 태어난 이 작품의 흑인 주인공은 어두운 상황과 검은 피부 빛깔을 자기 삶의 조건으로 부여받는다. 그런데 그는, 그를 둘러싼 어둠이 한 개인으로서의 자신의 인간적 모습을 말살하고 있는데도 그 비극성을 인식하지 못한 채 그 조건을 불가항력적인 것으로 받아들이고 거기에 복속되고 만다. 이 작품에서 주인공의 이름이 끝까지 밝혀지지 않는 것은 그가 '온전한 자기 모습(identity)'을 가진 인간이 아니라는 것을 상징한다.

《보이지 않는 인간》의 주인공은 끊임없이 외부에서 자기를 규정받는다. 이야기가 진전됨에 따라 그에게 주어지는 한 장씩의 증서, 혹은 종이들이 그것을 암시하고 상징한다. 처음엔 장학증서, 그다음 블레드소우의 소개장, 그다음 형제애단의 새 이름을 적은 종이, 그다음 익명의 편지 등이 그것이다. 다시 말해 주인공은 그것들을 통해 타인들에게 자신의 사회적인 역할을 규정받고 부여받는다. 그는 이름까지도 자신이 정하지 못하고 외부에서 주어진 것을 받는다. 그러나 외부에서 부여된 그 모든 역할들이 서로 다른 것은 아니다. 그것들은 본질적으로 다 똑같다. 다같이 '계속 달리라'는 것이다. 주인공은 백인 사회의 비위를 거스르지 않고 굴욕을 견디면서, 출세하기 위해 다른 사람들이 시키는 대로 계속 달린다. 가라는 대로 가고 하라는 대로 한다. 그는 멈춰 서서 자기가 어디에 있는지, 어떤 식으로 살고 있는지 돌아볼 생각도 하지 않고 주위의 지시에 따라 항상 멀어져가는 지평선의 환상을 쫓으면서 계속 달린다. 그의 비극은 자신의 의지대로, 자신의 방식대로 행동하지 못한다는 데 있다.

주인공의 각성은 소설의 마지막 부분에 가서야 이루어진다. 다른 사람들 말대로만 살던 그는 비로소 자신이 보이지 않는 인간이 되어 있으며 다른 사람의 말을 따랐다가 어둠 속에 갇히고 말았다는 사실을 발견한다. 그러고는 마침내 외부에서 부여된 자신의 모든 신분과 환상을 태워버림으로써만이 그 어둠을 밝힐 수 있다는 사실을 깨닫는다.

엘리슨은 이 소설을 통해 인간이 보이지 않는 진정한 이유는 어둠이라는 상황이나 피부 빛깔이 아님을 암시한다. 그는 주어진 삶의 조건보다는 그 조건에 그냥 순응해버리는 인간의 비인간화된 상태가 그 진정한 이유라고 생각한다. 비유적으로 말하면 어둠 속에 계속 머물러 있다는 그 사실, 밝은 곳으로 나오지 않는다는 그 사실 때문에 인간은 보이지 않게 된다는 것이다. 인간다움이란 그냥 주어지는 것이 아니라고 그는 생각한다. 그러면서 그는 우리에게 이렇게 묻고 있는 것 같다.

당신은 보이는 인간인가?

물론 엘리슨은 한 인간이 비인간화되는 이유가 단지 그 개인에게만 있다고는 생각지 않는다. 누군가 보이지 않는 인간이 되는 것은, 배경과 인간을 구별해보지 못하는 다른 사람들의 눈, 인간이 어둠 속에 있을 수 있다는 사실을 간과해버리는 다른 사람들의 눈 때문일 수도 있다는 사실을 그는 암시한다. 그리고 오늘날 그러한 사람들의 제도화된 눈이 소외된 무수한 인간들을 제도화된 어둠 속으로 더 깊이 함몰시키고 있다는 것을.

랠프 엘리슨은 1914년 오클라호마 주의 오클라호마 시에서 태어나이 소설에 나오는 흑인 대학과 비슷한 터스키키대학에서 음악을 전공했다. 음악도인 그가 쓰는 것에 관심을 가지게 되었던 것은 부단한 독서의 영향 때문이었는데, 특히 그는 T. S. 엘리엇의 《황무지》를 읽고 그 예술적 강도와 감수성에 크게 감명을 받았다고 한다. 22세에 작곡가가 될 작정으로 뉴욕에 갔다가 흑인 작가 리처드 라이트(Richard Wright, 1928~1961)를 알게 된다. 라이트는 당시 《새로운 도전*New Challenge*》이라는 잡지의 편집을 맡고 있었다.

그는 엘리슨에게 서평을 부탁했다가 그의 문학적 자질을 발견하고 그에게 단편 소설을 써보라고 권한다. 엘리슨의 평론과 단편 소설, 서평 등이 여러 잡지에 두루 실리게 된 것은 그즈음부터였다. 1937년 불경기 때는 오하이오로 들어가 호구지책으로 수렵을 하며 밤을 틈타 습작을 했다고 한다. 이때 그가 집중적으로 연구했던 것은 조이스, 도스토옙스키, 스타인, 헤밍웨이 등이었다.

엘리슨은 1930년대 당시의 사회주의 리얼리즘에 관심은 있었으나 프롤레타리아 문학을 대단하게 생각하지는 않았다. 오히려 그는 앙드레 말로 같은 사람에게 관심이 있었다. 말로는 공산주의자로 불리긴 했지만 마르크시스트라기보다는 휴머니스트였고 정치적 인물이라기보다는 예술적인 혁명가였기 때문이다. 그리고 그의 작품이 정치적 주장을 천명하기보다는 인간성을 위한 비극적 투쟁에 더욱 관심을 두었기 때문이다. 엘리슨도 바로 그러한 사람이었고, 글을 쓰고자 하는 방식도 바로 그러한 방식이었다.

1952년에 그는 《보이지 않는 인간》을 발표했다. 일부 독자들은 그것을 흑인의 항의 문학으로 생각했지만 엘리슨은 자신의 작품을 그런 식으로 보는 것을 싫어했다. 백인들을 대상으로 쓰는, 정치의식이 강한 흑인 작가들의 위험을 그는 의식했던 것이다. 그는 흑인 작가가 흑백을 너무 강하게 의식하고 쓰면 백인 독자도 역시 흑백을 너무 강하게 의식하게 되고, 따라서 그들이 설사 작품을 읽을 때는 인간의 동질성을 인정한다 해도 현실의 사회적 상황 하에서는 양자의 사이를 더 멀게 한다는 사실을 알았다. 그러나 그 이전에 이미 그는 흑백이 사람을 구별하는 기준이 될 수 없음을 깊이 인식하고 있었다. 《보이지 않는 인간》에서 불가피한 경우가 아니면 등장인물이 백인인지 아닌지 밝히지 않는 것도 그 때문이다. 그는 '흑인은 인간이다'라는 사실을 '백인'에게 이야기해야 한다고 생각하는 것이 아니라 인간성의 어떤 특별한 모습들을 인간 모두에게 이야기를 해주어야 한다고 생각하는 '작가(흑인이라는 형용사가 붙지 않는)' 가운데 하나라고 할 수 있다.

엘리슨은 1955년부터 2년 동안 아메리칸 아카데미 연구원으로 로마에 있다가 미국으로 돌아와 1958년부터 바드대학에서 교편 생활을 했다. 1961년에는 시카고대학의 초빙교수로 있었고 1962년부터는 리트거즈대학에서 가르치다가 뉴욕대학의 인문학과에서 교수로 재직했다.

엘리슨은 과작의 작가다. 책의 형태로 나온 것이라고는 1952년의 《보이지 않는 인간》과 1964년의 에세이집 《그림자와 행동(Shadow and Act)》뿐이다. 1960년경부터는 두 번째 장편이 될 소설의 부분들이 계속 드문드문 잡지에 발표되었으나 끝내 완성하지 못했다. 그러나 앞서 발표되었던 작품만으로도 그가 늘 새롭게 위대한 작가로 평가받는 것을 보면 《보이지 않는 인간》의 성과가 얼마나 대단한지 알 수 있다.

역자는 이 소설을 1979년도 펭귄 보급판을 원본으로 삼아 번역했다. 모든 번역이 마찬가지겠지만 이 작품도 역시 번역하기 어려운 점이 많았다. 작가가 사용한 다양한 문체도 큰 어려움 가운데 하나였다. 엘리슨은 주인공의 인식 상태와 그가 처한 사회적 상황에 따라 계속 문체를 변화시키고 있다. 이를테면 프롤로그는, 주인공이 불가시성을 알고 난 뒤의 상황을 그리기 위해 반자연주의적인 수법을 사용하고 남부의 체험을 다룰 때는 객관적인 자연주의적 문체를, 대학 이사의 연설 대목은 남부의 화려한 수사법을 동원한 문체를, 북부에서의 체험을 다룰 때는 신속히 변화하는 표현주의적 문체를, 주인공이 형제애단에서 이탈할 즈음에는 초현실적인 문체 등을 이용한다.

이러한 다양한 문체 속에서 작품 전체를 통해 면면히 흐르는 블루스와 재즈의 가락, 그리고 흑인 민족의 밑바닥에 자리잡은 시적 감수성과 특유의 해학, 그리고 흑인들의 슬랭 등도 우리말 번역으로는 표현하기 어려운 것들이었다. 단순한 정치 소설이 갖지 못하는 고도의 예술성을 가진 이 작품을 번역하면서, 역자는 번역의 한계를 느낀 것이 한두 번이 아니었다. 옆에서 지저분한 원고의 태반을 타자하면서 계속 조언을 아끼지 않았던 아내가 없었더라면 이 책의 출판은 언제가 되었을지 모른다.

옮긴이

옮긴이 **송무**

고려대학교 영문학과를 졸업하고, 동대학원에서 석사 및 박사 학위를 받았다. 뉴욕주립대학교 객원교수와 브라운대학 객원교수이며 및 경상국립대학교 영어교육과 교수로 재직했다. 저서로는《영문학에 대한 반성》《시적 텍스트를 이용한 영어교육》《숲동네 친구들》《젠더를 말한다》《사유의 공간》(공저) 등이 있으며 역서로는 서머싯 몸의《달과 6펜스》《인간의 굴레》 등이 있다.

보이지 않는 인간 2

1판 1쇄 발행 1983년 2월 20일
2판 1쇄 발행 1999년 5월 30일
3판 1쇄 발행 2012년 11월 10일
4판 1쇄 발행 2025년 12월 5일

지은이 랠프 엘리슨 | 옮긴이 송무
펴낸곳 (주)문예출판사 | 펴낸이 전준배
출판등록 2004. 02. 11. 제 2013-000357호 (1966. 12. 2. 제 1-134호)
주소 04001 서울시 마포구 월드컵북로 21
전화 02-393-5681 | 팩스 02-393-5685
홈페이지 www.moonye.com | 블로그 blog.naver.com/imoonye
페이스북 www.facebook.com/moonyepublishing | 이메일 info@moonye.com

ISBN 978-89-310-2629-0 04800
ISBN 978-89-310-2365-7 (세트)

• 잘못 만든 책은 구입하신 서점에서 바꿔드립니다.

문예출판사® 상표등록 제 40-0833187호, 제 41-0200044호

■ 문예세계문학선

★ 서울대, 연세대, 고려대 필독 권장 도서　▲ 미국대학위원회 추천 도서
● 《타임》 선정 현대 100대 영문 소설　▽ 《뉴스위크》 선정 세계 100대 명저

1 **젊은 베르테르의 슬픔** 괴테 / 송영택 옮김
▲▽ 2 **멋진 신세계** 올더스 헉슬리 / 이덕형 옮김
▲●▽ 3 **호밀밭의 파수꾼** J. D. 샐린저 / 이덕형 옮김
4 **데미안** 헤르만 헤세 / 구기성 옮김
5 **생의 한가운데** 루이제 린저 / 전혜린 옮김
6 **대지** 펄 S. 벅 / 안정효 옮김
●▽ 7 **1984** 조지 오웰 / 김승욱 옮김
▲●▽ 8 **위대한 개츠비** F. 스콧 피츠제럴드 / 송무 옮김
▲●▽ 9 **파리대왕** 윌리엄 골딩 / 이덕형 옮김
10 **삼십세** 잉게보르크 바흐만 / 차경아 옮김
★▲ 11 **오이디푸스왕 · 안티고네 외** 소포클레스 · 아이스킬로스 / 천병희 옮김
★▲ 12 **주홍글씨** 너새니얼 호손 / 조승국 옮김
▲●▽ 13 **동물농장** 조지 오웰 / 김승욱 옮김
★ 14 **마음** 나쓰메 소세키 / 오유리 옮김
★ 15 **아Q정전 · 광인일기** 루쉰 / 정석원 옮김
16 **개선문** 레마르크 / 송영택 옮김
★ 17 **구토** 장 폴 사르트르 / 방곤 옮김
18 **노인과 바다** 어니스트 헤밍웨이 / 이경식 옮김
19 **좁은 문** 앙드레 지드 / 오현우 옮김
★▲ 20 **변신 · 시골 의사** 프란츠 카프카 / 이덕형 옮김
★▲ 21 **이방인** 알베르 카뮈 / 이휘영 옮김
22 **지하생활자의 수기** 도스토옙스키 / 이동현 옮김
★ 23 **설국** 가와바타 야스나리 / 장경룡 옮김
★▲ 24 **이반 데니소비치의 하루** 알렉산드르 솔제니친 / 이동현 옮김
25 **더블린 사람들** 제임스 조이스 / 김병철 옮김
★ 26 **여자의 일생** 기 드 모파상 / 신인영 옮김
27 **달과 6펜스** 서머싯 몸 / 안흥규 옮김
28 **지옥** 앙리 바르뷔스 / 오현우 옮김
★▲ 29 **젊은 예술가의 초상** 제임스 조이스 / 여석기 옮김
▲ 30 **검은 고양이** 애드거 앨런 포 / 김기철 옮김
★ 31 **도련님** 나쓰메 소세키 / 오유리 옮김
32 **우리 시대의 아이** 외덴 폰 호르바트 / 조경수 옮김
33 **잃어버린 지평선** 제임스 힐턴 / 이경식 옮김
34 **지상의 양식** 앙드레 지드 / 김붕구 옮김
35 **체호프 단편선** 안톤 체호프 / 김학수 옮김
36 **인간 실격** 다자이 오사무 / 오유리 옮김
37 **위기의 여자** 시몬 드 보부아르 / 손장순 옮김
●▽ 38 **댈러웨이 부인** 버지니아 울프 / 나영균 옮김
39 **인간 희극** 윌리엄 사로얀 / 안정효 옮김
40 **오 헨리 단편선** 오 헨리 / 이성호 옮김
★ 41 **말테의 수기** R. M. 릴케 / 박환덕 옮김
42 **파비안** 에리히 케스트너 / 전혜린 옮김
★▲▽ 43 **햄릿** 윌리엄 셰익스피어 / 여석기 옮김
44 **바라바** 페르 라게르크비스트 / 한영환 옮김
45 **토니오 크뢰거** 토마스 만 / 강두식 옮김
46 **첫사랑** 이반 투르게네프 / 김학수 옮김
47 **제3의 사나이** 그레이엄 그린 / 안흥규 옮김
★▲▽ 48 **어둠의 심장** 조지프 콘래드 / 이덕형 옮김
49 **싯다르타** 헤르만 헤세 / 차경아 옮김
50 **모파상 단편선** 기 드 모파상 / 김동현 · 김사행 옮김
51 **찰스 램 수필선** 찰스 램 / 김기철 옮김
★▲▽ 52 **보바리 부인** 귀스타브 플로베르 / 민희식 옮김
53 **페터 카멘친트** 헤르만 헤세 / 박종서 옮김
★ 54 **몽테뉴 수상록** 몽테뉴 / 손우성 옮김
55 **알퐁스 도데 단편선** 알퐁스 도데 / 김사행 옮김
56 **베이컨 수필집** 프랜시스 베이컨 / 김길중 옮김
★▲ 57 **인형의 집** 헨리크 입센 / 안동민 옮김
★ 58 **소송** 프란츠 카프카 / 김현성 옮김
★▲ 59 **테스** 토마스 하디 / 이종구 옮김
★▽ 60 **리어왕** 윌리엄 셰익스피어 / 이종구 옮김
61 **라쇼몽** 아쿠타가와 류노스케 / 김영식 옮김
▲▽ 62 **프랑켄슈타인** 메리 셸리 / 임종기 옮김
▲●▽ 63 **등대로** 버지니아 울프 / 이숙자 옮김
64 **명상록** 마르쿠스 아우렐리우스 / 이덕형 옮김
65 **가든 파티** 캐서린 맨스필드 / 이덕형 옮김
66 **투명인간** H. G. 웰스 / 임종기 옮김
67 **게르트루트** 헤르만 헤세 / 송영택 옮김
68 **피가로의 결혼** 보마르셰 / 민희식 옮김

(뒷면 계속)

★ 69 **팡세** 블레즈 파스칼 / 하동훈 옮김

70 **한국단편소설선** 김동인 외 / 오양호 엮음

71 **지킬 박사와 하이드** 로버트 L. 스티븐슨 / 김세미 옮김

▲ 72 **밤으로의 긴 여로** 유진 오닐 / 박윤정 옮김

★▲▽ 73 **허클베리 핀의 모험** 마크 트웨인 / 이덕형 옮김

74 **이선 프롬** 이디스 워튼 / 손영미 옮김

75 **크리스마스 캐럴** 찰스 디킨슨 / 김세미 옮김

★▲ 76 **파우스트** 요한 볼프강 폰 괴테 / 정경석 옮김

▲ 77 **야성의 부름** 잭 런던 / 임종기 옮김

★▲ 78 **고도를 기다리며** 사뮈엘 베케트 / 홍복유 옮김

★▲▽ 79 **걸리버 여행기** 조너선 스위프트 / 박용수 옮김

80 **톰 소여의 모험** 마크 트웨인 / 이덕형 옮김

★▲▽ 81 **오만과 편견** 제인 오스틴 / 박용수 옮김

★▽ 82 **오셀로 · 템페스트** 윌리엄 셰익스피어 / 오화섭 옮김

★ 83 **맥베스** 윌리엄 셰익스피어 / 이종구 옮김

▽ 84 **순수의 시대** 이디스 워튼 / 이미선 옮김

★ 85 **차라투스트라는 이렇게 말했다** 니체 / 황문수 옮김

★ 86 **그리스 로마 신화** 이디스 해밀턴 / 장왕록 옮김

87 **모로 박사의 섬** H. G. 웰스 / 한동훈 옮김

88 **유토피아** 토머스 모어 / 김남우 옮김

★▲ 89 **로빈슨 크루소** 대니얼 디포 / 이덕형 옮김

90 **자기만의 방** 버지니아 울프 / 정윤조 옮김

▲ 91 **월든** 헨리 D. 소로 / 이덕형 옮김

92 **나는 고양이로소이다** 나쓰메 소세키 / 김영식 옮김

★ 93 **폭풍의 언덕** 에밀리 브론테 / 이덕형 옮김

★▲ 94 **스완네 쪽으로** 마르셀 프루스트 / 김인환 옮김

★ 95 **이솝 우화** 이솝 / 이덕형 옮김

★ 96 **페스트** 알베르 카뮈 / 이휘영 옮김

▲ 97 **도리언 그레이의 초상** 오스카 와일드 / 임종기 옮김

98 **기러기** 모리 오가이 / 김영식 옮김

★▲ 99 **제인 에어 1** 샬럿 브론테 / 이덕형 옮김

★▲100 **제인 에어 2** 샬럿 브론테 / 이덕형 옮김

101 **방황** 루쉰 / 정석원 옮김

102 **타임머신** H. G. 웰스 / 임종기 옮김

●103 **보이지 않는 인간 1** 랠프 엘리슨 / 송무 옮김

●104 **보이지 않는 인간 2** 랠프 엘리슨 / 송무 옮김

▲105 **훌륭한 군인** 포드 매덕스 포드 / 손영미 옮김

106 **수레바퀴 아래서** 헤르만 헤세 / 송영택 옮김

▲107 **죄와 벌 1** 표도르 도스토옙스키 / 김학수 옮김

▲108 **죄와 벌 2** 표도르 도스토옙스키 / 김학수 옮김

109 **밤의 노예** 미셸 오스트 / 이재형 옮김

110 **바다여 바다여 1** 아이리스 머독 / 안정효 옮김

111 **바다여 바다여 2** 아이리스 머독 / 안정효 옮김

112 **부활 1** 레프 톨스토이 / 김학수 옮김

113 **부활 2** 레프 톨스토이 / 김학수 옮김

▲●114 **그들의 눈은 신을 보고 있었다**
조라 닐 허스턴 / 이미선 옮김

115 **약속** 프리드리히 뒤렌마트 / 차경아 옮김

116 **제니의 초상** 로버트 네이선 / 이덕희 옮김

117 **트로일러스와 크리세이드**
제프리 초서 / 김영남 옮김

118 **사람은 무엇으로 사는가**
레프 톨스토이 / 이순영 옮김

119 **전락** 알베르 카뮈 / 이휘영 옮김

120 **독일인의 사랑** 막스 뮐러 / 차경아 옮김

121 **릴케 단편선** R. M. 릴케 / 송영택 옮김

122 **이반 일리치의 죽음** 레프 톨스토이 / 이순영 옮김

123 **판사와 형리** F. 뒤렌마트 / 차경아 옮김

124 **보트 위의 세 남자** 제롬 K. 제롬 / 김이선 옮김

125 **자전거를 탄 세 남자** 제롬 K. 제롬 / 김이선 옮김

126 **사랑하는 하느님 이야기** R. M. 릴케 / 송영택 옮김

127 **그리스인 조르바** 니코스 카잔차키스 / 이재형 옮김

128 **여자 없는 남자들** 어니스트 헤밍웨이 / 이종인 옮김

129 **사양** 다자이 오사무 / 오유리 옮김

130 **슌킨 이야기** 다니자키 준이치로 / 김영식 옮김

131 **실종자** 프란츠 카프카 / 송경은 옮김

132 **시지프 신화** 알베르 카뮈 / 이가림 옮김

133 **장미의 기적** 장 주네 / 박형섭 옮김

134 **진주** 존 스타인벡 / 김승욱 옮김

135 **황야의 이리** 헤르만 헤세 / 장혜경 옮김

136 **피난처** 이디스 워튼 / 김욱동 옮김

137 **이상한 나라의 앨리스 · 거울 나라의 앨리스**
루이스 캐럴 / 이순영 옮김

138 **빨강 머리 앤** 루시 모드 몽고메리 / 이순영 옮김